Ihr neuer Fall um die vierzehnjährige Asylbewerberin Anna stürzt die aufmüpfige Londoner Anwältin Lilly Valentine in schwere Konflikte. Anna ist von drei englischen Schülern eines Internats missbraucht worden. Aber als sie Lilly um Hilfe vor Gericht bittet, rät die Anwältin ab, denn sie sieht keine Chance auf Erfolg: Wer wird der Aussage einer Asylbewerberin schon Glauben schenken? Da taucht Anna mit einer Waffe vor der Schule auf. Einer der Jungen stirbt, und Anna wird wegen Mordes verhaftet. Nun entschließt sich Lilly, ihre Verteidigung zu übernehmen. Eine Welle der Empörung in den Medien und in ihrer Umgebung bricht über sie herein. Sie erhält Drohungen von rassistischen Gruppen. Und dann gerät auch ihr Sohn in Gefahr. Darf Lilly überhaupt noch ihrem Gewissen folgen und den Fall durchkämpfen?

»Mitreißend und spannend.« *Daily Mail*

Helen Black vertritt als Anwältin Minderjährige und ist Expertin in Jugendstrafrecht. Ihre Berufserfahrung bringt sie direkt in ihre Kriminalromane ein. Sie lebt mit ihrer Familie in der Nähe von London. Ihr erster Krimi mit der Anwältin Lilly Valentine, »Schweigepflicht«, ist im Fischer Taschenbuch Verlag erschienen.

Unsere Adresse im Internet: www.fischerverlage.de

HELEN BLACK

RECHENSCHAFT

KRIMI

Aus dem Englischen
von Christiane Strüh

Fischer Taschenbuch Verlag

Veröffentlicht im Fischer Taschenbuch Verlag,
einem Unternehmen der S. Fischer Verlag GmbH,
Frankfurt am Main, Oktober 2010

Die Originalausgabe erschien 2008
unter dem Titel »A Place of Safety«

Satz: Pinkuin Satz und Datentechnik, Berlin
Druck und Bindung: CPI – Clausen & Bosse, Leck
Printed in Germany
ISBN 978-3-596-17781-3

Für Mutter

Weltweit gibt es 9,2 Millionen Flüchtlinge.

Großbritannien bietet drei Prozent
von ihnen eine neue Heimat.

Von denen, die hier Unterschlupf suchen,
sind ein Fünftel Kinder ohne Begleitung.

PROLOG

Allmählich geraten die Dinge außer Kontrolle. Das ist ein Lieblingsspruch von Luke Walkers Mutter.

Ihm tut der Kopf weh von den Stimmen seiner Freunde, die, von unrhythmischem Händeklatschen begleitet, einen Song von Lily Allen grölen. Damit wollen sie das Mädchen anfeuern. Tom juchzt wie ein kleines Kind an Weihnachten, und er sabbert so, dass ihm die Spucke übers Kinn läuft. Charlie versetzt Luke einen Rippenstoß und brüllt ihm etwas ins Ohr, aber die Worte gehen in einem Lachanfall unter.

Das Mädchen ist der Mittelpunkt ihres schwankenden Kreises, ihr Lachen inzwischen beinahe hysterisch. Sie sagt etwas, was keiner von ihnen versteht, dreht sich schwungvoll im Kreis, so schnell, dass ihr Rock in die Höhe fliegt und die Jungen ihren Slip sehen können.

Tom streckt die Hand nach ihr aus. »Yeah, Baby«, blökt er, gerät vor lauter Begeisterung aus dem Gleichgewicht, kippt um und reißt Luke mit sich.

Eine Weile tastet er auf dem Boden herum und flucht.

Luke ist kotzübel. Er will nach Hause. Aber heute schläft er im Internat, also geht das nicht. Und wenn der Hausvorsteher ihn in diesem Zustand erwischt, kriegt er einen Monat Hausarrest.

Außerdem schwankt der Boden unter ihm, alles dreht sich, und es ist mehr als unklar, ob er überhaupt aufstehen kann.

»Gefällt euch?«, fragt das Mädchen.

Die anderen beiden applaudieren, aber Luke kann nicht mal nicken. Nein, ihm gefällt das nicht. Überhaupt nicht.

Dabei hat der Abend ganz normal angefangen. Als die Schularbeiten erledigt waren und Mr Philips sich noch um einen der neuen Jungs mit Heimweh kümmerte, haben Luke und seine Freunde sich weggeschlichen, um ein bisschen im Dorf abzuhängen. Wie anders ihr Leben sein wird, wenn sie erst mal einen Führerschein haben!

Charlie ist der Älteste und kriegt zu seinem siebzehnten Geburtstag Fahrstunden, aber bis dahin sind es noch über zwei Monate.

Als Nächster müsste eigentlich Luke an der Reihe sein, aber jedes Mal, wenn er den Führerschein erwähnt, wirft seine Mutter ihm nur diesen Blick zu und erzählt ihm, wie viele junge Menschen pro Jahr bei Autounfällen ums Leben kommen.

Tom ist der Jüngste von ihnen, macht die Fahrprüfung aber wahrscheinlich trotzdem als Erster. Sein Dad lässt ihn nämlich jetzt schon mit einem alten Jeep über das Grundstück juckeln.

Sie sind also zum Spirituosengeschäft gezogen. Unterwegs überlegte Luke, warum sie sich überhaupt die Mühe machten, denn Mrs Singh weiß, dass sie vom Internat kommen und minderjährig sind. Prompt beschimpfte Tom sie als »verdammtes Pakiweib« und schmiss ein Regal mit Chips um. Luke hasst es, wenn Tom so was macht.

Als Mrs Singh drohte, die Polizei zu holen, schafften Luke und Charlie es schließlich, Tom aus dem Laden zu schleifen. Und da entdeckten sie das Mädchen, das gegenüber am Fenster des Postamts lehnte. Eindeutig eine aus dem Wohnheim, das konnte man an ihren Klamotten erkennen und an ihren Haaren. Und sie stand auch so da, zusammengekauert, als wollte sie im Boden versinken.

»Hey du!«, rief Tom.

Sie sah erschrocken aus, weil jemand sie ansprach, und wollte sich gleich aus dem Staub machen, aber Tom rannte über die Straße und packte sie am Arm.

»Möchtest du ein bisschen Geld verdienen?«, fragte er sie.

Aber sie sah ihn nur verständnislos an.

»Geld«, wiederholte er und rieb Daumen und Zeigefinger aneinander, als wäre das Mädchen taub oder geistig zurückgeblieben. Dann gaben sie ihr fünf Pfund, sagten ihr, sie sollte ihnen ein paar Flaschen Cider kaufen, und machten sich auf den Weg in den Park.

Der Park ist für die Kids aus der Nachbarschaft angelegt, aber die sind alle zu Hause und spielen auf ihren Nintendos. Stattdessen gehen die Internatsschüler in den Park – jedenfalls wenn sie es schaffen, sich von den abendlichen Aktivitäten wegzuschleichen. Hier kommt nie einer vorbei, es ist kalt, und man kann sich in aller Ruhe volllaufen lassen.

Luke weiß nicht, warum das Mädchen mitgegangen ist. Vielleicht gefällt ihr Charlie. Er ist groß und dunkelhaarig, und alle Mädchen finden ihn toll. Oder Tom hat sie überredet. Er hat rote Haare und eine Lücke zwischen den Schneidezähnen, aber wenn er es drauf anlegt, kriegt er von den anderen immer, was er will. So was nennt Lukes Mum immer »Führungsqualitäten«.

Wie auch immer, jedenfalls haben sie sich auf die Schaukeln gesetzt und sich abwechselnd den Fusel reingekippt. Das Mädchen sagte kaum ein Wort, nur, dass sie Anna hieß. Luke fand sie auf eine seltsame Art hübsch.

Als sie zu tanzen anfing, merkte man, dass sie betrunken war und nicht mehr richtig wusste, was sie tat. Luke macht sich Vorwürfe, dass er ihr nicht gesagt hat, sie soll sich hinsetzen.

Denn jetzt gerät alles außer Kontrolle. Tom hat Anna auf den Boden gezerrt. Sie lacht zwar immer noch, versucht ihn aber wegzuschubsen.

»Nein, nein, nein«, sagt sie.

Sie wehrt sich, aber sie ist nicht besonders stark. Tom dagegen ist Kapitän der Rugby-Startelf. Jetzt erst fällt Luke so richtig auf, wie mager das Mädchen ist, und Tom muss sich kein bisschen anstrengen, ihre dünnen Arme über ihrem Kopf festzuhalten. Ihr Pulli ist hochgerutscht, und Luke sieht ihre Rippenknochen durch die Haut.

»Komm schon, Tom, lass sie in Ruhe«, sagt er.

»Verpiss dich bloß«, zischt Tom. Er keucht heftig. Seine Stirn glänzt, sie ist nass vor Schweiß, und man sieht die unverkennbare Beule, wo sein Penis gegen die Hose drückt.

Luke fühlt, wie ihm die Galle hochkommt. Es brennt, und er muss den Brechreiz niederkämpfen.

Das Mädchen wehrt sich und versucht sich zu befreien.

»Hilf mir mal, Charlie«, sagt Tom.

Aber der tritt nur unsicher von einem Fuß auf den anderen.

»Halt ihr die Arme fest«, grunzt Tom.

Als Charlie sich immer noch nicht rührt, knurrt Tom: »Halt ihr die verdammten Arme fest, du Schwuchtel.«

Charlie blickt verstohlen in Lukes Richtung. Natürlich hat er Angst vor dem, was gleich passiert, aber er hat noch mehr Angst davor, sich Tom zu widersetzen. Luke wünscht sich mit aller Kraft, dass er sich umdreht und weggeht, dass die ganze Sache bloß ein Witz war. Aber Charlie kniet sich hin, direkt hinter Annas Kopf, und presst ihre Handgelenke auf den Boden.

Jetzt merkt Luke, dass das Mädchen schreit. Markerschütternd.

Tom hält ihr mit der einen Hand den Mund zu und macht sich mit der anderen an seinem Reißverschluss zu schaffen. Währenddessen versucht Luke aufzustehen, er will dem Mädchen helfen, aber er kippt um, landet wieder auf dem Boden und zappelt wie ein Fisch im Netz.

Tom lacht. »Keine Sorge, du kommst auch gleich an die Reihe, Lukey.« Dann stößt er mit der Hüfte nach vorn, und Anna reißt die Augen auf. Luke weiß, dass er etwas tun muss. Irgendwas. Aber warum rührt er sich dann nicht? Warum liegt er immer noch auf dem harten herbstlich kalten Boden? Angeekelt schließt er die Augen und wünscht sich, es wäre morgen früh.

KAPITEL 1

Der Himmel draußen vor dem Büro war klar und freundlich. Eifrig versuchte die blasse Oktobersonne sich bemerkbar zu machen, und Lilly sehnte sich nach ihrem Mittagsspaziergang. Im Verlauf eines vierwöchigen sehr schwierigen und nervenaufreibenden Scheidungsfalls hatte sie angefangen, täglich eine Runde im Harpenden Park zu drehen, denn sie merkte, dass ihr die frische Luft guttat und verhinderte, dass sie sich zum Lunch mehr als ein Sandwich einverleibte.

Seufzend wandte sie den Blick wieder vom Fenster ab und ihrem Klienten zu. Mr Maxwell war so fasziniert von seiner eigenen Geschichte, dass er das mangelnde Interesse seiner Anwältin gar nicht bemerkte.

»Ich sehe absolut keinen Anlass, ihr auch nur einen einzigen Penny zusätzlich zukommen zu lassen«, sagte er gerade. »Und ich sehe auch keinesfalls ein, warum sie den ganzen Tag sorglos zu Hause sitzen soll, während ich von früh bis spät schufte wie ein Pferd.«

Lilly fragte sich, warum ein Mann, der so heftig lispelte, so viele Wörter benutzte, in denen ein Zischlaut vorkam. Die Spuckeflecken auf seiner Krawatte übersah sie geflissentlich.

»Sie muss sich immerhin um drei Kinder kümmern«, wandte Lilly ein, »und das sind auch Ihre.«

»Für die Kinder haben wir ein Au-pair-Mädchen.« Er fixierte Lilly mit seinen vorstehenden Augen, die aus seinem ansonsten flachen Gesicht quollen wie zwei Glasmurmeln. »Sie haben auch ein Kind, Miss Valentine, und trotzdem sieht es so aus, als schaffen Sie Ihre Arbeit ganz gut.«

Lilly dachte an ihre tägliche, geradezu lachhaft komplizierte Betreuungsplanung, die ihren Exmann, zahlreiche Freunde und eigentlich jeden mit einschloss, der bereit war, eine Mitfahrgelegenheit zur Schule anzubieten.

»Was meinen Sie denn, was Ihre Frau tun könnte, um Geld zu verdienen?«, fragte Lilly.

Mr Maxwell zuckte die Achseln. »Früher war sie Model.«

Lilly versuchte ihren Schock zu verbergen. Welche schöne Frau würde sich denn freiwillig mit diesem unattraktiven Mann einlassen? Mr Maxwell blinzelte wie ein Laubfrosch. Natürlich war die Antwort offensichtlich: Die Sorte Frau, die gern den lieben langen Tag auf ihrem knochigen Hintern saß und sich damit vergnügte, das Geld ihres Ehemanns zu zählen.

»So ärgerlich es sein mag, Mr Maxwell, das Gericht hat angeordnet, dass Sie Ihrer Frau und Ihren Kindern Unterhalt zu zahlen haben«, erklärte Lilly.

»Meiner Exfrau.«

»Ja, und dieser Anordnung müssen Sie wohl oder übel nachkommen«, nickte Lilly.

Endlich schlurfte Mr Maxwell, die Froschaugen vor Entrüstung weit aufgerissen, aus Lillys Büro.

Lilly sah ihm nach, wie er das Gebäude verließ und die Straße entlanghumpelte. Er lispelte, zwinkerte und hinkte – vielleicht war sie zu hart mit dem armen Mann. Aber dann tänzelte eine Blondine mit wabernden Silikonbrüsten, die sich mächtig bemühten, ihre Bluse zu sprengen, auf ihn zu. Jauchzend fiel sie ihm in die Arme und bedeckte seinen kahlen Kopf mit Küssen.

Offensichtlich wartete also schon die nächste Mrs Maxwell in den Kulissen. Manche Männer waren einfach nicht lernfähig.

Als Lilly auf ihre Armbanduhr schaute, stöhnte sie unwillkürlich, weil ihr klar wurde, dass jede Minute der nächste Klient anrücken konnte. Zwar versuchte sie immer, einen Puffer zwischen ihren Terminen zu lassen, aber Scheidungsfälle überzogen immer ihre Zeit. Andererseits bezahlten sie pro Stunde, also waren sie selbst schuld, wenn sie länger als vereinbart plapperten – was unweigerlich passierte. Wenn es darum ging, den ehelichen Zugewinn zu teilen, stritten sich diese Leute selbst noch über den Inhalt des Staubsaugerbeutels.

Lilly vermisste ihre Fürsorgefälle. Pampige Teenager, die sich zwischen dem Ladendiebstahl bei Tesco und dem Treffen mit den Kumpels im Einkaufszentrum zehn Minuten abknapsten. Manchmal tauchten sie auch gar nicht erst auf und hinterließen nur verwickelte Nachrichten über einstweilige Verfügungen, Sozialarbeiter und Schwangerschaftstests.

Himmel, sie vermisste diese Arbeit so.

Lilly zog ein Kitkat aus ihrer Tasche. Schokolade und keine Bewegung. Doppeltes Übel. Sie dachte daran, dass das Einzige, was sie bei Verstand hielt, der wöchentliche Ausflug ins Hound's Place war. Da konnte sie wenigstens etwas Gutes tun. Etwas wirklich Gutes.

»Vielleicht fahr ich nach dem nächsten Termin kurz mal hin«, sinnierte sie laut.

»Schlagen Sie sich das lieber gleich aus dem Kopf.«

Lilly drehte sich zur Tür um, wo ihre ewig grimmige Sekretärin Sheila erschienen war.

»Sie wissen doch gar nicht, was ich meine«, erwiderte Lilly.

Empört verschränkte Sheila die Arme vor der Brust. »Sie wollen ins Dog's Home abzischen.«

»Das Heim heißt Hound's Place«, erklärte Lilly. »Das wissen Sie doch genau.«

Sheila sammelte ein paar Papiere vom Boden auf und schob sie in ihre Akte zurück. »Sind Sie zu Hause auch so unordentlich wie hier?«

»Sind Sie bloß gekommen, um mich zu ärgern, oder ist Ihnen das Nägelfeilen langweilig geworden?«

Sheila versuchte, die Akte in die Schublade zurückzulegen, aber die klemmte. Sie zog und zerrte, und das Stöhnen des Metalls passte gut zu ihrem eigenen.

»Wollen Sie denn was von mir, Sheila?«, fragte sie schließlich.

»Die Chefs möchten nach der Arbeit noch was mit Ihnen trinken gehen«, antwortete Sheila, ohne sich umzudrehen.

Lilly stützte den Kopf in die Hände. »Na toll.«

»Hören Sie bloß auf zu jammern«, wies Sheila sie zurecht. »Die wollen sich bei Ihnen bestimmt für Ihre harte Arbeit und Ihr Engagement bedanken.«

»In meiner neuen Rolle als Beraterin der Reichen, Hässlichen und Geschiedenen mache ich Geld wie Heu. Engagement gehört nicht zum Angebot.«

»Ich weiß nicht, warum Sie so mies drauf sind. Sie verdienen gut, oder etwa nicht?«

Das stimmte. Seit die Firma Lillys Fallbelastung umgeschichtet hatte, war ihr Gehalt um fünfzig Prozent gestiegen.

»Die Wurzel allen Übels«, sagte sie.

Vom Druck des Metalls verformte sich Sheilas Wange. »Als Sie noch kein Geld hatten, haben Sie so was aber nicht gesagt. Da haben Sie sich bloß endlos über den Zustand Ihres Hauses beklagt, über Ihr kaputtes Auto und dass Sie sich Sams Schuluniform nicht leisten können.«

»Aber jetzt langweile ich mich.«

»Werden Sie endlich erwachsen«, grunzte Sheila. »Immer noch besser als die hoffnungslosen Fälle, die früher hier aufliefen und die Tacker haben mitgehen lassen.«

»Schutzlose Kinder«, schnaubte Lilly.

»Die meisten waren doch Junkies«, beharrte Sheila. »Wie diese Verrückte, die das Putzmittel getrunken hat.«

»Kelsey war nicht auf Drogen«, verteidigte sie Lilly. »Nur ihre Mutter war süchtig.«

»Wie auch immer«, gab Sheila kopfschüttelnd zurück, als wären solche Details unwichtig. »Der springende Punkt ist doch, dass das Büro wegen solcher Sachen um ein Haar pleitegegangen wäre.«

»Wir haben aber nicht umsonst gearbeitet«, gab Lilly zu bedenken.

»Almosen von der Prozesskostenbeihilfe waren das, wie Sie sehr wohl wissen«, entgegnete Sheila. »Und was diese Schnorrer im Dog's Home angeht, kann ich wirklich nicht verstehen, warum Sie sich um die kümmern.«

»Weil es meinen Intellekt stimuliert«, antwortete Lilly. »Aber das verstehen Sie nicht.«

»Ich verstehe, dass man Opfer bringen muss, wenn man Kinder hat.« Endlich zog Sheila ihren Arm wieder aus dem Schrank hervor. »Das steckte ganz hinten.« Sie warf ein Buch auf Lillys Schreibtisch. *Die Kunst des positiven Denkens*.

»Damit können Sie auch Ihren Intellekt stimulieren.«

Lilly ließ den Kopf auf den Schreibtisch sinken. »Muss ich wirklich mit denen was trinken gehen?«

Sheilas Lachen konnte man nur als grausam bezeichnen. »Rupinder sagt, es herrscht Fraktionszwang.«

Der Tag war entsetzlich gewesen. Ein Albtraum. Mr Peters hatte Luke angeschrien, weil er nicht aufpasste. Er würde seine Begabung verschwenden, und das sei kriminell. Am liebsten hätte Luke ihm gesagt, wie nahe das der Wahrheit kam.

In Informatik hatte er im Netz gesurft, um herauszufinden, wie lange man für Vergewaltigung sitzen musste – wie alt er sein würde, wenn er aus dem Gefängnis wieder herauskam. Als er sah, dass Strafen bis Lebenslänglich verhängt wurden, stockte ihm der Atem. Er hatte einmal einen Politiker im Fernsehen gesehen, der meinte, die Regierung sei zu nachgiebig. »Lebenslänglich sollte wirklich lebenslänglich bedeuten«, hatte der Mann gepredigt. Luke biss sich auf die Unterlippe, bis sie blutete, weil er solche Angst hatte, vor versammelter Klasse in Tränen auszubrechen.

Schlimmer noch – Tom hatte sich benommen, als wäre nichts passiert. Im Aufenthaltsraum hatte er sogar damit angegeben, er hätte ein »echtes kleines Flittchen« kennengelernt.

Die anderen Jungs lachten und meinten, er würde bestimmt mal wieder Scheiß labern.

Tom beugte sich über den Billardtisch und versenkte die schwarze Kugel.

»Fragt Lukey, der kann euch erzählen, wie die drauf war«, sagte er. »Hat drum gebettelt, stimmt's?«

Luke lächelte schwach. In Gedanken hörte er das Mädchen immer noch schreien und sah ihre schmalen Handgelenke, die sich in Charlies Klammergriff blau-schwarz verfärbt hatten.

Jetzt klingelt es, und Luke kann endlich abhauen. Gott sei Dank übernachtet er heute nicht im Internat. Er möchte nach Hause, sich auf seine Arsenal-Decke werfen und alle viere von sich strecken. Vielleicht sollte er seiner Mum erzählen, was passiert ist. Vielleicht kann sie helfen. Und selbst wenn nicht, hört dann vielleicht der schlechte Film auf, der ständig wie auf Endlosschleife in seinem Kopf läuft.

Er sieht ihr Auto am Kricketfeld parken und rennt hin. Drinnen riecht es nach sauberer Wäsche.

Seine Mum lächelt. »Hattest du einen schönen Tag, mein Schatz?«

Er kriegt kein Wort heraus und kneift die Augen fest zusammen.

»Ist alles in Ordnung, Liebes?«, fragt seine Mum.

Mit schlappem Handgelenk rührt er seine Pasta um.

»Luke?«

Ihre Stimme klingt so sanft. Er fühlt sich entsetzlich mies.

Behutsam hebt sie sein Kinn und schaut ihm in die Augen. »Du würdest es mir doch sagen, wenn etwas nicht stimmt, ja?«

In ihrem vertrauten Gesicht sieht er ein Leben aus Naseputzen und Geburtstagsfeiern. Aber hier geht es nicht um eine zerbrochene Fensterscheibe oder eine schlechte Klassenarbeit. Wie soll er ihr sagen, was er mit angesehen, was er getan hat? Sie kann es nicht ungeschehen machen. Das kann niemand.

»Ich bin bloß müde«, stößt er mühsam hervor.

»Du siehst ein bisschen krank aus«, sagt sie und legt ihre kühle Handfläche auf seine Stirn. »Nicht heiß, aber es kommt mir vor, als würdest du irgendwas ausbrüten.«

Sofort schiebt er den Teller weg. »Ja. Ich fühl mich nicht gut.«

Erleichtert sieht seine Mutter ihn an. Damit kennt sie sich aus.

»Dann leg dich am besten hin, Liebes«, sagt sie. »Kommst du zurecht, solange ich deine Schwester abhole?«

Das Bild von Jessie, die ein Jahr jünger ist als Luke, erscheint vor seinem inneren Auge. Was, wenn irgendwelche Jungs sie in den Park schleppen würden … sie festhalten und …

Er springt auf, rennt aus dem Zimmer, die Hand auf den Mund gepresst, und Galle quillt zwischen seinen Fingern hervor.

Sein Zimmer dreht sich, und Luke konzentriert sich auf einen kleinen braunen Wasserfleck an der Decke.

»Bin in zwanzig Minuten wieder da«, ruft seine Mum von unten. »Wie wäre es, wenn ich bei Waitrose ein bisschen Lucozade für dich hole?«

Aber Luke antwortet nicht.

Als er die Haustür ins Schloss fallen hört, lässt er den Tränen freien Lauf, rollt sich zusammen und weint, bis ihm der Rotz aus der Nase auf die Lippen trieft. Und dann wird ihm plötzlich klar, was er tun muss.

Er wischt sich mit dem Handrücken über die Augen und packt seine Tasche.

Lilly hatte es versucht, ganz ehrlich. Sie hatte den Mantel übergezogen und wirklich vorgehabt, sich auf den Weg in die Bar zu machen, wo ihre Chefin und die anderen Partner der Firma auf sie warteten. Aber als es dann so weit war, machte sie plötzlich eine scharfe Rechtskurve und hüpfte hastig in ihren neuen Mini Cooper.

Als sie die A5 hinunterbrauste, holte sie das Handy heraus.

»Rupes, ich bin's. Tut mir leid, dass ich es nicht in den Pub geschafft habe, aber ich muss Sam abholen. Er hat mir gedroht, dass er auszieht, wenn er nach der Schule noch mal in den Hort muss.«

Es stimmte, dass Sam nicht gern mit den Internatsschülern spät in der Schule blieb. Angeblich miefte es im Aufenthaltsraum, und man kriegte zum Tee im Speiseraum immer dasselbe. »Keine Ahnung, wie die das machen, Mum, aber egal, an welchem Tag man hingeht, es gibt immer Mince Pies«, erklärte er. »Die geben ihnen natürlich unterschiedliche Namen, aber darauf fällt längst keiner mehr rein.«

Rupinder sagte nichts. Aber Lilly konnte sich genau vorstellen, wie sie die Lippen schürzte und versuchte, die Sache auf die leichte Schulter zu nehmen. »Du kannst mich morgen zur Schnecke machen und sparst das Geld für ein Pint.«

»Setz deinen Arsch in Bewegung und mach, dass du hierherkommst.«

Lancasters hatte schon wieder den Besitzer gewechselt. Jetzt war es ein Franchiseunternehmen eines bekannten Kochs aus dem Londoner West End, neu gestylt als Gastro-Pub. Dafür bekam man salbeigrüne Wände von Farrow & Ball und Steaks für fünfzehn Pfund das Stück. Wie üblich war das Lokal fast leer.

Rupinder und die anderen hatten sich am hinteren Ende der Bar versammelt. Lilly hörte das Ploppen eines Sektkorkens, und ihr wurde flau im Magen. Hatte sie vielleicht etwas Wichtiges nicht mitgekriegt? Hatte heute womöglich jemand Geburtstag?

»Was feiern wir denn überhaupt?«, rief sie bemüht heiter.

Rupinder reckte ihr Glas in die Höhe. »Deine Zulassung zu höheren Gerichten. Du hast die Prüfung bestanden.«

Vor ein paar Monaten war Rupinder von ihren Kollegen unter Druck gesetzt worden, Lilly rauszuschmeißen, weil sie erstens kein Blatt vor den Mund nahm und zweitens die Neigung hatte, Fälle anzunehmen, die zu wenig Geld für die Altersversorgung der Anwälte einbrachten. Rupinder hatte Widerstand geleistet, sich aber bereit erklärt, ihre Kosten zu senken. Eine Maßnahme zu diesem Zweck war, dass kein Geld mehr für Barristers verschwendet werden und dass Lilly soweit wie möglich ihre eigene Advokatur übernehmen sollte.

»Wow«, sagte Lilly. In der Flut ihrer Scheidungsfälle hatte sie tatsächlich die Prüfungen vergessen, die sie im Sommer abgelegt hatte.

»Das kann man wohl sagen«, bestätigte Rupinder, wenn auch in kaltem Ton. Offensichtlich hatte sie Lilly ihren Fluchtversuch noch nicht verziehen. »Herzlichen Glückwunsch.«

Sheila leerte ihr Glas und füllte es aus der Doppelmagnum nach, ohne das Glas schräg zu halten, so dass der teure Schaum überquoll und am Stiel hinunterfloss.

»Ich vermute, dass du dich jetzt noch weniger im Büro aufhalten wirst«, sagte sie. »Und ich bin die Dumme, die den ganzen zusätzlichen Papierkram aufgehalst kriegt.«

»So hat doch alles seine guten Seiten«, meinte Lilly.

»Vielleicht könnten wir mal unsere Differenzen beiseite lassen und uns wie ein Team benehmen«, sagte Rupinder streng. »Ausnahmsweise.«

Lilly machte sich auf eine Moralpredigt gefasst, aber ihr Handy rettete sie. »Ich hab euch doch gesagt, dass Sam einen Hals schieben würde, wenn ich nicht auftauche.«

Da Rupinder ein erfreulich betretenes Gesicht machte, erwähnte Lilly nicht, dass Sam erst in einer Stunde mit dem Fußballtraining fertig war.

Sie entfernte sich ein Stück von den anderen.

»Miss Valentine?«

»Ja, am Apparat.«

»Ich arbeite im Hound's Place und wollte Sie fragen, ob Sie wohl Zeit hätten, mit einem unserer Bewohner zu sprechen.«

Lilly schielte zu Rupinder hinüber und schnitt ihre beste zerknirschte Eltern-Grimasse. »Ja, ich bin gleich da.«

Das englische Volk hat genug! Blood River, 15:05
Dieses Land war ein Land, auf das wir stolz sein konnten.
Auf der ganzen Welt genoss unsere Nation Ansehen und Respekt.
Die Menschen wussten, wer sie sind.
Können wir das ehrlicherweise immer noch für uns in Anspruch nehmen?

Das englische Volk hat genug! Skin Lick, 15:12
Nein, leider nicht.
Das Land geht vor die Hunde, weil wir uns dauernd für irgendwelche Ausländer krummlegen.

Das englische Volk hat genug! Snow White, 15:15
Was mich wirklich nervt, ist, wenn man die Straße entlangspaziert, und jeder Zweite, der einem begegnet, ist ein Einwanderer. Letzte Woche bin ich in London in den Zug gestiegen und habe ungefähr zwanzig verschiedene Sprachen gehört. Da hab ich mich gefragt, wo ich eigentlich bin …

Das englische Volk hat genug! Skin Lick, 15:22
Ich weiß, was du meinst, Snow White. In meiner Stadt gibt es drei Moscheen. Drei!!!
Wir leben doch echt in Englastan.

Das englische Volk hat genug! Snow White, 15:26
Ich hab gelesen, dass die Kinder in manchen Schulen gezwungen werden, Eid und Diwali zu feiern, aber einander keine Weihnachtskarten schicken dürfen. Ich möchte nicht, dass meine Kinder so aufwachsen.

Das englische Volk hat genug! Skin Lick, 15:38
Das ist ein Skandal.
Die weißen Eingeborenen dieses Landes werden bald eine Minderheit sein, und dann verlieren wir unser Erbe und unsere Kultur.

Wir können uns darauf gefasst machen, dass wir uns bald von Ostern, Silvester und Bonfire Night verabschieden müssen.

Das englische Volk hat genug! Blood River, 15:46
Ich persönlich bin nicht bereit, all das zu opfern, was mir lieb und wert ist.
Die Masseneinwanderung war eine Katastrophe, und es muss endlich Schluss damit sein.
Unser Land ist mit Fremden längst übersättigt.
Schreibt an eure Abgeordneten, dass ihr es nicht mehr toleriert, in eurer eigenen Heimat Bürger zweiter Klasse zu sein.
Boykottiert die Läden von Einwanderern.
Lasst stolz die Fahne mit dem Georgskreuz wehen.

Snow White klappte ihren Laptop zu. Sie hasste es, aus einer Live-Diskussion auszusteigen, aber sie musste die Hemden ihres Mannes aus der Reinigung holen. Sie sah auf die Uhr. Wenn sie nicht trödelte, schaffte sie es sogar noch schnell zum Fleischer und war trotzdem rechtzeitig zum Live-Podcast wieder zu Hause.

In Manor Wood hatte man ein Wohnheim eingerichtet, ungefähr eine halbe Meile von Sams Schule entfernt. Das Gebäude, Hound's Place, war früher einmal eine Polizeistation gewesen, aber von einem Immobilienmakler aufgekauft worden, der das Potential des Gebäudes als Ausländerwohnheim erkannte: In jedes Zimmer konnte er mühelos fünf verzweifelte Flüchtlinge quetschen.

In einem kleinen Dorf wie Manor Wood war der Zustrom von fast dreißig Ausländern nicht mit ungetrübter Begeisterung aufgenommen worden. Die berühmte Gastfreundlichkeit der englischen Landbevölkerung schien sich nicht auf den Zigeunerhaufen junger Männer und Frauen zu erstrecken, die alles hinter sich gelassen und aufs Spiel gesetzt hatten, um ihre vom Krieg zerrütteten Heimatländer zu verlassen.

Lilly hatte Rupinder gebeten, sie zwei vierzehnjährige Jungs vertreten zu lassen, die vor den Taliban geflohen waren. Ohne Verwandtschaft in Großbritannien ging ein Fürsorgeauftrag ohne große Umstände durch, so dass Lilly so gut wie keine Zeit investieren musste. Doch aus zwei Jugendlichen wurden vier, dann kam ein Teenager aus Bosnien und einer aus Uganda. Obwohl Lilly die steigende Anzahl ihrer Schützlinge wohlweislich für sich behielt, vertrat sie inzwischen mindestens die Hälfte der in Hound's Place untergeschlüpften Kids. Aber ihre Energie reichte ja locker für sie alle, sagte sie sich, als sie jetzt einen Blick auf die Uhr warf.

Sobald sie über die Schwelle trat, kam ein junger Mann im Karohemd auf sie zu.

»Hallo, Artan«, begrüßte Lilly ihn.

Mit seinen vollen Lippen und den tiefschwarzen Wimpern hätte er eigentlich ein gutaussehender Kerl sein müssen, aber irgendetwas an ihm verunsicherte Lilly immer. Seine ganze Familie war im Kosovo ums Leben gekommen, und er machte trotzdem nie einen wütenden, traurigen oder auch nur verwirrten Eindruck. Er wirkte seltsam kalt.

»Wie geht es dir?«, fragte sie.

Artan schüttelte den Kopf, um zu zeigen, dass etwas nicht in Ordnung war. »Ich muss mit Ihnen sprechen.«

»Ich habe genau zwanzig Minuten«, sagte Lilly.

Sie gingen in die Küche, und die wenigen Bewohner, die hier herumgesessen und geplaudert hatten, standen auf und verließen wortlos den Raum. Irgendetwas stimmte hier ganz und gar nicht.

»Bist du mal wieder verhaftet worden, Artan?«, fragte Lilly. Vor einem Monat hatte man ihn beim Klauen erwischt, aber dank Lilly hatte man ihn mit einer Verwarnung davonkommen lassen.

»Nein, nein, nichts in der Art.« Seine Augen waren ausdruckslos, ohne den geringsten Hinweis darauf, was sich unter ihrer Oberfläche abspielte.

»Bist du in Schwierigkeiten?«, fragte sie.

»Einer Freundin von mir ist was passiert«, erklärte er.

»Was Schlimmes?«

»Etwas sehr, sehr Schlimmes.«

In Lillys Kopf klingelten die Alarmglocken. »Ist sie verletzt?«

»Ja, sie ist verletzt«, antwortete Artan.

Jetzt war es kein Klingeln mehr, sondern ein Dröhnen. Die Dreiminutenwarnung.

»Und?«, fragte sie.

»Ein paar Jungs aus dem Dorf haben sie überfallen.«

»Du meinst, die haben sie vergewaltigt?«

Artan nickte.

»War sie bei der Polizei?«, fragte Lilly.

»Das ist nicht so einfach«, erwiderte Artan. »Sie vertraut der Polizei nicht.«

Lilly nickte. Trotz Spezialeinheiten und Taskforces wurden die meisten Vergewaltigungen nach wie vor nicht gemeldet, und bei Flüchtlingen war es sogar noch unwahrscheinlicher, dass sie auch nur versuchten, sich bei der Polizei zu melden.

»Sie meint, dass die Polizei ihr nicht glauben wird«, erklärte Artan.

»Warum nicht?«

»Sie hat mit den Dorfjungs Alkohol getrunken und ist mit ihnen in den Park gegangen«, antwortete er. »Die werden sagen, sie wollte Sex.«

»Warum ist sie denn mit ihnen gegangen?«, fragte Lilly.

»Weil sie nicht klar denken kann«, sagte er.

Eine Weile schwiegen sie beide. Lilly wusste, dass alle die Jugendlichen im Heim schreckliche Dinge durchgemacht hatten. Dass keiner von ihnen unversehrt war.

»Können Sie mir versprechen, dass diese Jungs verurteilt werden?«, fragte Artan schließlich.

»So etwas kann niemand versprechen.«

Er beugte sich zu ihr und senkte die Stimme. »Gibt es wenigstens eine gute Chance?«

Lilly wog ihre Worte sorgfältig ab. »Vergewaltigung ist eines der am schwersten beweisbaren Vergehen, und in einem Fall wie diesem, wo das Wort des Mädchens gegen drei vorgeblich blitzsaubere Schuljungen steht, wäre es noch schwieriger.«

Artan schloss die Augen, sein Atem ging langsam und schwer.

Lilly schauderte. »Aber damit will ich nicht sagen, dass sie es nicht melden soll.«

»Warum?« Seine Stimme war kaum hörbar. »Damit sie immer wieder gedemütigt werden kann?«

Als er die Augen wieder öffnete, sahen sie noch hoffnungsloser aus als vorhin.

»Tut mir leid«, sagte Lilly und meinte für einen Augenblick Wut in seinem Gesicht zu erkennen.

»Wir sind keine Tiere«, sagte er. »Diese Jungs müssen bestraft werden.«

Vierundzwanzig Pfund.

Das war doch der reinste Diebstahl, wie man hier das Geld aus der Tasche gezogen bekam.

Aber es war das beste Bio-Rindfleisch von Kühen, die frei auf einem Bauernhof in Sussex herumlaufen durften. Mr Simms hatte sogar Fotos von den »Mädels« über der Theke hängen, rehäugig und mit Glocken um den Hals. Einige Kunden fanden das etwas übertrieben, aber Snow White hatte daran nichts auszusetzen. Ihr Grandpa hatte Hühner gehabt und ihnen vor ihren Augen zum Sonntagslunch die Gurgel durchgeschnitten. Das verdammte Gekreische hatte sie immer noch in den Ohren.

Heutzutage hatten die Leute einfach keinen Respekt mehr vor der Herkunft ihres Essens. Sie wollten immer nur alles sauber und in Plastikfolie verpackt.

Doch Snow White hatte ihren Kindern beigebracht, dass das Leben nicht so war. Als ein Fuchs einmal ihre sämtlichen Kaninchen geholt hatte, hatte sie ihnen befohlen, mit der Heulerei aufzuhören, war mit ihnen bis Mitternacht aufgeblieben und hatte den Räuber, der prompt wieder auftauchte, mit ihrer Schrotflinte erledigt. »Manchmal muss man sich eben die Hände schmutzig machen.«

Sie legte das Fleisch in den Kühlschrank und loggte sich auf ihrem Laptop ein.

Willkommen Snow White – in fünf Minuten beginnt
der heutige Live Podcast!

Wunderbar. Sie hatte also noch nichts verpasst.

Vor sich hin summend machte sie sich eine Kanne Darjeeling.

Lillys Herz war noch schwer von dem, was sie gehört hatte. Als sie zur Schule ihres Sohns abbog, hätte sie um ein Haar einen Mercedes gerammt, und die Fahrerin hupte laut. Lilly hätte ihr gern den ausgestreckten Mittelfinger entgegengehalten, aber so eine Geste galt unter den Mittelklasse-Eltern, bei denen Lilly sowieso nicht sehr viele Freunde hatte, als ungehobelt, vulgär und absolut unverzeihlich.

Gerade wollte sie sich wieder einmal dafür beschimpfen, dass sie sich beim Thema Schule von ihrem Exmann hatte beschwatzen und umstimmen lassen, als ihr Handy klingelte.

Die Stimme war einschmeichelnd wie irischer Honig. »Hallo, Hübsche. Hast du Zeit für ein Schwätzchen?«

Es war Jack McNally, ein Polizist, den Lilly schon seit Jahren kannte und mit dem sie fast von Anfang an geflirtet hatte. Aber bis zu den ersten Annäherungsversuchen hatte es ganz schön lange gedauert.

»Was hast du an?«

Lilly lachte. »Ich würde gern behaupten, dass ich mich hier in Bustier und Netzstrümpfen rumtreibe.«

Eine vorübereilende Mutter rümpfte die Nase.

»Aber?«, sagte Jack. »Ich ahne da ein Aber.«

»Um ehrlich zu sein, hole ich gerade Sam vom Fußballtraining ab, und nicht mal ich wäre unverschämt genug, hier in Unterwäsche aufzulaufen.«

»Du möchtest ja auch die ganzen Supermuttis nicht neidisch machen«, meinte er.

»Jetzt wird mir doch mal wieder klar, warum ich dich mag.«

Lilly schlenderte zum Fußballplatz, wo Sam im Tor stand und sich gerade bereitmachte, einen Elfmeter zu halten. Obwohl es nur Training war, wagte Lilly kaum hinzuschauen. »Und wie geht es dir so?«

»Wie immer, wie immer«, antwortete er.

»Ohhh«, stöhnte Lilly, als Sam den Ball mit aller Kraft aus dem Tor schlug. Sogar von der Seitenlinie konnte man hören, wie das Leder auf seine Haut knallte. Für einen Neunjährigen war es natürlich total uncool, Schmerz zu zeigen, aber eine mittelalte Mutter konnte es sich nicht verkneifen.

»Alles klar bei dir?«, fragte Jack etwas besorgt. »Du klingst irgendwie unkonzentriert.«

»Kurz bevor du angerufen hast, hatte ich eine komische Begegnung.«

»Komisch haha oder komisch sonderbar?«

»Komisch beunruhigend«, antwortete sie. »Ein Mädchen aus dem Wohnheim ist vergewaltigt worden.«

»Eine von den Asylbewerberinnen?«

»Ja. Ihr Freund wollte von mir wissen, was passieren würde, wenn sie die Polizei einschalten.«

»Und?«, bohrte Jack nach.

»Ich hab ihm die Wahrheit gesagt.«

Der Schiedsrichter blies in seine Trillerpfeife, und zehn Jungs rannten auf Sam zu, der ganz eindeutig der Retter in der Not gewesen war.

»Ich habe ein ganz ungutes Gefühl. Dass er womöglich irgendeine Dummheit macht«, sagte Lilly.

Als Profi, der er war, klang Jacks Stimme ernst und sachlich. »Was denn zum Beispiel?«

Lilly winkte ihrem Sohn zu, der feierlich seinen Gegenspielern die Hand gab und dann, wild mit den Armen wedelnd, auf Lilly zugerannt kam.

»Ich weiß nicht, vielleicht gar nichts. Vergiss es einfach.«

»Das klingt aber nicht, als sollte man es vergessen, Lilly.«

Jetzt war Sam fast bei ihr. »Du weißt doch, dass ich gelegentlich überreagiere. Wahrscheinlich war er einfach nur aufgebracht. Verständlicherweise.«

»Lilly, das ist keine Überreaktion«, beharrte Jack. »Du hast einen hervorragenden Instinkt, und wenn du meinst, dass da irgendwas im Busch ist, musst du mit jemandem reden.«

»Das werde ich auch. Na ja, erst muss ich mir alles noch mal durch den Kopf gehen lassen.« Sam warf sich in ihre Arme und holte sie fast von den Füßen. »Hör mal, ich muss Schluss machen. Unser Fußballstar braucht seinen Tee.«

Ein herzliches Willkommen an alle Mitglieder. Die heutige Diskussion leitet unser regelmäßiger Teilnehmer Nigel Purves.

Snow White trank einen Schluck Garibaldi-Wein und machte es sich gemütlich. Nigel war immer interessant.

»*... ich möchte heute über Vielfalt sprechen, und ich möchte, dass alle sich einmal fragen, ob das eine gute Sache ist oder eher nicht.*«

Snow White tunkte ihren Keks ein und lächelte den Bildschirm an. Nigel war ein redegewandter Mann, der mit einer Klarheit und Überzeugung seine Meinung darstellte, die den meisten Politikern bedauerlicherweise fehlte. Und er wusste, wie man Anzug und Krawatte trug.

»*... Oberflächlich betrachtet erscheint uns Unterschiedlichkeit vielleicht als etwas Positives – wer möchte denn schon, dass alles gleich ist? Abwechslung ist das Salz in der Suppe, richtig?*

Aber treten wir einmal einen Schritt zurück und fragen wir uns, was eine Familie so besonders macht.«

Snow White griff nach einem Ingwerkeks. Nigel war in Höchstform.

»Ist es nicht der Umstand, dass alle aus demselben Holz geschnitzt sind? Dass sie Dinge gemeinsam haben? Dass sie eine homogene Gruppe sind?«

Nigel fuhr sich mit der Hand durch die Haare, die graumeliert, aber noch voll waren.

»Was auch immer man uns einreden möchte – es ist einfach unsere Natur, dass wir die Gesellschaft von unseresgleichen suchen. Vielleicht halten manche das für rassistisch. Aber ich nenne es gesunden Menschenverstand …«

»Mum, ich bin am Verhungern.«

Mist. Snow White stellte den Podcast ab.

»Was gibt's zu essen?«

Die Mädchen waren früh zu Hause. Dann musste Nigel eben warten.

»Es gibt Scones«, sagte sie. »Oder Crumpets. Sucht euch was aus.«

»Ich habe einen Bekannten, der jemanden kennt. Der besorgt dir, was du brauchst.«

Artan nickt und gibt dem Albaner das Geld.

Er stellt keine Fragen. Er weiß auch, dass er keine Antwort kriegen würde. Seit er mit der Anwältin geredet hat, kann er an nichts anderes mehr denken.

Diese Jungs müssen bezahlen.

KAPITEL 2

»Kommst du auch mit, Mum?«

Lilly schaute von der Spülschüssel auf und lächelte ihrem Sohn zu. »Ja klar, Sam.«

Er stopfte den letzten Löffel Porridge in den Mund und strahlte sie an. »Aber manchmal wirst du bei der Arbeit aufgehalten.«

»Im Büro hab ich schon alles geregelt und mit einem dicken roten Stift im Terminkalender vermerkt, dass ich nicht da bin.«

»Aber bei den großen Kinderfällen passiert doch manchmal was Unvorhergesehenes«, gab er zu bedenken.

»Du weißt doch, dass ich die nicht mehr mache«, erwiderte sie. »Und wie könnte ich das Halbfinale verpassen?«

Beruhigt packte Sam seine Sporttasche und drei Bananen zusammen. »Damit ich Energie habe«, erklärte er.

Da sie kein Geschirrtuch finden konnte, wischte sich Lilly die Hände am Pulli ab. Seifenschaum sammelte sich über ihrem Brustkorb, und als sie die Bläschen mit dem Ellbogen abzuwischen versuchte, verschmierte sie alles nur noch mehr. »Verdammt.«

»Warum kaufst du denn keine neue Spülmaschine, Mum?«, fragte Sam.

»Das werde ich schon noch«, sagte sie, griff nach ihrem Autoschlüssel und wollte die Haustür öffnen. Aber so sehr sie auch zerrte, die Tür rührte sich nicht vom Fleck. Durch die Novemberfeuchtigkeit war das Holz aufgequollen, und die Tür klebte am Rahmen fest, als wäre sie einbetoniert. Erst als Lilly sich mit dem Fuß an der Wand abstützte und noch einmal mit aller Kraft zog, öffnete sich ein etwa dreißig Zentimeter breiter Spalt, und Lilly scheuchte ihren Sohn hinaus.

»Es muss eine Menge repariert werden in unserem Haus, stimmt's?«, erkundigte sich Sam.

Lilly quetschte sich durch die Lücke und ging wieder in Stellung, diesmal mit dem Stiefelabsatz an der Außenwand des Cottages. Dann warf sie sich nach hinten, die Tür knallte zu, und vom Dach der Veranda regnete der Putz.

»Na ja, vielleicht so ein, zwei Kleinigkeiten«, antwortete sie und schüttelte das Mauerwerk aus den Haaren.

»Wenn ich erst mal bei Liverpool spiele, bin ich reich«, sagte Sam. »Aber vermutlich brauchen wir das Geld jetzt gleich.«

Sie warfen ihre Taschen auf den Rücksitz und stiegen in den Mini. »Keine Sorgen, Großer, die Scheidungsfälle zahlen gut.«

»Aber du magst sie nicht, stimmt das, Mum?«

Das neue Auto schnurrte los. »Ach, das ist schon okay.«

»Und was ist mit den Kindern, denen du früher immer geholfen hast?«, fragte er.

Lilly seufzte. »Die vertritt jetzt eben jemand anderes.«

»Und das macht dir echt nichts aus?«

Lilly lächelte und fuhr los.

Als sie Sam vor der Schule absetzte, vergewisserte er sich noch einmal, dass sie zum Spiel da sein würde.

»Ja, natürlich«, lachte sie. »Und ich hab hier was für dich.« Sie überreichte ihm eine Plastiktüte und beobachtete mit großem Vergnügen, wie sich die Freude auf dem Gesicht ihres Sohns ausbreitete, als er die nagelneuen Nike-Torwarthandschuhe auspackte.

Die Bank ist hart und kalt, aber Artan ist darauf vorbereitet, den ganzen Tag zu warten. Anna lehnt sich an ihn, die Wange an seiner Brust, den knochigen Arm um seine Taille.

Sie halten Ausschau nach den verräterischen grünen Blazern, an denen man die Jungs aus Manor Park von den Jungs aus der Nachbarschaft hier unterscheiden kann.

»Sag Bescheid, wenn du sie siehst«, sagt er.

Sie nickt, und ihre Wange streicht über den Reißverschluss seiner Jacke. Zwei Jungen in Kapuzenjacken turnen auf der Straße herum und tun so, als würden sie Karate-Kicks landen. Ein paar Freunde feuern sie an und werfen ihnen Süßigkeiten und Chips zu. Als sie die beiden Fremden auf der Bank entdecken, werden sie unruhig.

»Was gibt's denn da zu glotzen?«

Artan antwortet nicht, aber sein Gesichtsausdruck vertreibt die anderen Jungen.

Er spürt, wie sich Annas Körper neben ihm verkrampft.

»Was?«

»Da«, sagt sie, und sieht zu vier Jungens in Grün hinüber.

Er folgt ihrem Blick. »Bist du sicher?«, fragt er.

Anna nickt. »Der mit den dunklen Haaren und der Rothaarige.«

»Ich dachte, du hast gesagt, es waren drei.«

»Stimmt«, antwortet sie. »Aber der Dritte ist nicht dabei.«

Sie schauen zu, wie die Manor-Park-Jungs sich etwas zu trinken kaufen und folgen ihnen dann in sicherem Abstand.

Den ganzen Weg albern die vier miteinander herum. Der Rothaarige hat eindeutig das Sagen. Seine Stimme ist am lautesten, und er boxt seinen Freund ein bisschen zu heftig in den Oberarm. Als der aufjault, lacht er ihm ins Gesicht und nennt ihn »schwul«.

»Er erinnert mich an Gabi«, sagt Anna.

»Du sollst doch diesen Namen nicht sagen.«

Anna schmiegt sich an ihn. »Entschuldige.«

Aber er schiebt sie weg und legt die Hand an den Revolver. Er fühlt sich vertraut an, wie ein alter Freund.

Jack rannte, der Rhythmus seiner Füße eine Trommel in seinem Kopf. Eins, zwei, drei, vier. Unbarmherzig. Aber seltsam beruhigend.

Vor sechs Monaten hatte er angefangen zu joggen, weil der

Arzt ihm gesagt hatte, dass sein Blutdruck an der Grenze dessen lag, was man als gefährlich erachtete. Außerdem hatte der Arzt ihm noch gesagt, er sollte das Trinken einschränken, aber man konnte ja nicht alles auf einmal machen.

Er patschte durch Pfützen und Öllachen, ohne auf den Schlamm zu achten, der ihm an die Waden spritzte, ganz auf seinen Atem konzentriert. Eins, zwei, drei, vier. Eigentlich hatte er erwartet, dass das Laufen seine Anziehungskraft verlieren würde, sobald der Sommer vorbei war, aber merkwürdigerweise fand er die grauen Straßen sogar noch verlockender.

Inzwischen hatte er schon über sechs Kilo abgenommen, was eine Leistung war, wenn man daran dachte, wie gut Lilly kochte. Er lächelte beim Gedanken daran, wie sie genüsslich den Kuchenteig vom Rührlöffel ableckte.

Nachher wollte er sie anrufen und fragen, ob sie und Sam vielleicht Lust hatten, heute Abend einen Film auszuleihen. Gestern war sie so unaufmerksam gewesen, wahrscheinlich aus Sorge wegen dem Jungen aus dem Wohnheim. Sie engagierte sich immer hundertprozentig für die Kids, für die sie arbeitete. Nahm sich alles zu Herzen. Es würde ihr guttun, sich weniger von dieser Art Arbeit aufzubürden.

Plötzlich fiel ihm ein, dass Sam heute Nachmittag ein Fußballmatch in der Schule hatte. Vielleicht sollte er Lilly doch nicht anrufen. Sondern sie lieber überraschen …

Jack beobachtete Lilly, die gegen die Kälte mit den Füßen stampfte. Die meisten anderen Mütter trugen grüne Gummistiefel und Daunenjacken. Kaschmirschals. Aber Lilly war offensichtlich direkt von der Arbeit hergekommen und trug ihr Kostüm und Stiefel mit Ledersohlen. Sie sah halb erfroren aus, wie sie da von einem Fuß auf den anderen trat. Das Spielfeld lag nach allen Seiten offen, und der Wind fegte ungehindert darüber hinweg.

»Für das Geld, das ihr hier bezahlt, sollte man euch eigentlich besseres Wetter garantieren.«

Lilly lächelte Jack an. »Woher wusstest du, dass ich hier sein würde?«

»Na, ich hab natürlich dein Telefon angezapft.«

Sie lachte, und ihr Atem bauschte sich in dicken Wolken um ihr Gesicht.

»Ich hoffe, es stört dich nicht«, sagte er. »Dass ich hier bin, meine ich, nicht das Abhören.«

Sie hakte sich bei ihm ein. »Aber nein. Und Sam wird begeistert sein, dich zu sehen.«

»Wo ist der kleine Mann denn?«

»In fünf Minuten geht es los. Wenn wir dann noch nicht erfroren sind.«

Er zog seine Lederjacke aus und legte sie ihr um die Schultern. »Du brauchst einen richtigen Mantel bei dem Wetter, Lilly.«

»Ja, Dad.«

Jetzt fror Jack, aber es hätte ihm kaum gleichgültiger sein können. Er stand neben seiner Freundin, einer supertollen Frau, und sah ihrem Sohn beim Fußballspielen zu. Das fühlte sich an wie … Er wagte es kaum zu denken, aber es fühlte sich an wie Familie.

Immer mehr Eltern trudelten ein, und auch Jungs aus den höheren Klassen kamen, um die Kleinen anzufeuern. Ein paar alberten herum, lachten und blökten, und der Größte der Truppe fand sich offenbar trotz seiner krausen karottenroten Haare unwiderstehlich. Er streckte den Brustkorb vor wie ein Rotkehlchen, und aus jeder Pore strömte Arroganz. Jack hoffte, dass Sam nie so werden würde, sagte aber nichts. Lilly quälte sich sowieso schon wegen dieser Privatschule, aber ihr Exmann bestand darauf, dass Sam hier gut aufgehoben war. Und Jack war zu klug, um sich einzumischen.

Die Hecke ist schütter, der Herbst hat sie in ein dürres Skelett verwandelt. Mühelos bahnen sie sich einen Weg hindurch, treten auf die Wiese hinaus und wandern übers Gras.

Artan blickt zum Hauptgebäude hinüber. Eine Villa aus glattem braunem Stein, mit Efeu bewachsen, die hölzernen Fensterrahmen frisch weiß gestrichen. Ist das wirklich nur eine Schule?

Links stehen drei Buchen, die dabei sind, die letzten Blätter abzuwerfen, der Boden unter ihnen ein Teppich aus Bronze und Gold.

Ein uniformierter Mann saugt das Laub mit einer Maschine weg, die er in der Hand hält.

»Was ist das?«, flüstert Anna.

»Ein Staubsauger«, antwortet Artan kopfschüttelnd. »Ein Staubsauger für Blätter.«

Manchmal staunt er immer noch über dieses Land. Zu Hause hatte seine Mutter nicht mal einen normalen Staubsauger für die Wohnung. Sie hat mit einem alten Besen ausgefegt, genau wie es ihre Mutter vor ihr getan hat.

»Diese Menschen«, sagt er. »Diese Menschen haben keine Ahnung, wie gut es ihnen geht.«

»Schnell, ehe uns jemand sieht«, sagt sie leise.

Sie marschieren auf ein Nebengebäude zu, aber es ist zu spät.

»He!«, ruft der Mann. »He, ihr beiden!« Schon legt er den Laubsauger weg und stapft auf sie zu. »Was habt ihr denn hier zu suchen?«

Artan breitet die Arme aus. »Sorry. Englisch nicht gut.«

»Verstehe«, sagt der Mann. »Ihr seid von der Agentur. Na ja, und spät dran.«

Artan und Anna erstarren. Was ist eine Agentur?

»Ihr seid zum Arbeiten hier?«, fährt der Mann unbeirrt fort und tut so, als würde er fegen.

Wieder muss Artan an seine Mutter denken und lacht.

»Richtig«, sagt der Mann und deutet auf einen Schuppen. »Holt euch einen Rechen und kommt dann wieder her.«

»Rechen«, wiederholt Artan.

»Genau. Bewegt euch.« Der Mann schubst Artan ins Kreuz. »Verdammte Ausländer.«

Artan lächelt weiter, aber seine rechte Hand hat sich wieder ganz fest um den Revolver gelegt.

Die Menge applaudierte. Kein frenetischer Beifall, sondern nur ein wohlwollendes Klatschen, aber Sam lächelte trotzdem.

Lilly winkte ihrem Sohn zu, und als er Jack neben ihr erkannte, strahlte er übers ganze Gesicht.

Lag es an ihrer Beziehung zu Jack, dass die Streitereien mit David, wer wem was angetan hatte, endlich aufgehört hatten? Oder war es der Anblick von Davids neuer Freundin mit ihren müden, rot geränderten Augen, völlig erschöpft, weil ihre kleine Tochter zahnte, der den alten Groll vertrieben hatte?

Die Dinge fühlten sich einfach richtig an. Irgendwie neu.

Lilly lachte über ihren geistigen Höhenflug.

Das gegnerische Team von der Dorfschule gewann die Seitenwahl, und das Spiel begann.

»Auf geht's, Manor Park«, rief Lilly.

»Yeah«, rief einer der Internatsschüler. »Zeigen wir den Prolls, was wir können!«

Lilly tat so, als hätte sie nichts gehört, sah aber ein paar Elternteile aus Manor Park zustimmend lächeln. Warum mussten diese Leute sich nur immer so aufblasen? Warum mussten sie auf andere herabschauen, nur weil die vielleicht etwas weniger Geld hatten?

»So schlecht war der Ball doch gar nicht«, sagte Jack.

»Was?«

»Der Pass war schlecht getimed, da hast du recht, aber die Jungs sind doch auch erst neun.«

Ein unverhohlener Versuch, sie abzulenken. Lilly lachte und schmiegte die Wange an Jacks Schulter.

Von der anderen Seite schlenderte ein Elternpaar auf das Spielfeld zu. Sie waren zu spät dran und bekämen von ihrem Sohn nach dem Spiel bestimmt ordentlich eins aufs Dach. Als sie näher kamen, sah Lilly, dass beide Overalls trugen, also waren es gar keine Eltern, sondern Gartenpersonal. Die Schule hatte eine ganze

Armee von Angestellten, die sich um das Mähen des Grases und ähnliche Wartungsarbeiten kümmerten.

»Sehr gut gehalten!«, rief Jack, und Lilly wandte ihre Aufmerksamkeit wieder dem Spiel zu.

»Was ist passiert?«

»Nummer acht ist über den Flügel super aufs Tor zugelaufen und hat den Ball direkt ins linke Eck geschlenzt, aber Sam ist grade noch mit den Fingerspitzen drangekommen.«

»Seit wann bist du denn Fußballfachmann?«, grinste Lilly.

»Du dachtest wohl, ich bin eher der Rugby-Typ, was?«

»Nein, ganz bestimmt nicht!«, prustete Lilly.

»Was dann?«

Lilly tat so, als taxierte sie ihn mit ernster Miene. »Fliegenfischen?«

»Ach, vergiss es, Mädel«, winkte er ab, schob sie mit einer Hand weg und holte sie mit der anderen zurück. »Ich bin einfach zu sportlich für dich.«

»Sportlich?«

Jack ließ einen nicht wirklich existierenden Bizeps spielen. »Nichts als Muskeln.«

»Klar, vom Bierglasstemmen«, grinste Lilly.

Gerade wollte sie noch etwas hinzufügen, als ihr wieder das Paar mit den Overalls ins Blickfeld geriet. Sie waren ungefähr hundert Meter entfernt stehen geblieben und steckten die Köpfe zusammen, ganz in ein Gespräch vertieft. Ihre dichten, glänzenden Haare hatten die gleiche kastanienbraune Farbe und tanzten leise im Wind. Auf einmal zog der Mann die Frau an sich. Nicht wie ein Liebespaar, sondern besitzergreifend – eher wie Vater und Tochter. Oder großer Bruder und kleine Schwester. Er umarmte sie, als hätte er Angst, sie könnte zerbrechen. Und sie überließ sich ihm rückhaltlos.

Als die Frau den Kopf zur Seite drehte, sah Lilly, dass sie sehr jung, sehr schön und sehr, sehr verängstigt war.

Jack spürte ihre Anspannung sofort.

»Alles klar mit dir?«

»Ich weiß nicht«, antwortete sie.

Er folgte ihrem Blick zu den beiden Teenagern, die jetzt direkt auf sie zukamen. Das Mädchen war ausgesprochen hübsch, mit Haut wie Sahne und mandelförmigen Augen. Auch der Junge mit seinem vollkommen ausdruckslosen Gesicht fiel Jack sofort auf.

»Kennst du die beiden?«, fragte er Lilly.

Lilly nickte. »Ja. Vom Wohnheim.«

»Was machen sie denn hier?«

»Keine Ahnung.«

Doch in Wirklichkeit wusste sie es, sie wollte es nur nicht wahrhaben.

Vielleicht hatten sie einen Job in der Schule bekommen? Einleuchtend, oder nicht? Sie wohnten in der Nähe, und schließlich konnte jeder Rasen mähen und Blätter auffegen.

Entschlossen schluckte sie ihre Sorge hinunter und winkte. »Hallo, Artan!«

Der Junge blickte nicht auf, sondern flüsterte dem Mädchen etwas zu und küsste sie flüchtig auf die Wange. Dann ging er weg, aber nicht zu Lilly, sondern auf eine Gruppe lärmender Internatsschüler zu. Das Mädchen stolperte hinter ihm her.

Jack blickte von Lilly zu dem Pärchen und wieder zurück.

»Sag doch was, Lilly. Was geht hier vor?«

Sie sah ihn an, Angst in den Augen. »Etwas Schlimmes.«

Ohne ein weiteres Wort wandten sie sich beide um und rannten auf das Paar zu. Erst als sie fast dort waren, sah Lilly den Revolver.

Der Schuss krachte, ein Geräusch, das unter dem verhangenen, matt dunkelgrauen Himmel völlig fehl am Platz wirkte.

So schnell Jack konnte, verschaffte er sich einen Überblick über die Situation. Das Mädchen hielt einen Revolver in den ausgestreckten Händen, die zitterten wie Espenlaub. Der Junge schwenkte seine Waffe hoch über dem Kopf und versuchte, nach dem Rückschlag des Revolvers wieder festen Boden unter die Füße zu bekommen. Auch ihm war die Panik anzusehen. Ein Junge lag am Boden. Einer der Internatsschüler.

Jemand schrie auf, dann noch jemand, und kurz darauf war die Luft erfüllt von den Entsetzensrufen der Eltern, die von der Seitenlinie auf ihre Söhne zustürzten.

»Stopp«, rief der Junge mit dem Revolver, aber sie ignorierten ihn und liefen einfach weiter.

Noch einmal rief er: »Stopp«, und richtete die Waffe auf sie.

»Bleiben Sie stehen!«, rief Jack.

Einer der Väter streckte die Hand nach seinem Jungen aus, der von oben bis unten mit Schlamm bespritzt war und laut weinte.

»Stehenbleiben! Sofort!«

Alle erstarrten. Schweigen senkte sich herab, unterbrochen nur vom erstickten Schluchzen des verletzten Jungen.

Jack breitete die Arme aus, die Handflächen nach oben, und ging auf das Mädchen zu.

»Ich bin Polizist«, sagte er. »Leg die Waffe weg.«

Das Mädchen keuchte. Ihr Körper krampfte sich zusammen, sie konnte den Revolver kaum halten, aber sie zielte weiter auf einen sommersprossigen Jungen in der Menge, der sie mit weit aufgerissenen Augen anstarrte. Jetzt wirkte er schon nicht mehr so arrogant.

»Leg die Waffe weg«, wiederholte Jack.

Sie schüttelte den Kopf.

Jack streckte den Arm aus. »Bitte.«

Vorsichtig legte er die Hand unter den Revolver. Würde er gleich sterben?

Er hielt den Atem an.

Aber das Mädchen ließ die Waffe in seine Hand sinken.

Langsam, ganz langsam wandte sich Jack dem anderen Angreifer zu. »Und du auch, Junge.«

Der Junge lachte. Hart. »Wissen Sie, was die getan haben?«

Jack warf einen Blick auf die Internatsschüler. »Warum legst du nicht die Waffe weg und erzählst es mir dann?«

»Sie weiß es«, erwiderte der Junge und wies mit der Waffe auf Lilly.

Jack hörte Lilly scharf einatmen, und eine entsetzliche Angst breitete sich in seinem Körper aus.

»Aber sie hat gesagt, niemand würde etwas unternehmen.« Mit hasserfülltem Blick sah er Lilly an. »Sie hat gesagt, die Polizei würde sich nicht darum kümmern.«

Vorsichtig, Zentimeter um Zentimeter, rückte Jack zwischen den Revolverlauf und Lilly, bis er statt ihrer sich in der Schusslinie befand.

»Vielleicht hat sie sich geirrt«, wandte er ein.

Aber der Junge schüttelte nur den Kopf, richtete seine Waffe wieder auf die Internatsschüler und nahm den größten von ihnen ins Visier. Den arroganten Rothaarigen.

»Dieses Stück Scheiße verdient es nicht zu leben«, stieß er hervor.

Im Schritt des Rothaarigen breitete sich ein feuchter Fleck aus. »Bitte schieß nicht auf mich.«

»Nimm die Waffe runter!«, rief Jack.

Doch der Junge schüttelte nur den Kopf. Fast unmerklich, aber Jack entging die Bewegung nicht. Das Gespräch war beendet.

Wie in Zeitlupe legte sich der Finger des Jungen auf den Abzug, und Jack wusste genau, was er zu tun hatte. Blitzschnell hob er die Waffe, die er in der Hand hielt, spürte ihr Gewicht, ihre Größe. Dann schloss er die Augen und feuerte zweimal. Als er die Augen langsam wieder öffnete, sah er den Jungen am Boden liegen, mit aufgerissener Schulter, Blut und Knochensplitter auf dem Overall. Eine hässliche Wunder, schlimm genug, um ihn gefahrlos zu entwaffnen, aber nicht tödlich. Doch der Junge bewegte sich nicht, und erst als Jack seinen leblosen Kopf zur Seite drehte, sah er die zweite Wunde: ein sauberer, perfekter Einschuss in der linken Schläfe.

»Bist du okay?«

Völlig verstört stand Lilly in der Tür ihres Cottages.

Vor ihr, im schattigen Halbdunkel der Abenddämmerung, stand Penny van Huysan und strich sich die sorgfältig gesträhnten Haare hinter die Ohren.

»Bist du okay?«, wiederholte sie sanft.

Auch Penny gehörte zu den Eltern von Manor Park. Eine jugendliche, sehr modebewusste Frau, die gern und viel kicherte. Sie kannte die Berufe sämtlicher Ehemänner der Manor-Park-Mütter und war in der Lage, aus zweihundert Metern Entfernung Pumps von Jimmy Choo zu identifizieren – aber sie verbrachte ihre Zeit trotzdem lieber mit Lilly als mit den anderen Supermuttis.

Sie hatten sich während der Kelsey-Brand-Geschichte angefreundet, damals, als Lillys Leben implodiert war und Penny sich als unerwartete Unterstützung erwiesen hatte. Flankiert wurde sie von Luella, die zwar Pennys Oberflächlichkeit, aber nichts von deren Charme und Einfühlsamkeit besaß.

»Lilly?«, sagte Penny. »Kannst du mich hören?«

Als Lilly immer noch nicht antwortete, wechselten Penny und Luella einen Blick und komplimentierten ihr Gegenüber ohne weitere Umstände in ihr Cottage.

»Ist Jack hier?«, erkundigte sich Penny.

Lilly schüttelte den Kopf.

Penny holte ein Glas Wasser und drückte Lilly in einen Sessel. Lilly kippte das Wasser hinunter. Sie hatte nicht mal gemerkt, dass sie Durst hatte.

»Er musste zurück aufs Revier und denen erklären, was passiert ist.«

»Und was ist passiert? Die Leute sagen, eine Gang aus dem Wohnheim wollte ein Blutbad anrichten.«

»Nein, nein«, protestierte Lilly. »Es waren nur zwei, ein Junge und ein Mädchen. Bloß zwei Kids.«

»Aber es gab eine Schießerei, oder nicht?«, fragte Luella.

Penny legte ihre Hand auf Luellas Knie.

»Der Direktor hat uns ausdrücklich gesagt, wir sollen nicht darüber tratschen.«

»Wir tratschen doch auch gar nicht«, entgegnete Luella.

»Er möchte nicht, dass die Presse davon Wind bekommt und sich auf uns stürzt.«

»Das möchte doch niemand«, meinte Luella.

Lilly konnte sehen, dass sie ganz wild darauf war, die ganze Geschichte zu erfahren. Nur aus diesem Grund war sie überhaupt mitgekommen.

»Ist Sam schon im Bett?«, fragte Penny.

»Ja. Er hat eigentlich nicht gesehen, was passiert ist, aber er war trotzdem ziemlich mitgenommen«, antwortete Lilly.

»Und was ist denn nun passiert?«, beharrte Luella.

Penny warf ihr einen warnenden Blick zu, aber Luella wedelte wegwerfend mit der Hand.

»Wir haben ein Recht darauf, es zu erfahren.«

Lilly seufzte. Luella ließ sich garantiert nicht abwimmeln, also konnte Lilly ihr genauso gut erzählen, was passiert war, ehe die Buschtrommeln in der Schule ihre Arbeit aufnahmen.

»Wie gesagt, es waren bloß zwei Kids.«

»Aber sie waren bewaffnet«, wandte Luella ein.

»Ja. Jack hat dem Mädchen die Waffe abgenommen, aber der Junge hat sich geweigert …« Sie stockte, denn sie wusste nicht recht, wie sie weitermachen sollte. »Jack musste auf ihn schießen.«

»Ist er tot?« Luella schrie beinahe.

»Ich nehme nicht an, dass Lilly seinen Puls gefühlt hat«, warf Penny ein.

»Du hast recht«, lächelte Lilly, »aber ich würde sagen, er ist tot. Die Kopfwunde war zu schlimm, er hat bestimmt nicht überlebt.«

»Dann muss Jack die Situation aber für ganz schön ernst gehalten haben«, sagte Penny.

»War sie auch. Der Junge hätte womöglich noch jemanden erschossen«, bestätigte Lilly.

Luella konnte kaum noch an sich halten. »Noch jemanden? Du meinst, er hatte schon jemanden abgeknallt?«

»Das weiß ich nicht. Der Krankenwagen hat jemanden mitgenommen.«

»Wen?«, fragte Penny.

Lilly kniff die Augen zusammen und rief sich den Jungen ins Gedächtnis, kalkweiß und noch auf der Bahre. »Einen Schüler. Einen von den Internatsknaben.«

Die drei Frauen schwiegen, und ganz langsam wurde ihnen das Ausmaß dessen bewusst, was sich in der Schule ihrer Kinder abgespielt hatte. Schließlich stand Luella auf und klopfte ihren Rock ab. Offensichtlich hatte sie die Information verarbeitet.

»Ich nehme an, wir sind alle der Meinung, dass etwas unternommen werden muss.«

»Die Polizei kümmert sich darum«, sagte Penny.

»Ich meine wegen dem Wohnheim«, erwiderte Luella.

Lilly staunte. »Was meinst du denn damit?«

Luella reckte entschlossen das Kinn. »Ich meine, dass es geschlossen werden muss.«

Wieder einmal wusste Lilly nicht, ob sie lachen oder weinen sollte.

»Es hat nichts mit dem Wohnheim oder mit den anderen Leuten zu tun, die dort wohnen«, sagte sie.

Luellas Augen blitzten. »Wie kannst du so was sagen, wenn diese Tiere zu unserer Schule marschieren und nichts anderes im Sinn haben, als unsere Kinder umzubringen?«

»So war es aber nicht«, widersprach Lilly. »Ich glaube nicht, dass das Mädchen jemanden verletzen wollte.«

»Das ist doch albern«, sagte Luella. »Niemand schleppt einen Revolver mit sich herum, wenn er nicht damit auf jemanden schießen will.«

Hilfesuchend blickte Lilly zu Penny, aber sie schüttelte den

Kopf. »Das ist ein faires Argument, Lilly. Ich meine, wie würdest du dich fühlen, wenn Sam getroffen worden wäre?«

»Ich weiß, was du damit sagen willst, aber du kannst die Heimbewohner nicht alle über einen Kamm scheren«, wehrte Lilly ab.

»Die hören sich gefährlich an«, sagte Penny.

Lilly war schockiert. Von Luella erwartete sie reaktionäres Geschwätz, aber von Penny eigentlich nicht.

»Nur die beiden hatten was damit zu tun, und die hatten ihre Gründe«, wandte sie ein.

»Was denn bitte?«, erkundigte sich Luella und blähte die Nasenflügel.

Lilly wusste, dass sie die Vergewaltigung nicht erwähnen durfte, denn die Information war ihr im Vertrauen hinterbracht worden, und sie wusste außerdem auch gar nicht mit Sicherheit, ob der Vorfall etwas mit dem zu tun hatte, was heute passiert war.

»Siehst du«, triumphierte Luella und reckte das Kinn. »Es gibt keine vernünftige Erklärung, nur das Offensichtliche. Diese Leute sind nicht wie wir. Sie hassen uns. Und ich persönlich werde nicht rumstehen und warten, während eine von diesen Gangs noch mehr Schaden anrichtet.«

Als Jack endlich ins Bett ging, zitterte er immer noch.

Auf dem Revier hatte er die Sache wieder und immer wieder durchgekaut. Angesichts der Tatsache, dass eine Person bereits angeschossen war und der Junge immer noch mit der Waffe herumfuchtelte, hatte er keine andere Wahl gehabt, als auf ihn zu schießen.

»Hätten Sie den Jungen nicht handlungsunfähig machen können?«, fragte der Ermittler.

Jack schüttelte den Kopf. »Das Risiko konnte ich nicht eingehen. Wenn ich ihn nicht getroffen hätte, hätte er mich getötet.«

So war es endlos weitergegangen, bis sie ihn gegen zwei schließlich hatten gehen lassen.

»Sie haben Glück«, sagte der Ermittler. »Der Junge hatte keine Familie, also wird sich wohl niemand beklagen.«

Dann lag Jack im Dunkeln, die Decke eng um sich geschlungen, zitterte unkontrollierbar und kam sich kein bisschen so vor, als hätte er Glück gehabt.

KAPITEL 3

Snow White stammte von einer langen Reihe tapferer Soldaten ab.

Ihr Grandpa hatte im Zweiten Weltkrieg gekämpft, ihr Vater war zehn Jahre lang bei der Bombenräumung in Nordirland beschäftigt gewesen. Schwierige, oft unpopuläre Entscheidungen zu treffen lag ihr im Blut.

Nachdem ihr Vater zum sechsten Mal versetzt und sie demzufolge sechs verschiedene Schulen besucht hatte, stellte sie das Klagen ein und entdeckte, dass man sich mit einem gezielten Schlag in die Fresse auch die lautesten Quälgeister von der Pelle halten konnte. Diese Erkenntnis erleichterte ihren Wechsel aufs Internat.

Jedes Mal, wenn aus dem Trupp ihres Vaters wieder einer in die Luft flog, betrank er sich nach Strich und Faden und schmetterte aus voller Kehle: »No surrender, no surrender, no surrender to the IRA.« Am nächsten Tag ging er mit Kopfweh und vollkommen heiser zur Arbeit und brachte einem neuen Kameraden bei, was er zu tun hatte.

Snow White stellte den Lokalsender im Radio ein und ging ins Internet. Auf der Startseite las sie, dass ein Sänger, dessen Kopf sie an einen runden verschwitzten Käse erinnerte, an einer Überdosis gestorben war, dass ein hochtalentierte Fußballer im Bett mit einem elfjährigen Jungen erwischt worden war und dass der Finanzminister vor einer Zinserhöhung warnte.

Die Schießerei in Manor Park hatte es noch nicht in die Schlagzeilen geschafft. Genaugenommen konnte Snow White überhaupt nirgends etwas darüber entdecken. Die Sache sollte wohl unter den Tisch gekehrt werden.

Ohne Zweifel war es besser für alle Beteiligten, wenn die Dinge so blieben wie bisher. Fragen von der Presse wären für die betroffenen Eltern viel zu schmerzlich und aufdringlich.

Sie loggte sich auf ihrer Lieblingsseite ein und begann einen neuen Chat.

Asylanten schießen Kinder nieder Snow White, 8:10
Ja, ihr habt richtig gehört. Gestern Nachmittag haben sich zwei Asylanten Waffen besorgt und auf Schüler der Manor Park Preparatory School in Hertfordshire geschossen.

Dann lehnte sie sich zurück und wartete, dass der Chat in Fahrt kam. Manchmal mussten für einen höheren Zweck schwierige Entscheidungen getroffen werden.

Der Lärm war ohrenbetäubend. Mindestens fünfzig Klienten, Solicitors und Barristers drängelten sich auf dem schmalen Korridor des Bezirksgerichts, und jeder Einzelne schien zu schreien. Lilly schnitt eine Grimasse und suchte ein freies Plätzchen, wo sie das Sandwich verdrücken konnte, das ihr bereits ein Loch in die Tasche brannte.

Nur im Andachtsraum war noch Platz.

»Wie passend«, murmelte sie und schlüpfte hinein.

Sie schob den Koran zur Seite und breitete ihr Sandwich aus. Bacon Butty, ein traditionelles Schinkenspecksandwich. Jetzt wünschte sie sich allerdings, sie hätte Käse gewählt, aber der Hunger vertrieb das schlechte Gewissen ziemlich schnell. Als sie den Mund aufmachte, um den ersten salzigen Bissen zu verschlingen, ging die Tür auf.

»Bist du etwa auf der Suche nach Jesus?«, fragte Jack.

»Ich vermute, der arme Kerl hat genug an der Backe auch ohne den Luton County Court.«

Jack sah alt, traurig und müde aus.

»Himmel, ich bin am Verhungern«, sagte er.

»Wenn du glaubst, ich teile mein Brot mit dir, dann kannst du genauso gut auf ein Wunder hoffen«, erwiderte sie. »Und der Mann, der für derartige Wünsche zuständig ist, hat zurzeit Urlaub.«

»Du bist eine herzlose Frau.«

Sie blickte von Jack auf das Sandwich, wieder zurück und teilte es schließlich gerecht in zwei Hälften. »Das ist ein großer Freundschaftsbeweis.«

Schweigend kauten sie, bis Jack fertig war und sich die Hände an der Hose abwischte.

»Alles klar?«

»Ja«, antwortete sie. »Und bei dir?«

»Könnte besser sein.«

Sie berührte seinen Daumen mit ihrem. »Du hattest keine Wahl, Jack.«

Er nickte. »Aber das macht es nicht unbedingt leichter, oder?«

»Er war völlig durchgedreht«, sagte sie. »Kein Zweifel.«

Zweifelnd zuckte er die Achseln.

»Im Ernst, Jack, ich hatte eine Scheißangst.«

Wieder schwiegen sie eine Weile, während Lilly sich das Hirn zermarterte. Aber ihr fiel einfach nichts Positives mehr zu sagen ein. Wie kann man jemandem, der gerade ein Kind erschossen hat, helfen, dass er sich besser fühlt?

»Wenigstens hat die Presse noch nichts davon mitgekriegt«, sagte sie schließlich.

»Und was schätzt du, wie lange es noch dauert?«

»Die können dir nichts vorwerfen, Jack«, beharrte sie.

Wieder zuckte er die Achseln. Lilly kannte Jack gut genug, um zu wissen, dass es ihn nicht kümmerte, was die Zeitungen über ihn schrieben. Er hatte sich die Nacht damit um die Ohren geschlagen, sich zu fragen, was er hätte anders machen können. Hatte sie sich etwa nicht dieselbe Frage bezüglich ihres Gesprächs mit Artan gestellt?

»Was passiert jetzt?«, fragte sie.

»Ich muss zurück aufs Revier«, erklärte er. »Noch mehr Fragen, noch mehr Berichte.«

»Und dann?«

»Dann bin ich suspendiert, bis die Ermittlungen abgeschlossen sind.«

»Das kommt mir nicht richtig vor.«

»Aber ich habe wirklich einen Menschen erschossen, Lilly.«

»Sonst hätte er dich getötet«, entgegnete sie. »Oder vielleicht mich. Oder vielleicht Sam.«

Jack kratzte sich am Kinn, und seine Fingernägel machten auf den Bartstoppeln ein schabendes Geräusch. »Es ist der normale Ablauf, und ich werde weiter voll bezahlt, also hat das Arrangement nicht nur schlechte Seiten.«

Natürlich wusste Lilly, dass er die Sache herunterzuspielen versuchte, und sie fühlte sich verpflichtet mitzumachen. »Du wirst nichts mit dir anzufangen wissen.«

»Dann suche ich mir eben ein Hobby.«

»Ich hab gehört, Briefmarkensammeln soll ganz toll sein.«

Er zwinkerte ihr zu. »Oder ich könnte mich mit dir beschäftigen.«

Sie zog ihn am Revers zu sich und küsste ihn auf die Lippen. »Ich sag dir, was du für mich tun kannst.«

»Ist es was Schmutziges?«

»O ja«, antwortete sie. »Du kannst meine Spülmaschine reparieren.«

»Miss Valentine?«

Lilly und Jack blickten auf. An der Tür stand ein Mann, etwa Mitte zwanzig, und fixierte sie mit den grünsten Augen, die Lilly je gesehen hatte. Sie waren wunderschön, aber in ihrer Intensität auch ein bisschen erschreckend.

»Entschuldigen Sie«, sagte er. »Ich suche Lilly Valentine.«

Lilly war wie hypnotisiert.

»Lilly?«, wiederholte Jack und zog eine Augenbraue in die Höhe.

Sie hustete. »Ja. Das bin ich.«

Mit ausgestreckter Hand kam der Mann auf sie zu. Sie nahm die Hand, die sich angenehm kühl und weich anfühlte.

»Und wer sind Sie?«, wollte Jack wissen.

»Ich bin Milo«, antwortete der Mann, ohne Lillys Hand loszulassen und die Augen von ihr abzuwenden.

»Und was können wir für Sie tun, Milo?«, fragte Jack.

»Ich muss mit Miss Valentine sprechen.« Er würdigte Jack keines Blickes. »Unter vier Augen.«

»Also, Milo«, sagte Lilly. »Wie kann ich Ihnen helfen?«

»Ich arbeite mit den Bewohnern von Hound's Place.« Er sprach tief und abgehackt wie ein Osteuropäer.

»Sozialdienst?«

Er schüttelte den Kopf, und eine Haarsträhne fiel ihm über die Augen.

»Nein, ich mache das ehrenamtlich«, erwiderte er. »Ich biete Rat und Hilfe an, auch mit der Sprache. Eine Schulter zum Anlehnen, würde man das hier wohl nennen.«

»Verstehe«, sagte Lilly. Aber in Wirklichkeit verstand sie gar nichts.

Er breitete die Arme aus, als wäre das eine Erklärung. »Als ich hergekommen bin, war niemand da, der mir geholfen oder mir erklärt hat, wie das hier alles so läuft. Deshalb.«

Deshalb, dachte Lilly, deshalb setzte sich dieser seltsame, hinreißende Mann für die ein, die es am meisten brauchten.

»Und wie kann ich Ihnen helfen?«

»Charles Stanton ist tot.«

»Scheiße.«

»Anna Duraku ist auf dem Polizeirevier.«

»Das Mädchen von der Schule?«

Milo nickte kurz.

»Und?«, fragte Lilly.

»Sie braucht einen guten Anwalt.«

Lilly kritzelte den Namen einer auf Strafrecht spezialisierten Kanzlei in Luton auf einen Zettel und reichte ihn Milo. Er nahm ihn entgegen und faltete ihn zusammen.

»Sie möchte gern von Ihnen vertreten werden.«

»Das kann ich nicht«, entgegnete Lilly und schüttelte den Kopf. Es gab jede Menge Gründe. »Ich bin total ausgebucht«, erklärte sie, »und meine Chefin würde mich umbringen, wenn ich so einen Fall annehme.«

Schweigend steckte Milo den Zettel in die Gesäßtasche.

»Außerdem bin ich Augenzeugin. Ich meine, ich war auch bei der Schule, ich hab alles mit angesehen«, fuhr Lilly fort.

»Dann wissen Sie ja auch, dass Anna niemanden umgebracht hat.«

Lilly kniff die Augen zusammen. »Es tut mir leid.«

Die Stufe ist kalt und hart, aber das Licht, das aus dem Laden fällt, ist tröstlich. Leute glotzen, wenn sie hineingehen, gehen um ihn herum wie um einen Hundehaufen, aber ihre harten Gesichter vermitteln ihm ein Gefühl von Sicherheit.

In der letzten Nacht ist Luke in der Gegend um Oxford Street und Leicester Square herumgestromert. Es hat geregnet, der Wind wurde immer stärker. Luke hat erbärmlich gefroren, aber das war nichts im Vergleich mit der Angst, die in ihm loderte wie Feuer.

Man sagt bekanntlich, London schläft nie, aber mitten in der Woche bei diesem Sauwetter entdeckte Luke, dass die Stadt zumindest nach Hause ging und sich ein bisschen ausruhte. Und nachdem die letzten Nachtschwärmer durch die Pfützen zu den Nachtbussen am Trafalgar Square gerannt waren, kamen die anderen zum Spielen heraus – aus den Mülltonnen tauchten sie auf wie Ratten, hinter den Kinos kamen sie hervor, aus den Seitenstraßen von China Town. Die Obdachlosen, die Säufer, die Junkies. Jetzt war ihre Zeit gekommen.

Luke war schon oft in der Innenstadt gewesen. Klassenbesuche im British Museum, nach denen einem die Beine wehtaten, Geburtstagsausflüge mit Tom und Charlie, bei denen sie versucht hatten, in den Schlange vor den nicht jugendfreien Filmen die Austauschmädels abzuschleppen. Natürlich hat er auch die Penner gesehen, wie seine Mum sie nannte, aber damals ist er einfach an ihnen vorbeigegangen, in der Gewissheit, dass sie an der Harpenden Station auf ihn warten würde. Natürlich grummelte sie dann, dass sie eigentlich kein Taxidienst war, aber sie ließ ihn nie im Stich.

Schließlich schlich er sich in den Burger King am Leicester Square und bestellte Pommes und eine Cola, um sich wenigstens eine Weile hinzusetzen und aufwärmen zu können. Der Plan funktionierte auch, bis sich ein Mann ihm gegenübersetzte, die Hände tief in den Taschen seiner Lederjacke vergraben.

»Willst du ein bisschen Geld verdienen?«

»Wie bitte?«, fragte Luke zurück.

Der Mann zog eine Hand aus der Jacke. Der Handrücken war mit schwarzen Haaren bedeckt.

»Geld«, wiederholte der Mann und rieb Daumen und Zeigefinger aneinander.

Lukes Magen drehte sich um, weil ihm einfiel, dass Tom bei dem Mädchen genau das Gleiche gemacht hatte.

»Zwanzig Pfund«, sagte der Mann.

Luke wunderte sich. Warum bot dieser Wildfremde ihm Geld an?

»Ich weiß nicht, was Sie meinen«, antwortete er.

Der Mann legte seine Hand auf die von Luke. Sie sah aus wie von einem Werwolf oder so. Scheußlich.

»Ich könnte mich bei dir ein bisschen entspannen«, sagte der Mann, »und du kriegst Geld dafür.«

Luke erstarrte und traute sich nicht einmal, die Hand wegzuziehen.

Der Mann lächelte. »Wenn du ihn lutschst, geb ich dir dreißig.«

»Tut mir leid.« Luke wusste nicht, was er sonst sagen sollte. »Tut mir leid.«

Dann floh er und wanderte die ganze Nacht herum, viel zu verängstigt, um anzuhalten.

Aber jetzt ist er am Ende. Er sitzt auf der Stufe, drückt seinen Rucksack an sich und hofft, dass die Zeit möglichst langsam vergeht, bis es wieder Nacht wird.

Vielleicht könnte er seiner Mutter alles erklären, wenn er ihr sagt, was passiert ist. Dann könnte sie die Polizei anrufen und ein gutes Wort für ihn einlegen.

Er holt sein Handy heraus und scrollt auf Home. Bei dem Wort fangen seine Augen an zu brennen.

Er drückt auf Auswählen.

»Hallo.«

Beim Klang der Stimme seiner Schwester macht Lukes Herz einen Sprung.

»Hallo?«, wiederholt sie fragend.

Aber alles, was Luke sagen will, bleibt ihm in der Kehle stecken, wie ein Wattebausch, dick und trocken.

»Luke?« Jessies Stimme wird lauter. »Luke, bist du das?«

Neben ihm flimmern die Fernseher im Fenster von Dixon's. Die permanente Bilderflut ist hypnotisierend.

Jetzt brüllt Jessie. »Sag doch was, Luke!«

Er hat achtundvierzig Stunden nicht mehr geschlafen, und sein Kopf fühlt sich sehr merkwürdig an. Das letzte Mal ist er bei Harriet Mason-Days Party die ganze Nacht wach gewesen. Sie haben sich unters Volk gemischt, um ein bisschen E zu kriegen, und am Ende hat Harriets kleine Schwester ihm in der Waschküche einen runtergeholt.

Das hat Spaß gemacht. Jetzt ist die Lage ganz anders.

»Luke Walker, du egoistischer Scheißkerl! Mum ist fix und fertig.«

Langsam wandert Luke in den Laden, das Handy noch ans Ohr gedrückt.

»Hier kannst du nicht rein«, ruft der Mann hinter der Theke.

»Sag mir einfach, wo du bist«, sagt Jessie, immer noch wütend, aber dann schluchzt sie plötzlich. »Dann kann Mum dich abholen.«

Ein Sicherheitsmann erscheint. Sein Gesicht ist so schwarz, dass es glänzt. »Komm schon, du weißt doch, dass du hier nicht rein kannst.« Sein Ton ist freundlich, aber bestimmt. Als würde Luke ihm leidtun.

Eine Sekunde lang ist Luke verwirrt, dann sieht er sich plötzlich selbst so, wie diese Leute ihn sehen. Schmutzig, nass, blass vor Erschöpfung, als lebte er auf der Straße.

Wortlos verlässt er den Laden, schockiert, wie schnell er den Übergang vom Privatschüler zum Penner geschafft hat.

Inzwischen weint Jessie. »Lucas, bitte, komm nach Hause.«

Er legt auf und lässt das Handy durch das Gullygitter in die Kanalisation fallen.

Als er sich umwendet, um seinen Platz auf der Stufe wieder einzunehmen, hat ein Mädchen ihn besetzt. Sie beäugt ihn unter der Kapuze eines öligen Parkas.

Luke hat keine Ahnung, was er jetzt tun soll. Seine Gedanken fühlen sich an, als explodierten sie gleich.

Das Mädchen kratzt sich mit einem abgebissenen Nagel übers Gesicht. Alle Fingernägel sind bis ins Nagelbett abgenagt, aber der Rest ist grellorange lackiert.

Sie deutet auf das Gitter. »Das hättest du verkaufen können.«

»Kann ich bitte meinen Rucksack wiederhaben«, sagt Luke, ohne darauf einzugehen.

»Du solltest ihn nicht einfach so rumliegen lassen.« Ihre Stimme ist laut und hat einen breiten Liverpool-Akzent.

Luke nickt. Natürlich hätte er den Rucksack nicht liegen lassen dürfen. Jeder hätte ihn klauen können.

Aber das Mädchen gibt ihn ihm. »Haste Kippen da drin?«

Luke schüttelt den Kopf.

»Was zu trinken?«

»Nein.«

»Mit dir ist echt nix los, was?«, stellt sie lakonisch fest.

Ohne es zu wollen, muss Luke lachen. Das Mädchen ist das erste halbwegs freundliche Gesicht, dem er begegnet ist, seit er von zu Hause abgehauen ist. »Ja, wahrscheinlich.«

Das Mädchen steht auf und zieht ihren viel zu großen Parka zurecht. Darin sieht sie erbärmlich klein aus, fast so, als wollte sie sich in den Falten verstecken. Auf einmal hält sie inne und wendet sie sich noch einmal zu Luke um.

»Falls du Hunger hast, kann ich dir zeigen, wo man was zu mampfen kriegt.«

Eigentlich ist Luke kein bisschen hungrig, aber er rennt ihr trotzdem nach.

»Brauchen Sie psychologische Beratung?«, fragte der Chief Super.

Jack zog eine Augenbraue hoch.

Sein Chef hielt die Hände in die Höhe. »Ich muss das fragen.«

»Ich würde die Sache lieber möglichst schnell hinter mich bringen«, sagte Jack. »Und zum Alltag zurückkehren.«

Der Chief nickte. »Falls Sie es sich anders überlegen – das Angebot steht.«

Jack bedankte sich, aber er wusste, dass er nicht darauf zurückkommen würde. Endlos darüber zu reden, wie er sich fühlte, würde nichts daran ändern, dass einer der Jungs aus der Schule auf der Intensivstation lag und der Schütze, Artan, tot war.

Damals in Nordirland hatte er schon ähnliche Situationen erlebt, und er wusste, dass die beste Methode, sich wieder zu erholen, darin bestand, dass man nach vorn schaute. Die Vergangenheit ließ sich nicht mehr ändern, nur die Zukunft konnte noch beeinflusst werden.

Und wie sah Jacks Zukunft aus? Was wollte er eigentlich? Wenn ihm vor einem Jahr jemand diese Frage gestellt hätte, hätte er keine Antwort gewusst. Eine größere Wohnung? Eine Lohnerhöhung? Dass Liverpool das Double gewann? Heute gab es für ihn kein Zögern. Er wollte Lilly und Sam.

In dem Bewusstsein, dass alles, was er brauchte, dort war, fuhr er zu ihrem Cottage. Viel zu lang war er um den heißen Brei herumgeschlichen, hatte geflirtet und Komplimente gemacht, hatte Lilly bei den Fällen, in denen sie zusammenarbeiteten, alles durchgehen lassen. Niemals hatte er sich vorgestellt, dass eine Profifrau wie sie Zeit für einen Loser wie ihn haben würde, der es nie länger als sechs Monate in einer Beziehung ausgehalten hatte. Jetzt, wo sie zusammen waren, würde er sich durch nichts und niemanden daran hindern lassen, dafür zu sorgen, dass es funktionierte.

Lilly öffnete die Tür. Sie lächelte mit dem Mund, aber nicht mit den Augen.

»Was ist los?«, fragte Jack.

»Das Mädchen ist verhaftet worden.«

»Das Mädchen, das auch geschossen hat?«

Er sah, wie sich ihre Schultern verkrampften. »Sie hat auf niemanden geschossen.«

»Und dieser Mann ist eigens ins Gericht gekommen, um dir das mitzuteilen?«

»Ja. Milo hat mich gebeten, ihr zu helfen.«

Ihm gefiel es gar nicht, wie sie seinen Namen sagte. Als ginge ein Zauber von ihm aus.

»Und was meint dieser Milo, was du tun sollst?«

Sie wandte sich um und ging in Richtung Küche. »Er möchte, dass ich sie vertrete.«

O nein. Das würde sie nicht tun – oder vielleicht doch? Lilly war verdammt stur, aber selbst sie musste doch einsehen, dass das der glatte Wahnsinn wäre.

»Das kannst du nicht machen«, sagte er.

»Ich weiß.«

»Du warst dabei. Sam war dabei.«

»Ich weiß.«

»Heilige Jungfrau Maria, ich hab ihren Freund erschossen!«

»Ich weiß.« Lilly warf die Hände in die Luft. »Mir ist das alles sonnenklar.«

»Also hast du abgelehnt?«

»Ja, ich hab abgelehnt.« Aber sie sah ihm nicht in die Augen.

Alexia Dee streckte ein Bein aus und bewunderte ihre Schuhe. Lila Wildleder mit hohem, eckigem Absatz. Vorn eine kleine Öffnung, durch die man einen Zehennagel derselben Farbe blitzen sah. Total sexy.

»Viel zu tun, was, Posh?«

Alexia zog einen Schmollmund. Ihr Chef hatte schlechte Laune und wanderte im Büro herum wie ein Löwe auf Beutesuche.

Steve Berry hasste ruhige Tage, er konnte sich nicht entspannen und stürzte sich jedes Mal aufs Telefon wie ein Süchtiger auf die Drogen. Na ja, eigentlich hasste doch jeder ruhige Tage, oder etwa nicht? Schließlich hatte Alexia nicht drei Jahre in der Provinz jenseits von Bristol studiert, um jetzt ihre Zeit mit Kaffeetrinken zu vertrödeln, aber jeder vernünftige Journalist wusste, dass das zum Job gehörte. Man sitzt da. Und wartet.

Das Telefon klingelte. Alexia gähnte.

»Willst du nicht vielleicht drangehen?«, fragte Steve.

Alexia stöhnte. Bestimmt wieder ein Hinweis, dass heute in der Kirche Mary of the Sacred Heart ein großes Erntedankfest stattfand. Sie hatte ja auch erst drei Anrufe von der Sorte entgegengenommen.

»Alexia Dee«, meldete sie sich.

»Gehen Sie auf die Website *The Spear of Truth*«, sagte eine Stimme.

»Darf ich bitte Ihren Namen notieren, Sir?«, entgegnete sie.

»Tun Sie einfach, was ich Ihnen sage.«

Dann war die Leitung tot.

»War nett, mit Ihnen zu plaudern«, sagte Alexia.

Steve beugte sich über sie, sein Atem ging keuchend. »Und?«

»Telefonscherz«, sagte sie.

Er rückte ihr noch dichter auf die Pelle, und sie konnte die Zwiebeln riechen, die er auf seinem Vormittags-Kebab verzehrt hatte.

»Himmel«, murmelte sie und gab *The Spear of Truth* in die Suchmaschine ein.

Es war eine rassistische White-Power-Seite, mit Schwarzweißbildern vom 11. September und hässlichen Porträts von Abu Hamza al-Masri. Sie scrollte herunter, an den editierten Highlights des Reichsparteitags der NSDAP in Nürnberg 1936 vorbei, bis sie zum Diskussionsforum kam. Dann sah sie es. Ein Beitrag von einer Person, die sich Snow White nannte.

»Ach du Scheiße.«

»Was?«, rief Steve.

»Wenn das hier stimmt«, antwortete Alexia, »dann haben wir eine echt phantastische Geschichte.«

KAPITEL 4

Lilly stieß die Tür der Luton East Police Station auf. Bis auf drei auf dem Fliesenboden festgeschraubte Metallstühle war die Rezeption völlig kahl.

Sie wandte sich an Milo. »Nicht sehr behaglich, fürchte ich.«

»Sind Sie jemals in Sarajewo verhaftet worden?«, fragte er.

»Nein, dieses Vergnügen ist mir bisher nicht zuteil geworden.«

»Im Vergleich dazu ist das hier jedenfalls ein Palast, das können Sie mir ruhig glauben«, erklärte er.

Eine Polizistin Anfang zwanzig begleitete sie zum U-Haftbereich. Sie hatte reine Haut und glatte Haare, die zu einem ordentlichen Pferdeschwanz zurückgebunden waren. Instinktiv griff Lilly sich an den Kopf, wo sich ihre Locken wie ein ungepflegtes Vogelnest türmten.

»Ziemlich chaotisch hier«, sagte die Polizistin. Und sie hatte recht: Auf den Bänken warteten dichtgedrängt die Gefangenen auf die Bearbeitung ihrer Fälle. Um sie herum wimmelte es von Polizisten, die nach einem frei werdenden Verhörraum Ausschau hielten. Zwei Männer lehnten am Schreibtisch des diensthabenden Sergeants und verlangten lautstark nach Aufmerksamkeit. Einer hatte eine klaffende Platzwunde auf der Stirn, aus der ihm das Blut über den Nasenrücken lief.

»Luton Town, wie es leibt und lebt«, meinte die Polizistin als Erklärung.

Der Sergeant bemühte sich, die Informationen aufzuschreiben, aber der Verletzte wedelte unablässig mit der Hand vor seinem

Gesicht herum. Ein paar fette Blutstropfen landeten auf dem hellbeigen Pullover seines Freundes, der protestierend aufheulte.

»Das ist Designerware von Stone Island«, jammerte er.

»Von River Island«, verbesserte ihn der Verletzte.

Der Sergeant rutschte auf seinem Stuhl herum. Er gab sich Mühe, die Geduld zu bewahren, aber Lilly konnte sehen, dass er kurz davor war zu explodieren.

»Wie lange sollen wir hier denn noch rumstehen, Kumpel?«, fragte der Mann und zog am Ärmel seines Pullovers. »Ich muss das auswaschen.«

Der Sergeant blickte nicht mal auf. »Es dauert so lange, wie es eben dauert.«

»Ich verklage Sie, wenn das nicht mehr rausgeht«, drohte der Mann.

Der Sergeant seufzte. »Na klar.«

»Und ich muss ins Krankenhaus«, fügte der Mann mit der Stirnwunde hinzu, und wieder spritzte Blut über den Schreibtisch.

»Der Vertrauensarzt wird in ein paar Minuten hier sein«, versprach der Sergeant.

»Ich lass mich aber nicht von irgendeinem bescheuerten Polizeidoktor verarzten.«

Der Sergeant zuckte die Achseln. »Dann verbluten Sie eben, Kumpel.«

Der Mann drehte sich zu Lilly um, und sie sah, dass sein halbes Gesicht voller Blut war. »Haben Sie das gehört?«, schrie er. »Sie können es bezeugen. Er hat gedroht, mich umzubringen.«

»Nein, das hat er nicht gesagt«, widersprach Lilly und konnte sich ein Grinsen nicht verkneifen.

»O doch, das hat er.« Der Mann wandte sich an seinen Freund. »Oder etwa nicht?« Dann drehte er sich wieder zu Lilly um und brüllte: »Und Sie nennen sich Anwältin? Auf wessen Seite stehen Sie denn?«

Milo streckte schützend den Arm vor Lilly. »Lassen Sie sie in Ruhe.«

Der Mann mit der Wunde glotzte ihn an. »Du tickst wohl nicht richtig, was?«

Falls Milo den Ausdruck nicht kannte, war der Ton doch unmissverständlich, aber er wich nicht zurück und hielt dem Blickkontakt stand.

»Werden Sie gefälligst nicht frech zu dieser Lady. Nichts von dem hier«, – Milo deutete auf die Wunde des Mannes – »nichts davon ist ihre Schuld«, fuhr er ruhig, aber bestimmt fort und musterte die beiden Männer drohend.

Der Mann mit dem Pullover klopfte seinem Freund auf die Schulter.

»Lass sie in Ruhe«, sagte er. »Es lohnt sich nicht.«

Aber der Verletzte schüttelte die Hand ab. Seine Schultern blieben gestrafft, die Halsschlagader pulsierte heftig.

»Er ist bloß ein blöder Polacke«, fügte der Freund noch hinzu.

Das wirkte – der Mann drehte sich zurück zum Schreibtisch und verteilte sein Blut wieder quer über die Papiere des Sergeants.

Als die Männer endlich fertig waren, trat Lilly vor. Beim Anblick der Blutspritzer vertrieb sie, so gut sie konnte, alle Gedanken an Hepatitis oder HIV.

»Ich brauche hier mal eine Putzkraft«, rief der Sergeant, ohne jemand Bestimmtes anzuschauen. »Was kann ich für Sie tun, Miss?«

»Anna Duraku«, sagte Lilly.

Der Sergeant deutete auf die Weißwandtafel. »Ist das die hier?«

Lilly sah, dass Annas Name falsch geschrieben worden war.

»Da ist ein Fehler«, sagte sie.

»Ach ja?«

»Ihr Name ist nicht korrekt.«

»Die sind ja auch schwierig, diese Namen, stimmt's?«, meinte der Sergeant achselzuckend.

Gezielte Schlamperei ärgerte Lilly. »Nein, eigentlich nicht.«

»Spielt es denn irgendeine Rolle?«, fragte der Sergeant. »Wir wissen doch alle, wen Sie meinen.«

Seufzend musste Lilly sich eingestehen, dass eine Diskussion sich hier wahrscheinlich nicht lohnte.

»Können wir uns wenigstens über die Kaution unterhalten?«, fragte Lilly.

»Keine Chance«, antwortete der Sergeant.

»Schön, dass wir darüber reden konnten«, sagte Lilly.

Mit einem Lächeln stützte der Sergeant sich auf die Ellbogen und beugte sich vor. »Na ja, ich bin gespannt, was Sie zu sagen haben. Angesicht der Tatsache, dass die Kleine wegen eines Mordkomplotts hier reingekommen ist.«

»Kann ich bitte mit dem District Inspector sprechen?«

»Sie wissen, dass das absoluter Schwachsinn ist.«

Lilly und der Polizist standen nur ein paar Zentimeter voneinander entfernt. Sie konnte sein Aftershave riechen. Kiefer, Zitrone und Gras.

»Sie war mit einer Waffe am Tatort«, sagte er. »Und ein Mensch ist getötet worden. Basta.«

Langsam machte Lilly einen Schritt zurück und taxierte DI Moody mit kühlem Blick. Doppelreihiger Nadelstreifenanzug mit gestärktem Hemd. Gestreifte Seidenkrawatte, nicht die grusligen Fleckenmuster, die von den meisten Polizisten bevorzugt wurden.

»Schauen Sie, Officer, ich verstehe, dass das, was passiert ist, wirklich furchtbar war und dass Gott und die Welt nach Blut schreien wird. Ich kann mir die Schlagzeilen lebhaft vorstellen. Unsere Kinder Opfer eines Schul-Massakers.«

»Die Presse ist mir vollkommen schnurz«, erwiderte DI Moody.

Ach, das kannst du einem Dummen erzählen, dachte Lilly.

»Wie gesagt, ich verstehe es, mein eigener Sohn geht auf diese Schule.« Ohne auf die hochgezogenen Augenbrauen zu achten, fuhr sie fort: »Aber der Junge, der für die Schießerei verantwortlich war, ist tot. Den haben Sie bereits. Aber das Mädchen, das Sie hier festhalten, ist mitgeschleppt worden und hat aufgegeben, ehe es für sie ernst wurde.«

Als DI Moody darauf nickte, dachte Lilly schon, sie hätte ihn überzeugt.

»Die beiden sind zusammen losgezogen. Sie waren beide bewaffnet. Sie haben sich zusammen als Gartenpersonal verkleidet. Sie stecken unter einer Decke.« Er breitete die Arme aus. »In meinen Augen ist das die beste Beschreibung einer Mordverschwörung, die ich jemals gehört habe.«

Lilly wandte sich zum Gehen, aber an der Tür drehte sie sich noch einmal um und warf ihm einen Blick zu. »Das kriegen Sie nie durch, und wenn die Sache den Bach runtergeht, müssen Sie eine gute Erklärung dafür finden, warum Sie so viel Geld und Zeit verschwendet haben.«

DI Moody lachte.

»Was ist denn so komisch?«

»DI Bradbury hat mir von Ihnen erzählt.«

Lilly stemmte die Hand in die Hüfte. »Und was hat er gesagt?«

»Dass Sie schwierig, kompromisslos und überhaupt eine harte Nuss sind.«

Lilly war verletzt, ließ es sich aber nicht anmerken. »Hat er auch erwähnt, dass ich gewonnen habe, als wir das letzte Mal die Klingen kreuzten?«

Dann knallte sie die Tür hinter sich zu und ließ DI Moody stehen, der ihr nachstarrte.

»Doch, leider hat er das.«

In der Zelle war es kalt.

Lilly stieg über ein Tablett mit Fischstäbchen und Bohnen und ging zu der Pritsche auf der anderen Seite des RauMs Vorsichtig legte sie die Hand auf den Arm des Mädchens. Man hatte ihr die

Kleider weggenommen, um sie zu untersuchen, und ihr weißer Papieranzug – Polizeianfertigung – raschelte wie trockenes Laub.

»Ich hätte das Zeug auch stehenlassen. So was kann man ja nicht mal einem Hund vorsetzen.«

Lilly sah dem Mädchen ins Gesicht. So schön und so traurig. An ihren vollen Lippen sah man bereits einige Falten. Von der Natur großzügig beschenkt, und vom Leben so hart gebeutelt.

»Ich bin Lilly Valentine.«

»Ich bin Tirana Duraku«, erwiderte sie. »Aber alle nennen mich Anna.«

Lilly nickte. »Milo hat mich gebeten herzukommen. Um dir zu helfen.«

»Um mir zu helfen.« Anna ließ sich die Worte langsam auf der Zunge zergehen, als hätte sie so etwas zum ersten Mal gehört.

»Ich kann dir einen Dolmetscher besorgen«, sagte Lilly. »Für den Fall, dass Englisch ein Problem ist.«

»Nein.« Ihr Ton war schroff. »Sorry. Ich komme gut zurecht mit Englisch.«

Ganz sicher war Lilly nicht, aber das Mädchen sprach wirklich ziemlich fließend.

»Die Polizei will dich wegen Verschwörung zum Mord anklagen.«

»Ich habe niemanden ermordet.«

Lilly hielt die Hand in die Höhe. »Ich weiß, aber die sagen, dass du zusammen mit Artan den Plan hattest, diese Jungs zu töten.«

Anna schüttelte den Kopf, und ein paar Strähnen ihrer glänzenden dunklen Haare berührten ihre blassen Wangen.

»Wir hatten keinen Plan«, sagte sie.

»Artan hat dir nicht gesagt, was er vorhatte?«, fragte Lilly.

»Artan sagt mir nie etwas.«

»Und du hast dich nicht gefragt, warum ihr beide eine Waffe dabeihattet?«, hakte Lilly nach.

Anna zuckte die Achseln, und Lillys Geduld geriet ins Wanken.

»Das reicht nicht, Anna. Man trägt nicht ohne Grund eine Waffe mit sich herum. Woher hattest du sie überhaupt?«

»Artan hat sie mir gegeben.«

»Und woher hatte er sie?«

Wieder zuckte Anna die Achseln.

»Warum hat er sie sich beschafft?«

»Zum Schutz.«

»Wovor?«

Annas Augen füllten sich mit Tränen. »Vor allem.«

Plötzlich, ohne jede Vorwarnung, kippte Anna nach vorn und griff sich an den Hals.

»Anna?« Lilly fiel vor dem Mädchen auf die Knie. »Was ist los?«

»Schmerzen«, antwortete das Mädchen, und ihre Stimme klang bellend wie ein Seehund. »Schmerzen in der Brust.«

Lilly sprang auf und hämmerte an die Zellentür. »Wir brauchen hier einen Arzt, sofort!«

Das automatische Tor des Revierparkplatzes öffnete sich langsam. Normalerweise trommelte Jack dabei ungeduldig mit den Fingern aufs Lenkrad und trat gelegentlich aufs Gaspedal, aber heute ließ er den Motor im Leerlauf brummen.

Kein Gefangener wartete auf das Verhör, kein Sergeant saß ihm im Nacken, endlich eine Zelle freizumachen. Keine dringenden Aussagen mussten ausgefeilt und sobald wie möglich gemailt werden. Zum ersten Mal, seit er sich überhaupt erinnern konnte, hatte Jack nichts zu tun. Heute Abend war er nur reingekommen, um seine Fotos von Lilly und Sam zu holen und alles, was vergammeln konnte, aus seinem Schreibtisch zu räumen.

Er fuhr auf seinen üblichen Platz und überlegte, wie er seine freie Zeit verbringen sollte. Seine Wohnung konnte ein bisschen Saubermachen gut vertragen. Heute Morgen hatte er die Marmelade nicht aus dem Kühlschrank holen können, weil das Glas so fest an der schon völlig undurchsichtigen Platte klebte.

Und die Zeitung. Wann hatte er das letzte Mal mehr als die Schlagzeilen gelesen?

Er musste seine Suspendierung positiv sehen. Er konnte sein Laufpensum verdoppeln und noch mehr abnehmen. Sich vielleicht einen Körper antrainieren wie dieser Milo.

Dann sah er den Mini Cooper.

Lilly zuckte zusammen, als sie Jack sah. Auf einmal fühlte sie sich wie ein ungezogenes Schulmädchen, das von ihrem Dad beim Rauchen erwischt worden ist. »Meine Freundin hat sie mir bloß zum Festhalten gegeben, ehrlich.«

»Was machst du denn hier?«, fragte Jack.

»Ich hab einen Fall«, antwortete sie ausweichend.

Mit verschränkten Armen stand er vor ihr, und sein Gesicht verriet nichts.

»Eine inhaftierte Klientin«, fügte sie hinzu.

»Ich bin Bulle, Lilly, darauf bin ich selbst auch schon gekommen.«

Lilly kapitulierte und streckte die Hände in die Höhe. »Ich war nur hier, um ihr ein paar Ratschläge zu geben. Ich übernehme ihren Fall nicht.«

»Heilige Jungfrau Maria, Mutter Gottes!«, brüllte Jack. »Ich dachte, das hätten wir endgültig geklärt.«

Einen Moment standen sie sich schweigend gegenüber. Dann streckte Lilly die Hand aus und strich vorsichtig über das Leder seiner Jacke. Es war warm und knittrig von jahrelangem Gebrauch.

»Sie ist in einer schrecklichen Verfassung, Jack. Der Arzt sagt, sie hat schlimme Panikattacken.«

»Du kannst den Fall nicht übernehmen.«

»Ich übernehme ihn ja auch gar nicht«, nickte Lilly.

Steves Auto roch genauso schlecht wie sein Besitzer, und Alexia ließ erst einmal das Fenster herunter, um für frische Luft zu sorgen.

Wahrscheinlich war es immer noch besser als im Bus. Der Lohn einer Juniorreporterin bei einem Lokalblatt reichte nicht für ein Auto, also nahm sie dankbar das Angebot an, das ihres Chefs zu benutzen, und versuchte die Ascheflöckchen zu ignorieren, die danach an ihrem schwarzen Wollkostüm hingen.

Als sie mühsam den dritten Gang einlegte, verdrängte sie den Alfa aus ihren Gedanken, den ihr Daddy ihr zum einundzwanzigsten Geburtstag gekauft hatte. Ein toller kleiner roter Schlitten mit braunen Sitzen und einem Armaturenbrett aus Walnussholzimitat. Es hatte ihr das Herz gebrochen, ihn zurückzugeben.

Sie hielt vor den Toren von Manor Park und bewunderte die von Flutlicht erhellten Grünanlagen, von denen es auf allen Seiten umgeben war. Es erinnerte sie an Benenden, ihre eigene Schule, mit ihren Tennisplätzen und Uhrtürmen.

Bis vor wenigen Sekunden war sie noch skeptisch gewesen, ob der Bericht der Wahrheit entsprach, aber die unzähligen Pressevans und Pkws, die unten an der Auffahrt standen, brachten ihr Herz zum Klopfen. Eine Schießerei – an einem Ort wie diesem? Phantastisch …

Sie parkte den verbeulten Honda und reihte sich in die Menge ein. Alle überregionalen Zeitungen und die wichtigsten Fernsehsender waren da.

Alexia lächelte einem Mann zu, der mit seinem Kameragalgen kämpfte.

»Was ist hier los?«, fragte sie so beiläufig wie möglich.

»Die Polizei lässt uns nicht rein«, antwortete er. »Keiner sagt irgendwas.«

»Dann wissen wir also nicht mal, ob es stimmt?«

Der Mann schüttelte den Kopf und kümmerte sich weiter um den Galgen.

Alexia drängte sich an dem mächtigen Medienaufgebot vorbei, bis sie vor drei Polizisten stand, die das Tor blockierten.

»Können Sie bestätigen, dass ein Schüler erschossen wurde?«, fragte sie.

»Nein«, antwortete der Mann, der am nächsten bei ihr stand.

»Dann wollen Sie also nichts über ein schreckliches Verbrechen sagen, das angeblich hier passiert ist?«

»Richtig.«

Alexia ging um die Männer herum, reckte den Hals, stützte sich mit der Hand an dem schmiedeeisernen Tor ab und versuchte hindurchzuspähen.

»An Ihrer Stelle würde ich das nicht tun, Miss«, sagte der Polizist.

»Was?«

Der Polizist nickte zum Tor. »Die haben eine einstweilige Verfügung erwirkt, die verhindert, dass jemand ihr Grundstück auch nur berührt.«

Alexia lachte. »Das können sie doch gar nicht.«

»O doch, das können sie und das haben sie.« Der Mann zog ein Blatt Papier heraus. »Und Sie werden sehen, dass wir autorisiert sind, jeden festzunehmen, der den Anweisungen nicht Folge leistet.«

Alexia überflog das Dokument und schnippte verächtlich mit dem Finger darauf.

»So viel also zum Thema Pressefreiheit.«

Dann machte sie sich auf den Weg zurück zu ihrem Auto, neben dem der Kameramann immer noch an seiner Soundausrüstung herumhantierte. »Wie ich schon gesagt habe. Keiner lässt was raus.«

Alexias Handy klingelte.

»Und?«, blaffte Steve.

»Gott und die Welt ist hier, aber wir kommen nicht rein«, antwortete sie. »Und die Polizei weigert sich, eine Erklärung abzugeben.«

»Na, das wird bestimmt eine Superstory.« Sie hörte, wie er an seiner Zigarette zog. »Du kannst deinen Arsch genauso gut wieder hierherbewegen.«

Doch Alexia wollte noch nicht aufgeben. »Ich schau mich lieber noch ein bisschen um.«

»Du hast genau eine halbe Stunde«, sagte Steve barsch und legte auf.

Sie steckte das Handy wieder ein und stieg in den Honda. Der Haupteingang war abgeriegelt und wahrscheinlich auch alle anderen offiziellen Zugänge zur Schule – aber aus ihrer Zeit im Internat wusste sie, dass es immer Wege gab, auf denen Schüler sich wegschleichen konnten. Und wenn sie den fand, dann konnte sie sich auch hineinschleichen.

Sie fuhr die ganze Seite des Schulgrundstücks entlang, die mit einem hohen Holzzaun abgeschirmt war, an dem hüfthoch Nesseln und anderes Unkraut wucherte. Nichts.

Doch als sie wendete, um zurückzufahren, sah sie es. Eine schmale Stelle, an der die Nesseln plattgetreten waren. Hastig parkte sie, stieg aus und inspizierte die Stelle. Dann schaute sie sich um, und als sie sicher war, dass niemand sie beobachtete, drückte sie versuchsweise gegen die unterste Holzplanke. Sie gab sofort nach, und ebenso leicht rutschten die beiden darüber weg. Mit einem Lächeln betrachtete Alexia den geheimen Eingang zum magischen Königreich, duckte sich und kroch hindurch. Drinnen sah sie, dass sie etwa zweihundert Meter vom Hauptgebäude entfernt war.

Der Klang eines Cellos wehte aus einem Fenster, aber ansonsten war alles still. Vorsichtig ging sie auf das Gebäude zu. Nichts. Kein Absperrband, keinerlei Hinweis darauf, dass hier jemand getötet worden war. Vielleicht war alles doch nur eine Falschmeldung.

Gerade wollte sie umkehren, als sie am anderen Ende eines Fußballfelds eine weiße Zeltplane im Wind flattern sah. Es hätte auch ein Vordach sein können, das vom Rednertag übriggeblieben war, aber es war sehr klein.

Ihr Herzschlag beschleunigte sich, als sie näher kam, und sie zog ihr Handy heraus.

»Na, wie sieht's denn aus auf dem Land?«, fragte Steve.

Alexia entfernte einen Erdklumpen von ihrem Absatz. »Nass.«

Steve lachte, aber schon bald wurde ein bellendes Husten daraus.

»Die Kippen werden dich umbringen«, stellte Alexia fest.

»Bestimmt nicht, bevor du mich umbringst, Posh«, entgegnete er. »Hast du was für mich?«

»Ich bin auf dem Schulgelände.«

»Ist das um die Zeit nicht längst geschlossen?«

»Es ist ein Internat.«

»Für die armen reichen Kids, deren Eltern sie nicht bei sich haben wollen«, meinte er.

»Willst du wissen, was ich gefunden habe?«, fragte sie.

»Schieß los.«

Sie versuchte, sich ihre Aufregung nicht anhören zu lassen. »Von dort, wo ich stehe, kann ich etwas erkennen, was stark nach einem dieser Zelte aussieht, in denen gerichtsmedizinische Untersuchungen gemacht werden.«

Steve stieß einen leisen Pfiff aus. »Dann stimmt es also.«

»Können wir Ihnen helfen?«

Erschrocken blickte Alexia auf. Im Halbdunkel kamen drei Frauen über die Wiese auf sie zu, weiße Atemwölkchen vor den Gesichtern. Die Anführerin hatte einen grimmigen Blick, krause Haare und trug eine Wachstuchjacke. Die anderen beiden wirkten wie aus einem gediegenen Versandhauskatalog.

»Ich habe gefragt, ob ich Ihnen helfen kann«, wiederholte die Kraushaarige und stapfte weiter auf Alexia zu. Ihr Akzent war messerscharf, und Alexia passte sich ihr sofort an. Für Steve schwächte sie ihn sonst immer etwas ab.

»Ich dachte, ich könnte ein paar Blumen niederlegen«, antwortete sie gestelzt.

Kraushaar hob eine buschige Augenbraue.

»Meine Nichte Emily meinte, wir müssen unbedingt etwas tun«, fuhr Alexia fort.

»Emily?«, wiederholte Kraushaar fragend.

»Royston-Jones«, dichtete Alexia, die darauf zählte, dass

Kraushaar bestimmt nicht jeden an der Schule kennen konnte. »Sie hat sich schrecklich aufgeregt, und ihre Eltern sind auf den Malediven.«

Kraushaar zeigte keine Reaktion. Fest und aufrecht stand sie da, die Schienbeine stramm in der dunkelbraunen Strumpfhose.

»Ich bin sofort hergefahren, als sie mich angerufen hat.« Jetzt wandte Alexia sich auch an die beiden anderen Damen. »Was meinen Sie? Wird die Schule eine Würdigung organisieren?«

»Ich glaube, man wartet noch darauf, dass die Stantons sich äußern, was ihnen das Liebste wäre«, antwortete die Erste der beiden anderen.

»Selbstverständlich«, pflichtete Alexia ihr bei. »Sie müssen am Boden zerstört sein.«

Die zweite schürzte die behutsam geschminkten Lippen. »Sie sind außer sich. Charlie war so ein Schatz.«

»Entsetzlich, nicht wahr?«, sagte Alexia und achtete darauf, nicht zu weit vorzupreschen und zu riskieren, dass ihre Tarnung aufflog.

Schminklippe warf die Hände in die Luft. »Man muss diesen Leuten das Handwerk legen.«

Kraushaar starrte sie an. »Wir haben strikte Anweisung, mit niemandem darüber zu sprechen, vor allem nicht mit Personen außerhalb der Schule.«

»Sie hat doch eine Nichte hier.«

»Reden ist Silber, Schweigen ist Gold«, entgegnete Kraushaar.

»Tut mir leid, natürlich wollte ich Ihnen nicht zu nahetreten. Ich verstehe Ihre Position vollkommen.« Alexia strich sich die Haare hinter die Ohren. »Ich bin extra außerhalb der normalen Zeiten gekommen. Ich meine, man will ja nicht aufdringlich erscheinen.«

Mit einem schroffen Nicken drehte Kraushaar sich um und machte Anstalten zu gehen. »Ich denke, wir haben alle genug zu diesem Thema gesagt.«

Zu spät, meine Liebe. Charlie Stanton. Bingo.

Die Luft war erfüllt von Gummigeruch und Kreidestaub, während vierzig Füße in gedämpftem Rhythmus auf die Matten stampften.

»Entschuldigt, dass ich zu spät komme«, rief Lilly und quetschte sich neben ihre Freundin auf eine Bank. »Ich musste meinen Wunderknaben noch bei seinem Dad abliefern.«

»Schönen Tag im Büro gehabt, Schätzchen?«, fragte Penny. Lilly streckte ihr die Zunge heraus, und sie warteten gemeinsam, bis sie zum Aufwärmen an der Reihe waren.

Als Lilly vor einiger Zeit von einem Irren überfallen worden war und sich nur mit Glück und einer Vase hatte retten können, hatte sie beschlossen, eine Methode zur Selbstverteidigung zu lernen. Penny hatte Taekwondo vorgeschlagen, und nun kamen die beiden jeden Dienstagabend zum Trainieren hierher.

Penny schlug die Beine übereinander, und unter ihrem Karate-Anzug lugten gutgeformte, muskulöse Waden hervor: glatte gebräunte Haut unter weißer Baumwolle. Jeder Zehennagel rund und rosa. Lilly schaute auf ihre eigenen Beine hinunter. Die roten Einkerbungen ihrer Socken bildeten einen perfekten Kreis um die haarigen Schienbeine. Vom einen Knöchel hing ein halb abgefallenes Pflaster.

Sie fragte sich, ob sie es jemals fertigbringen würde, auszusehen wie ihre Freundin.

»Kleider machen Leute«, hatte ihre Mum immer gesagt, aber aus irgendeinem Grund hatte Lilly nie genug Zeit, um sich herauszuputzen.

»Und wie ist die Lage an der Heimatfront?«, erkundigte sich Lilly.

»Völlig verrückt«, antwortete Penny. »Am Wochenende kommt ein neuer Junge.«

»Wie viele sind es jetzt?«

»Vier. Zwei kommen ein Wochenende pro Monat, und Debby ist jeden Donnerstag da.«

»Ist sie immer noch traumatisiert?«

Penny bewegte die Hand hin und her. »Es ist besser geworden, aber ich muss immer noch bis Samstag Betten abziehen und Bettwäsche waschen.«

»Habe ich dir eigentlich schon mal gesagt, wie sehr ich dich bewundere?«, fragte Lilly.

»Bloß zweimal die Woche.«

Der Sensei rief sie zum Dojo, und sie begannen ihr Stretching.

»Ich sollte auch so etwas machen wie du«, sagte Lilly.

Penny stampfte heftig mit dem linken Fuß und stieß die rechte Faust vor. »Du hast für so was keine Zeit.«

»Aber alles, was ich jetzt mache, ist nur kommerzielles Zeug. Ohne jeden Einfluss auf das Leben eines Menschen.«

»Ach Lilly, hör auf, so auf dir herumzuhacken. Wir müssen doch alle unsere Brötchen verdienen.«

Lilly schlug aus und grunzte laut.

»Ich wollte, ich könnte denen helfen, die es am meisten brauchen.«

»Wir können aber nicht allen helfen«, sagte Penny. »Und offen gestanden gibt es eine Menge Leute, die sich ganz gut selber helfen könnten und sollten.«

Der Sensei klatschte in die Hände. »Ladys, ihr könnt jetzt loslegen.«

Die beiden Freundinnen wandten sich einander zu und verbeugten sich tief und respektvoll voreinander. Dann begannen sie, aufeinander einzuprügeln.

Den Rest des Abends plante Lilly sehr genau und mit großem Vergnügen. Sam war bei seinem Dad und quälte das neue Baby, also konnte Lilly sich ein ausgiebiges Bad genehmigen, und zwar mit einem von den herrlichen Jo-Malone-Badeölen aus dem noch ungeöffneten Korb, den sie von Jack zum Geburtstag bekommen hatte. Damals hatte sie gedacht, es wäre ein grotesker Luxus, aber sie musste zugeben, dass das Zeug tatsächlich besser war als der billige Mist, den sie normalerweise aus dem Supermarkt holte.

Sie würde ihre Fußnägel knallrot lackieren und sich dann ein Festmahl zubereiten. Steak Bearnaise. Das Blut würde noch aus dem Fleisch in die Eiersauce triefen, der würzige Duft des Estragonessigs der geschmeidigen Milde ein Gegengewicht verleihen.

Und sie würde jeden Gedanken an Anna Duraku verdrängen.

Als das Badewasser eingelaufen war, zündete sie eine Kerze an und ließ sich in die ölige Wärme sinken, bis nur noch ihre Nüstern über dem Wasserspiegel waren. Glückseligkeit.

Klingeling. Das Telefon. Sie wollte es ignorieren.

Klingeling. Schlimmer als das Telefon. Die Haustür! Wer zum Teufel konnte das sein? Jack war noch sauer auf sie, weil sie auf dem Revier gewesen war und mit einem ehemaligen Kollegen, der die Polizei verlassen und eine Reinigung aufgemacht hatte, auf ein Bier in die Kneipe gegangen war.

Lilly wickelte sich in ein Handtuch und tapste nach unten.

»Immer mit der Ruhe, ich komme ja schon!«, rief sie und zerrte an der Türklinke. Beim dritten festen Ruck ging die Tür ein paar Zentimeter weit auf.

»Sie brauchen einen neuen Türrahmen.«

Es war Milo. Lilly tropfte und blinzelte. »Woher wissen Sie, wo ich wohne?

»Das weiß jeder in diesem Dorf.«

Milo musterte sie von oben bis unten. Von ihren ungepflegten Zehennägeln bis zu dem Handtuch, das nur mühsam ihren Hintern bedeckte, und wieder zurück zu der Wasserpfütze, die sich unter ihr auf dem Boden ausbreitete.

»Entschuldigung«, sagte er. »Ich muss dringend mit Ihnen über Anna sprechen.«

Lilly duckte sich vor Verlegenheit und rannte zur Treppe.

In ihrem Schlafzimmer riss sie die Schranktüren auf und machte sich auf die Suche nach ihrer neuen Jeans, die an den Hüften richtig gut saß, ohne ihre Oberschenkel einzuquetschen. Mit einem schwarzen V-Ausschnitt-Pulli sah sie echt super aus. Sie drehte ihre nassen Haare im Nacken zu einem Knoten. Keine Zeit für

Make-up, vielleicht ein kleines bisschen Mascara. Aber wenigstens roch sie ausnehmend gut.

Auf einmal geriet sie ins Stocken. Was machte sie denn da? Warum geriet sie so in Wallung, wenn ein attraktiver Mann an ihrer Haustür auftauchte? Sie hatte doch Jack! Einen tollen, netten, anständigen Mann. Einen Mann, den ihr Sohn abgöttisch liebte. Einen Mann, für den Oralsex zum Alltag gehörte und nicht nur ein Extra-Luxus für Hochzeits- und Geburtstage war. Einen Mann, der sich zwischen sie und den Lauf einer geladenen Pistole gestellt hatte.

Bedächtig legte sie die Jeans zurück in den Schrank und schlüpfte in die ausgebeulte Jogginghose, die auf einem Korbstuhl in einer Ecke ihres Zimmers auf sie wartete. Dann zog sie den Reißverschluss ihrer beigen Fleecejacke über dem Thermohemd zu und verzierte ihre Füße mit dicken Hüttenschuhen.

Die Botschaft war eindeutig.

Sie fand Milo in der Küche, wo er sich mit den Knöpfen der Geschirrspülmaschine beschäftigte.

»Das Ding ist kaputt«, erklärte sie ihm.

Er lachte und musterte den Geschirrberg im Spülbecken. »Das sehe ich. Haben Sie einen Schraubenzieher?«

Lilly öffnete eine Küchenschublade, wühlte eine Weile darin herum und holte ein Messer, einen Hammer und eine Dose Pfefferspray heraus.

»Mein Notfallkasten«, antwortete sie auf Milos fragenden Blick. Dann reichte sie ihm einen Schraubenzieher. »Ich hatte mal Ärger bei einem meiner Fälle.«

Milo nickte stumm und machte sich an die Arbeit.

»Sie sind gekommen, weil Sie mich bitten wollten, Annas Fall zu übernehmen«, sagte Lilly.

»Ja, natürlich.«

Kein Gesäusel, kein Herumgerede um den heißen Brei. Lilly lächelte. »Ich kann das echt nicht machen, wissen Sie.«

Milo drehte an einer Schraube. »So.«

»Funktioniert sie etwa wieder?«

Mit einem scheuen Achselzucken bejahte er die Frage.

Lilly konnte ihre Freude nicht verbergen. »Dafür könnte ich Sie küssen.« Der Satz rutschte ihr einfach so heraus, und sie ruderte hastig zurück. »Keine Sorge, ich tu's nicht.«

»Ich mache mir keine Sorgen.«

Sie sahen sich an, und der Blick dauerte ein kleines bisschen zu lang.

Lilly wandte sich als Erste ab. »Ich koch was für Sie.«

Milo ließ sich im Stuhl zurücksinken. »So viel zu essen.«

Lilly räumte die Teller ab. »Es gibt noch Zitronentorte, falls Sie Lust haben. Die hab ich am Wochenende gebacken, aber sie müsste eigentlich noch gut sein.«

Milo schüttelte den Kopf und rieb sich den Bauch. »Wollen Sie mich umbringen?«

»Ach, wissen Sie – Anwältin, Köchin, Mörderin.«

»Ein Mensch mit zahlreichen Talenten.«

Sie legte eine Hand auf die Spülmaschine und spürte ihr leises Rumpeln. »Genau wie Sie.«

»Mein Vater hat mir eine Menge beigebracht.«

Die Traurigkeit in seiner Stimme war unverkennbar.

»Wo ist er jetzt?«, fragte Lilly.

»Er ist tot«, antwortete er.

»Oh, das tut mir leid. Ich wollte nicht aufdringlich sein.«

»Ihr Engländer seid ein seltsames Volk. Alles ist Privatsache, keiner kümmert sich wirklich um den anderen.«

»Das stimmt nicht«, widersprach sie. »Wir reden nur nicht gern über schmerzliche Dinge.«

Er fixierte sie mit seinen Juwelenaugen. »Wenn ihr nicht darüber redet, wie wollt ihr dann etwas lernen?«

Lilly riss sich zusammen und schloss die Augen, um den Blick zu unterbrechen.

»Ich kann Annas Fall nicht übernehmen.

Mit einem halben Lächeln stand Milo auf. »Sie sind eine sehr seltsame Frau, Lilly Valentine.«

Als er gegangen war, bemerkte Lilly ein Päckchen auf der Arbeitsfläche. Sie öffnete es und begann zu lesen. Es war Annas Asylantrag mit der Erklärung, warum sie in England bleiben wollte.

TIRANA DURAKU
Mein Name ist Tirana Duraku, und ich wurde in Glogovac, etwa 25 Kilometer von Pristina, der Hauptstadt des Kosovo, geboren.
Ich lebte bei meinen Eltern, zusammen mit meinen drei Schwestern und zwei Brüdern. Wir wohnten in einer kleinen Wohnung im albanischen Viertel von Glogovac.
Als Kind war ich glücklich. Ich ging zur Schule und wurde für meine Leistungen gelobt. Damals wollte ich Lehrerin werden.
Ich erinnere mich, dass es manchmal Ärger mit der Polizei gab. Die Polizisten trieben die Männer zusammen und führten sie fort. Wenn sie zurückkamen, hatten sie blaue Augen und blutige Münder.
Meine Mutter erzählte mir, dass sie den Polizisten Geld gab, und deshalb wurden mein Vater und meine Brüder nicht abgeholt.
Im Januar 1999 wurden unsere Nachbarn festgenommen. Diesmal war es nicht die Polizei, die sie mitnahm, sondern die Milizen. Es waren etwa sechs Männer, jeder hatte ein Sturmgewehr. Als unsere Nachbarn zurückkamen, packten sie ihre Sachen zusammen und verschwanden. Ich habe sie nie wiedergesehen.
Meine Mutter sagte, dass sie nicht genug Geld hatten, um die Polizei zu bezahlen.
Ein paar Wochen später kamen die Milizen zu uns. Sie trugen grüne Uniformen und rote Tücher. Ich hatte große Angst.

Meine Mutter wollte ihnen die übliche Summe Geld geben, aber sie lachten ihr ins Gesicht. Am Ende nahmen sie das ganze Geld, das sich in der Wohnung befand.
Am nächsten Tag zwangen sie meine Mutter, ihre Ringe abzulegen. Einer ließ sich nicht abziehen, und sie musste den Finger einseifen, bis er sich endlich bewegte.
Am nächsten Morgen kamen sie um sechs Uhr. Wir waren alle noch im Bett, aber keiner von uns schlief. Mein Vater erklärte ganz ruhig, dass er ihnen kein Geld mehr geben würde. Der Anführer nickte, und ich dachte, dass er bereit wäre, uns in Ruhe zu lassen, aber er packte meine kleine Schwester und hielt ihr sein Gewehr an den Kopf.
»Geben Sie mir Ihre Autoschlüssel«, sagte er.
Mein Vater wollte nicht nachgeben, aber die Tränen liefen meiner Schwester übers Gesicht, und auch meine Mutter weinte.
Zwei Tage später zogen wir zum Bruder meines Vaters und seiner Familie. Im Haus war nicht genug Platz, aber die Männer meinten, weil wir so viele waren, wären wir in Sicherheit.
Im März und April verließen wir Mädchen kaum das Haus. Wir schliefen abwechselnd. Es gab fast nichts zu essen, und wir lebten von gekochtem Mais und Weizen.
Im Haus des Nachbarn meines Onkels wohnten vierzig Menschen, und seine Frau rief meiner Mutter durchs Fenster zu, dass ihre Häuser von den Milizen niedergebrannt worden waren.
Am 22. April kamen sie ganz früh am Morgen. Sie zielten mit ihren Gewehren auf uns und trieben uns ins Freie. Die Männer mussten mit den Händen hinter dem Kopf vortreten, dann wurden sie abgeführt. Wir waren sicher, dass man sie erschießen würde, und weinten den ganzen Tag. Am Nachmittag kamen sie zurück, aber wir konnten unseren Vater nicht in den Arm nehmen, weil man ihn mit einer Schaufel geschlagen und ihm das Schlüsselbein gebrochen hatte.

In der Nacht kam ein serbischer Polizist ins Haus und sagte uns, die Milizen wären nicht mehr zu kontrollieren. Er sagte, wir sollten fliehen.
»Hier seid ihr nicht sicher«, sagte er.
Sobald es hell wurde, wurden wir wieder auf die Straße getrieben. Diesmal zwangen sie die Männer, die serbische Nationalhymne zu singen. Ich sah, wie mein Bruder trotzig die Zähne zusammenbiss. Ein Soldat stieß ihn mit dem Gewehrkolben in den Rücken, aber Brahim weigerte sich weiter.
Meine Mutter schrie ihn an, er sollte singen, aber er tat es nicht.
»Wir werden dich schon dazu bringen, zu tun, was wir dir sagen«, sagten sie, aber Brahim würdigte sie keiner Antwort.
Da ging der Anführer zu seinem Auto zurück und holte einen Kanister. Den schüttelte er, damit wir alle hören konnten, dass Benzin darin war, und goss es meiner Mutter über den Kopf.
Dann schubste er sie und meine Schwestern ins Haus zurück, warf den Kanister hinterher und verriegelte die Tür.
Jetzt begann mein Bruder vor lauter Angst doch zu singen.
Aber der Anführer hörte nicht hin, sondern zündete sich eine Zigarette an und rauchte.
Als er fertig geraucht hatte, warf er die Zigarette ins Haus.
Der Lärm war ohrenbetäubend. Das Zischen der Flammen, das Singen meines Bruders, die Schreie meiner Mutter und meiner kleinen Schwestern, die bei lebendigem Leibe verbrannten.
In dieser Nacht gab mein Vater einem Mann Geld, damit er meinen Bruder Brahim und mich aus dem Kosovo brachte. Um uns in Sicherheit zu bringen.

KAPITEL 5

Luke ist ein kluger Junge. Das sagen alle. Zehn glatte Einsen in der Abschlussprüfung der Sekundarstufe. Wenn er seine Noten zeigt, fängt seine Mutter immer an zu lächeln.

»*Walker ist ein vorbildlicher Schüler, der die lateinische Grammatik gut im Griff hat. Ein intelligenter Schüler, der die historische Bedeutung der Tudors klar versteht.*«

Tja, aber auf der Straße komm ich beschissen schlecht zurecht, denkt er.

»Bist halt schwer von Begriff«, neckt Caz ihn immer.

Gott sei Dank gibt es Caz. Sie hat sofort kapiert, dass Luke nicht den Hauch einer Ahnung hat, und ihn unter ihre Fittiche genommen. Warum sie das getan hat, ist ihm nicht ganz klar. Tom sagt immer, dass es im Leben nichts umsonst gibt, dass jeder nur die Hand aufhält, aber Luke fällt ums Verrecken nichts ein, warum Caz zu einem Doofkopp wie ihm so nett ist.

»Ich mag eben Herausforderungen«, sagt sie.

Warmes Essen – sie weiß, wo man was kriegt. Trockener Schlafplatz – sie organisiert etwas. Bei allen anderen Anliegen verhandelt sie mit Sonic Dave, von dem alle sagen, dass er ein bisschen irre ist. Aber er mag Caz, weil sie ihn an seine kleine Schwester erinnert.

Als Luke heute Morgen in einem besetzten Haus in der Brixton High Road aufgewacht ist, war sie weg, nur ihr Schlafsack war noch da, zusammengerollt wie eine fette Wurst, und eine grässliche Panik überfiel ihn, die ihm fast den Magen umdrehte. Zwei Stunden saß er einfach nur da und starrte ins Leere.

Er kann die feuchten Stellen sehen, die sich über die Wände ausbreiten, und den schwarzen Müllsack in der Ecke. Außer ihm ist noch jemand hier im Raum, tief unter einer grünen Decke vergraben. Luke kann ihn zwar nicht sehen, aber er hört das Husten.

Da geht die Tür auf, und Lukes Herz macht einen Satz, als er die weibliche Silhouette sieht. »Caz?«

Aber die Frau schüttelt den Kopf, und jetzt sieht Luke auch, dass sie mindestens zehn Jahre älter ist. Am liebsten möchte er losheulen, und als er versucht, die Tränen runterzuschlucken, kommt ein sonderbarer erstickter Laut aus seiner Kehle.

»Alles klar bei dir?«, fragt die Frau mit einem dicken Ostblockakzent.

»Ich hab mich nur gefragt, ob Sie vielleicht wissen, wo Caz ist?«

Die Frau schüttelt den Kopf, und fast, als fiele ihr das erst nachträglich ein, dreht sie sich um und ruft etwas hinter sich in einer Sprache, die Luke nicht versteht. Eine andere Stimme antwortet.

»Sie ist unterwegs, um Geld zu machen«, übersetzt die Frau.

»Wo?«, fragt Luke.

»Vielleicht in Streatham«, antwortet die Frau mit einem Achselzucken.

Zwar hat Luke keine Ahnung, wo das ist, aber vielleicht erwischt er ja irgendwo einen Bus. Im Rucksack ist ein Stadtplan. Vielleicht kann er sich nach Streatham durchschlagen und sie finden. Andererseits sollte er vielleicht doch lieber hierbleiben.

Die Gestalt unter der Decke streckt den Kopf heraus und kotzt auf den Boden. Die braune Pfütze bewegt sich langsam auf Luke zu und nimmt ihm die Entscheidung ab.

Die U-Bahn rattert und bebt durch die Eingeweide der Hauptstadt. Inzwischen hat Luke sich daran gewöhnt, dass die Menschen ihm aus dem Weg gehen. Wenn er ehrlich ist, würde er das an ihrer Stelle auch tun. Schließlich hat er seit drei Tagen nicht mehr gebadet oder geduscht.

Jetzt begreift er auf einmal, warum Penner sich immer so zusammenducken. Das ist die Scham darüber, dass sie schmutzig, dass sie anders sind.

In Balham steigt er aus und blinzelt ins Tageslicht. Wo soll er zuerst nach Caz suchen? Die Frau in der Wohnung hat gesagt, sie ist losgezogen, um Geld zu verdienen. Höchstwahrscheinlich hat sie damit gemeint, dass sie bettelt.

Er blickt sich im Eingangsbereich der Station um und entdeckt einen Mann auf einer Decke. Unter dem Auge hat er eine Träne eintätowiert.

»Haste vielleicht ein bisschen Kleingeld für mich?«

Luke schüttelt den Kopf. »Kennen Sie Mad Caz?«

»So 'ne kleine Freche aus Liverpool?«

»Genau die«, lacht Luke. »Haben Sie die gesehen?«

Argwöhnisch beäugt der Mann Lukes dreckige Turnschuhe und seinen dreckigen Rucksack. Caz hat versucht, Luke die Regeln der Straße beizubringen. Nimm nie einem den Platz weg, vergreif dich nie an seinen Sachen, gib nie einen auf.

»Wenn Caz will, dass du sie findest, dann wirst du sie schon finden«, sagt der Mann.

Aber Luke ist verzweifelt, er weiß nicht, was er ohne Caz tun soll.

Vielleicht sieht man das seinem Gesicht an, denn der harte Blick des Manns wird sanfter – vielleicht bildet Luke sich das aber auch nur ein.

»Ich hab dich noch nie gesehen.«

Luke schüttelt bestätigend den Kopf.

»Caz zeigt dir, wo's langgeht, was?«, meint der Mann. »Ich sag dir was. Du holst ein paar Dosen vom Supermarkt, dann kannst du hier bei mir warten. Und wenn sie hier vorbeikommt, hast du sie gefunden.«

Luke lässt sich nicht zweimal bitten.

»Tennent's Super«, ruft der Mann ihm nach. »Und sorg dafür, dass es ordentlich kalt ist.«

Luke flitzt über die Straße in den Laden und geht zum Kühlschrank. Aber als er eine Dose Tennent rausziehen will, hängt die in einem Plastikgitter mit drei anderen zusammen. Vielleicht kann man das Bier bloß in Viererpackungen kaufen. Zwar hat er von zu Hause das Geld mitgenommen, das sein Dad ihm für ein neues Computerspiel geschenkt hat, aber davon ist nicht mehr viel übrig. Mum regt sich immer auf und sagt, Dad soll mehr Zeit mit ihm verbringen statt mit seiner schicken Tussi, dann müsste er Luke nicht mehr bestechen.

Blitzschnell rechnet er im Kopf nach. Wenn er das Bier kauft, hat er noch sechs Pfund. Nicht viel, es würde nicht mal reichen, um mit Caz zu McDonald's zu gehen. Vielleicht soll er das Bier stehen lassen. Aber wenn er mit leeren Händen zurückkommt, ist der Typ in der U-Bahn garantiert sauer.

»Willst du die Dosen?«

Auf einmal merkt Luke, dass der Mann hinter der Theke ihn meint, obwohl er nebenbei auch noch mit jemandem am Telefon redet.

Er nimmt das Geld von Luke entgegen, ohne seine Hand zu berühren.

Das Gesicht im Spiegel erzählte die traurige Geschichte. Falten um die Augen, die Haut so farblos wie der Himmel. Lilly hatte sich die Nacht um die Ohren geschlagen.

Sie nahm das Telefon und wählte. »Ist Sam da?«

»Oh, ich freue mich auch, mal wieder mit dir zu sprechen«, antwortete ihr Exmann.

Es war noch nicht sehr lange her, dass alle ihre Gespräche so oder ähnlich abgelaufen waren. Jeder Satz prall gefüllt mit Vorwürfen.

»Entschuldige, David, ich hatte eine schlechte Nacht.«

Sofort wurde seine Stimme sanfter. »Das wundert mich nicht. Ich wette, du hast die ganze Zeit daran gedacht, was in der Schule passiert ist.«

Lilly fuhr mit den Fingern über Annas Akte. »Ja, so ungefähr.«

Eine Weile schwiegen sie beide. Mit Traurigkeit und Angst hatte David noch nie umgehen können. Genau genommen war er bei allem, was mit Gefühlen zu tun hatte, ziemlich hilflos, Punkt. Als Lilly seine Affäre mit Cara nicht mehr ausgehalten und ihn hinausgeworfen hatte, war seine Erleichterung spürbar gewesen. Natürlich hätte er sich weigern und ihr versprechen können, seine Freundin aufzugeben, aber nein, er konnte eine Auseinandersetzung einfach nicht ertragen – und so war er mehr oder weniger vor ihr geflohen.

»Ich hole Sam«, sagte er schließlich.

Beim Coffeeshop in der High Street kaufte Lilly sich einen großen Latte macchiato.

Ein kurzes Schwätzchen mit Sam hatte sie ein bisschen aufgeheitert, und jetzt hoffte sie, sich in ihr Büro schleichen, sich unter ihrem Schreibtisch verstecken und den Milchschaum den Rest erledigen lassen zu können.

Doch kaum hatte sie die Tür geöffnet, als sie auch schon wusste, dass ihr Plan keine Chance hatte. Rupinder und Sheila hielten sich beide im Empfangsbereich auf und brüteten über der Post.

Mit einem schwachen Lächeln begrüßte Lilly ihre Kollegen. »Hi.«

Rupinders Gesicht war undurchdringlich. Falls sie etwas von Lillys Ausflug in die Polizeistation wusste, war sie garantiert stinksauer.

»Alles klar?«, fragte Lilly.

Noch immer sagte Rupinder nichts. Oh, die Schweigefolter war viel schlimmer als eine ordentliche Strafpredigt.

»Sie sollten ihr das lieber zeigen«, sagte Sheila, und jetzt erst fiel Lilly auf, wie blass sie war. Vielleicht ging es gar nicht um Anna.

Rupinder überreichte Lilly ein Exemplar des *Three Counties Observer*.

MORD AN SCHULJUNGEN IM HERZEN ENGLANDS
Wie dem TCO aus zuverlässiger Quelle exklusiv zur Kenntnis gebracht wurde, ist der sechzehnjährige Charles Stanton in seiner Schule in Hertfordshire kaltblütig erschossen worden. Die Tat wurde begangen von einem Amokschützen, der dem Vernehmen nach in unserem Land Asyl suchte.

In diesem Stil ging die Geschichte weiter und weiter, vervollständigt von einem körnigen, aber dennoch grausigen Foto von der Stelle, an der Charles gestorben war.

Es war schrecklich, es war furchtbar, aber am schlimmsten war der letzte Abschnitt.

Die Polizei, die bisher keinen Kommentar abgegeben hat, bestätigte, dass ein junges Mädchen im Teenageralter festgenommen wurde und sobald wie möglich angeklagt und vor Gericht gebracht werden soll.

»Sie hätten sich nie wegschleichen dürfen, um dem Mädchen zu helfen«, sagte Sheila.

»Ich weiß nicht, wovon Sie sprechen«, entgegnete Lilly.

»Sie hätten diesen Fall niemals übernehmen dürfen«, sagte Sheila. »Wir beschäftigen uns doch nicht mal mit diesem ganzen Asylkram.«

Jetzt reichte es Lilly. »Zum einen ist das ein Strafrechtsfall und kein ›Asylkram‹, wie Sie es so schön nennen, und zum anderen hab ich Annas Fall überhaupt nicht übernommen.«

»Dann waren Sie nur so zum Spaß im Knast, ja?«, entgegnete Sheila. »An uns haben Sie dabei nicht gedacht, oder? Sie interessieren sich mehr für dieses Mädchen, das nicht mal von hier ist.«

Lillys Gesicht brannte vor Zorn. Woher hatte Sheila ihre Informationen?

»Dieses Mädchen hat einen Namen, und zwar heißt sie Anna«, sagte sie. »Sie ist hierhergekommen, auf der Flucht vor Dingen, die Sie oder ich uns nicht mal im Traum vorstellen können.«

»Ja, ja«, meinte Sheila. »Und mein Großvater ist nicht in der Normandie erschossen worden, damit wir nicht jeden Menschen mit einer rührseligen Geschichte bei uns zu Hause aufnehmen.«

»Was soll das eigentlich?«, konterte Lilly und wandte sich zum Gehen. »Ich lass mir doch nicht von meiner Sekretärin sagen, was ich zu tun und lassen habe.«

Als Sheila den Mund zur nächsten Tirade öffnete, zog Rupinder Lilly schnell aus dem Raum.

»Die Kanzlei wird nicht erwähnt«, sagte Lilly.

Rupinder hielt ihr ein Flugblatt hin. »Aber das hier ist heute Morgen in den Briefkasten gesteckt worden.«

Wir bitten das englische Volk dringend, endlich wieder für das einzustehen, was recht und billig ist, und dafür zu sorgen, dass unsere kostbaren Mittel nicht länger verschwendet werden, während unsere einheimischen Rentner darben.
Weigern Sie sich, nicht-englische Geschäfte zu unterstützen!

»Ab in den Müll damit«, sagte Lilly.

»Die anderen Partner machen sich Sorgen, dass bestimmte Klienten anderswo hingehen«, sagte Rupinder.

Lilly schüttelte den Kopf. »Wir dürfen uns dem Druck nicht beugen.«

»Ganz deiner Meinung«, sagte Rupinder. »Aber ich kann nicht so tun, als wäre es nicht nervtötend.«

Lilly umarmte sie. Rupinder roch nach Kakaobutter. »Das ist doch bloß rassistischer Mist.«

»Das weiß ich, Lilly, aber falls du es noch nicht bemerkt hast – ich bin nicht unbedingt weiß.«

Beide Frauen lachten, wurden aber von Lillys Handy unterbrochen. Es war Milo.

»Gott sei Dank, dass ich Sie erwische. Ich weiß nicht, was ich tun soll«, sagte er.

»Was in aller Welt ist denn los?«, fragte Lilly.

Er atmete so heftig ins Telefon, dass es an Lillys Ohr rauschte. »Ich bin mit Anna im Gericht, und hier sind eine Unmenge Leute, die schreien und rumbrüllen.«

»Wie geht es Anna? Kommt sie zurecht?«

»Sie hat entsetzliche Angst. Und sie will mit keinem reden außer mit Ihnen.«

»Moment mal«, sagte Lilly und sah Rupinder an. »Ich komme, so schnell ich kann.«

Ohne den Blickkontakt zu ihrer Chefin zu unterbrechen, gab sie Rupinder Annas Akte.

»Lies das mal – und wenn du dann immer noch dagegen bist, dass ich diesen Fall annehme, kannst du mich feuern.«

Das Tennent's ist dick und klebrig und hinterlässt einen Belag auf Lukes Zunge. Es schmeckt nach Eisen und Erde und überhaupt nicht wie Bier. Luke trinkt in kleinen Schlucken, aber die Dose ist immer noch gut halb voll.

Dagegen nimmt Tony sich schon die zweite vor. Er rückt ein Stück auf seiner dreckigen Decke zur Seite, um Luke Platz zu machen, und der setzt sich dankbar hin, wobei er sich alle Mühe gibt, die braunen Flecken zu ignorieren, die Scheiße sein könnten oder auch nicht, so froh ist er, mit einem anderen Menschen zusammen zu sein.

Mit steigendem Alkoholpegel wird Tony immer gesprächiger. Er erzählt Luke, dass er aus Wales stammt, aber nicht mehr dort gewesen ist, seit er die Armee verlassen hat.

»Warum nicht?«, erkundigt sich Luke.

»Drogen, Alkohol, Gefängnis«, sagt Tony. »Das volle Programm.«

Luke hat keine Ahnung, was er darauf sagen soll. Die Leute von der Straße reden ganz offen über so was – über Dinge, bei denen seine Mutter ausrasten würde. Aber Luke weiß einfach nicht, was er sagen soll. Er könnte irgendwas daherquasseln – das würde Tom wahrscheinlich machen –, aber die Typen hier würden in null Komma nichts durchschauen, dass er nur so tut, als ob.

»Angeblich habe ich ein Problem mit meinen Stimmungen«, sagt Tony.

»Verstehe«, sagt Luke.

Tony verzieht den Mund zu einem Lächeln. Seine Schneidezähne fehlen. »Angeblich bin ich unberechenbar.«

»Besser als langweilig.«

Auf einmal werden Tonys Augen zu zwei schwarzen Schlitzen. »Machst du dich über mich lustig?«

»Nein, überhaupt nicht«, antwortet Luke und sucht nach einem weniger gefährlichen Thema. »Wo hast du denn gedient?«

Tony nimmt einen großen Schluck und zieht die Lippe mit einem lauten Seufzer von den Zähnen.

»Bosnien, Mazedonien«, sagt er. »Man hätte mich auch noch in die Wüste verschifft, aber dann meinten sie, ich wäre nicht mehr ganz richtig im Kopf.« Er trinkt den Rest aus der Dose und rülpst. »Posttraumatischer Stress, so haben die das genannt. Haben mir Therapie angeboten, aber die hat nicht geholfen.« Er tippt sich an die Schläfe. »Ganz egal, wie viel man quasselt, was man gesehen hat, es ist trotzdem noch hier drin.«

Dann schließt er die Augen, und Luke ist nicht sicher, ob er mit seinen Dämonen kämpft oder einfach eingeschlafen ist.

»Na, du hast es dir ja schön gemütlich gemacht.«

Es ist Caz, mit ihrem breiten Grinsen und dem schmuddeligen Parka. Luke wird es warm ums Herz.

Caz deutet auf die übriggebliebenen Dosen. »Gib uns eine, ja?«

Luke tut es, und sie kuschelt sich zwischen ihn und Tony.

»Was macht das Geschäft?«, fragt Tony, die Augen noch immer geschlossen.

»Ziemlich schleppend«, antwortet Caz. »Aber ich hab für heute genug.« Sie wendet sich an Luke. »Nach den Typen brauch ich ’ne Dusche.«

»Wo?«, fragt Luke.

»Da gibt es mehrere Möglichkeiten.« Sie stupst ihn mit dem Ellbogen. »Du hast doch nicht etwa vor, bis in alle Ewigkeit so zu riechen, oder?«

Caz gibt Tony zum Abschied ein Küsschen auf die Wange und rappelt sich auf. »Danke, dass du auf ihn aufgepasst hast.«

Caz klingelt an einer Tür in Peckham. Das Gebäude sieht aus wie ein Dorfgemeinschaftshaus oder so. Nicht dass Peckham ein Dorf wäre. Luke hat von dem Stadtteil gehört, aber es ist anders als alles, was er bisher gesehen hat, dabei war er schon des Öfteren im Ausland.

Die High Street ist gesäumt von Obst- und Gemüseständen. Riesige schwarze Frauen feilschen um Dinge, die aussehen wie Frühlingszwiebeln und mit Schnur zusammengebundene Blätterbündel. Jungs stehen rum, Haare und Augenbrauen in Mustern ausrasiert, und reden mit starkem Akzent ziemlich krasses Zeug. Tom ahmt manchmal einen Akzent nach, den er für jamaikanisch hält. Dann sagt er »ting« statt »thing« und nennt alle im Internat »Bruder.« Die anderen Schüler lachen, aber Luke findet, dass er rüberkommt wie ein Vollidiot.

Caz ist ungeduldig und drückt zum zweiten Mal auf den Klingelknopf. Luke kann sich gar nicht vorstellen, dass sie da drin duschen können.

»Schau nicht so, Kleiner«, sagt Caz. »Hab ich dich jemals enttäuscht?«

Da öffnet eine Frau die Tür, eine Zigarette zwischen den Lippen. »Na so was – die süße Caroline!«

»Schon gut, Jean«, grinst Caz.

»Und wen hast du heute mitgebracht?«, fragt Jean und kneift die Augen gegen den Rauch zusammen.

»Das ist mein Freund Luke«, sagt sie. »Er ist neu.«
Jean nickt und lässt die beiden herein.

Die Waschmaschine wirkt hypnotisch. Luke sieht zu, wie seine Klamotten sich drehen. Zum ersten Mal, seit er weggelaufen ist, ist er zur Ruhe gekommen. Natürlich hat er die Sache mit Anna und Tom und Charlie und das ganze Zeug nicht vergessen. Aber es ist ein bisschen in den Hintergrund gerückt. Er hat geduscht und nutzt jetzt die Gelegenheit, seine Jeans und den Kapuzenpulli zu waschen.

»Den hält nur noch der Dreck zusammen.«

»Also, Luke«, sagt Jean, eine unangezündete Zigarette zwischen den Lippen. »Hast du alles, was du brauchst?«

»Ja, danke«, antwortet er.

Jean klopft sich auf die Hosentaschen, bis sie ein Feuerzeug findet und schüttelt es. »Möchtest du vielleicht was essen, während du wartest? Du kannst dir ruhig ein Sandwich machen, wenn du Lust hast.«

Luke ist unsicher. Er hat schon geduscht und die Waschmaschine benutzt. Seine Mum sagt immer, man darf andere Menschen nicht ausnutzen. Aber die Frau hier scheint nichts anderes zu erwarten. Als vorhin zwei Typen gefragt haben, ob sie ein bisschen Milch mitnehmen können, hat sie einfach genickt und ihnen eine Packung aus dem Kühlschrank gegeben. Caz hat es sich gemütlich gemacht und fühlt sich offensichtlich hier wie zu Hause. Sie schläft auf einem Sofa, wie ein Murmeltier.

»Es ist reichlich Schinken da«, sagt Jean. »Oder Käse, falls du das lieber magst.«

»Danke«, wiederholt Luke, und Jean lacht.

»Dir hat man wohl gute Manieren beigebracht«, sagt sie.

Luke wird rot. Er weiß nicht, ob sie sich über ihn lustig macht. »Meine Mum sagt, die machen einen Menschen erst zum Menschen. Die Manieren, meine ich.«

Jean lächelt und deutet mit dem Kopf in Richtung Brotkasten.

Luke nimmt sich zwei Scheiben und bestreicht sie mit Butter. Das Brot ist weich und frisch, als wäre es heute Morgen gekauft worden.

»Wann hast du deine Mum das letzte Mal gesehen?«, fragt Jean.

»Vor ein paar Tagen«, antwortet er.

»Dann hast du also noch Kontakt zu ihr?«

Luke sieht sie mit einem verwunderten Stirnrunzeln an, aber dann wird ihm klar, dass Jean ja keine Ahnung hat, wie lange er schon auf der Straße ist.

»Keine Sorge, Schätzchen, wir haben keinen Kontakt zu deinen Eltern, es sei denn, du möchtest es. Das Gleiche gilt übrigens für das Sozialamt und die Polizei.«

Luke beißt von seinem Sandwich ab, aber das Kauen fällt ihm schwer. Bei der Erwähnung der Polizei ist sein Mund ganz trocken geworden, und alle seine Ängste sind plötzlich wieder da. Was, wenn die Polizei Tom und Charlie schon verhaftet hat? Und was, wenn sie jetzt in diesem Moment nach Luke sucht?

»Deine Angelegenheiten gehen nur dich allein etwas an. Wir sind lediglich da, um zu helfen, wenn wir können«, sagt sie.

Luke würgt den Bissen hinunter. »Ich glaube nicht, dass mir jemand helfen kann.«

Jean drückt ihre Zigarette aus. »Du würdest staunen.«

Kerry Thomson war dick. Regelrecht fett. Nicht die Art von fett, bei der man gern ein paar Kilo loswerden möchte, weil die Jeans kneift, sondern so fett, dass man sich nicht bücken kann, um das Sandwich aufzuheben. Fleischwülste setzten in ihrem Nacken an und zogen sich in Wellen über ihren ganzen Körper. Ihr Kopf erschien zu klein für den monströsen Körper, so, als gehörte er eigentlich jemand anderem. Und genau das stellte Kerry sich gerne vor – ein nettes – manche Leute sagten sogar hübsches – Gesicht, das besser zu einer weit weniger dicken Person gepasst hätte. Wann hatte sie damit angefangen? In den Zwanzigern, als sie noch Konfektionsgrößen trug? In den Dreißigern, als ihre Monatsblutungen ausblieben?

Um ehrlich zu sein, hatte sie schon immer Übergewicht gehabt. Ein rundliches Kleinkind, das in den Frotteewindeln herumeierte und ihre Brüder zum Lachen brachte. Als Teenager ging sie ziemlich gelassen damit um. Während die anderen Mädchen allesamt aus geraden Linien und rechten Winkeln bestanden, war Kerry mir nichts, dir nichts, zur Frau geworden, mit Brüsten, Hüften und Hintern. Dadurch hatten sich ihr jede Menge Chancen eröffnet, die sie intensiv genutzt hatte. Zwischen vierzehn und sechzehn hatte Kerry mehr Sex gehabt als in ihrem ganzen übrigen Leben zusammen.

Einige ihrer sogenannten Freunde hatten sie als Schlampe bezeichnet, andere hatten etwas freundlicher darauf hingewiesen, dass Kerry nach dem Tod ihrer Mutter eine schwere Zeit durchmachte.

Sie schaute zur Uhr und seufzte. Sie hatte sich durch sechs Einbrüche, vier Körperverletzungen, zweimal Drogenbesitz und einen Berg von Verkehrsdelikten gearbeitet – unter anderem alkoholisiertes Fahrradfahren. Nur noch ein Fall war übrig, aber der Verteidiger war noch nicht aufgetaucht. Wenn er nicht bald eintrudelte, würde das Gericht die Mittagspause durcharbeiten müssen.

Sie tastete in ihrer Tasche nach etwas Süßem.

Vor dem Magistrates Court hatte sich eine große Menschenmenge eingefunden. Die übliche Gruppe von Rauchern, die sich bei jedem Wetter versammelte, war von einer ungefähr zwanzigköpfigen Truppe dunkelhäutiger Männer in dunklen Anzügen und Frauen mit Kopftüchern zur Seite gedrängt worden. Lilly vermutete, dass es sich um Albaner handelte. Ein paar Meter entfernt verschaffte sich eine kleinere Gruppe hellhäutiger Männer Gehör, unter anderem mit einem Megaphon. Sie waren nicht verkleidet. WBA. White British Alliance. Die Hakenkreuztätowierungen waren verschwunden, das Gedankengut war geblieben.

Dazwischen eingeklemmt war die Polizei, und die zahlreich

anwesenden Medienvertreter beobachteten das Ganze amüsiert. Herzlichen Dank, *Three Counties Observer*. Lilly hatte nicht vor, sich an all den Leuten vorbeizudrängeln, und machte sich lieber auf den Weg zum Hintereingang.

Im Gerichtssaal saß Milo zusammengesunken auf einem Stuhl. Als er Lilly entdeckte, hellte sich sein Gesicht auf. »Danke, dass Sie gekommen sind.«

Die megaphonverstärkte Stimme war auch hier zu hören.

Milo schüttelte den Kopf. »Ein paar Bewohner von Hound's Place haben ihre Freunde verständigt. Ich hab versucht, sie davon abzuhalten, weil es nichts bringt.«

»Völlig richtig«, bestätigte Lilly.

»Aber sie sind so wütend«, meinte er. »Anna ist vergewaltigt worden, und trotzdem kommt sie ins Gefängnis.«

Lilly legte die Hand auf seine. »Dann wollen wir doch mal versuchen, sie rauszuholen.«

Als sie ins Anwaltszimmer kam, fand sie dort Kerry Thomson vor, die gerade eine glitzernde Pyramide aus Bonbonpapieren baute. Wie immer bemerkte Lilly die Haare, die auf ihrem teigigen Kinn sprossen, und fragte sich, ob Kerry wusste, dass sie Eierstockzysten hatte.

»Hallo«, sagte Lilly.

Kerry zerknüllte die Papiere in der Faust. Offensichtlich hatte sie ein schlechtes Gewissen.

»Ich bin wegen Anna Duraku hier«, erklärte Lilly. »Verschwörung zum Mord.«

Kerry nickte zu der einsamen Akte, die ihre fünfzehn Minuten des Ruhms erwartete.

»Es ist totaler Blödsinn«, sagte Lilly. Sie wusste, wenn es jemand anderes gewesen wäre, hätte sie wesentlich aggressiver argumentiert, aber Kerry machte immer so einen verletzlichen Eindruck. Sie anzuschreien wäre Lilly vorgekommen, als setzte sie einen Menschen mit Down-Syndrom unter Druck.

Kerry legte beide Handflächen auf den Tisch und hievte sich hoch. »Dann gehen wir mal in den Gerichtssaal und sehen, was der Richter dazu sagt.«

Sie roch es, ehe sie um die Ecke bog. Selbst wenn sie nicht herumgebrüllt hätten, hätte sie gewusst, dass sie da waren. Etwas an dem Essen, das sie verzehrten, und an ihren Klamotten dünstete einen bestimmten Geruch aus. Nicht direkt unangenehm, nur einfach anders.

Ganz gleich, wie viele Liberale und Linke behaupteten, dass diese Menschen genauso waren wie sie – Snow White wusste genau, dass das nicht stimmte.

Grandpa war von Kairo nach Soweto und wieder zurück gereist und hatte immer die Meinung vertreten, andere Rassen wären »einfach nicht anständig«. Als Snow White jetzt die dunkelhaarige Meute sah, die vor dem Gericht herumtobte, wusste sie, dass ihr Großvater recht gehabt hatte.

»Schrecklich, was?«, sagte eine Frau mit einem Zwillingsbuggy.

»Ja, wirklich«, pflichtete Snow White ihr bei.

»Ich dachte, das ist verboten«, fuhr die Frau fort, während sie ihre Zwillinge mit Käseflips fütterte.

»Leider nicht.«

»Beim Sport ist es das Gleiche«, meinte die Frau. »Die Skinheads brüllen alles nieder.«

Snow White wollte gerade erklären, dass die kleine Gruppe doch vernünftige Gründe hatte, ihren Gefühlen Ausdruck zu verleihen, da hatte sich die Frau schon zur Bushaltestelle davongemacht.

Zumindest hatten diese Kameraden den Mut, für das geradezustehen, was sie glaubten, ganz egal, wie schlicht sie ihre Meinung äußerten. Anfangs hatte Snow White Bedenken gehabt, ob man sie überhaupt einschalten sollte, aber jetzt, wo sie sah, wie die kleine Gruppe, stets im Visier der Presse, Schulter an Schulter dem Feind trotzte, wusste sie, dass es richtig gewesen war. Am liebsten hätte sie sich ihnen angeschlossen, aber das ging leider nicht. Früher hatte sie es gehasst, dass sie mit ihrer Meinung hinterm Berg halten musste, aber jetzt begriff sie, dass es ihr einen Vorteil verschaffte. Sie konnte die Gegenseite unterwandern, Informationen sammeln und die feindlichen Reihen von innen heraus zersetzen.

Das Skandieren wurde lauter, und jemand warf eine Dose auf die Ausländer.

Als Richterin fungierte Mrs Lucinda Holmes, eine intelligente und einfühlsame Frau. Viele wunderten sich, dass sie so viele Jahre am Jugendgericht verbracht hatte, wo sie doch bestimmt eine Beförderung bekommen hätte. Lilly hatte immer angenommen, dass Mrs Holmes genau wie sie junge Leute liebte.

»Bevor wir beginnen«, sagte Mrs Holmes und fixierte die Anwälte mit stählernem Blick, »sollten wir uns ins Gedächtnis rufen, dass Tirana minderjährig ist und dass wir uns nicht in einer Folge von *L.A. Law* befinden.«

»Jawohl, Euer Ehren«, sagte Lilly.

»Nun«, fuhr Mrs Holmes fort. »Brauchen wir einen Dolmetscher?«

»Nein«, rief Anna.

Mrs Holmes lächelte ihr zu, höflich, aber nicht herzlich. »Im Allgemeinen funktioniert die Sache besser, wenn Sie das Gericht über Ihre Anwältin ansprechen.«

»Tut mir leid«, murmelte Anna.

»Sie braucht und wünscht keinen Dolmetscher«, sagte Lilly.

Mrs Holmes machte sich mit einem silbernen Füller einen Vermerk. »Fahren wir also fort.«

»Beim vorliegenden Fall handelt es sich um ein Mordkomplott«, sagte Kerry. »Die Anklage erklärt, dass die Angeklagte sich zusammen mit Artan Shala zur Manor Park Preparatory School begeben hat und dass beide bewaffnet waren. Das Ziel beider Beteiligten war es, Schüler dieser Schule zu töten. Unglücklicherweise war ihr Plan insofern erfolgreich, als Charles Stanton tödlich getroffen wurde, bevor Ms Duraku entwaffnet werden konnte und Shala von einem Polizeibeamten, der sich am Tatort befand, niedergeschossen wurde.«

»Ich habe dem Polizisten die Waffe gegeben, bevor Artan auf den Jungen geschossen hat«, sagte Anna.

Mrs Holmes sah Lilly stirnrunzelnd an. »Miss Valentine, Sie müssen Ihre Klientin bitte besser in Schach halten. Schließlich haben wir hier keine bunte Diskussionsrunde.«

»Entschuldigen Sie, Euer Ehren, aber was meine Klientin sagt, entspricht der Wahrheit. Sie hat Officer McNally ihre Waffe aus freien Stücken gegeben, bevor Artan getötet wurde. Es besteht kein Zweifel, dass er allein gehandelt hat.«

Mrs Holmes nickte. »Das muss ein anderes Gericht entscheiden. Heute möchte ich den Fall nur an den Crown Court verweisen. Weiter nichts.«

»Was ist mit einem Kautionsantrag, Euer Ehren?«, fragte Lilly.

Mrs Holmes steckte die Kappe wieder auf ihren Füller, ehe sie ihn bedächtig auf die Schreibunterlage vor sich ablegte. »Haben Sie vor, einen zu stellen, Miss Valentine?«

Lilly reckte das Kinn. »Mir ist bewusst, Euer Ehren, dass es sich hier um ein ernstes Vergehen handelt, bei dem normalerweise keine Kaution festgesetzt wird, aber der Fall ist in vielerlei Hinsicht ungewöhnlich«, begann Lilly.

»Fahren Sie fort«, sagte Mrs Holmes.

»Sie können die Kaution ablehnen, Euer Ehren, wenn Sie glauben, meine Klientin könnte erneut straffällig werden.«

»Ja, das kann ich wohl«, erwiderte Mrs Holmes.

»Deshalb haben Sie sicher längst durchschaut, dass eine Wiederholungstat in diesem Fall unmöglich ist«, fuhr Lilly fort. »Anna wird ein Mordkomplott zur Last gelegt, aber ihr angeblicher Mitverschwörer ist tot. Also könnte sie mit ihm kein Komplott mehr schmieden, Euer Ehren.«

Mrs Holmes biss sich auf die Lippe. »Und was ist mit der Fluchtgefahr?«

Lilly zuckte, so theatralisch sie konnte, die Achseln. »Wohin sollte Anna fliehen? Sie hat keine überlebenden Familienangehörigen und kaum Freunde. Das Wohnheim Hound's Place ist ihre einzige Zuflucht.«

Mrs Holmes atmete ruhig, und man sah ihr an, dass sie sich Lillys Argumentation durch den Kopf gehen ließ.

»Wer würde sie im Wohnheim überwachen?«

»Dort sind immer Sozialarbeiter im Dienst, Euer Ehren, und Milo Hassan besucht die Bewohner jeden Tag.«

Doch Mrs Holmes schüttelte den Kopf. »Für meinen Geschmack ist damit keine ausreichende Kontinuität gewährleistet. Die Verantwortung muss bei einer Einzelperson liegen.«

Lilly sah zu Anna hinüber. Die Angst quoll ihr aus jeder Pore, und in Lilly stiegen enorme Schuldgefühle auf. Wenn sie eingegriffen und verhindert hätte, dass Artan Selbstjustiz übte, wäre Anna jetzt nicht hier.

»Sie kann bei mir bleiben«, bot sie spontan an.

Alle starrten sie an.

Lilly schluckte schwer. Sie war genauso überrascht von ihrem Angebot wie die anderen.

»Bei Ihnen bleiben?«, wiederholte Mrs Holmes.

»Ja«, bestätigte Lilly. »Ich werde mich dem Gericht gegenüber verpflichten, sie in meinem Haus zu beaufsichtigen.«

»Das ist eine sehr große Verantwortung, Miss Valentine.«

Lilly nickte. Es war eine große Verantwortung. Eine verdammt große Verantwortung. Aber sie verdrängte entschlossen, was diese Verantwortung alles umfassen würde, und nickte tapfer.

Als sie in Lillys Auto vom Gericht wegfuhren, rieb Milo fürsorglich Annas Schulter. »Es ist zu Ende.«

Lilly schwieg, aber ihr ging ein alter Spruch durch den Kopf. »Das ist nicht das Ende. Noch nicht mal der Anfang vom Ende.«

»Das kann nur ein Witz sein«, sagte Jack.

»Lache ich etwa?«, fragte Lilly. Sie starrte aus dem Küchenfenster nach draußen. Die Erde war braun und hart. Das Feld war abgeerntet worden, und bis zum Frühling würde hier nichts wachsen.

»Sie kann hier nicht wohnen«, sagte er.

»Das Gericht meint, sie kann.«

»Das ist Wahnsinn«, ächzte er.

Und natürlich hatte er recht. Es war der glatte Wahnsinn. Sam würde an die Decke gehen, David würde beantragen, sie in die Klapsmühle einzuweisen, und Rupinder … schon beim Gedanken an Rupinder wurde Lilly flau im Magen.

»Ich kann nicht zulassen, dass sie ins Gefängnis kommt.«

»Aber wir sind beide in ihren Fall verwickelt«, sagte er. »Besonders ich.«

Wenn Lilly sich vor Augen führte, wie viel schwieriger die Lage dadurch für ihn wurde, bekam sie sofort Gewissensbisse.

»Sie ist noch so jung«, sagte sie.

Er schüttelte sie sanft an den Schultern. »Aber du bist nicht für sie verantwortlich.«

»Wer denn sonst, Jack? Denn die zuständigen Behörden haben sich verdammt schlecht um sie gekümmert.« Sie rubbelte an seinem Revers herum. »Ich schulde ihr das.«

»Wofür?«

»Dafür, dass ich nichts unternommen habe, bevor sie in diese ganze verdammte Scheiße hineingezogen worden ist.«

In diesem Moment kam Milo hereingeschlendert und stellte einen Müllsack mit Klamotten auf dem Boden ab. »Den Rest bringe ich später vorbei.«

Mit großen Augen sah Jack ihm nach, als er den Raum wieder verließ. »Ist das dieser Wiehießergleich?«

»Milo«, antwortete sie.

»Er scheint sich hier ja ganz wie zu Hause zu fühlen.«

Lilly schnaubte. »Ich hab kaum mit ihm gesprochen.«

In diesem Moment streckte Milo seinen Kopf wieder zur Tür herein. »Funktioniert die Spülmaschine noch?«

Jack sah von Lilly zu Milo und wieder zurück. Lilly öffnete den Mund zu einer Erklärung.

»Erzähl mir jetzt nicht, dass du die Spülmaschine wieder flottgekriegt hast.«

Mit Sam auf dem Rücken kam David herein. Er sah von Lilly zu Jack, zu Milo und wieder zurück.

»Willkommen im Zirkus«, sagte Jack und bahnte sich einen Weg zur Tür.

Lilly schenkte zwei Gläser Sauvignon Blanc ein und gab eines davon David.

»Du siehst müde aus«, stellte Lilly fest.

»Fleur hat Koliken.«

»Ist sie nicht ein bisschen zu alt dafür?«

David trank einen Schluck Wein. »Ich glaube, sie weint einfach gern.«

»Sie ist ein Baby, das ist ihr Job«, meinte Lilly.

»Ich kann mich nicht erinnern, dass das bei Sam auch so war.«

Lilly lachte. »Na klar war das so! Du erinnerst dich bloß deshalb nicht mehr daran, weil ich die ganze Drecksarbeit erledigt habe.«

Schon machte David den Mund auf, um zu protestieren, aber im letzten Moment hielt er inne. »Du konntest mit Problemen schon immer besser umgehen als ich. Lärm und Unordnung haben dir nie so viel ausgemacht.«

»Herausforderungen sind für mich eben ein Anreiz, zur Hochform aufzulaufen.«

»Vielleicht liebst du aber auch einfach das Chaos«, gab er zu bedenken.

»Quatsch.«

»Schau dir mal die Lage an, Lilly: Alles lief wunderbar mit dir und Jack, und was machst du? Holst dir ein bosnisches Flüchtlingsmädchen ins Haus.«

»Sie ist aus dem Kosovo. Und außerdem ist es nicht für lange. Wenn ich dem Gericht klarmachen kann, dass sie nicht versuchen wird abzuhauen, lass ich sie wieder ins Wohnheim bringen.«

»Sam ist auch nicht grade begeistert«, sagte David.

Lilly rang sich ein Lächeln ab. »Das wird schon.«

»Er hat dich schrecklich gern für sich alleine«, sagte David. »Er hat es gehasst, dich mit den ganzen Fürsorge-Kids teilen zu müssen.«

»Er teilt dich auch mit Cara und Fleur.«

David trank seinen Wein aus und griff nach seiner Jacke. »Ich will mich nicht streiten, Lilly, ich weise nur auf das Offensichtliche hin.«

Als er gegangen war, schloss Lilly die Tür hinter ihm und ging nach oben. »Alles wird gut«, sagte sie zu sich selbst. Aber wem wollte sie das eigentlich einreden?

Im Gerichtssaal, als das ganze System – nein, die ganze Welt – gegen Anna zu sein schien, hatte sie sich sofort ins Gefecht gestürzt und nur daran gedacht, wie sie helfen, wie sie die Sache wiedergutmachen konnte. Jetzt, während sie die Bettdecke ihres Sohns glattstrich, zusah, wie sich seine Schultern langsam hoben und senkten, und seine Wärme einatmete, stellte sie den Sinn ihres Verhaltens plötzlich in Frage. Ja, dieses Mädchen war durch die Hölle gegangen, aber musste Lilly sie wirklich zu sich nach Hause holen? In Sams Zuhause?

Als sie den Korridor hinunterging, hörte sie das scharfe »Plink« eines tropfenden Wasserhahns und ging zurück ins Badezimmer. Der Hahn brauchte einen neuen Dichtungsring, aber normalerweise funktionierte auch richtig eingesetzter Druck, und sie zog ihn nach links. Ein schwarzer Rand zierte das Becken. Nicht der normale Dreckrand, sondern eine schmale glitschige Linie, fast violett. Hatte Sam mal wieder seine Pinsel hier oben ausgewaschen? Morgen früh musste sie ihm was dazu sagen. Künstlerische Freiheit war ja an sich eine gute Sache, aber hier putzte er auch die Zähne.

Dann entdeckte sie die Plastiktube im Müll. Unter einem Bausch Kosmetiktücher verborgen, so dass nur das Ende hervorlugte. Ohne das Bild des Models mit den unglaublich glänzenden Locken hätte Lilly sie wahrscheinlich gar nicht bemerkt.

Es war Haarfarbe.

Da sogar Sam Schwierigkeiten gehabt hätte, eine Verwendung für eine Tube Intensivtönung zu finden, musste sie wohl Anna gehören. Aber warum gab sich ein sechzehnjähriges Mädchen, über dessen Haupt eine Mordanklage schwebte, mit so etwas ab? Und warum auch noch heimlich?

Sie war noch in die Betrachtung der Tube versunken, als Anna hereinkam. Sie wurden beide rot.

»Ich hatte mal grüne Haare«, scherzte Lilly. »Also, das war echt ein Fehlgriff.«

Aber Anna lächelte nicht. »Das ist meine Naturfarbe«, sagte sie. »Sonst bin ich grau.«

»O du armes, armes Mädchen«, sagte Lilly und nahm ihre Klientin in die Arme. Anna wurde starr, aber Lilly ließ sie nicht los.

Manchmal war es nicht komfortabel, das Richtige zu tun, aber das machte es nicht weniger richtig.

Der Wirt rief die letzte Runde aus, und Jack bestellte noch ein Pint.

Er hatte mal wieder überreagiert, als er wie eine Hollywooddiva aus Lillys Cottage gestürmt war. Jetzt hatte er sich vor David und auch vor diesem Milo zum Affen gemacht. Aber es ging einfach nicht anders.

Eigentlich hatte er Lilly erklären wollen, dass die Schießerei ihn zu der Erkenntnis gebracht hatte, dass er nichts weiter wollte als sie und Sam. Es war ihm so wichtig gewesen, ihr das verständlich zu machen. Und dann war er stattdessen in den typischen

Strudel des Valentine-Chaos geraten. In welchem Alternativuniversum glaubte Lilly denn, es wäre vernünftig, eine Klientin bei sich zu Hause wohnen zu lassen? Ihr musste doch bewusst sein, dass sie damit zwischen ihnen alles kaputtmachte. Vielleicht war er ihr einfach nicht wichtig genug, um seine Gefühle auch mit in Betracht zu ziehen. Vielleicht war die ganze Beziehung einseitig.

Seufzend schlürfte er sein Bier. Im Grunde wusste er ja, dass Lilly die Dinge so nicht sah. Für sie war es keine Entscheidung zwischen Jack und Anna – sie sah einfach nur ein junges Mädchen, das Hilfe brauchte.

Er kippte das Bier hinunter, obwohl er genau wusste, dass er es morgen früh bereuen würde – dieses letzte Glas und dass er kein Brot fürs Frühstück gekauft hatte.

Die Brückenwände riechen nach Pisse. So durchdringend, dass Luke das Gefühl hat, es am Gaumen zu schmecken. Caz schiebt ein Palettenbrett an die Wand und wirft ein altes Laken darüber.

»Handgepäck-Camping«, grinst sie, aber Luke bringt nicht mal ein Lächeln zustande.

Seit er das Peckham Project verlassen hat, denkt er ständig an die Polizei und was ihm blüht, wenn er sich erwischen lässt. Ob die Leute im Gefängnis so sind wie Teardrop Tony? Werden sie ihn zwingen, Sex unter der Dusche mit ihnen zu haben? So was hört man doch dauernd. Und wird er dann auch solche Angst haben wie das Mädchen im Park?

Eigentlich möchte er Caz unbedingt davon erzählen, sie fragen, was er tun soll, aber obwohl sie hier, so weit von zu Hause, am ehesten so was wie seine Freundin ist, kennt er sie doch erst ein paar Tage.

Sie krabbelt unter das Dach und zieht sich den Schlafsack über die Beine. Luke folgt ihr.

»Warum bist du hier, Caz?«, fragt er.

»Weil es draußen schüttet, und dieses russische Miststück lässt uns nicht in die besetzte Wohnung.«

»Ich meine, warum bist du hier, warum lebst du hier draußen auf der Straße?«, erklärt Luke. »Warum wohnst du nicht zu Hause?«

Sie zieht eine alte Tabaksdose aus der Tasche und holt ihre Ausrüstung heraus. Ein Viereck Alufolie, ein Einwegfeuerzeug, ein Metallröhrchen. Und einen Beutel Heroin. Sie behauptet, sie sei nicht abhängig und mache es nur so zum Zeitvertreib, aber Luke hat den Plastikglanz gesehen, der morgens auf ihrem Gesicht liegt.

»Möchtest du das wirklich wissen?«, fragt sie.

Er nickt.

Caz seufzt und streut ein bisschen Pulver auf die Folie.

»Mein Stiefvater war ziemlich flott mit seinen Fäusten«, sagt sie. »Hat meine Mutter windelweich geprügelt.«

Sie knipst das Feuerzeug an, und Luke sieht zu, wie es aufflammt.

»Sie hat immer gesagt, er ist total nett, solange er nichts trinkt.«

Caz hält die Flamme unter die Folie und bewegt sie im Kreis. »Das Problem war nur, dass er fast immer was getrunken hat.«

»Konnte sie ihn denn nicht verlassen?«, fragt Luke.

Caz blickt von ihrem Fix auf, und ein sarkastisches Lächeln umspielt ihre Lippen. »Und wohin hätte sie gehen sollen, Kleiner?«

Er zuckt die Achseln, ein stummes Eingeständnis, dass er von einem solchen Leben keine Ahnung hat.

Sie wendet sich wieder der Folie zu. Das Pulver köchelt, blubbert, wirft Blasen.

»Als sie nicht mehr da war, hat er mich als Ersatz genommen.«

Sie steckt das Röhrchen in den Mund und inhaliert den Rauch.

»Wegen meinen kleinen Schwestern bin ich trotzdem geblieben, aber als die zur Fürsorge kamen, bin ich abgehauen.«

»Das tut mir leid, Caz«, sagt Luke.

Ihr Mund ist schlaff geworden, und ihre Stimme klingt heiser, als sie endlich erwidert: »Und was ist mit dir? Was bringt sich an die Costa del Scheißloch?«

Er schaut auf seine Füße und zieht an seinem Schuhband. »Ich bin in was ganz Blödes reingeraten. Jemandem – einem Mädchen, meine ich – ist es dabei ziemlich übel ergangen.«

»Vergewaltigt?«, fragt Caz.

Luke nickt mit schamroten Wangen.

»Wir haben sie zu dritt in den Park gebracht«, fährt er fort. »Sie hatte furchtbare Angst.«

»Das ist hart«, bestätigt Caz.

»Ich hab ihr nicht geholfen«, sagt er. »Ich hab nichts getan, um ihr zu helfen.«

Caz hält die Flamme wieder unter die Folie und jagt den Rauch von den Rändern.

»Hasst du mich jetzt?«, fragt er.

»Wir alle tun Sachen, auf die wir nicht stolz sind«, antwortet sie.

Lukes Augen brennen. »Aber was ich getan habe, ist ekelhaft.«

»Das kann ich nicht beurteilen.«

Erleichtert sieht er zu ihr auf, aber er hat Angst, dass ihre Augen ihre Worte Lügen strafen. Als er sieht, dass ihr Kinn auf die Brust herabgesunken ist, ist er froh.

KAPITEL 6

»Danke«, sagte Lilly und schnallte Sam auf dem Rücksitz von Pennys neuem Range Rover an. »Kann ich mich am Benzin beteiligen?«

Penny verschränkte die Arme. »Mein Mann ist Investmentbanker, und ich komme außerdem auf dem Weg zur Schule an deinem Haus vorbei.«

»Es ist trotzdem nett von dir, dass du ihn mitnimmst.«

Penny schloss die Autotür und drehte sich so zu Lilly um, dass die Kinder sie nicht hören konnten. »Du weißt, ich hab kein Problem damit, aber ich bin immer noch nicht sicher, ob es eine gute Idee ist.«

Lilly hatte ihre Freundin ins Vertrauen ziehen müssen, als ihr eingefallen war, dass sie Anna nicht allein lassen konnte, während sie Sam zur Schule brachte, und sie konnte Anna auch nicht mitnehmen, denn das hätte bedeutet, mit ihr zum Tatort zu fahren.

»Es ist bloß für eine Woche. Höchstens zwei«, sagte Lilly.

»Aber es ist dein Zuhause«, wandte Penny ein.

Lilly berührte ihre Hand. »Ich weiß, es wirkt ein bisschen übertrieben.«

»Du sagst es, Sherlock.«

»Aber wenn du wüsstest, was Anna durchgemacht hat, dann würdest du es verstehen«, beteuerte Lilly.

Penny nickte. »Aber lass bloß niemanden in Manor Park erfahren, dass du den Feind bei dir einquartiert hast. Luella sagt, es hängen immer noch Hunderte von Journalisten rum, und du willst doch nicht, dass sie es herausfinden, oder?«

Als Penny den Motor anließ, klopfte Lilly an die Fensterscheibe und winkte Sam. Aber er drehte den Kopf weg.

»Erzähl mir, wie du nach England gekommen bist.«

Noch immer wirkte Anna wie ein verstörter Fuchs im Scheinwerferlicht.

»Ich kann dich nur verteidigen, wenn ich alles über dich weiß«, erklärte Lilly.

Es war ein komisches Gefühl, ein Interview in ihrer Küche zu führen, und Lilly wusste nicht recht, ob ihr das behagte.

Anna legte die Hände vor sich auf den Tisch. »Mein Vater hat einem Mann Geld gegeben.«

»Hast du den Kosovo zusammen mit Artan verlassen?«, fragte Lilly.

Anna schüttelte den Kopf, langsam und bedächtig. »Nein. Ich bin mit meinem Bruder Brahim geflohen.«

»Was ist mit Brahim passiert?«

Die Antwort klang monoton, fast mechanisch. »Wir sind auf der Reise voneinander getrennt worden. Ich weiß nicht, was mit ihm passiert ist.«

»Hast du schon mal versucht, ihn zu finden?«, fragte Lilly. »Oder hat er Kontakt mit dir aufgenommen?«

Wieder schüttelte Anna den Kopf.

»Und der Rest der Familie?«, fragte Lilly.

»Meine Mutter und meine Schwestern sind verbrannt. Mein Vater wird vermisst.«

»Und dein kleiner Bruder?«

Anna zuckte die Achseln.

»Du hast hier also niemanden?«, fragte Lilly.

»Nein, niemanden.«

Lilly dachte daran, wie Artan tot auf dem Boden gelegen hatte, Arme und Beine von sich gestreckt. Wenn er alles war, was Anna noch gehabt hatte, wie musste sie sich dann jetzt fühlen, wo er tot war?

»Warum hat Artan das gemacht, Anna? Warum ist er zur Schule gegangen?«

Das Mädchen schloss ein Auge und rieb sich mit dem Daumen über die Stirn. »Mein Kopf tut weh«, sagte sie.

Fast konnte Lilly die Schrecken berühren, die Artan zum Töten getrieben haben, aber sie musste wissen, wie Anna über das dachte, was er getan hatte.

Schweigend saßen sie da, bis es an der Tür klingelte.

Lilly machte auf, die Locken in wildem Chaos.

»Ich komme in Frieden«, versicherte Jack und holte ein Kitkat aus der Innentasche seiner Jacke.

Sie musterte ihn kühl. »Das beeindruckt mich nicht.«

Statt einer Antwort zog er ein Mars delight aus dem Ärmel.

»Schon besser«, sagte sie.

Ein Toffee Crisp kam aus der Gesäßtasche seiner Levis.

Lilly warf den Kopf zurück und lachte, ein Klang, der ihm so willkommen war wie der Frühling.

»Komm rein, wir sitzen in der Küche.«

Wir?, dachte Jack. Doch bestimmt nicht der Exmann? Er wusste, dass Lilly wegen Sam Wert darauf legte, den Kontakt zu ihm zu pflegen, aber der Typ tauchte öfter auf als der Milchmann. Bitte Gott, mach, dass es nicht dieser blöde Milo ist, das wäre noch unangenehmer.

Als er um die Ecke bog, sah er, dass sie das Mädchen gemeint hatte. Gott, er war doch einfach ein Vollidiot.

»Hallo«, sagte er.

Anna antwortete nicht, stand aber auf. »Ich gehe nach oben und seh ein bisschen fern.«

Lilly nickte, und sie blickten ihrer zierlichen Gestalt nach, die langsam das Zimmer verließ. Dann setzte sich Jack und legte die Riegel auf den Küchentisch.

Lilly wickelte das Kitkat aus. »Ich weiß, das ist nicht ideal, aber ich musste es tun, Jack.«

»Wirklich?«

Sie brach ein Stückchen von dem Riegel ab. »Ich hab es nicht getan, um schwierig zu sein und dir das Leben schwerzumachen.«

»Ich weiß«, sagte er. Und das stimmte.

Man konnte viel über Lilly sagen – sie war impulsiv, ein Hitzkopf, widersprach gern –, aber sie wollte andere Menschen nie verletzten. Jack lächelte, denn er war auf einmal ganz sicher, dass er ihr doch etwas bedeutete.

Einen Moment saßen sie so am Tisch, Lilly aß ihre Schokolade, und Jack schob mit dem Daumen versprengte Salzkörnchen auf dem Tisch herum. Jetzt, wo er hier war, wusste er plötzlich nicht mehr, was er hatte sagen wollen. Oder konnte zumindest die richtigen Worte nicht finden. Wie sagt man einer Frau, dass sie einem das Gefühl gibt, ein vollständiger Mensch zu sein? Dass man ohne sie völlig aufgeschmissen wäre?

»Und wie hat Rupinder reagiert?«, fragte er nach einer Weile.

»Ich hab ihr noch nichts davon gesagt.«

Jack prustete vor Lachen. »Himmel, Lilly. Wenn du dachtest, ich bin sauer, dann mach dich mal auf was gefasst.«

Ihre Finger schwebten über der Tastatur. Jedes Wort erschien ihr falsch. Sollte sie katzbuckeln? Das war nicht Lillys Art. Sollte sie kündigen und hoffen, dass Rupinder die Kündigung nicht annahm? Es gab immer die Chance, dass sie es doch tat.

Als Jack gegangen war, hatte er bei der Vorstellung, wie Lilly ihrer Chefin verklickern würde, dass sie die Babysitterin der Angeklagten spielen wollte, immer noch leise gekichert. Obwohl Lilly die Nase in die Luft gestreckt und behauptet hatte, dass sie Rupinder einfach mal anrufen würde, hatte sie genau das natürlich nicht zu tun gewagt. Eine Stunde später löschte sie den sechsten E-Mail-Entwurf.

»Gibt es ein Problem?«

Lilly blickte zu Anna auf.

»Sie machen so ein ernstes Gesicht«, sagte sie und zog die Nase kraus, worüber Lilly lachen musste.

»Ich weiß nicht mal, wo ich anfangen soll«, sagte Lilly und klappte ihren Laptop zu. Sie sah zu, wie Anna den Wasserkessel füllte, und seufzte. »Was ich nicht verstehe«, sagte sie, »ist, warum *du* eine Waffe hattest.«

Mit einem langen, blassen Finger drückte Anna auf den Kippschalter.

Lilly preschte weiter vor. »Ich verstehe, dass Artan durcheinander war. Er hatte so viel durchgemacht, und eines Tages ist das Fass einfach übergelaufen.«

Anna holte zwei Tassen aus dem Schrank. Ihre Hände zitterten.

»Er hat mir erzählt, dass diese Jungs dich verletzt haben«, sagte Lilly.

Anna stellte die Tassen auf die Arbeitsplatte.

»Hat er diesen Jungen umgebracht, weil er dich vergewaltigt hat?«, fragte Lilly. »Aus Rache?«

Anna hielt den Wasserkocher schräg. Aus der Tülle kam Dampf.

»Ehrlich gesagt habe ich vermutet, dass er irgendetwas macht«, sagte Lilly. »Aber ich hätte nie gedacht, dass du auch daran beteiligt bist.«

In diesem Augenblick rutschte der Wasserkocher aus Annas Hand und krachte auf die Arbeitsplatte. Heißes Wasser spritzte in ihre Richtung, sie schrie auf und wich mit hocherhobenen Händen zurück.

Lilly sprang auf. »Hast du dir weh getan?«

Anna sagte nichts, hielt aber die Hände immer noch hochgestreckt.

»Hast du dich verbrannt?«, fragte Lilly. »Anna, bist du okay?«

Auf einmal begann das Mädchen am ganzen Leib zu zittern. Ein abgehacktes Zucken, das sich zu einem heftigen Krampf entwickelte, bis ihre Beine nachgaben und sie zu Boden stürzte.

Lilly kniete sich neben sie und nahm Annas Hand. Sie inspizierte die Handflächen, die aber nicht verbrannt zu sein schienen. Also hielt Lilly die Hände fest, bis Annas Zittern langsam verebbte.

»Ich weiß, es ist hart, aber wenn ich dir helfen soll, dann muss ich wissen, was passiert ist. Um zu erreichen, dass die Leute dich verstehen, musst du mir von der Vergewaltigung erzählen und warum du eine Waffe hattest.«

»Aber wie wollen Sie das machen?«, fragte Anna. »Wenn ich es nicht mal selber verstehe?«

»Hast du was für mich, Posh?«

Alexia seufzte. Würde sie hier herumsitzen, wenn es so wäre?

Ihr Chef hatte seine Abscheu mit einer blauen Rauchwolke ausgestoßen, und sein Frust erreichte den Siedepunkt.

Sie war als Einzige in Manor Park gewesen und hatte die Exklusivstory vor allen überregionalen Blättern gehabt. Gestern hatte sie sich in den Medienrummel vor dem Gericht gemischt. Das totale Chaos. Auf der einen Seite die Skinheads, auf der anderen die Asylanten. Eigentlich hatte sie auf ein bisschen Randale gehofft.

Aber auch so hatte sie einen phantastischen Artikel geschrieben. Man konnte es Steve einfach nie recht machen.

»Ich habe die verdammt beste Geschichte gemacht, die dieses Blättchen je hatte«, sagte sie.

»In die Neuigkeiten von gestern packt man heute die Pommes ein.«

»Und was willst du jetzt von mir?

»Ich will dieses Mädchen.«

Alexia schüttelte den Kopf. Das war absolut unmöglich. Im Gerichtssaal waren keine Reporter zugelassen, weil die Angeklagte minderjährig war, es gab also keine Möglichkeit herauszufinden, wer sie war oder wo sie wohnte. Eine Quelle in High Point, dem nächsten Frauengefängnis, hatte bestätigt, dass sie dort nicht eingeliefert worden war. Auch in den anderen Frauengefängnissen behauptete man, nichts von dem Mädchen zu wissen. Von der Polizei bekam man den üblichen Quatsch, viele Worte ohne Inhalt. »Glaubst du nicht, dass jeder, vom *Guardian* bis zu *Hello,* nach ihr sucht?«

»Was ist mit den Eltern des Jungen?«, fragte Steve.

»Die sagen nichts.«

»Hast du es versucht?«

Alexia fixierte ihn. »Nein, Steve, ich habe eine Nachricht auf ihrem AB hinterlassen, und als sie mich nicht zurückgerufen haben, dachte ich: ›Ach, was soll's, wird schon nicht so wichtig sein.‹«

»Was?«

Verzweifelt schüttelte sie den Kopf. »Natürlich hab ich es bei den Eltern versucht. Kein Anschluss unter dieser Nummer.«

»Wahrscheinlich ein abgekartetes Spiel mit der Boulevardpresse«, vermutete er.

Alexia lächelte in sich hinein. Ihrem Boss würde nie in den Sinn kommen, dass die Eltern eines ermordeten Teenagers vielleicht lieber in Ruhe gelassen werden wollten.

Steve ließ seine Kippe in eine Tasse kalten Kaffee fallen. Er war aus dem gleichen Holz geschnitzt wie Alexias Vater. Ein kleiner egoistischer Tyrann.

Er blähte die Nasenflügel. »Bring mir das Mädchen.«

»Alles in Ordnung?«, fragte Lilly.

Penny fuhr Sam mit der Hand durch die Haare, aber er sprang aus dem Auto und rannte wortlos an Lilly vorbei. »Er ist ernsthaft angepinkelt, weil Anna bei euch wohnt.«

»Er wird sich schon beruhigen«, sagte Lilly.

»Bist du sicher?«

Lilly brachte nur ein halbherziges Lächeln zustande. Penny half ihr nicht mit Anna, aber andererseits – warum sollte sie auch?

»Glaubst du, jemand könnte ahnen, dass sie hier ist?«

Penny schüttelte den Kopf. »In den Zeitungen stand, dass das Mädchen in einem Fall wie diesem wieder in Gewahrsam genommen wird.«

»Und jetzt haben wir das hier.« Sie drückte Lilly einen Brief in die Hand. Er war von der Schule. Für Charles Stanton sollte ein Trauergottesdienst stattfinden.

Wunderbar. Die Mütter überschlugen sich bestimmt in Trauer.

Konnte vielleicht sonst noch was schiefgehen?

An: Lilly Valentine
Von: Rupinder Singh
Re: The Maudsley Hospital

Wie du ja weißt, ist das oben erwähnte Krankenhaus für die Geisteskranken gedacht, und noch während ich dies hier schreibe, lasse ich dort einen Platz für dich reservieren, denn ich kann nur davon ausgehen, dass du den Verstand verloren hast.
Falls du eine andere Erklärung zu bieten hast, musst du sie mir zukommen lassen, bevor die Kanzlei morgen öffnet.

KAPITEL 7

»So, da wären wir«, sagte Lilly, als sie sich dem Büro näherten.

Anna nickte und strich ihre Jacke glatt. Sie hatte sich so elegant gekleidet, wie es ihre wenigen Habseligkeiten zuließen.

Es war zu kalt, um ohne Mantel draußen herumzulaufen, und Lilly hatte versucht, Anna einen von sich aufzudrängen, aber er war dem Mädchen viel zu groß gewesen und ließ sie noch erbärmlicher aussehen.

»Ich denke, es wäre das Beste, wenn du mich einfach die Situation erklären lässt«, meinte Lilly.

Anna lachte. »Ich möchte sowieso am liebsten gar nichts sagen.«

Lilly holte tief Luft und öffnete die Tür.

»Na, wen haben wir denn da?«, rief Sheila, als sie die beiden sah.

»Ist Rupinder hier?«, fragte Lilly, ohne auf die Bemerkung zu achten.

»Ja, allerdings.« Sheila lehnte sich auf ihrem Stuhl zurück, verschränkte die Hände hinter dem Kopf und war offensichtlich wild entschlossen, sich zu amüsieren. »Und sie möchte wissen, was zum Teufel eigentlich vor sich geht.«

»Dann geh ich mal rein und sage es ihr«, erklärte Lilly.

»Rupes«, sagte Lilly und lächelte so breit, dass ihr die Wangen weh taten.

Rupinder legte das Diktaphon genau im rechten Winkel zur Tastatur auf ihren Schreibtisch.

»Lilly«, sagte sie.

»Ich weiß, was du denkst«, sagte Lilly.

»Das halte ich für eher unwahrscheinlich«, entgegnete Rupinder.

»Na ja, ich vermute, dass du sauer bist.«

»Die Untertreibung des Jahres«, schnaubte Sheila.

»Was nur verständlich ist«, sagte Lilly. »Aber du musst das auch mal aus meiner Perspektive betrachten.«

»Ach ja, muss ich das?«

Lilly nickte. »Alles wird ganz einleuchtend, wenn du dich in mich hineinversetzt.«

»Lilly Valentine, ich habe schon vor Jahren den Versuch aufgegeben, mich in dich hineinzuversetzen«, erwiderte Rupinder. »Dein Inneres ist für mich unergründlich. Ein Ort des Wahnsinns und des Chaos.«

»Ist es wirklich so schlimm?« Lilly sah zu Boden.

»Ja, ist es.« Dann hob sie die Stimme, was sie sonst nie tat, und fuhr fort: »Du hast diesen Fall übernommen, obwohl alle dir gesagt haben, du sollst es nicht tun, und dann hast du dich auch noch bereit erklärt, deine Klientin bei dir wohnen zu lassen.«

»Bisher hat es hervorragend geklappt«, meinte Lilly. »Oder nicht?«, setzte sie, an Anna gewandt, hinzu.

Anna nickte heftig.

»In dem Irrenhaus, das du dein Zuhause nennst, mag das der Fall sein.« Rupinder stand auf. »Aber was ist mit hier? An diesem Ort, den wir lachhafterweise dein Büro nennen? Was in aller Welt willst du hier mit deiner Klientin machen?«

»Sie kann mir helfen«, schlug Lilly vor. »Ich dachte, sie kann für uns Tee kochen«, sagte Lilly.

Jetzt hatte Rupinder endgültig genug. »Macht, dass ihr rauskommt, alle beide!«, brüllte sie.

Lilly schob Anna hinaus und schloss die Tür hinter ihr.

»Das lief besser als erwartet.«

Luke haut auf den Flipperautomaten. Er weiß, dass man ihn womöglich gleich rausschmeißen wird, aber das ist ihm egal. Den ganzen Tag schon hat es immer wieder geregnet, und so eine fiese Zicke aus dem Top Shop hat ihn aus dem Eingang verscheucht. Daraufhin ist er nach Chinatown, in die Golden Gate Arcade, aber unterwegs hat ihn ein heftiger Schauer überrascht.

Er zieht den Kragen des Kapuzenpullis über den Mund. Jetzt ist er trocken, aber er riecht nicht mehr frisch.

Auf einmal erinnert er sich an all die Dinge, die er zu Hause gelassen hat und die jetzt sauber und ordentlich im Schrank hängen. Jeans, Sporthosen, eine Jacke von Quicksilver, nach der er ewig gequengelt hat.

In seinem Kopf verwirren sich die Gedanken, drehen sich im Kreis wie Wäsche im Trockner. Weil er nicht aufpasst, wo er hingeht, stößt er mit einem Mädchen zusammen, die Dreadlocks bis zur Taille hat.

»Was hast du denn für ein Problem?«

Sofort macht Luke sich auf Ärger gefasst, aber dann merkt er, dass er das Mädchen kennt. Es ist Long Tall Sally, die diesen Namen nicht wegen ihrer Größe trägt, sondern wegen ihrer Neigung, sich auf Brücken oder mehrgeschossige Gebäude zu stellen, die Passanten zu beschimpfen und ihnen auf den Kopf zu spucken. Trotz dieser ekligen Angewohnheit ist sie im Umgang mit Luke immer ganz okay. Caz meint, sie ist scharf auf ihn.

Jetzt grinst sie ihn an und entblößt ihre schwarzen Zähne. »Was geht, Kumpel?«

Luke zuckt die Achseln. »Ich bin bloß angepisst, weiter nichts.«

Der Grund ist natürlich Caz. Sie ist mal wieder verschwunden. Um die Mittagszeit ist sie losgezogen, um sich was zu besorgen, aber ihr üblicher Dealer, Sonic Dave, war nicht auffindbar. Caz sagte, sie würde zu einem Typen in Waterloo gehen, den sie kannte. Sie hätte auch zu einem der Türken in der Oxford Street gekonnt, aber denen traut sie nicht über den Weg.

»Die strecken das Zeug mit Scheuerpulver und allem möglichen Scheiß«, erklärt sie.

Aber jetzt ist sie schon seit vier Stunden weg, und so lange braucht kein Mensch für die paar U-Bahn-Stationen und zurück.

Zwar hat er inzwischen nicht mehr so viel Angst, wenn sie weggeht, nicht mehr wie am Anfang, als alles und jeder um ihn herum überwältigend und gefährlich erschien. Aber er hasst es immer noch, wenn sie nicht in der Nähe ist.

Womöglich hat sie sich eine Überdosis verabreicht.

Ein paar Nächte zuvor ist Teardrop Tony umgekippt, und so viel sie ihn auch ohrfeigten und mit Wasser begossen, er wollte einfach nicht wieder aufwachen. Schließlich hat jemand einen Krankenwagen gerufen, und die haben ihm etwas gespritzt, dass er wieder atmen konnte. Caz hat behauptet, es war Adrenalin.

»Glaubt ihr eigentlich, wir haben nichts Besseres zu tun, als einen elenden Junkie am Leben zu erhalten?«, meinte der Sanitäter.

Luke hat versucht, sich zu verdrücken, aber Caz hat sich vor dem Typen aufgebaut, die Hände in die Hüften gestemmt.

»Willst du damit etwa sagen, wir hätten ihn einfach hier abkratzen lassen sollen?«

Der Sanitäter schnallte Tony gerade auf eine Trage. »Manche Leute würden jedenfalls sagen, ihr hättet uns allen einen Gefallen damit getan.«

Wenn Caz sich heute eine Überdosis verpasst hatte, war dann jemand da, der den Krankenwagen rief?

»Ein paar von uns wollen zu einer Hausbesetzerparty in Camberwell, warum kommst du nicht einfach mit?«, sagt Long Tall Sally. »Es muntert dich bestimmt auf.«

»Danke, aber ich treffe mich mit Caz«, entgegnet Luke.

Sally legt den Kopf schief. »Ich bin nicht sicher, ob sie grade wirklich Lust hat, dich zu sehen.«

»Warum denn das?«, fragt Luke stirnrunzelnd.

»Ich will ja nichts sagen, aber wir alle haben doch unsere kleinen Geheimnisse, die wir lieber für uns behalten.«

Luke sieht ihr nach. Bei Licht betrachtet, hat Long Tall Sally eigentlich recht. Caz verheimlicht ihm anscheinend etwas. Wie sie immer verschwindet, ohne vorher oder hinterher etwas zu erklären. Zuerst hat es ihn traurig gemacht, aber jetzt ist er wütend. Sie sind doch Freunde, warum kann sie ihm denn nicht vertrauen?

Er zerbricht sich immer noch den Kopf, als er schon über die Barriere am Leicester Square springt.

»Oi!«, brüllt der Wachmann und jagt hinter ihm her die Treppe hinunter.

Luke nimmt zwei Stufen auf einmal und rast den Bahnsteig entlang. Gleich wird die Bahn losfahren. »*Bitte achten Sie auf die Lücke zwischen Zug und Bahnsteigkante*«, mahnt die Automatenstimme. Gerade als die Türen sich schließen, hechtet Luke in einen Wagen, und der Wachmann kann nichts mehr machen, machtlos schlägt er mit der Handfläche gegen das Fenster.

Die Leute glotzen, also zieht Luke den Kapuzenpulli wieder hoch und schaut auf den Boden.

Lilly goss sich ein Glas Chablis ein, denn sie brannte darauf, einen angenehmen Schlussstrich unter einen ziemlich anstrengenden Tag zu ziehen.

Immerhin war Anna eine echte Offenbarung gewesen, hatte Lillys Arbeitsplatz aufgeräumt und den Schneesturm loser Blätter einsortiert. Zwar hatte Sheila verächtlich ihre starre Dauerwelle geschüttelt, aber Lilly konnte sehen, dass selbst sie von Annas Effizienz beeindruckt war.

Alles hätte relativ friedlich enden können, wenn nicht das Päckchen von der Staatsanwaltschaft eingetrudelt wäre.

Als Lilly merkte, um welche Bilder es sich handelte, stürzte sie sich sofort auf sie – nur hatte Anna die Leiche von Charlie Stanton leider bereits gesehen.

»Autopsie«, erklärte Lilly. »Standardzeug.«

Anna nickte, aber ihr Gesicht war so blass wie das auf dem Foto. Dann übergab sie sich quer über den Schreibtisch.

Als Sam am Abend, als er ein späteres Zeitlimit an der Playstation aushandeln wollte, einen Wutanfall bekam, hatte Lilly das Gefühl, dass sie so etwas eigentlich fast hätte erwarten müssen.

»Du denkst nie an das, was ich möchte«, wütete Sam, und sie wussten beide, dass er damit nicht Super Mario meinte.

Jetzt, wo Sam und Anna beide im Bett lagen, hatte Lilly nur noch den Wunsch, kurz etwas zu trinken und dann selbst früh ins Bett zu gehen.

Klingeling. Die Türklingel.

»Das soll wohl ein Witz sein.«

Lilly riss die Tür auf. Davor stand Milo im Regen, in der Hand einen rosaroten Rucksack. »Den hab ich in Annas Zimmer gefunden.«

»Und das auch?«, erkundigte sich Anna und deutete auf die Schachtel in seiner anderen Hand.

»Ich wollte die Tür abhobeln«, erklärte er.

Lilly bekam einen so heftigen Hustenanfall, dass Milo spontan beide Gegenstände fallen ließ und ihr auf den Rücken klopfte.

»Wie bitte?«, keuchte sie, während ihr die Tränen über die Wangen liefen.

»Das ist eine Drehbank.« Milo klopfte mit dem Fingerknöchel auf den verzogenen Türrahmen. »Wenn ich das hier abhoble, geht die Tür leichter auf.«

Immer noch hustend, komplimentierte Lilly ihn ins Haus und goss ihm ein Glas Wein ein.

»Hab ich was Falsches gesagt?«, fragte er besorgt.

Lilly wischte sich mit dem Handrücken übers Gesicht. »Nein, nein. Ich hab mich nur verschluckt.«

Offensichtlich erleichtert lächelte er sie an. Seine Haare waren feucht, und die Locken in der Stirn kringelten sich noch dichter als sonst.

»Das passiert mir auch immer«, stellte Lilly fest. »Wenn meine Haare nass werden.«

Vorsichtig berührte er die Locken mit einem Finger. »Kusslocken.«

Dabei sah er ihr direkt in die Augen, deren Grün so umwerfend war wie immer.

Lilly trank schnell einen Schluck Wein.

»Alles in Ordnung?«, fragte er. »Mit Anna?«

Froh, wieder etwas sichereren Boden unter den Füßen zu haben, hob Lilly die Schultern. »Ich muss noch mit dem Beweismaterial zurande kommen. Die Beweisführung ausarbeiten.«

»Sie hat es nicht getan«, meinte Milo achselzuckend.

»Ich wollte, es wäre so einfach.«

»Es ist einfach. Sie hat diesen Jungen nicht getötet.«

»Theoretisch stimmt das natürlich«, bestätigte Lilly. »Aber warum war sie mit Artan dort? Warum hatte sie eine Waffe? Das kann sie mir alles nicht erklären.«

Mit nachdenklichem Gesicht stellte Milo sein Glas ab. »Manchmal macht man einfach das, was man gesagt kriegt.«

»Wie? Jemand sagt mir, hier ist ein Revolver, komm mit, und ich frage nicht, was eigentlich los ist?«

Milo rieb über den Stiel seines Glases. »Als ich Bosnien verlassen habe, war ich elf Tage im Laderaum eines Lastwagens. Es war stockdunkel. Ich konnte nichts tun als dasitzen. Ich hatte mein Leben in die Hand des Fahrers gelegt. Ich habe gegessen, wenn er es mir gesagt hat, ich habe getrunken, wenn er es mir gesagt hat. Ich bin sogar auf die Toilette gegangen, wenn er es mir gesagt hat.«

»Hättest du auch eine Waffe benutzt, wenn er es dir gesagt hätte?«

»Er hätte mir das Leben retten können oder auch nicht.« Milo wischte sich mit den Händen übers Gesicht, als versuchte er, etwas abzuwaschen. »Ich hätte alles getan, worum er mich gebeten hätte.«

Ohne zu überlegen, beugte Lilly sich vor und nahm Milo in die Arme, eine Hand um seine Schulter, die andere um seinen Kopf. Sie atmete ihn ein, als könnte sie seinen Schmerz inhalieren. Als sie mit den Händen durch seine Haare fuhr, fühlte sie sich plötzlich heftig zu ihm hingezogen und wusste, wenn sie nicht gleich von ihm abrückte, würde sie ihn küssen.

»Tut mir leid«, sagte sie und ging zur Spüle.

Milo lachte. »Ständig entschuldigst du dich. Meinst du, es ist mir unangenehm, wenn eine attraktive Frau versucht, mich zu küssen?«

»Ich hab nicht versucht, dich zu küssen.« Lilly spülte ihr Glas aus. »Es tut mir leid, was dir passiert ist.«

»Dann eben kein Kuss«, lachte er. »Sondern das, was die Engländer einen ›mercy fuck‹ nennen.«

Lilly stemmte die Hände in die Hüften. »Erstens, was grade passiert ist, war kein … ich meine, nicht mal annähernd … nicht mal in der gleichen Hemisphäre wie …«

Lächelnd stand Milo auf. »Und zweitens?«

»Zweitens würde ich nie und nimmer aus Mitleid mit jemandem schlafen, und wenn du das denkst, bist du ein sehr schlechter Frauenkenner.«

An der Tür hielt er inne, und noch immer sah er amüsiert aus. »Was wäre denn dann ein guter Grund?«

»Wofür?«

»Um mit einem Mann zu schlafen?«

Lilly setzte mehrmals an, bevor sie herausbrachte: »Ich weiß nicht.«

»Ach komm, Lilly, du weißt doch sonst auf alles eine Antwort.«

»Okay, er müsste sexy sein und klug«, antwortete sie. »Und witzig.«

Er ging hinaus in Nacht und Regen. »Ziemlich hohe Ansprüche.«

»Ich bin eben wählerisch«, sagte sie und schloss die Tür hinter ihm. Dabei dachte sie an all die Männer in ihrem Leben, die der Forderung, die sie gerade gestellt hatte, nicht mal annähernd entsprochen hatten.

Eine Stunde später war sie immer noch durcheinander, obwohl sie sich dauernd sagte, dass mit Milo doch gar nichts passiert war. Er hatte ihre Geste falsch interpretiert, weiter nichts. Aber warum fühlte sich die Sache dann so wundervoll gefährlich an? Bitte, lieber Gott, lass David nicht recht haben mit seiner Analyse, dass ich die Beziehung zu Jack mutwillig aufs Spiel setze.

Schließlich goss sie sich noch ein Glas Wein ein und zwang sich, ihre Aufmerksamkeit dem Fall zuzuwenden. Was Milo über das Befolgen von Anweisungen gesagt hatte, klang, als könnte durchaus etwas daran sein. Als Lilly das letzte Mal mit Artan gesprochen hatte, hatte er ohne jeden Zweifel bedrohlich gewirkt. Vielleicht empfand Anna Angst vor ihm? Aber war ihre Angst so groß gewesen, dass sie alles getan hätte, was er ihr sagte?

Lilly musste herausfinden, was dem Mädchen durch den Kopf gegangen war. Kurz entschlossen riss sie ein Päckchen Erdnüsse auf und schrieb eine Mail an eine alte Freundin.

Als Luke in Waterloo ankommt, ist es dunkel und regnet wieder.

Langsam schlendert er zum Parkhaus hinüber. Die meisten Autos sind um neun verschwunden, wenn die Junkies und Penner die unteren Stockwerke übernehmen. Nachts macht Caz meistens einen Bogen darum.

»Ich kann nicht schlafen bei dem ganzen Gejammer und Gegrunze«, hat sie gesagt.

»Aber ist es nicht sicherer mit so vielen anderen Leuten?«, fragte Luke.

»Na klar, Kleiner, so sicher wie in einem Haus, wo jeder Psycho von London einen halben Meter neben uns pennt.«

Aber manchmal macht sie eine Ausnahme und geht trotzdem hin, vor allem, wenn sie was zu verkaufen hat.

In ein paar alten Kohlenbecken brennt Feuer, aber trotzdem ist es schummrig wie in der Hölle. Buchstäblich. Es riecht nach Pisse und Kleber und kaltem Crack.

Vier Jungs nuckeln an ihren Pfeifen, die Augen weit aufgerissen, die Schultern steif. Anscheinend bemerken sie den alten Mann nicht, der direkt vor ihnen in einer Cider-Pfütze liegt.

Im Feuerschein sieht Luke die Umrisse von zwei Gestalten bei der Tür zur Treppe. Eine ist eindeutig ein Mann, groß und breitschultrig. Die andere ist zierlich. Kann das Caz sein?

»Caz!«, ruft er.

Falls sie ihn hört, antwortet sie nicht. Anscheinend ist sie ganz in ein Gespräch mit dem Mann vertieft. Er zerrt sie am Arm, sie schüttelt ihn ab. Was ist da los? Luke kann nicht verstehen, was sie sagen, aber dass sie sich streiten, ist klar.

Immer hitziger wird der Streit, und der Mann schafft es schließlich, Caz tiefer in den Schatten zu ziehen. Jetzt kann Luke sie nicht mehr richtig sehen.

»Halt!«, ruft er und rennt los. Er platscht durch Wasserlachen und stößt eine Plastikkiste um, die als Tisch dient. Kerzen fliegen in die Luft und landen zischend in einer Pfütze.

Ein Kopf fährt aus einem Mantel, gänzlich in einen Schal gewickelt wie in einen schmutzig blauen Verband. »Pass doch auf, wo du hintrittst.«

»Sorry«, ruft Luke, hebt schnell die durchweichten Kerzen auf und legt sie auf die Kiste zurück. »Ich glaube, meine Freundin ist in Schwierigkeiten.«

»Ach, hier sind wir doch alle in Schwierigkeiten«, entgegnet der Mann lakonisch.

Luke macht sich wieder auf die Socken, im Slalom um Grüppchen von Junkies herum. Endlich erreicht er die Tür, aber keine Spur von Caz.

Ihm klopft das Herz bis zum Hals. Was, wenn der Mann versucht hat, sie auszurauben? Caz ist genau der Typ, der sich mit Klauen und Zähnen wehrt.

Auf einmal hört er ein seltsames Keuchen aus Richtung der Treppe. Jetzt kann er sie beide sehen. Der Mann ist hinter Caz und drückt sie gegen die Wand. Würgt er sie? Bitte Gott, mach, dass sie noch lebt!

Luke stürzt sich auf den Mann und zerrt ihn nach hinten. Zwar ist der wesentlich größer, aber nicht auf Lukes Angriff gefasst. Luke schleudert ihn zurück durch die Tür ins Hauptgebäude des Parkhauses, wo er unsanft auf der Kühlerhaube eines blauen Porsches landet, den irgendein Schicki-Micki-Wichser stehen lassen hat, weil er zu besoffen war, um ihn wegzufahren. Der Alarm geht los, und der Mann rutscht langsam auf den Boden.

Obwohl er völlig fassungslos ist und verständnislos die Augen aufreißt, hat er immerhin noch genug Geistesgegenwart, nach seinem steifen Schwanz zu greifen und ihn wieder zurück in seine Hose zu stopfen.

Luke starrt von ihm zu Caz, die hinter ihm herstolpert, den Slip um die Knöchel gewickelt, einen Rock, den Luke noch nie gesehen hat, bis über den nackten Hintern hochgeschoben.

Wie flüssiges Feuer fühlt Luke die Wut in sich aufsteigen. Dieser dreckige Mistkerl wollte Caz vergewaltigen! Seine Gedanken fliegen zurück zu dem Abend, als dieses arme Mädchen im Park auf dem kalten Boden gelegen hat, geschockt und verängstigt. Und Luke hat ihr nicht geholfen. Damals hatte er zu viel Angst, war zu besoffen und verwirrt. Aber jetzt ist er das nicht.

Er holt mit dem Bein aus und tritt den Mann in den Magen. »Du Arschloch!«

Der Mann schreit auf und krümmt sich zusammen.

Caz zerrt ihren Rock herunter. »Was machst du denn da, Luke?«

Luke schaut zu seiner Freundin, die so klein ist und so dünn, und holt erneut mit dem Fuß aus. Diesmal zielt er auf den Kopf des Manns und spürt den gedämpften Aufprall seines Turnschuhs, als er ihn trifft.

»Hör auf damit!«, schreit Caz.

»Ich werde ihn umbringen«, sagt Luke, und in diesem Moment meint er das vollkommen ernst.

»Sei nicht blöd«, schreit sie.

»Er ist ein Vergewaltiger«, sagt Luke und balanciert sich aus, um dem Mann, der leise stöhnt, noch einen Tritt zu verpassen. »Das verdienen die, einer wie der andere.«

»Ach Luke«, sagt sie, und in ihren Augen sind Tränen. »Er hat mich nicht vergewaltigt.«

»Was?«

Sie blickt auf den Mann hinunter. Aus der Platzwunde über seinem Auge quillt Blut. »Komm, wir müssen hier weg.«

Der vertraute Duft von Chanel No. 5 erfüllte die Luft.

»Danke, dass du gekommen bist«, sagte Lilly. »Du siehst phantastisch aus.«

Sheba rümpfte die Nase. »Ich sehe fett aus.«

Zugegebenermaßen hatte Lillys Freundin zugenommen, seit sie sich das letzte Mal bei einem Fall im Old Bailey gesehen hatten, aber sie strahlte nach wie vor den klassischen Glamour einer Filmdiva aus.

»Im wievielten Monat?«, fragte Lilly.

Sheba fuhr mit einem knallroten Fingernagel über ihren Bauch. »Im fünften.«

»Steht dir gut.«

»Nein, Schätzchen, mir stehen fünfzehn Zentimeter hohe Absätze. Aber es ist trotzdem nett, dass du das sagst.«

Ohne weiter darauf einzugehen, streckte Lilly ihr eine Flasche Wein hin. »Ein Schlückchen, um mir Gesellschaft zu leisten?«

»Na ja, das müsste wohl in Ordnung sein«, seufzte Sheba, nahm ihr halbvolles Glas und beäugte es argwöhnisch. »Sechs Gläser pro Woche und keine einzige Zigarette, das bin nicht wirklich ich, oder?« Sie lachte. »Na gut. Worum geht es denn nun eigentlich, Lilly?«

»Ich habe einen Fall.«

»Selbstverständlich hast du einen Fall.«

Lilly nippte an ihrem Wein. »Ein Mädchen, Asylbewerberin. Man will ihr ein Mordkomplott anhängen.«

Sheba warf die Hände in die Luft. »Doch nicht die Schießerei im Internat?«

Mit einem stummen Nicken bestätigte Lilly die Vermutung.

»Ich hab alles im Fernsehen gesehen«, sagte Sheba und wackelte mit dem Zeigefinger. »Du wirst berühmt werden. Wieder mal.«

»Die kennen den Namen des Mädchens nicht und haben keine Ahnung, wer sie vertritt.«

»Noch nicht.«

Lilly verzog das Gesicht.

»Moment mal«, meinte Sheba. »Ich dachte eigentlich, du würdest inzwischen die Finger von solchen Fällen lassen. Ich dachte, du hättest deine Seele verkauft für ein neues Auto und einen Satz Fischmesser.«

»O ja, das hab ich auch!«, lachte Lilly. »Aber dieser Fall hier ist mir sozusagen in den Schoß gefallen.«

Sheba füllte sich ihr Glas am Wasserhahn nach. »Schnee fällt dir in den Schoß, oder Äpfel, wenn du genügend am Baum schüttelst, Lilly. Aber einen Fall muss man übernehmen.«

Nachdenklich trank sie einen Schluck und war von dem Wasser anscheinend so angeekelt, dass sie Lillys Glas sofort mit Wein auffüllte. »Wenigstens eine von uns kann es sich ja gutgehen lassen.«

»Es ist allerdings so«, sagte Lilly, »dass ich es als meine Pflicht angesehen habe, den Fall zu übernehmen.«

»Bist du sicher, dass du nicht jüdisch bist?«

»Nein, eindeutig katholisch.«

»Die Beweisführung ist abgeschlossen«, sagte Sheba. »Als Nächstes erzählst du mir wahrscheinlich, dass du das Mädchen adoptierst.«

Lilly schaute vielsagend zur Decke hinauf. Dort war das Zimmer, in dem Anna schlief.

»Das ist nicht dein Ernst.«

»Nicht für lange.«

Sheba goss erneut Wein in Lillys Glas. »Wie machst du das?«

»Das ist ein Talent«, antwortete Lilly. »Genau wie Autos zu Schrott fahren und die Steuererklärung vergessen. Das kann nicht jeder, weißt du.«

»Und was brauchst du?«

»Hilfe.«

»Ach was.«

»Professionelle Hilfe.«

Sheba nickte und griff nach ihrem Aktenkoffer. Darin befand sich stapelweise cremeweißes Papier, mit Hilfe einer Büroklammer genau mittig zusammengehalten. Sie zog ein Blatt heraus und strich es liebevoll mit der Hand glatt. In die obere rechte Ecke waren ihre Initialen eingeprägt.

Unterdessen wühlte Lilly nach einem braunen Umschlag und einem Kuli.

»Meine Klientin, Anna, kommt aus dem Kosovo. Ich erzähle dir lieber nicht die ganze Geschichte, es reicht, wenn du weißt, dass sie ihre Familie verloren hat und nach England geschmuggelt worden ist.«

Sheba schwieg, ihr Gesicht war ausdruckslos. In ihrem jeweiligen Beruf hatten sowohl sie als auch Lilly schon eine Menge menschliches Leid gesehen und gehört.

»Sie hat sich mit einem anderen Flüchtling angefreundet, einem Jungen, der allem Anschein nach ziemlich aus dem Gleichgewicht war«, fuhr Lilly fort. »Er war es auch, der in der Schule geschossen hat.«

»Und wie passt Anna da rein?«

»Das weiß ich eben nicht. Sie hatte einen Revolver, ließ sich aber rasch entwaffnen. Sie scheint stark traumatisiert von allem, was ihr zugestoßen ist, und der Junge hat ihr wahrscheinlich auch Angst gemacht. Ich bin nicht sicher, ob sie die Situation wirklich durchschaut hat.«

Sheba legte den Stift weg. »Du hältst es für möglich, dass ihr die geistige Kapazität gefehlt hat?«

»Ich kann mir vorstellen, dass sie blind gehandelt hat. Ohne die Entscheidung ihres Freundes zu hinterfragen.«

»Das wäre sehr schwer zu beweisen«, meinte Sheba. »Vielen von deinen Klienten sind schreckliche Dinge zugestoßen, aber das rechtfertigt noch lange keinen Mord.«

»Aber Annas Geschichte ist mehr als der übliche Horror: es war Krieg.«

»Es könnte sich um eine posttraumatische Belastungsstörung handeln«, räumte Sheba ein. »Da brauchst du einen Experten.«

»Was glaubst du, warum ich dich hergebeten habe? Um deiner faszinierenden Konversation zu lauschen?«

Sheba streckte ihrer Freundin die Zunge heraus und schrieb eine Nummer auf das Papier. »Ruf diese Frau hier an. Sie ist auf so was spezialisiert.«

»Hat sie eine Ahnung von dem, worum es mir geht?«

Sheba leerte den Rest der Flasche in Lillys Glas. »Sie ist Kurdin und hat ihren Mann im Irak verloren.«

KAPITEL 8

Lilly schluckte drei Aspirin und strich sich die Haare aus dem Gesicht. Ihre Hand fühlte sich klamm an.

Mit ungnädiger Miene betrachtete Sam seinen Toast. »Ich möchte gern gebratenen Speck.«

Sofort rebellierte Lillys Magen. »Wie wäre es mit Cornflakes?«

»Ich brauche Protein«, entgegnete er. »Das hatten wir grade in der Schule. Von Protein wächst man.«

Lilly ließ sich auf dem Stuhl neben Anna nieder.

»William Mann ist zehn Zentimeter größer als ich«, fuhr Sam fort, »und seine Mum brät ihm jeden Tag Speck zum Frühstück. Und Eier.«

»Schließlich ist Williams Dad aber auch an die eins neunzig«, gab Lilly zu bedenken.

»Wahrscheinlich hat der dann auch jeden Morgen warmes Frühstück gekriegt.«

Seufzend räumte Lilly die leere Flasche von gestern Abend weg. Der Geruch reichte, dass sie würgen musste.

»Alles klar, Lilly?«, erkundigte sich Anna.

Aber Lilly war nicht bereit zuzugeben, dass sie eine ganze Flasche Wein auf leeren Magen getrunken hatte. »Ich fühl mich ein bisschen flau«, sagte sie. »Vielleicht hab ich was Schlechtes gegessen.«

»Vielleicht bist du schwanger«, meinte Anna.

Lilly war sprachlos.

»Wenn es einer Frau morgens übel wird, ist das oft ein Zeichen, dass sie ein Baby bekommt«, beharrte Anna. »Das hab ich bei meiner Mutter mehrmals mitgekriegt.«

»Aber ich bin nicht schwanger.« Sie sah Sam an, der alarmiert die Augen aufriss. »Ich bin garantiert nicht schwanger.«

Sam begann zu weinen.

Verzweifelt ließ Lilly den Kopf auf den Tisch sinken. »Herr im Himmel.«

Anna legte die Hand auf Sams Schulter.

»Fass mich nicht an«, heulte er.

Lilly blickte auf. »Ich weiß, es ist schwer für dich, Großer.«

»Ich will sie nicht hier haben«, jammerte Sam.

Falls Lillys Kopf nicht schon genug gedröhnt hätte, wäre der Kummer ihres Sohns der Wendepunkt gewesen. Warum hatte sie darauf bestanden, Anna hier wohnen zu lassen?

Anna sah Sam an, nickte und stand auf.

Gespannt hielt Lilly die Luft an. Wenn Anna jetzt wegging, verstieß sie gegen die Kautionsauflagen, und sie kämen beide in Teufels Küche.

»Anna, bitte geh nicht.« Lilly wandte sich an Sam. »Wir kriegen das hin, Liebes.«

»Ich gehe nicht«, antwortete Anna. »Ich brate nur ein bisschen Speck für Sam.«

Sam wischte sich die Tränen weg und beobachtete Anna, die eine Packung mit Schinkenspeck aus dem Kühlschrank holte.

»Zwei Scheiben?«, fragte sie.

»Ja bitte«, flüsterte er.

»Und du, Lilly?«

Lilly betrachtete die rohen rosa Fleischscheiben und rannte aus dem Zimmer.

Lilly rieb sich den Schweiß vom Gesicht in die Haare. Kein guter Look. In ihrem Mund war noch der Geschmack von saurer Galle. Sie kam zu dem Schluss, dass sie sich hinlegen musste.

»Du hast es nicht vergessen, oder, Mum?«

Am Fußende des Betts stand Sam, die Lippen noch fettig vom Frühstück.

»Ich hab deine schlechten Manieren nicht vergessen, nein, junger Mann«, antwortete sie.

Er verdrehte die Augen. »Ich meine den Gottesdienst.« Mit einer Handbewegung zu dem Morgenmantel, dessen Gürtel schon vor Jahren verlorengegangen und durch eine altmodische Krawatte von David ersetzt worden war, fügte er hinzu: »So kannst du nicht gehen.«

Der Schulgottesdienst für Charlie Stanton.

»Es wäre nicht passend, wenn ich da hingehe«, sagte Lilly.

Sam wedelte heftig mit den Armen, wie eine Windmühle. Allein vom Zuschauen wurde Lilly schwindlig.

»Aber alle gehen hin. Dann bin ich der Einzige, dessen Mum nicht dabei ist.«

»Was ist mit deinem Dad?«, fragte Lilly.

»Der muss arbeiten.«

»Ich auch«, erwiderte Lilly.

»Aber Cara kommt.« Er wandte sich zum Gehen. »Sie hat schon gesagt, du würdest bestimmt nicht hingehen.«

Beim Gedanken an die Botox-Prinzessin, wie sie Davids Lebensgefährtin insgeheim gerne nannte, drückte Lilly das Rückgrat sofort ein Stück mehr durch. »Wir sehen uns um elf.«

Wacht auf, es riecht nach Kaffee Little Lamb 5:30

Ich bin so aufgeregt, dass ich nicht schlafen kann.

Die Schießerei in Manor Park muss dem englischen Volk doch endlich die Augen dafür öffnen, wie diese Ausländer wirklich sind.

Jede Zeitung und jeder Fernsehsender berichtet darüber!

Wacht auf, es riecht nach Kaffee Blood River 5:50

Ich weiß genau, was du meinst, Little Lamb.

Der große Enoch Powell hat es schon vor langer Zeit vorhergesagt, aber die Öffentlichkeit wollte es nicht hören.

Wacht auf, es riecht nach Kaffee Fire Starter 6:10
Die waren alle zu sehr damit beschäftigt, dem blöden Ken Livingston und dem Rest der liberalen Mittelschichtelite zuzuhören.

Wacht auf, es riecht nach Kaffee Blood River 6:21
Aber jetzt, wo die Immigranten den Kampf vor deren Haustür getragen und sie dort getroffen haben, wo es wehtut, können sie das Problem nicht länger ignorieren.
Die linke Presse, die für gewöhnlich sorgsam darauf bedacht ist, so zu tun, als würde das Multi-Kulti-England ganz hervorragend funktionieren, muss jetzt zur Kenntnis nehmen, dass diese Eindringlinge nicht nur eine Bedrohung für unsere Kultur darstellen, sondern eine Gefahr für die Sicherheit unserer Nation.

Wacht auf, es riecht nach Kaffee Saxon King 6:25
Aber wir dürfen nicht nur rumsitzen und uns freuen, denn sonst wäre der arme Junge umsonst gestorben.
Wir müssen weiter Druck machen.

Wacht auf, es riecht nach Kaffee Little Lamb 6:36
Ganz deiner Meinung.

Wacht auf, es riecht nach Kaffee Blood River 6:40
Ganz deiner Meinung.

Wacht auf, es riecht nach Kaffee Fire Starter 6:42
Ganz deiner Meinung.

Snow White hatte keine Zeit mehr, die anderen Beiträge zu lesen, war aber sicher, dass auch sie ihre Unterstützung zusagten. Ihre Zeit war gekommen, jetzt war jeder dazu aufgerufen, seinen Teil beizutragen.

Missbilligend betrachtete sie die Küche. Die Mädchen hatten ihre fettigen Teller und verschmähten Würstchen auf allen Stellflächen hinterlassen. Grandpa hatte ihr nie erlaubt, das Haus zu verlassen, bevor nicht alles blitzsauber war. Für dieses unheilige Chaos hätte sie Schläge bekommen.

Wenn die Mädchen heute Abend heimkamen, musste sie ein ernstes Wort mit ihnen reden. Aber die Schule würde ihnen schon Disziplin beibringen, das hatte bei ihrem großen Bruder auch funktioniert. Bis dahin aber war es Snow Whites Aufgabe, sie zur Räson zu bringen. Ihr Vater war ein guter Mann, aber Kindern gegenüber viel zu weich. Die Mädchen würden jammern und quengeln und ihr vorwerfen, sie würde immer motzen, aber Kinder mussten eben lernen, was Verantwortung bedeutete.

Während sie mit dem Lappen einen Ketchupfleck wegwischte, lenkte sie ihre Gedanken zu ihrer eigenen Verantwortung den Stantons und der Sache gegenüber. Entschlossen reckte sie das Kinn. Sie hatte eine Pflicht ihrer Stadt und ihrem Land gegenüber zu erfüllen.

»Du bist ein guter Mann, Jack McNally«, sagte Lilly.

»Ich weiß.«

»Ein Heiliger.«

»Ich weiß.«

Lilly wischte mit einem Geschirrtuch über ihre Stiletto-Stiefel. »Wie Mutter Teresa, nur ohne Kopftuch.«

»Jawoll.«

Sie gab sich alle Mühe, die Situation entspannt zu nehmen, obwohl sie wusste, dass er seinen Job riskierte, um ihr zu helfen. Manchmal fragte sie sich, wie weit er zu gehen bereit war.

»Du bist ein Märtyrer«, schwärmte sie weiter.

»Nett von dir, das zu sagen, aber ich frage mich immer noch«, bemerkte er und deutete auf ihre Netzleggins, »wo du die andere Hälfte von deiner Strumpfhose gelassen hast.«

Lilly wackelte mit den Zehen. »Das Teil hier hab ich mir mal für eine Sixties-Party gekauft.«

»Aber jetzt gehst du zu einer Beerdigung.«

»Zu einem Gedenkgottesdienst«, korrigierte sie ihn. »Und sonst hab ich leider keine heile Strumpfhose.« Sie schlüpfte in die Stiefel. »Außerdem sieht man meine Füße hier drin ja nicht.« Sie zog den Reißverschluss bis zum Knie hoch und strich ihren Rock glatt. Im Zwischenraum war nur ein kleiner Streifen Netzstrumpfhose zu sehen. »Was sagst du dazu?«

Jack stieß einen Pfiff aus. »Ich finde, du solltest den Gottesdienst schwänzen.«

»Langsam, Tiger, du bist hier zum Babysitten.«

Seufzend folgte Jack ihr zur Tür. »Ist sie oben?«

»Ja, sie kommt kaum mal runter.« Nach einem Küsschen auf Jacks Wange fuhr sie fort: »Aber wenn doch, kann ich dich aus sicherer Quelle informieren, dass sie sehr gute Spiegeleier mit Speck macht.«

Dann stieg sie in ihr Auto, ließ den Motor an und das Fenster herunter. Jack inspizierte unterdessen den Türrahmen des Cottage.

»Sieht viel besser aus«, meinte er.

Lilly schluckte ihre Gewissensbisse hinunter. »Ja, ich glaube, das Holz ist wieder getrocknet.«

Stirnrunzelnd blickte Jack hinaus in den Regen, der die ganze Nacht nicht nachgelassen hatte. Und es sah auch nicht so aus, als hätte er das in nächster Zeit vor.

Lilly war so gut wie nie pünktlich. Wie ihre Mum immer gesagt hatte, würde sie wahrscheinlich noch zu ihrer eigenen Beerdigung zu spät kommen. Na ja, diesmal nicht. Fünfzehn Minuten zu früh erreichte sie Manor Park.

Als sie an den Kameras und Mikrophonen vorbeifuhr, flatterte ihr Puls, aber sie machte sich klar, dass diese Leute keine Ahnung hatten, wer sie war, und dass es absolut keinen Grund zu Panik gab. Sie würde unerkannt in die Schule huschen.

»Verdammte Kacke«, rief sie. Die ganze Auffahrt war vollgeparkt. Mit so vielen protzigen Jeeps, dass es aussah wie eine Geländewagen-Rallye.

Entschlossen, trotzdem einen Platz in der Nähe der Kapelle zu finden, umkreiste sie die verschiedenen Schulgebäude. Zum einen schüttete es immer noch, zum anderen konnte sie auf ihren Absätzen kaum gehen.

Bei der zweiten Runde entdeckte sie tatsächlich ein ausparkendes Auto. Ohne weiter auf das Schild »Reserviert für Lehrpersonal« zu achten, bog sie ein. Heute konnte man doch bestimmt eine Ausnahme machen.

Doch sie war noch nicht ausgestiegen, als die Amazonengestalt von Mrs Baraclough sich vor ihrem Autofenster auftürmte. »Hier können Sie nicht parken, Mrs Valentine.«

Lilly blickte zu der Direktoratssekretärin auf, die heute in ihrem grauen Kostüm noch größer und breiter wirkte als sonst. Warum bestand diese Frau darauf, sie »Mrs« zu nennen? Sie wusste doch ganz genau, dass sie und David nicht mehr verheiratet waren.

»Aber sonst ist alles besetzt«, wandte sie ein.

»Der Platz hinter dem Gebäude ist für die Eltern reserviert«, erklärte Mrs Baraclough. »Unten am Ha-Ha.«

Lilly konnte sich lebhaft vorstellen, wie hübsch sumpfig die Wiesen an dem Graben waren, der einst dafür angelegt worden war, um sie wilden Tiere aus dem Park fernzuhalten.

»Aber ich komme zu spät, wenn ich jetzt noch da runterfahre.«

Mrs Baraclough zog lediglich eine Augenbraue in die Höhe, doch Lilly wusste, dass es sinnlos war, mit ihr zu diskutieren. Sie trat aufs Gaspedal und gab die Parklücke auf. Hinter ihr dröhnte noch die Stimme der riesigen Frau: »Die Geschwindigkeitsbegrenzung auf dem Schulgelände liegt bei fünfzehn Meilen pro Stunde!«

Lilly fuhr eine Runde auf der Auffahrt, wartete, bis Mrs Baraclough wieder im Haus verschwand, parkte dann an genau der gleichen Stelle und sprang hastig aus dem Auto. Zur Kapelle waren es von hier knapp fünfhundert Meter. Wenn sie rannte, konnte sie es noch pünktlich schaffen.

Hoch erhobenen Hauptes machte sie sich auf den Weg. »Wer zahlt denn hier schließlich die Gehälter?«

Sie war noch keine fünf Meter auf einigermaßen festem Untergrund gegangen, als sie zu ihrem Entsetzen merkte, dass der Boden auf einmal erheblich weicher wurde. Ihre Füße versanken im Schlamm, und bei jedem Schritt gaben ihre Absätze ein schmatzendes Rülpsgeräusch von sich. Als sie versuchte, auf den Zehenspitzen zu gehen, kippte sie nach vorn und konnte sich gerade noch mit den Händen abstützen, um nicht kopfüber in den Dreck zu stürzen.

»Es gibt keinen Gott«, sagte sie laut. »Und niemand sollte sich das einreden lassen.«

Prompt hörte sie hinter sich ein missbilligendes Tztztz und entdeckte den Kaplan und seine Frau, die sich unter ihrem Schirm zusammendrängten. Im Vorübergehen warfen sie ihr einen strafenden Blick zu.

Als sie die Schule endlich erreichte, waren ihre Stiefel bis zum Knöchel braun, und ihre Hände brauchten dringend eine Reinigung. Auf halbem Weg zu den Toiletten kollidierte sie auf dem Korridor erneut mit Mrs Baraclough.

»Sie kommen zu spät, Mrs Valentine«, stellte sie fest.

»Ich muss nur eben …«

»Dafür ist keine Zeit mehr.« Mrs Baraclough packte Lilly an der Schulter, drehte sie um und komplimentierte sie in die Kapelle.

Da war nichts zu machen. Sobald Lilly sich unbeobachtet glaubte, knöpfte sie ihren Mantel auf und wischte sich die Hände verstohlen am Futter ab.

Alexia hängte ihren Mantel auf, einen Wickelmantel von Max Mara. Vor zwei Jahren hatte sie ihren Vater bei der London Fashion Week überredet, ihn ihr zu schenken. Er war weich und elegant, aber sie fand ihn trotzdem altmodisch. Früher hatte sie nichts länger als eine Saison tragen müssen.

Was sie brauchte, war etwas Zeitloses. Dior oder Yves Saint-Laurent. Natürlich wusste sie, dass sie nur zum Telefon zu greifen brauchte, um sofort einen neuen Mantel zugeschickt zu bekommen, aber was nützte das dann? Die ganze harte Arbeit, das Sparen, die *Armut* – alles wäre umsonst gewesen. Er würde sein herablassendes, gönnerhaftes Lächeln aufsetzen und sich selbst dazu gratulieren, dass er mal wieder recht gehabt hatte.

Sie ließ den Mantel Mantel sein und loggte sich ein. Inzwischen hatte sie bereits Stunden in den rassistischen Chatrooms verbracht und das ganze Gift, das dort versprüht wurde, intensiv nach einem Hinweis auf den Aufenthaltsort des Mädchens durchforstet. Natürlich gab es jede Menge Spekulationen, aber niemand schien etwas Definitives zu wissen.

Sie ging zu ihren Favoriten und klickte auf *The Spear of Truth*. Wie in aller Welt war das zu einer ihrer meistbesuchten Websites geworden? Sicher, sie rechnete sich selbst auch nicht dem linken Lager zu – Gott, das ganze politisch korrekte Zeug ging ihr so was von auf die Nerven –, aber sie kannte genug Schwarze, um zu wissen, dass diese Internet-Spinner einen Haufen Mist von sich gaben. In der Schule hatte sie das Zimmer mit einem Mädchen aus Saudi-Arabien geteilt und wusste hundertprozentig, dass ihre Eltern keineswegs auf Kosten des Sozialstaats lebten.

»Was gibt's Neues, Posh?«

Alexia seufzte und sah zu Steves Büro hinüber.

»Hast du nichts für mich?«, rief Steve herüber.

Sie schüttelte den Kopf und klickte sich auf die Website, in der Hoffnung, auf irgendetwas Interessantes zu stoßen.

<u>Wacht auf, es riecht nach Kaffee</u> Snow White 9:55

Ich bin überzeugt, dass jeder von uns seinen Teil dazu beitragen kann, den Wandel in unserem Land herbeizuführen. Wir alle werden zum Kampf aufgerufen, und jeder wird auf seine eigene Weise kämpfen müssen.

Heute gehe ich zu einem Gedenkgottesdienst für den armen Jungen, dessen Tod zu dieser folgenschweren Auseinandersetzung geführt hat, und ich bitte euch alle, für ihn zu beten.

»Es gibt einen Gottesdienst«, sagte Alexia. »Für den erschossenen Jungen.«

»Das hab ich im Fernsehen schon gesehen«, antwortete Steve. »Die Veranstaltung wird noch strenger abgeriegelt als die Psychiatrie in Broadmoor.«

»Deshalb bin ich ja auch nicht hingegangen.«

Steve fuhr sich mit seinen nikotinverfärbten Fingern durch die Haare. »Ich dachte, du weißt, wie man sich in das Internat einschleust.«

»Mitten in der Nacht vielleicht«, erwiderte Alexia und verdrehte die Augen.

»Ich an deiner Stelle würde es verdammt nochmal wenigstens versuchen«, sagte Steve und bleckte seine gelben Zähne.

Lilly schaute zu dem überlebensgroßen Bild des toten Jungen empor, das von einem Deckenbalken herabhing. So ein hübscher Junge. Was für ein Jammer. Seine Mutter saß in der ersten Reihe, flankiert von Luella, von Kopf bis Fuß in Schwarz. Sie drehte sich um und warf Lilly einen bösen Blick zu.

Mrs Stanton starrte ins Leere, das Gesicht ein Inbild von Kummer und Leid. So würde ich auch aussehen, wenn Sam so etwas passiert wäre, dachte Lilly.

Charles' Hausvorsteher, ein drahtiger Mann, den Lilly stark im Verdacht hatte, schwul zu sein, hielt eine sehr lange Rede. »Wir werden ihn im Gedächtnis behalten als einen großartigen Jungen, der sein Bestes gegeben hat«, sagte er. »Einen jungen Mann, auf den diese Schule und seine Eltern zu Recht stolz waren.«

Lilly bemühte sich, nicht hinzusehen, wie Charlies Mutter sich die Tränen von den Wangen wischte.

»Mir würden noch viele Dinge einfallen, die ich über ihn sagen könnte«, fuhr der Mann fort. »Aber ich denke, es ist besser, wenn ich das seinem besten Freund überlasse.«

Damit streckte er die Hand aus und winkte einen der Schüler auf die Bühne. Es war einer der Internatsjungen, die Lilly bei der Schießerei gesehen hatte, elegant gekleidet in Internatskrawatte und Blazer, an dessen Revers Medaillen von Fußball, Rugby, Schwimmen und Leichtathletik prangten. Seine karottenroten Haare waren eng an den Kopf gekämmt, wie es der Anlass verlangte, aber auf seinen großspurigen Gang konnte er anscheinend nicht verzichten.

»Bestimmt wird Ihnen jeder Lehrer in Manor Park bestätigen, dass Stanton ein guter Schüler war.« Die Stimme des Jungen dröhnte mit einer Klarheit durch den Raum, die sein Alter Lügen strafte. »Aber ich möchte Ihnen von dem echten Charlie erzählen, von einem phantastischen Freund und einem tollen Menschen. Er war ein Typ, auf den man sich verlassen konnte, ein Typ, der seinen Freunden vorbehaltlos den Rücken stärkte.«

Mit einem Lächeln blickte er zu dem Bild hinter sich. »Bis zum Ende war er einer von uns – und in einer Zeit, in der die Menschen ihre Meinung schneller wechseln als ihre Socken, sollten wir uns seine Beständigkeit zum Vorbild nehmen.«

Offensichtlich liebte dieser Junge öffentliche Auftritte, und Lillys Fuß drohte einzuschlafen.

»Diejenigen, die hier eingedrungen sind und Charlies Lebenslicht ausgeblasen haben, dachten wahrscheinlich, er hätte es verdient …« – er ließ den Blick über sein Publikum schweifen – »… dachten, er wäre auch nur so ein verwöhnter Knabe, der keine Ahnung von der Welt hatte. Aber ich sage Ihnen und auch diesen Menschen, dass er genau wusste, worauf es in dieser Welt ankommt.«

Er legte eine kunstvolle Pause ein, und alle Zuhörer sahen ihn gebannt an.

»Denn, Ladys und Gentlemen, Charlie Stanton war ein Mensch mit Integrität.«

Als der Organist die Akkorde zum letzten Lied anschlug, stieß Lilly einen Seufzer der Erleichterung aus. Sie musste sich unbedingt die Beine vertreten.

Alle standen auf. Alle außer Lilly.

Denn ihr linker Absatz steckte in einer Ritze zwischen zwei Dielen fest. Verzweifelt zerrte sie an ihrem Fuß, aber der saß bombenfest. Sie versuchte, mit der Hand unter die Bank zu greifen und nachzuhelfen, erreichte ihren Fuß jedoch bei weitem nicht – sie hätte auf die Knie gehen müssen. Als sie die strafenden Blicke des Manns neben ihr bemerkte, richtete sie sich hastig auf, so gut es eben ging, das rechte Bein gebeugt, das linke immer noch nach vorne weggestreckt.

»Amazing Grace, how sweet the sound«, schmetterte Lilly, während sie sich nach Kräften bemühte, in ihrer seltsamen Stellung das Gleichgewicht zu halten.

Schließlich ging es nicht mehr, aber als sie noch einmal heftig an ihrem Fuß riss, flog ihr Gesangbuch in hohem Bogen durch die Luft. Immerhin kam ihr Bein bei der Aktion wieder frei – nur brach zuvor leider mit einem deutlich hörbaren Klicken der Stiefelabsatz ab.

Der Direktor dankte allen, dass sie dem Gedenkgottesdienst so zahlreich beigewohnt hatten, und entließ die Schüler wieder in ihre Klassen. Für die Eltern wurden in der Großen Halle noch Erfrischungen gereicht. Lilly beschloss zu warten, bis die Menge sich verzogen hatte, und sich dann in aller Stille zu ihrem Auto zurückzuziehen. Zwar hatte Marilyn Monroe bekanntlich einen Zentimeter von einem ihrer Absätze abgehobelt, um ihren berühmten Hüftschwung zustande zu bringen, aber Lilly war kein Filmstar aus den Fünfzigern, und der abgebrochene Absatz war ein ganzes Stück höher als nur einen Zentimeter.

Im Schutz ihrer Tasche und der Bank vor ihr schlüpfte sie vorsichtig aus dem Stiefel, um den Schaden zu begutachten. Leider merkte sie erst zu spät, dass Luella direkt auf sie zusteuerte.

»Ist das wahr?«, kreischte sie und schüttelte den Arm einer

anderen Mutter ab. »Ich möchte nur wissen, ob es stimmt, was ich gehört habe.«

Lilly spürte, wie sich alle Blicke auf sie richteten. »Das kommt ganz darauf an, was du gehört hast, Luella.«

»Dass du das Mädchen vertrittst, das Charlie ermordet hat.«

Lilly holte tief Luft. Wo zum Teufel hatte Luella das erfahren? »Ich glaube nicht, dass hier der richtige Ort ist, um das zu besprechen.«

Luella schnaubte und blähte die Nasenflügel wie ein Pferd. »Erzähl das mal Maddy hier.« Blitzschnell zerrte sie die Mutter des toten Jungen von ihrem Platz. Ihre Augen wirkten leblos. »Erklär ihr mal, warum ihr Junge umgebracht worden ist.«

»Ich fürchte, das kann ich nicht.«

»Aber du kannst das Monster verteidigen, das es getan hat?«, stieß Luella heftig hervor.

»Ich glaube wirklich, wir sollten uns beruhigen«, beharrte Lilly. »Immerhin ist das die Schule unserer Kinder.«

»Und sie sind hier nicht mehr in Sicherheit. Dank deiner Klientin und solchen Leuten wie ihr.«

»Meine Arbeit«, entgegnete Lilly, »meine Arbeit ist meine Privatangelegenheit, die niemanden sonst etwas angeht.«

»Da irrst du dich gewaltig. Charlie war einer von uns, und das ist für uns alle wichtig.« Luella machte eine Kreisbewegung mit dem Arm. »Für uns alle.«

Zustimmendes Murmeln war zu hören.

Triumphierend reckte Luella das Kinn. »Jetzt ist nicht der richtige Zeitpunkt, tatenlos zuzuschauen. Charlie ist tot, und seine Freunde fürchten um ihr Leben. Wusstest du, dass Luke Walker seit Tagen nicht mehr in der Schule war, weil er so verstört ist?«

Was sollte Lilly dazu sagen? Natürlich leuchtete es ihr unmittelbar ein, dass manche der Jungen traumatisiert waren. Aber das war Artans Schuld, nicht die von Anna.

»Wir alle müssen uns entscheiden, wo unsere Loyalitäten liegen«, fuhr Luella fort. »Und du hast ganz deutlich gezeigt, wo du stehst.«

Herausfordernd sah sie Lilly an. »Ich glaube, du solltest hier lieber verschwinden«, fügte sie noch hinzu.

Unter den Augen der ganzen Versammlung hinkte Lilly den Gang entlang und stellte sich vor ihre Angreiferin. Luella musterte sie von oben bis unten. Lillys Mantel war aufgegangen und offenbarte für alle sichtbar die dicken, inzwischen trockenen Schlammspuren. Ein paar braune Flöckchen segelten langsam auf Lillys nackten linken Fuß herab, während der rechte noch in dem dank der Dreckschicht zweifarbigen Stiefel steckte und ihr eine fast absurd schiefe Haltung aufzwang.

»Lilly Valentine, soll das ein Witz sein?«

»Ich sehe niemanden lachen.«

»Kennst du die Bedeutung des Worts Respekt?«

»Ja, aber falls du nicht sicher bist, dann leihe ich dir gern mein Wörterbuch.«

Lilly hörte Luellas Ohrfeige, bevor sie sie spürte, danach erst nahm sie den stechenden Schmerz auf ihrer Wange wahr. Unwillkürlich legte sie die Hand aufs Gesicht und fühlte die Hitze an den Fingern.

Sie drehte sich zu Charlies Mutter um, deren Gesicht weiß und papiertrocken war. »Ich kann mir nicht mal ansatzweise vorstellen, wie Sie sich fühlen«, sagte Lilly. »Aber bitte glauben Sie mir, wenn ich Ihnen sage, dass ich heute nicht deshalb hierhergekommen bin, weil es mir an Respekt Ihrem Sohn oder Ihnen gegenüber mangelt.«

Dann hinkte sie aus der Kapelle, so würdevoll es in Netzleggins und nur einem neun Zentimeter hohen Absatz eben möglich war.

Luke atmet schwer durch die Nase und versucht, die Übelkeit niederzukämpfen, die ihn seit fast einer Stunde im Griff hat. Er krümmt sich, würgt, und sein Magen dreht sich um.

»Alles okay bei dir?«

Er wischt sich mit dem Handrücken den Mund ab. »Findest du, ich sehe aus wie jemand, bei dem alles okay ist?«

Sie gibt ein leises Geräusch von sich, etwas zwischen Mitleid und Missbilligung, und reibt ihm über den Rücken. Aber er schüttelt sie ab.

Eigentlich weiß er gar nicht, warum ihm so schlecht ist. Vielleicht lag es am Cider gestern Abend, aber er war doch schon auf vielen Partys, und so was ist ihm noch nie passiert. Vielleicht ist es der Adrenalinschub von der Prügelei mit diesem Scheißkerl. Aber er hat sich auch früher schon geprügelt. Vielleicht ist es auch der Gedanke an Caz mit dem Slip um die Knöchel.

Er ächzt und kotzt wieder.

»Du brauchst was zu essen«, sagt sie.

»Verpiss dich.«

»Ein Schinkensandwich mit viel Ketchup.«

Er dreht sich zu ihr um und brüllt: »Ich hab gesagt, du sollst dich verpissen.«

Sie starrt ins Leere und schnieft wie ein Kind, das schmollt.

»Du kapierst es einfach nicht, oder?«, stellt er kopfschüttelnd fest. »Du denkst, das spielt keine Rolle, alles ist egal.«

»Ich weiß, was wirklich eine Rolle spielt, Kleiner. Geldverdienen, überleben, das ist es, was zählt.«

»Dafür gibt es aber bessere Methoden«, entgegnet er.

Sie schnaubt durch die Nase. »Soll ich vielleicht in den Laden da drüben marschieren und nach einem Job fragen?«

»Wie wäre es mit Betteln? Damit machen wir auch Geld.«

»Aber es dauert Stunden, bis man ein paar Pfund zusammen hat, und wenn es regnet, kriegen wir gar nichts. Ich kann in der halben Zeit einen Haufen Kohle verdienen, so viel, dass es uns für ein paar Tage reicht.«

Luke kann nicht akzeptieren, dass das die einzige Möglichkeit sein soll. Er erinnert sich an den fetten alten Mann, dem der Schwanz aus der Hose hängt. An sein ekliges Stöhnen in der Dunkelheit.

Wenn Caz bereit ist, mit so einem abzuziehen, dann ist sie echt ganz unten.

»Dass du so was tust, ekelt mich an.«

Sie mustert ihn kühl. »Ach ja?«

»Es macht mich krank.« Er nickt zu der Pfütze Galle vor seinen Füßen. »Du machst mich krank.«

Zum ersten Mal, seit er Caz kennengelernt hat, sieht sie ihn an, als wäre er ein Fremder. Sie macht den Mund auf, als wollte sie etwas sagen, aber dann überlegt sie es sich anders, zieht sich stattdessen die Parkakapuze über den Kopf und geht weg.

Luke sieht ihr nach, dieser zierlichen Gestalt, und auf einmal überfällt ihn eine große Traurigkeit. Seit er hier ist, war Caz für ihn die einzige Orientierung. Ohne das Geringste von ihm zu wissen, hat sie sich um ihn gekümmert, und als sie erfahren hat, dass er abgehauen ist, hat das nichts geändert. Sie hat ihn nicht im Stich gelassen.

Als er ihr gestanden hat, was er getan hat, was für ein Abschaum er in Wirklichkeit ist, hat sie ihm nicht die geringsten Vorhaltungen gemacht.

Mit Charlie und Tom war das nie so. Eine Freundschaft wie jetzt mit Caz hat er vorher noch nie erlebt.

»Caz«, ruft er und rennt ihr nach. »Warte!«

Eigentlich muss sie ihn gehört haben, aber sie bleibt nicht stehen.

»Es tut mir leid!«, ruft er. »Ich war ein Arschloch.«

Sie bleibt stehen, aber ohne sich umzudrehen.

»Ein totales Arschloch«, fügt er hinzu. »Das größte Arschloch, das die Welt jemals gesehen hat.«

Jetzt macht sie kehrt, dreht sich auf dem Absatz um, die Hand in der Hüfte, eine Braue nach oben gezogen.

»In der gesamten Menschheitsgeschichte hat es noch nie so ein Arschloch gegeben«, sagt er.

Caz versucht, ein ernstes Gesicht zu machen, aber er sieht, dass sie angestrengt auf der Backe kaut, um sich das Lachen zu verkneifen.

»Und auch nicht in der Geschichte des Universums«, fährt er fort.

Da lacht sie endlich, und Luke spürt, wie sich das Gewicht der Welt von seinen Schultern hebt. Er stellt den Rucksack ab und legt den Kopf auf ihre Schulter.

»Verdammte Scheiße«, sagt sie. »Du stinkst aber echt nach Kotze.«

KAPITEL 9

Doktor Leyla Kadir wusch sich die Hände am Waschbecken in der Ecke des Sprechzimmers. Sorgfältig trocknete sie sich dann mit einem Papierhandtuch ab und rieb sich die Hände mit einer Lotion ein.

Ihr cremefarbener Hosenanzug war schlicht, aber elegant, und brachte ihre bronzefarbene Haut hervorragend zur Geltung. Als sie Platz nahm, knöpfte sie die Jacke auf, damit nichts knitterte.

Sie entsprach nicht dem Bild, das Lilly sich von ihr gemacht hatte. Aber wie hatte sie sich eine Psychologin aus Kurdistan überhaupt vorgestellt? Tief verschleiert, unter dem Arm die Gesamtausgabe von Freuds Werken?

»Danke, dass Sie mich empfangen, Dr. Kadir«, sagte sie.

»Danke, dass Sie gekommen sind.« Sie bedeutete Lilly, auf der anderen Seite des Schreibtischs Platz zu nehmen, der abgesehen von einer Schneekugel vollkommen leer war. »Wo ist das Kind?«

Lilly nickte mit dem Kopf in Richtung Empfangsbereich, wo Anna in einer Ausgabe von *Grazia* blätterte.

Dr. Kadir strich sich die von hellen Strähnen durchzogenen Haare hinter die Ohren. »Nun?«

»Ich weiß nicht recht, wo ich anfangen soll«, sagte Lilly.

»Der Anfang eignet sich für gewöhnlich recht gut.«

Okay, du Klugscheißerin, dachte Lilly. »Meine Klientin kommt aus dem Kosovo.«

»Ja.«

»Sie hat hier um Asyl ersucht.«

»Ja.«

»Und nun wird ihr ein Mordkomplott zur Last gelegt.«

Dr. Kadir klopfte mit dem Finger auf den Schreibtisch. »Ich habe die Papiere gelesen, die Sie mir geschickt haben, Miss Valentine.«

Dann also doch lieber nicht der Anfang. »Ich frage mich, ob meine Klientin an einer posttraumatischem Belastungsstörung leiden könnte.«

»Selbstverständlich müsste ich sie untersuchen, um zu einer Diagnose zu kommen.«

Jetzt stellten sich Lillys Nackenhaare auf. »Selbstverständlich. Aber bevor ich meine Klientin dieser Prozedur aussetze, möchte ich gerne wissen, ob ich mit meiner Annahme recht haben könnte oder vollkommen falsch liege.«

Dr. Kadir krauste die Nase. »Mit Ratespielen gebe ich mich nicht ab, Miss Valentine. Ich bin Psychotherapeutin, nicht die Gesundheits-Hotline.«

Lilly rutschte auf ihrem Stuhl nach vorn. Sie hatte oft genug mit Psychologen zusammengearbeitet, um zu wissen, worum man sie bitten konnte und worum nicht. »Hören Sie, Dr. Kadir, ich verlange ja keine endgültigen Aussagen, nur ein theoretisches Gespräch.«

Dr. Kadir öffnete den Mund, um zu antworten, aber Lilly hob die Hand. »Sie wissen ja, dass der Steuerzahler mir nur ein einziges psychologisches Gutachten zubilligt, deshalb kann ich mein Geld nicht im falschen Geschäft ausgeben.« Lilly gestikulierte zur Tür. »Da draußen sitzt ein junges Mädchen, das mit einem Urteilsspruch auf Lebenslänglich rechnen muss, also kann ich mir keinen Reinfall leisten.«

Langsam strich Dr. Kadir mit dem Finger über ihren Globus. »Na gut.«

Auch Lilly lehnte sich zurück. »Na gut«, echote sie.

»Einfach ausgedrückt, ist die posttraumtische Belastungsstörung eine Verletzung im Gehirn, ausgelöst durch ein traumatisches Erlebnis.«

»Beispielsweise?«, fragte Lilly.

Dr. Kadir breitete die Arme aus. »Ein Unfall, ein gewalttätiger Angriff, irgendeine Katastrophe.«

»Ein Völkermord?«

»Fast mit Sicherheit.«

»Und wie wirkt sich diese Störung auf den betroffenen Menschen aus?«, fragte Lilly.

»Es gibt viele Symptome.« Die Psychologin zog ein Buch aus dem Regal. »Das hier ist die führende Studie über die Opfer des Golfkriegs, in der gezeigt wurde, dass Veteranen auf viele verschiedene Arten leiden.« Mit dem Finger fuhr sie über eine Liste, die eine ganze Seite füllte. »Albträume, Flashbacks, Depressionen, Kopfschmerzen, Panikattacken.«

»Auf dem Polizeirevier konnte Anna plötzlich nicht mehr atmen«, sagte Lilly. »Ein Polizeiarzt meinte, es könnte eine Panikattacke sein.«

Dr. Kadir fuhr mit ihrer Liste fort. »Brustschmerzen, Schlaflosigkeit, Dissoziation.«

»Dissoziation?« Lillys Herz machte einen Satz. »Können Sie mir das genauer erklären?«

»Darunter versteht man eine Abspaltung von Bewusstsein, einen Defekt der mentalen Integration. Die Patienten werden von den Symptomen überwältigt, deshalb unterdrücken sie die Gefühle, die diese auslösen. Sie sprechen nicht darüber, sie meiden alles, was sie damit in Kontakt bringen könnte.«

»Funktioniert das denn?«, fragte Lilly.

Traurig antwortete Dr. Kadir: »Natürlich nicht. Sie entfernen sich dadurch nur immer weiter aus dem normalen Leben.«

»Im Sinne eines Wahns?«

»Nein. Sie stumpfen physisch und mental völlig ab«, erklärte Dr. Kadir. »Viele von ihnen beschreiben es als ein Leben auf Autopilot.«

»Anna behauptet, sie hatte keine Ahnung, warum sie mit einer Waffe zur Schule gegangen ist«, sagte Lilly. »Ich nehme an, die meisten Leute werden Schwierigkeiten haben, ihr das zu glauben.«

»Die meisten Leute verstehen nicht, was PTBS ist«, erwiderte Dr. Kadir mit einem Lächeln.

»Posh«, knurrte Steve, »das ist genial.«

Alexia lehnte sich zurück und verschränkte die Hände am Hinterkopf, während Steve das Transkript las, das sie ihm gegeben hatte. »Exklusivzugang zum Gedenkgottesdienst«, sagte sie. »Ich habe die ganze Prozedur aufgezeichnet.«

Steve stieß ein Kichern aus, das Lady Macbeth vor Neid hätte erblassen lassen.

»Vergessen wir die Gebete – was ist mit der Streiterei?«

Jetzt konnte sich Alexia das Lächeln nicht mehr verkneifen. Der Krach am Ende der Veranstaltung war das sprichwörtliche Sahnehäubchen gewesen.

Als sie in Manor Park ankam, hatte sie angenommen, dass die Polizei auf dem Grundstück patrouillieren würde, aber mit der Ankunft der Eltern schwärmten die anderen Journalisten mit Mikro und Blitzlicht aus, und die Polizei war demzufolge gezwungen, das Gleiche zu tun und die Eltern so gut wie möglich abzuschirmen. An sich kein erhebender Anblick, aber die Aktion hatte zur Folge, dass Alexias geheimes Schlupfloch vollkommen unbewacht blieb. Als sie hindurchkletterte, war sie ziemlich sicher, dass man sie trotzdem erwischen und vertreiben würde, aber das Wetter war so mies, dass sie Eltern nur aus ihren Autos stiegen und so schnell wie möglich im Gebäude verschwanden.

Allerdings wäre fast alles verloren gewesen, als eine offiziell aussehende Frau ihre Einladung zu sehen verlangte, aber zum Glück wurde sie abgelenkt, weil sie sich um einen Mini kümmern musste, der an der falschen Stelle parkte. Natürlich hatte Alexia diese Chance wahrgenommen und war blitzschnell in der hintersten Bankreihe verschwunden. Als die Trauerfeier vorüber war und der Direktor die Eltern auf die bereitgestellten Erfrischungen hinwies, wollte sie sich schon davonschleichen, ehe ihr doch noch jemand peinliche Fragen stellte, aber da merkte sie, dass der Spaß erst richtig anfing. Eine der modebewussten Mamas hatte eine andere Frau wegen deren Kleidungsstils angemacht. Der Gerechtigkeit halber musste man sagen, dass Leggins tatsächlich eine ziemlich gewagte Sache waren, die man am besten den Modefanatikern in der Bond Street überließ, aber dann hatte die Schicke die andere – klatsch! – so heftig geohrfeigt, dass der Schlag durch die ganze Kapelle hallte.

Obwohl es natürlich eine großartige Story ergab, sah das Ganze für Alexia doch arg nach Überreaktion aus, aber dann erinnerte sie sich, dass ihr Vater einmal jemanden gefeuert hatte, weil er Socken in der falschen Farbe trug.

Also machte sie den Bericht fertig und mailte ihn an Steve. Während die großen Jungs sich erfolglos abmühten, Bilder von Pkws ausdruckten, die zur Schule einbogen, und Mutmaßungen darüber anstellten, was möglicherweise gesagt worden sein könnte, war Alexias Geschichte schlicht Realität. Sie konnte das, was über Charles Stanton gesagt worden war, in seiner ganzen Tränendrüsen-Glorie zitieren. Und der Krach war die Krönung des Ganzen. Innerhalb von Sekunden blinkte ihr Posteingang.

An: Alexia Dee
Von: Steve Berry
Re: Nicht schlecht

Schade, dass du kein Foto hast.

Den ganzen Weg nach Hause sang Lilly zum Radio. Das Hitparadenzeug entsprach genau ihrer Stimmung. Sie hatte den Anfang einer Verteidigung, nur ein Samenkorn, aber mit der Hilfe von Dr. Kadir hatte es zu wachsen und zu gedeihen begonnen.

Sie griff in ihre Tasche und fand eine halbe Rolle Rolo. Das Leben war süß.

Als die Tür sich öffnete, als glitte sie auf Rädern, küsste sie den Holzrahmen.

»Und ich dachte immer, ich wäre verrückt«, sagte Anna, und sie lachten beide.

»Ich kann das überhaupt nicht komisch finden.«

Die Hände in die Hüften gestemmt, das hübsche Gesicht zu einer wütenden Grimasse verzogen, stand Sam im Eingang.

Anna verdrückte sich nach oben.

»Hallo, mein Großer«, sagte Lilly. »Hast du Lust, einen Kuchen zu backen?«

Sam kniff die Augen zusammen.

»Ich hab tonnenweise Schokolade mitgebracht.« Lilly machte sich auf den Weg in die Küche. »Oder Karotten? Das ist die gesunde Alternative für meinen Lieblingsfußballer.«

Sie hörte, wie er ihr mit schweren Schritten folgte. Backen war eindeutig nicht sehr weit oben auf der Prioritätenliste.

»In der Schule sagen alle, du hast dich total blamiert beim Gedenkgottesdienst.«

Lilly holte das Mehl aus dem Schrank. »Ich bin in Muffin-Stimmung.«

»Die Internatsschüler haben gesagt, du bist eine Lachnummer.«

Mit einem Seufzer begann Lilly die Zutaten abzumessen. »Warum holst du nicht schon mal die Eier?«

»Cara sagt, du hattest nicht mal Schuhe an.«

Lilly strich sich die Haare aus den Augen und hinterließ dabei einen Mehlfleck auf ihrer Stirn. Warum kümmerte sich die Höllenhexe nicht um ihre eigenen Angelegenheiten? Himmel, Lilly hatte die Botox-Prinzessin in der Kapelle nicht mal gesehen.

»Mir ist ein Absatz abgebrochen. Das ist kein Weltuntergang.«

Voller Abscheu schüttelte Sam den Kopf. »Warum wird immer alles, was du tust, irgendwie schwierig?«

»Weil es mich nur einmal gibt, Sam.«

Luke schüttelt den Schuhkarton und überschlägt im Kopf die Summe. Gut acht Pfund. Nicht schlecht.

Caz sagt, die Kunden haben Mitleid mit ihm, mit seinen großen Augen und den Schlapphaaren. Als wäre er ein feiner Pinkel, der vorübergehend in Schwierigkeiten geraten ist. Caz schauen sie nicht mal an. Sie meint, das kommt daher, weil sie aussieht, als führt sie das Leben, das sie verdient. Allerdings denkt Luke, dass es auch etwas mit den Sachen zu tun hat, die sie den Leuten hinterherruft.

Für Lukes Mum war es immer ganz wichtig, in allem einen erzieherischen Wert zu sehen, und Luke fragt sich, was sie in seinem neuen Talent wohl Positives entdecken würde.

Sofort bekommt er Gewissensbisse, weil er daran denkt, wie seine Mutter sich darüber Sorgen macht, wo ihr einziger Sohn sein könnte. Ob sie die Nächte durchweint und ein Krankenhaus nach dem anderen anruft?

Aber bestimmt ist inzwischen die Geschichte mit dem Mädchen im Park längst herausgekommen. Dann ist sie froh, dass er verschwunden ist. Für Francesca Walker ist es nämlich wichtig, was andere denken. Es wäre furchtbar für sie, wenn Luke im Fernsehen oder in der Zeitung auftauchen würde. Und das wäre garantiert der Fall, wenn die Polizei ihn findet.

Zuerst war er überzeugt, dass sie ihn suchen und dass jeder Polizist sein altes Schulfoto in der Tasche herumträgt. Inzwischen ist ihm klar, dass die Behörden sich einen feuchten Kehricht um Kids wie ihn und Caz scheren. Auf der Straße gibt es Hunderte von ihnen, sie leben in verfallenen Häusern oder schlafen in den U-Bahn-Stationen. Die Polizei kassiert sie nicht mal, wenn sie betteln. Manchmal stellen die Bullen irgendwelche Fragen, aber normalerweise fordern sie einen einfach nur auf, sich zu verpissen.

»Aber verlass dich nicht drauf«, sagt Caz. »Wenn du Pech hast und einer hat grade seine Frau mit dem Hund des Nachbarn erwischt, dann kommst du vielleicht mit 'nem Tritt davon, aber vielleicht locht er dich auch gleich ein.«

Luke lässt die Münzen in seinen Rucksack rutschen und wirft die Schachtel in den Rinnstein. Eine Frau mit einem Kleinkind schnalzt missbilligend mit der Zunge. Luke zeigt ihr den Mittelfinger und macht sich auf die Suche nach Caz.

Sie steckt ihren Anteil in die Tasche. »Danke sehr.«

»Gern geschehen«, sagt Luke, eine mechanische Antwort, über die Caz jedes Mal lachen muss. Er gibt ihr immer die Hälfte von dem ab, was er bekommt, obwohl sie es nie tut. Zwar verspricht sie es immer, aber dann haut sie doch wieder alles für Heroin auf den Kopf. Sie braucht immer mehr, und es ist nicht gerade billig. Ihm ist das gleich. Er würde ihr alles geben, was er hat, um sie von der anderen Art des Geldverdienens abzuhalten.

Sie sind unterwegs zum Peckham Project, wo sie duschen und ein paar Scheiben Toast essen wollen. Aber eigentlich hat Luke überhaupt keinen Bock hinzugehen.

»Aber es gehört zu meiner Routine«, erklärt Caz, als führte sie ein ordentlich strukturiertes Leben.

An der Mauer vor dem Project sitzen zwei Männer und spielen Karten. An ihren dunklen Haaren und den Lederjacken erkennt Luke auf den ersten Blick, dass es Osteuropäer sind. Sie glotzen Caz an.

»Problem?«, fragt Luke.

»Nee«, antwortet Caz, aber ihre Stimme klingt nicht mehr ganz so forsch wie vorhin.

»Caroline«, sagt einer der Männer mit singendem Tonfall und rollendem R.

Sie ignoriert ihn und drückt auf den Klingelknopf.

»Sei doch nicht so«, sagt er. »Wir wollen doch nur Freunde sein.«

Der andere Mann lacht und mischt die Karten.

Caz hält den Finger auf der Klingel. »Ich weiß genau, was ihr wollt.«

Endlich macht Jean die Tür auf, und Caz drängt sich an ihr vorbei ins Haus.

»Was ist denn los?«, fragt sie, die übliche Kippe im Mundwinkel.

Luke zuckt die Achseln, aber dann sieht Jean die Männer draußen.

»Macht, dass ihr wegkommt«, ruft sie.

Später am Abend schob Lilly die Krümel eines frisch gebackenen Muffins auf ihrem Teller herum.

Sam kam in die Küche geschlendert. »Ist noch eines für mich da?«

Wortlos öffnete Lilly die Kuchenschachtel und goss ihrem Sohn ein Glas Milch ein.

»Tut mir leid wegen vorhin«, sagte Sam.

Lilly küsste ihn auf die Wange.

»Ich mach mir bloß Sorgen, weiter nichts«, erklärte er und biss in sein Muffin.

»Worüber?«

»Um dich.«

»Mich?«, staunte Lilly. »Mit mir ist alles in Ordnung.«

Sam wischte sich die Krümel vom Kinn. »Aber dir passieren immer schlimme Sachen, Mum.«

»Ich kann mir nicht vorstellen, was du damit meinst«, sagte sie.

»Zuerst mal ist Dad gegangen.«

Lilly atmete aus. Also ging es um große Dinge. »Dein Dad und ich konnten nicht zusammenleben, Sam – und du hast recht, eine Weile war es ziemlich unangenehm.«

»Du meinst wohl, es war total beschissen«, verbesserte Sam.

»Okay, es war wirklich total beschissen, aber jetzt läuft es dafür prima. Wir haben uns schon sehr lange nicht mehr gestritten.«

Sam leckte das Muffinpapier ab. »Aber was ist mit Jack?«

»Momentan können wir ihn nicht oft sehen.«

»Und zwar weil Anna hier wohnt«, sagte er.

»Aber nicht für lange«, sagte Lilly.

»Aber warum muss sie denn überhaupt hier sein?«, fragte er.

Lilly schlang die Arme um ihren Sohn. »Ich weiß, es ist schwer für dich, aber bald ist sie wieder weg, und dann wird alles wieder normal.«

»Ach Mum, wann ist es denn hier jemals normal?«

Lilly küsste ihn auf den Kopf und atmete tief den Duft seiner Haare ein. »Anna hat nicht so viel Glück wie wir, Sam, und das dürfen wir nie vergessen.«

Er nickte und legte die Stirn in ihre Halskuhle.

Sanft wiegte sie ihn in den Armen und summte dabei leise vor sich hin, bis Ruhe und Frieden jäh zerbrachen und mit ihnen das Fenster, durch das ein Stein geflogen kam.

KAPITEL 10

»Das muss aber unbedingt repariert werden, sonst regnet es rein«, sagte Sam.

Lilly raffte ihren Rock und kletterte auf die Küchenarbeitsfläche. »Danke, Einstein. Wie ich sehe, ist das teure Schulgeld wenigstens nicht verschwendet.«

»Ich dachte, das bezahlt Dad«, wandte Sam ein.

Lilly warf ihm einen warnenden Blick zu.

»Kannst du mir vielleicht helfen?«, fragte sie, bedenklich auf dem Fenstersims schwankend.

»Jetzt sei bloß nicht sauer auf mich«, sagte er. »Ich hab die Scheißscheibe nicht eingeschmissen.«

»Solche Wörter zu benutzen ist weder cool noch sonderlich intelligent, Sam.«

Sie riss ein Stück Alufolie ab und versuchte es mit einem Streifen Klebeband über dem Loch zu befestigen. Ein Windstoß wehte es zu ihr zurück.

»Verdammte Scheiße«, schrie sie.

Pfeifend machte Sam sich auf den Weg, seine Schultasche zu suchen.

Kurz darauf schwebte Anna ins Zimmer, die Augen so dunkel wie die Haut hell. »Du musst das reparieren, ja?«

Inzwischen hatte Lilly das zweite Stück Folie abgerissen und mühte sich mit der Befestigung ab. »Schon wieder ein Genie.«

»Du bist heute Morgen sehr schlecht gelaunt«, stellte Anna fest.

»Angesichts dieses Chaos bin ich die Geduld in Person. Eine Heilige geradezu.«

Als die Folie zum zweiten Mal in die Küche zurückwehte, biss Lilly die Zähne zusammen und drückte sie fest. Leider zu stark. Und fühlte den scharfen, heißen Stich, als eine Glasscherbe in ihre Hand drang.

»Problem?«, fragte Anna.

Lilly saugte das Blut weg, das ihr über das Handgelenk floss, und hoffte inständig, dass die Wunde nicht genäht werden musste. Für solche Komplikationen hatte sie überhaupt keine Zeit.

»Alles okay?«

Jetzt trudelte Penny ein, um Sam zur Schule abzuholen.

»Ach, weißt du, nur eingeschmissene Fensterscheiben und zerfleischte Finger«, antwortete Lilly. »Alltag im Paradies eben.«

»Das musst du so schnell wie möglich flicken«, sagte Penny.

Lilly schloss die Augen und zählte leise bis zehn.

»Mum«, rief Sam aus dem Nebenzimmer. »Dieser Typ aus dem Wohnheim ist hier.«

»Herr im Himmel«, sagte Lilly. »Kann eine Frau hier denn nicht mal in Ruhe verbluten?«

Milo trat in die Küche, um den Hals einen grünen Schal, der genau zu seinen Augen passte. Penny starrte ihn an wie eine Erscheinung. »Und das ist …?«

»Milo«, antwortete Lilly. »Er arbeitet im Wohnheim.«

Penny streckte ihm die Hand hin. »Ich bin Penny.«

Mit seinem charmantesten Lächeln ergriff Milo sie. »Freut mich, Sie kennenzulernen, Penny.«

»Ganz meinerseits«, hauchte Penny.

Immer noch auf der Arbeitsfläche kauernd, wickelte Lilly ihren Daumen in ein Geschirrtuch, das mit einer Landkarte Großbritanniens bedruckt war. »Bist du nicht schon spät dran?«

Penny schaute auf die Uhr und stieß einen spitzen Schrei aus. »Oh, ich muss ja los!«

»Ich hoffe, wir sehen uns wieder«, sagte Milo, immer noch lächelnd.

Lilly seufzte, während Penny mit einem glockenhellen Lachen zum Auto verschwand.

Lillys Daumen pochte, und quer über Birmingham breitete sich ein roter Fleck aus. »Und was führt dich hierher? Außer dem Wunsch, Gutmenschen der Mittelklasse zu begaffen?«

Natürlich war das eine unzutreffende Beschreibung ihrer Freundin, aber Lilly war absolut nicht in der Stimmung, fair zu sein.

Aber Milo ignorierte sie und inspizierte stattdessen das Fenster. »Das muss repariert werden.«

»Ich weiß«, brüllte Lilly und schlug mit der Faust auf die Arbeitsplatte, was einen neuen Blutschwall zur Folge hatte, der den roten Fleck nach Wolverhampton ausweitete. »Was meinst du denn, was ich hier tue? Ein bisschen entspanntes Putzen vor dem Frühstück?«

Perplex sah Milo sie an und wandte sich zum Gehen.

»Nur zu, verpiss dich einfach und überlass mir die ganze Arbeit.« Sie wedelte mit der Hand in der Luft herum, das Geschirrtuch löste sich und segelte durchs Zimmer. »Wenn du mich brauchst, um deine Wohnheiminsassen zu vertreten, ruf mich einfach an, ich stehe jederzeit zur Verfügung. Aber wenn ich mal ein bisschen Hilfe brauche, dann ignorier das ruhig.«

Mit spitzen Fingern hob Milo den provisorischen Verband auf und gab ihn Lilly zurück. »Ich wollte gerade mein Werkzeug holen.«

Da sie beide Arme voller Akten hatte, musste Lilly das Handy mit dem Kinn festhalten. »Es waren bloß Kids.«

»Bist du sicher?«, fragte David.

Lilly war mit Anna unterwegs zum Büro und gab dem Mädchen mit dem Ellbogen zu verstehen, dass sie sich beeilen mussten. Ihre Hand war immer noch in das Geschirrtuch gewickelt, das bei jeder Bewegung flappte wie eine Fahne.

»Warum machen die so was?«, hakte David nach.

»Woher soll ich das wissen, David? Es ist bald Halloween, also war es vielleicht ein Streich.«

»Aber warum?«

»Wahrscheinlich haben sie einfach nur rumgeblödelt«, sagte Lilly und wünschte, Sam hätte seinem Vater nichts von der eingeschlagenen Scheibe erzählt.

»Geht das Einwerfen von Fensterscheiben jetzt schon als Blödeln durch?«, entgegnete er.

»Wahrscheinlich war es keine Absicht. Erinnerst du dich noch, wie es war, jung zu sein?« Sie lachte. David war schon mittleren Alters zur Welt gekommen. »Du brauchst die Frage nicht zu beantworten.«

»Ich möchte einfach wissen, ob es nicht was Ernsteres war. Der Gedenkgottesdienst in der Schule war überall in den Schlagzeilen.«

»Das war nicht anders zu erwarten.«

»Im *Three Counties Observer* stand, es hätte einen Showdown zwischen ein paar Eltern gegeben.«

»Was?«

Wie zur Hölle hatte dieses Mistblättchen davon erfahren?

»Wurden irgendwelche Namen erwähnt?«

»Nein«, antwortete er.

»Na bitte.« Lilly seufzte erleichtert. »Es hat also nichts mit mir zu tun.«

»Cara sagt, jemand habe dich angegriffen.«

»Cara übertreibt.« Eines Tages würde Lilly diese Botox-Prinzessin noch umbringen. »Hör mal, ich muss arbeiten.«

Lilly stopfte das Handy in die Tasche und reckte das Kinn. Ein Artikel in einem lokalen Käseblättchen hatte nichts zu bedeuten. Wer las diesen Quatsch überhaupt? Und was das Fenster anging, war es genau so, wie sie gesagt hatte. Kids. Gott, die Mittelschicht hatte doch von nichts eine Ahnung. Sie erinnerte sich an ihre eigene Kindheit im St. George's Estate. Lange Abende, die sie mit Rauchen und Flirten verbracht hatten, und zwischendurch wurden auch mal ein paar alte Reifen angezündet und übers Brachland gerollt. In einer Dezembernacht hatten sie drei davon organisiert und sich in Teams aufgeteilt, um zu sehen, welcher Reifen als Erster bei den stillgelegten Schienen ankam. Lillys Mannschaft hätte haushoch gewonnen, wenn nicht ein Junge namens Buggy, der immer viel zu viel Kleber schnüffelte, nicht vor ihren Reifen gerannt wäre, weil er dachte, es wäre der Schlitten vom Weihnachtmann.

Bei dem Gedanken begann sie zu lachen – bis sie Rupinder entdeckte, die auf der Straße stand und zur Tür hinaufsah. Als Lilly ihrem Blick folgte, entdeckte sie den roten Schriftzug »Rights for Whites.«

»Und was gedenken Sie jetzt zu tun?«

Sheila hatte die Augen weit aufgerissen und erinnerte Lilly an Luella.

»Ich denke, das Beste ist, die Schmiererei zu ignorieren«, sagte Lilly, während sie zu ihrem Büro ging.

Aber Sheila vertrat ihr den Weg. »Wir können den Kopf nicht einfach in den Sand stecken. Die Lage wird allmählich ernst.«

»Seien Sie doch bitte nicht so melodramatisch, Sheila«, entgegnete Lilly. Sie war müde, und ihre Hand schmerzte. Natürlich wusste sie, dass so etwas unangenehm war für Rupinder, aber auf Sheilas Hysterie konnte sie gut verzichten. »Es ist bloß Farbe.«

Sheila wandte sich an Rupinder. »Können Sie ihr bitte mal erklären, was hier los ist?«

»Wir wissen es nicht mit Sicherheit«, wiegelte Rupinder ab.

»Ach nein?«

»Was wissen wir nicht mit Sicherheit?«

Rupinder seufzte, und die dunklen Ringe um ihre Augen zeigten deutlich, wie müde auch sie war.

»Wir machen uns Sorgen, Lilly.«

»Wer?«

»Die anderen Partner«, antwortete sie.

»Und ich, ich mache mir sogar verdammt viele Sorgen«, warf Sheila ein.

Aber Lilly ignorierte sie und sah Rupinder direkt an. »Und du?«

Rupinder ließ sich auf einen Sessel sinken und legte das Gesicht in die Hände. »Ja, ich mache mir auch Sorgen.«

Lilly setzte sich neben ihre Chefin und legte den Arm um ihre Schulter. Falls Rupinder den Geschirrtuchverband seltsam fand, sagte sie nichts.

»Tut mir leid«, sagte Rupinder. »Ich weiß, du wirst sagen, ich soll die Sache mit Nichtachtung strafen, weil sie nichts anderes verdient.«

»Absolut«, bestätigte Lilly.

»Und das würde ich auch, wenn es ein einzelnes Ereignis wäre«, sagte Rupinder. »Aber zuerst kam der Brief, und jetzt das. Die anderen Partner sagen …«

»Was sagen sie?«, hakte Lilly nach.

Sheila hatte nicht das Bedürfnis, die bittere Pille zu versüßen. »Dass wir *sie* nicht vertreten sollen.«

»Ich lass mir von keinem sagen, wem ich helfen darf und wem nicht«, sagte Lilly.

»Aber Scheiße noch mal, es ist nicht Ihre Firma«, wandte Sheila ein.

»Nein, und Ihre schon noch viel weniger«, konterte Lilly.

Sheila zeigte mit dem Finger. »Für Sie ist es in Ordnung, Sie sind ja sowieso nie hier, aber was ist mit uns anderen? Was ist, wenn die anfangen, Hundescheiße durch den Briefschlitz zu schmeißen? Oder die Scheiben einzuschlagen?«

»Was haben Sie da eben gesagt?«, rief Lilly.

Das Telefon klingelte, und Rupinder hob ab.

Sheila senkte die Stimme zu einem Bühnenflüstern. »Ich habe gesagt, wenn die anfangen, uns die Fensterscheiben kaputtzuschmeißen, dann haben wir wirklich Ärger am Hals.«

Lilly dachte an ihr Cottage, an die Glasscherben in der Küche. »Wissen Sie irgendwas davon?«

»Wie bitte?«, fauchte Sheila.

»Sie kommt«, sagte Rupinder und legte auf.

Sheila wandte sich an die Chefin. »Lilly beschuldigt mich, ich hätte was damit zu tun.«

»Das hab ich nicht gesagt«, korrigierte Lilly. »Aber jetzt, wo Sie es sagen – Sie haben Ihren Standpunkt jedenfalls deutlich gemacht.«

»Haltet den Mund, alle beide«, sagte Rupinder.

»Sehen Sie?«, zeterte Sheila weiter. »Sie versucht mir die Schuld zu geben.«

»Ich hab nur gesagt …«

Rupinder sprang auf. »Und ich hab gesagt, ihr sollt beide den Mund halten. Also, was habt ihr daran nicht verstanden? Das Halten oder den Mund?«

Betreten verstummten Sheila und Lilly. Rupinder wurde fast nie laut.

»Danke«, sagte Rupinder. »Ich muss sorgfältig darüber nachdenken, wie wir damit umgehen. Und dafür brauche ich Ruhe, keine Szene aus *EastEnders*.« Sie nahm den Brief und gab ihn Sheila. »Kümmern Sie sich bitte darum, und du«, – sie wandte sich an Lilly – »machst, dass du ins Gericht kommst.«

»Was?«

»Luton Crown Court. Die waren grade am Telefon. Annas Fall ist für heute um halb zwölf angesetzt, für die Anordnungen.«

Lilly wedelte mit den Armen. »Wie kurzfristig ist das denn? Ich ruf an und sag denen, dass wir mehr Zeit benötigen.«

Aber Rupinder hob die Hand. »Ich hab ihnen gesagt, du kommst.«

»Aber ich habe keinen Barrister informiert«, protestierte Lilly.

»Du hast deine Prüfung bestanden, erinnerst du dich? Du brauchst keinen Barrister.«

Gerade setzte Lilly an, ein weiteres Argument vorzubringen, aber Rupinders hochgezogene Augenbraue stoppte sie.

»Es ist sehr hilfreich, wenn ich meinen Partnern sagen kann, dass du wenigstens einen Haufen Geld mit diesem unheiligen Schlamassel verdienst.«

Lilly schluckte ihre Beschwerdeliste hinunter. »Ich hole meine Robe.«

Reihe um Reihe billiger Schuhe. Sie sahen schlecht aus und rochen noch schlechter.

Voller Abscheu las Alexia das Etikett. »Sohle und Obermaterial Kunstleder.« Sie seufzte. Außerhalb von London gab es einfach keine anständigen Schuhgeschäfte. Es gab nur dieses schmuddelige Arndale Centre, vollgestopft mit billigen Ladenketten, in denen fette Teenager Glitzertops und Plastikgürtel kaufen konnten.

Umso besser, wenn es nichts zu kaufen gab. Seit sie die Fesseln von Daddys obszönem Reichtum abgeschüttelt hatte, saß sie auf einem riesigen Schuldenberg. Manchmal fragte sie sich, ob der Preis, den sie für ihre Freiheit bezahlte, nicht doch zu hoch war.

Vielleicht würde Steve ihr diesen Monat einen Bonus auszahlen. Den hatte sie mehr als verdient. Aber er war genau wie ihr Vater, ständig verschob er die Messlatte. Kaum hatte man seine letzte Forderung erfüllt, da lag die Latte auch schon wieder ein Stück höher.

»Du bist spät dran«, knurrte Steve, als sie ins Büro kam.

Sie zeigte ihm den hochgereckten Mittelfinger und rief ihre Mails ab. Ein halbes Dutzend Überregionale erkundigten sich nach Informationen über den Stanton-Fall, zwei vom Radio und sogar eine von den Produzenten von »Panorama«.

»Denk nicht mal dran«, zischte Steve, der ihr über die Schulter linste.

Sie scheuchte ihn weg. »Glaubst du wirklich, ich bin so blöd?«

»Blöd nicht, nein«, antwortete Steve. »Aber ehrgeizig.«

»Bei dir klingt das wie ein Schimpfwort.«

Alexia loggte sich bei *The Spear of Truth* ein. Steve hatte recht. Sicher, sie hatte zwei Exklusivartikel verfasst, aber sie war trotzdem immer noch ein kleiner Fisch. Wenn man sich durch ein Loch im Zaun irgendwo einschmuggelte, machte einen das noch lange nicht zu einer großen Nummer. Sie brauchte mehr, um zu beweisen, was sie konnte.

Sie scrollte durch die Foren. Keine Spur von Snow White, aber Alexias Artikel über den Gottesdienst war auf die Seite geladen worden. Darunter jede Menge Kommentare. Die meisten lobten ihren mutigen Journalismus und vermuteten, dass die Auseinandersetzung zwischen den Eltern in der Kapelle deshalb entstanden war, weil es sich bei der Angeklagten um eine Asylbewerberin handelte.

Alexia war so aufgeregt gewesen über den Tumult, dass sie nicht richtig aufgepasst hatte, was die Sache eigentlich ins Rollen gebracht hatte. Sie holte das Tape heraus, das sie in der Schule aufgenommen hatte, und steckte die Ohrhörer ein. Sie spulte vor bis zu dem Streit.

»Ist das wahr? Ich möchte nur wissen, ob es stimmt, was ich gehört habe.«

»Das kommt ganz darauf an, was du gehört hast, Luella.«

»Dass du das Mädchen vertrittst, das Charlie ermordet hat.«

Wie konnte sie das beim ersten Mal verpasst haben?

Sie lehnte sich zurück und versuchte zu verdauen, was das bedeutete. Die Anwältin in diesem Fall war eine Mutter an der Schule des toten Jungen … Das war der Stoff, aus dem die feuchten Träume jedes Journalisten gemacht waren.

Sie versuchte sich an die Frau zu erinnern, die geohrfeigt worden war. Das Erste, was ihr ins Gedächtnis kam, waren die bescheuerten Leggins. Aber was noch? Kastanienbraune Haare, makellose Haut.

Sie nahm sich wieder das Tape vor.

Mrs Modebewusste Mama war ganz in ihrem Element, ihr Sprachstil entsprechend grandios. »Wir gegen die anderen«, genau der Mist, was man überall auf den rassistischen Websites lesen konnte.

»Ich glaube, du solltest hier lieber verschwinden.«

Es folgte eine Pause, Rascheln und Knarren, während das Opfer aus der Bank zu humpeln versuchte.

»Lilly Valentine, soll das ein Witz sein?«

Alexia boxte mit der Faust in die Luft.

»Was hast du, Posh?«

»Ich bin auf eine Goldmine gestoßen«, verkündete Alexia. »Auf eine verdammte Goldmine.«

»Was ist Luton Crime Court?«, fragte Anna, die hinter Lilly hertrottete.

Schwer beladen schleppte Lilly ihre Akten und ihre Tasche über den Parkplatz, die Robe über der Schulter. »Crown Court. Ein höheres Gericht für Strafsachen. Das Gericht, vor dem dein Fall verhandelt wird.«

Anna sperrte die Augen auf. »Heute?«

»Nein, heute geht es nur um die Termine und die Regelung eventueller Probleme.«

Anna nickte, aber Lilly konnte sehen, dass sie verwirrt und ängstlich war.

»Nichts, worüber du dir Sorgen machen musst«, fügte sie beruhigend hinzu. »Vertrau mir.«

»Bleibst du die ganze Zeit bei mir?«, fragte Anna.

Lilly dachte daran, wie viel Zeit sie möglicherweise mit der Anklagevertretung oder im Richterzimmer würde verbringen müssen. »Am besten nehmen wir Milo mit.«

»Ich hatte ganz vergessen, wie sehr ich diesen Ort hasse.«

Kerry Thomson schaute zu dem Barrister auf, der über den Papieren brütete und vor sich hinmurmelte. Gott, der Mann war so attraktiv! Rehaugen, olivfarbene Haut. Als man ihr gesagt hatte, er würde den Fall Duraku übernehmen, war sie sofort zu Evans gelaufen und hatte sich einen neuen Rock gekauft. Das Elastikband kniff sie in die Taille, aber sie fand, dass der Rock gut aussah. Na ja, ziemlich. Wenigstens war nicht Sommer, wo alles fließend und kurzärmelig sein musste. Sie fuhr mit dem Daumen unter den Elastikbund. Er hatte bereits einen Striemen hinterlassen.

»Besser als beim Jugendgericht«, sagte sie. »Da bin ich sonst meistens.«

Er sah sie an und lächelte. »Mein Beileid.«

Kerry wurde vor Aufregung ganz heiß.

»Ich dachte, Sie machen ausschließlich Verteidigung«, sagte sie und hoffte, ihn damit zu beeindrucken, dass sie etwas über ihn wusste.

Er zuckte die Achseln. »Stimmt, das mache ich auch oder habe es gemacht, bis die da oben mich darauf hingewiesen haben, dass ich mehr Flexibilität zeigen sollte, wenn ich Kronanwalt werden möchte.«

Kerry konnte sich nicht vorstellen, dass es an diesem Mann irgendetwas zu verbessern gab.

Jez blätterte in seiner Infoschrift und wünschte sich von ganzem Herzen, jemand anderes würde sich um diesen Fall kümmern. In der letzten Nacht hatte er ausgiebig mit der Idee gespielt, ihn abzugeben. Aber es war zu spät. In diesem Stadium konnte ein anständiger Barrister nicht mehr weglaufen. Die meisten würden an seiner Stelle schon begierig mit den Hufen scharren.

Dann fiel ihm der Anruf wieder ein, den er tags zuvor von einem eingebildeten neuen Sekretär bekommen hatte, der sich weigerte, eine Krawatte zu tragen.

»Mr Churchill möchte Sie sprechen.«

Dass er vom Chef seiner Kammer gerufen wurde, weckte Jez' Interesse, aber er hatte nicht vor, sich diesem kleinen Teenager-Proll gegenüber etwas anmerken zu lassen.

»Sagen Sie ihm, ich komme später.«

Der Sekretär kicherte leise, und Jez stellte sich vor, wie er sich mit der Hand in den offenen Hemdkragen fuhr. »Um ehrlich zu sein, Kollege, denke ich, es wäre in Ihrem eigenen Interesse, wenn Sie sich augenblicklich auf den Weg machen.«

Jez unterdrückte den Wunsch, ihm zu sagen, er sollte sich gefälligst um seine eigenen Angelegenheiten kümmern.

»Wie gesagt, ich gehe zu Ronald, sobald ich eine Sekunde erübrigen kann.«

Dann legte er schnell auf und rannte die Treppe zu Ronalds Zimmer hinauf.

Ronalds Büro war das beste im ganzen Gebäude, und es zog sich über das ganze oberste Stockwerk. Durch die riesigen Fensterfronten sah man aufs Embankment hinaus.

Ronald, der Chef persönlich, lehnte sich in seinem Sessel zurück und lächelte. »Wie zum Teufel geht es Ihnen, mein Junge?«, erkundigte er sich. »Viel zu tun?«

»Kann mich nicht beklagen«, antwortete Jez und nahm ihm gegenüber Platz.

Der beugte sich verschwörerisch über den Tisch, und Jez roch Whisky in seinem Atem. »Ich hab mich gefragt, ob Sie mir einen kleinen Gefallen tun könnten.«

Jez setzte ein Lächeln auf. »Für Sie tu ich doch alles.«

Ronald nickte, sagte aber nichts weiter.

Jez seufzte innerlich, aber er war nicht so unklug, seinen Boss zu drängen. Ronald war einer der besten Prozessanwälte des Landes, und er lebte dafür, Spannung aufzubauen.

Schließlich schob Ronald ihm die Infoschrift über den Tisch. Bestimmt war ein Verwandter von ihm wegen Trunkenheit am Steuer erwischt worden und brauchte einen guten Barrister für wenig Geld.

Jez öffnete das rosa Band, das den Papierstapel zusammenhielt, und strich es glatt.

Regina V. Duraku. Er überflog die Liste der Anlagen, und sein Blick fiel auf die Polizeipapiere.

»Das ist ein Fall für die Anklage«, sagte Jez.

»Richtig«, bestätigte Ronald.

»Aber ich mache keine Anklagen, Ron, das wissen Sie.«

Ronald zwinkerte. »Es geht um Mord. Ein Fall im Fokus der Öffentlichkeit. So gut wie unter Dach und Fach.«

»Schön«, meinte Jez. »Aber ich mache keine Anklage.«

»Hören Sie mir zu, Jez«, entgegnete Ronald und stützte sich mit seinem ganzen Gewicht auf die Unterarme, dass der Schreibtisch knarzte. »Diese Kanzlei braucht noch einen Kronanwalt, und ich möchte, das Sie es sind.«

»Das möchte ich auch gern«, meinte Jez.

»Sie sind klug, gründlich und konsequent.«

Jez bemühte sich, ein Grinsen zu unterdrücken. Ronald war von der alten Schule und hasste übertriebene Gefühlsausbrüche.

»Obwohl ich gehört habe, dass Sie Ihre Tätigkeit ein bisschen« – er zögerte und suchte nach dem passenden Wort –, »ein bisschen einseitig gestalten.«

Jetzt spürte Jez, dass er das Grinsen nicht mehr lange würde aufhalten können. »Einseitig?«

»Ihre Arbeit als Verteidiger ist durchweg bewundernswert«, sagte Ronald und klopfte mit dem Zeigefinger an seine Knollennase. »Aber Sie möchten doch sicher nicht, dass die Leute denken, Sie sind sentimental.«

Jez fingerte an den Papieren herum. Er hasste die Vorstellung, jemanden schuldig sprechen zu lassen, und das auch noch des Mordes, aber er hatte jahrelang geschuftet, um die Karriereleiter bis hierher zu erklimmen. Er wollte ganz nach oben. Himmel, er wollte auch so ein riesiges Büro mit einer umwerfenden Aussicht!

»Ich schau es mir mal an«, versprach er.

Heute, im kalten Licht von Luton, fragte er sich, ob er Ronald nicht besser gesagt hätte, er sollte ihn in Ruhe lassen.

Jez schob die Papiere von sich. »Dieser Fall ist schrecklich.«

»Die Generalstaatsanwältin meint, es wird ein Knüller«, meinte Kerry.

»Die Staatsanwaltschaft kann manchmal Zucker nicht von Scheiße unterscheiden.«

»Glauben Sie, wir werden verlieren?«, fragte Kerry.

Der Barrister schüttelte den Kopf. »Nein, ich glaube, wir gewinnen, aber nicht, weil wir so eine tolle Beweisführung machen.«

»Warum dann?«

Er seufzte. »Weil die britische Öffentlichkeit Asylbewerber hasst und sich die Chance, dieser hier zu zeigen, was Sache ist, nicht entgehen lassen wird.«

»Vielleicht wird die Verteidigung einen Deal aushandeln«, meinte Kerry.

»Kommt darauf an, wer den Fall übernimmt.«

»Eine Frau aus der Gegend«, sagte Kerry. »Lilly Valentine.

Ein Grinsen breitete sich auf dem Gesicht des Barristers aus, wie die Sonne nach einem Gewitter. »Lilly Valentine.« Jetzt lachte er. »Die legendäre Lilly Valentine.«

»Ja, ich freu mich auch, dich zu sehen.«

Jez sah zur Tür, und da stand Lilly: Die Haare fielen ihr über die Schultern, und ihre Bluse war ein kleines bisschen zu weit offen, was dem Spitzenbesatz ihres BHs zu einem hinreißenden Auftritt verhalf. Zumindest für Jez war die Lage gerade ein ganzes Stück angenehmer geworden.

Lilly hatte Jez Stafford über ein Jahr nicht gesehen, aber er war noch genauso attraktiv wie damals.

»Ich wusste gar nicht, dass du Anklagevertretung machst.«

»Ich bemühe mich, meine moralischen Verpflichtungen zu erfüllen.«

Sie lachte. »Du meinst, du bist dieses Jahr fällig für eine Beförderung, und ein bisschen Medienrummel kann da nicht schaden.«

Jez presste die Hand aufs Herz. »Es verletzt mich zutiefst, dass du mich für so oberflächlich hältst.«

»Hallo, Miss Valentine«, rief Kerry von der anderen Seite des RauMs

Lilly lächelte ihr zu. »Entschuldigen Sie, dass ich Sie nicht gleich begrüßt habe, aber Jez und ich sind alte Freunde.«

»Wir haben uns bei einem anderen Mordfall kennengelernt«, fügte Jez hinzu und grinste Lilly frech an.

Sie stupste ihn in die Rippen. »Das einzige Mal, dass du nicht auf der Seite der dunklen Macht standest.«

»Was haben Sie denn da?«, fragte Kerry und deutete auf das blutbefleckte Geschirrtuch, das immer noch Lillys verletzte Hand zierte.

Lilly wurde rot, zerrte das Tuch herunter und stopfte es in ihre Tasche. »Sorry.« Allerdings sah ihre Hand mit der von geronnenem Blut bedeckten Wunde eher noch weniger anziehend aus.

»Autsch«, kommentierte Jez.

»Ja, ich muss meine Maniküre entlassen«, lachte Lilly.

Mit einem etwas gezwungenen Lächeln kam Kerry aufs Thema zurück. »Und was sagt Ihre Klientin?«

»Dass es kein Mordkomplott gegeben hat«, antwortete Lilly. »Sie hatte keine Ahnung, was Artan plante.«

»Der Revolver war kein Hinweis für sie?«, hakte Jez nach.

Aber Lilly ignorierte ihn. »Ich werde mich heute um ein psychologisches Gutachten kümmern.«

»Von wem?«, fragte Kerry.

»Leyla Kadir«, antwortete Lilly.

»Nie gehört«, sagte Jez.

»Tja, solltest du aber, Mr Superankläger, sie ist nämlich einer der führenden Köpfe in Sachen PTBS.«

»Ist das eine neue Tamponmarke?«, fragte er.

»Keineswegs. Es ist die Abkürzung für ›Posttraumatische Belastungsstörung‹«, erklärte Lilly. »Frag deine Schwester, die hat mir Dr. Kadir nämlich empfohlen.«

Jez stöhnte und schlug die Hände vors Gesicht. »Nicht schon wieder Sheba! Was zum Teufel hat sie denn mit dem Fall zu tun?«

»Ich hab sie um Hilfe gebeten. Sie möchte keine juristische Fehlgeburt.«

Jez beugte sich zu Kerry und flüsterte ihr hinter vorgehaltener Hand deutlich hörbar zu: »Wenn meine Schwester und Lilly sich zusammentun, geraten die Dinge oft außer Kontrolle.«

Jetzt war Kerrys Lächeln schon etwas weniger steif. »Dann müssen wir eben unser Bestes geben, um sie aufzuhalten.«

»Allerdings«, sagte Jez, und Lilly entging nicht, dass seine Nähe einen Schauer durch Kerrys massigen Körper sandte.

Zusammen gingen die beiden Freunde den Korridor hinunter zum Umkleideraum.

Mit einer Kopfbewegung in Richtung Kerry sagte Lilly leise: »Da hast du aber einen großen Fan.«

»Was soll ich dazu sagen?«, meinte Jez. »Die Frauen können mir einfach nicht widerstehen.«

»Ach wirklich?«

Er hakte sich bei Lilly unter. »Es gab mal eine Zeit, da warst du auch ganz schön begeistert von mir, Ms Valentine.«

»Hör sofort auf«, sagte Lilly streng. »Du kannst mich nicht ablenken, indem du mich in Verlegenheit zu bringen versuchst.«

»Das würde ich nie wagen«, lachte er. »Also, welches arme Schwein hast du für dich eingespannt?«

Oh-oh, der kritische Punkt. »Niemanden. *Ich* werde den Fall übernehmen.«

»Du?!«

»Ja, ich habe einige Erfahrung in der Materie.«

»Als Solicitor«, gab er zu bedenken.

»Ein Solicitor mit dem Recht, vor dem Crown Court aufzutreten.«

Jez rieb sich die Hände. »Na, das wird bestimmt lustig.«

Lilly marschierte durch das Foyer zu dem Beratungsraum, wo ihre Klientin und Milo sich versteckten. Ihre schwarze Robe bauschte sich bei jeder Bewegung um ihren Körper, und sie fühlte sich ein bisschen albern.

Anna kauerte in der hintersten Ecke, den Kopf an Milos Schulter gelehnt. Das Inbild eines Kindes in der Erwachsenenwelt.

»Wo warst du?«, fragte sie.

»Ich hab mit der Anklage gesprochen«, antwortete Lilly.

»Ist das die dicke Frau mit dem Bart?«, fragte Anna.

Lilly ließ die Beschreibung durchgehen. »Ja. Und ihr Barrister ist Mr Stafford.«

»Ich hoffe, er ist grässlich«, sagte Milo.

Lilly lächelte. »Nein, das ist er nicht. Er hat sehr viel Erfahrung, aber in gewisser Weise wird sich das zu unseren Gunsten auswirken.«

Weder Milo noch Anna sahen sonderlich überzeugt aus.

»Zum einen erörtert er nicht jedes unwichtige Detail«, führte Lilly weiter aus, »und zum anderen ist er nicht darauf aus, dich ans Kreuz zu nageln.«

»Du hast auch viel Erfahrung, was?«, fragte Milo.

»Ich habe Hunderte von Fällen verteidigt«, bestätigte Lilly und führte die beiden in den Gerichtssaal, wo sie zum ersten Mal in ihrem Leben vor einem Richter des Crown Court plädieren würde.

Die Anhörung war so schnell über sie hereingebrochen, dass sie kaum Zeit gehabt hatte, ihre Gedanken zu ordnen, und als sie Jez begegnet war, hatte sie vor lauter Plaudern vergessen, sich Sorgen zu machen. Aber jetzt wurden ihre Handflächen feucht. Sie spähte in ihrer Handtasche nach einem Tempo. Natürlich war keines da. In der Hoffnung, dass niemand zuschaute, wischte sie sich hastig die Hände an dem fleckigen Geschirrtuch ab.

»Igitt.«

Lilly sah, wie Kerry angeekelt die Zähne bleckte. Allmählich bekam sie das Gefühl, dass sie ihre Ansichten über Miss Thomson korrigieren musste.

Sie versuchte, die Papiere vor ihr auf dem Tisch neu anzuordnen, aber ihre Hände zitterten. Also wandte sie sich stattdessen an Anna und Milo, die auf der Bank dahinter saßen.

»Okay?«

Die beiden nickten stumm. Wenigstens waren sie noch nervöser als Lilly. Sie schluckte schwer. Das Schicksal dieses jungen Mädchens lag in ihren Händen, und sie war nicht sicher, ob sie der Sache gewachsen war. Links von ihr saß Jez, cool und gelassen.

Himmel, eigentlich wusste Lilly ganz genau, dass sie der Sache überhaupt nicht gewachsen war. Sie hätte nie zulassen dürfen, dass Rupinder auf dem Termin bestand. Sie brauchte einen Barrister. Jemanden wie Jez. Sie musste die Sache sofort stoppen und durchsetzen, dass sie Zeit bekam, einen Kronanwalt zu instruieren.

»Erheben Sie sich«, rief der Gerichtsdiener.

Jez zwinkerte Lilly zu.

Der ehrenwerte Richter Patrick Banks betrat den Raum, mit ausdruckslosem Gesicht, die Augen so farblos wie seine Perücke. Es war unmöglich, Spekulationen über seine Laune anzustellen.

Jez stützte sich vorgebeugt auf die Hände, eine entspannte Geste, die Lillys Nervosität noch steigerte.

»Euer Ehren«, sagte er, »ich vertrete heute hier die Krone.«

Der Richter lachte leise. »Die Anklage, ja? Vermutlich muss ein Mann in Ihrer Position auch mal in andere Gefilde vordringen.«

Jez hob die Hände und drehte die Handflächen nach oben. »Tja, was soll man machen?«

Lilly schluckte. Wenn diese Zurschaustellung von Kameraderie sie verprellen sollte, funktionierte der Plan.

»Und das hier«, fuhr Jez fort, »ist meine Kollegin für die Verteidigung.«

Er nickte zu Lilly hinüber, die hastig aufstand. »Guten Morgen, Euer Ehren.«

Das Lächeln, mit dem der Richter Jez angesehen hatte, wich einem eher mürrischen Gesichtsausdruck, während er Lilly musterte. »Ich fürchte, ich kann Sie nicht hören.«

Lilly räusperte sich. »Ich habe ›guten Morgen‹ gesagt.«

»Ich höre Sie immer noch nicht, junge Frau.«

Lillys Wangen begannen zu brennen. Warum nannte er sie so? Sie war fast vierzig, verdammt. »Guten Morgen, Euer Ehren.«

Der Richter schüttelte den Kopf. Nahm er Lilly auf die Schippe?

»Ich sagte ›guten Morgen‹.« Inzwischen brüllte Lilly. »Und wenn Sie das nicht hören, haben wir echt ein Problem.«

Jetzt beäugte der Richter sie, als wäre sie etwas Unangenehmes, das er in seinem Essen entdeckt hatte. »Ich bin nicht taub, junge Frau.«

Aber was war denn dann los?

»Sie haben doch gesagt, Sie können mich nicht hören, Euer Ehren.«

»Und das kann ich auch tatsächlich nicht, solange sie nicht korrekt gekleidet sind.«

Lilly schaute auf ihre Robe. Zugegebenermaßen nicht sehr schmeichelhaft, aber korrekt für dieses Gericht.

Der Richter seufzte und machte mit der Hand eine Kreisbewegung um den Kopf, als hätte er einen Heiligenschein.

Unwillkürlich imitierte Lilly die Geste. Sie hatte ihre Haare ordentlich zurückgebunden, worauf wollte der alte Spinner denn hinaus?

»Deine Perücke«, flüsterte Jez.

»Ich habe keine«, sagte Lilly.

»Genau«, sagte der Richter. »Gehen Sie und holen Sie die Perücke, und zwar bitte sofort.«

Lachend erhob sich Jez. »Euer Ehren, vielleicht kann ich weiterhelfen.«

»Das hoffe ich sehr«, sagte der Richter. »Ihre Kollegin scheint der Sache nicht recht gewachsen.

Lilly zerrte an ihrem Kragen. Sie wusste nicht, was schlimmer war: Dass der Richter sie vor ihrer Klientin kritisierte oder dass Jez sie rettete. Sie würde Rupinder umbringen, dass sie sie in diese Lage gebracht hatte.

Jez lächelte milde. »Meine Kollegin ist Solicitor, und wie Euer

Ehren wissen, schließt das aus, dass sie die volle Gerichtskleidung trägt. Insbesondere keine Perücke.«

Himmel, er sagte das, als fehle Lilly ein wichtiges Körperteil. Aber wenigstens würde der Richter sich jetzt entschuldigen müssen.

»Junge Frau«, sagte er. »Warum in aller Welt haben Sie das nicht gleich gesagt?«

Allmählich wurde Lilly wütend. Dieser Mann stellte sie als Volltrottel hin.

»Euer Ehren haben mir dafür wohl kaum die Gelegenheit gegeben.«

Der Richter runzelte die Stirn. Anscheinend war er es nicht gewohnt, dass man ihm Dinge ins Gesicht sagte.

Jez hustete. »Ich glaube, zwischen Ihnen und Miss Valentine gab es ein Missverständnis, Euer Ehren.«

Stille trat ein, während der Richter Lilly wütend anfunkelte. Sie ihrerseits weigerte sich, den Blick abzuwenden. Ihre Mutter hatte ihr immer gesagt, man müsse Leuten, die einen einschüchtern wollen, die Stirn bieten, und Lilly hatte nicht die Absicht, ausgerechnet jetzt diesen Rat nicht zu beherzigen.

Endlich wandte der Richter sich seinen Papieren zu. »Wir haben genug Zeit verschwendet. Fangen wir an.«

»Ich glaube«, meldete Jez sich wieder zu Wort, »ich glaube, meine Kollegin möchte eine Expertin hinzuziehen. Eine Psychologin.«

»Zu welchem Zweck?«

Jez wollte antworten, aber Lilly sprang auf. Sie hatte dem Richter schon deutlich gemacht, dass sie sich nicht für dumm verkaufen lassen würde. Jetzt war es an der Zeit, auch Jez klarzumachen, dass sie sich nicht an die Seitenlinie drängen ließ.

»Diese Psychologin wird dem Gericht erklären, dass meine Klientin aufgrund einer posttraumatischen Belastungsstörung überhaupt nicht die Fähigkeit besaß, an einer angeblichen Verschwörung teilzunehmen.«

»Na schön«, sagte der Richter.

Er stand auf, um zu gehen, wandte sich aber noch einmal an Jez.

»Irgendwelche Presse draußen?«

»Nein, Euer Ehren. Anscheinend weiß keiner von denen, dass dieser Fall für heute angesetzt wurde.«

»Gut«, sagte der Richter.

»Die Familie des Opfers und die Schule legen großen Wert darauf, jeden Medienrummel zu vermeiden, und die Polizei und die Staatsanwaltschaft haben deshalb nur eine ganz grundlegende Information herausgegeben«, sagte Jez.

»Und die Verteidigung?«, erkundigte sich der Richter, ohne Lilly auch nur eines Blickes zu würdigen. »Schafft sie es, ihre Ruhmesbestrebungen auf ein Minimum zu beschränken?«

Lilly schlug mit der flachen Hand auf den Tisch vor sich. »Ich versichere Ihnen, dass die Verteidigung kein Interesse daran hat, ihren Fall in den Schlagzeilen zu sehen.«

Der Richter rang sich ein halbes Lächeln ab. »Da wären Sie die Erste.«

»Darf ich Sie daran erinnern, dass die Angeklagte rechtlich gesehen ein Kind ist«, – Lilly richtete sich auf – »und dass sie als solches ein Anrecht auf absolute Anonymität hat? Ich kann mir nicht vorstellen, warum ausgerechnet die Person, die sie vertritt, dieses Anrecht untergraben sollte.«

»Verstehe«, sagte der Richter und verließ grußlos den Saal.

»Du hättest nicht so patzig sein sollen«, sagte Jez.

»Er hat versucht, mich als Volltrottel hinzustellen«, entgegnete sie. »Erzähl mir bloß nicht, du hättest dir das gefallen lassen.«

»Lass es an dir abperlen«, meinte Jez achselzuckend. »Wenn du im Rechtsystem vorwärtskommen willst, dann lernst du das Spiel.«

»Wenn es darauf ankommt, dann kannst du es dir sonst wohin stecken.«

Er beugte sich zu ihr und küsste sie auf die Wange. »Ach Lilly, bleib bitte, wie du bist.«

In ihrem Kämmerchen kauerten Anna und Milo in ihrer Ecke, steckten die Köpfe zusammen und tuschelten.

Annas Augen waren groß vor Angst. »Er ist ein sehr schlechter Mensch, dieser Richter.«

»Nicht der Einfachste, mit dem ich es je zu tun hatte«, bestätigte Lilly.

»Aber du hast gegen ihn gekämpft wie eine Löwin«, sagte Milo.

Lilly konnte sich ein Lächeln nicht verkneifen, aber Anna ließ sich nicht überzeugen.

»Aber er kann mich ins Gefängnis stecken, ja?«

Spontan ging Lilly vor ihr in die Knie und blickte in das verängstigte Gesicht des Mädchens. »Er kann das nicht entscheiden. Ob du schuldig bist oder nicht, müssen die Geschworenen entscheiden.«

»Und die Geschworenen werden ihr glauben«, sagte Milo. »Sie werden verstehen, was passiert ist.«

Mit einem Nicken versuchte Lilly Anna weiter zu beruhigen. Aber in ihrem Innern war sie nicht so sicher, vor allem, wenn sie an den Revolver und an Charlie Stanton dachte, der tot auf der Erde lag.

KAPITEL 11

Ein paar Gespräche mit der Anwaltskammer bestätigten, dass Lilliana Elizabeth Valentine auf der Liste der Solicitors geführt wurde. Sie hatte sich 1996 qualifiziert, war Mitglied der Kinderschutzorganisation Children's Panel und besaß die Qualifikation, auch vor höheren Instanzen zu plädieren. Sie arbeitete für eine Firma in Harpenden.

Alexia schnappte sich Steves Autoschlüssel und machte sich auf den Weg dorthin.

Harpenden war eines jener Städtchen, die ihren Platz in der Welt kennen und damit sehr zufrieden sind. Modebewusste Mamas in den Ugg-Stiefeln der letzten Saison schoben ihre Bugaboo-Kinderwagen vor sich her, die Kinder darin hatten rosige Wangen und knabberten an Bio-Reiswaffeln. Arm in Arm schlenderten ältere Paare zur Bibliothek, sicher und geborgen in ihrer inflationsverlinkten Luftblase.

In dem Messingschild an der Tür von Fulton, Carter und Singh spiegelte sich die ganze Mittelschichtglorie. Oder war es nur die Sonne?

Alexia öffnete die Tür, und die Frau am Empfang blickte auf.

»Kann ich Ihnen helfen?«

Stimme und Dauerwelle waren pures Luton.

»Ich möchte gern Miss Valentine sprechen.«

Die Frau rümpfte die Nase. Eine kaum merkliche Geste, aber Alexia entging sie nicht.

»Lilly ist bei einem Meeting«, sagte die Frau. »Möchten Sie Ihre Nummer hinterlassen?«

Valentine half dem Mädchen.

Es war widerlich.

Snow White hatte sie nie gemocht. Valentine war chaotisch, kam immer zu spät, und ihre überhebliche Haltung, die nahelegte, dass sie sich für besser hielt als alle anderen, nervte Snow White gewaltig.

Es musste etwas geschehen.

Rasch schaute sie nach, ob die Mädchen schliefen, und begann zu tippen.

Zeit zum Handeln Snow White 20:50
Ich habe das Gefühl, dass die Zeit für Worte vorbei ist.
Kann irgendein Bruder oder eine Schwester mir helfen, in Hertfordshire den nächsten Schritt zu tun?

Zeit zum Handeln. Blood River 21:03
Stehe zu Diensten, Snow White.

Der Berg Röstkartoffeln dampfte und glänzte golden in der Servierschüssel.

Jack rieb sich die Hände. »Du kennst den Weg ins Herz eines Mannes.«

Lilly nahm den Deckel von der Kasserolle. In einer Soße mit Rotwein und gegarten Zwiebeln blubberte Hähnchenbrust. Coq au Vin. Kein Plastikeintopf, sondern ein unverfälschter französischer Klassiker. Wohlig ließ Lilly sich den Thymianduft in die Nase steigen und lächelte, während Jack sich über eine gigantische Portion hermachte.

Trotzdem war sie nicht dumm genug zu glauben, dass gutes Essen einen Mann auf Dauer zufriedenstellte. Ihre Mutter hatte ein unglaublich leckeres Steak and Kidney Pie gemacht, den ihr Dad geliebt hatte. »Elsa«, hatte er immer gesagt und seiner Frau auf den Hintern geklatscht, »wenn ich heute Abend sterbe, scheide ich als glücklicher Mensch aus der Welt.«

Aber es hatte ihn nicht daran gehindert abzuhauen.

Und dann David – er war mit einer Frau weggelaufen, die so gut wie nichts aß, vom Kochen ganz zu schweigen.

»Woran denkst du?«, fragte Jack.

»An meinen Exmann«, antwortete Lilly wahrheitsgemäß.

»Sehr romantisch.«

Lilly lachte. »Ich meine, wie seltsam es ist, dass ich so glücklich bin.«

»Warum ist das seltsam?«

Lilly legte die Gabel weg und versuchte zu erklären. »Als er gegangen ist, dachte ich, ich würde nie wieder ein Lächeln zustande bringen – ich hatte das Gefühl, mein Leben sei zu Ende. Aber hier und jetzt frage ich mich, ob es nicht das Beste war, was mir hätte passieren können.«

Jack lächelte und machte sich wieder über sein Essen her.

»Und du?«, fragte Lilly. »Was denkst du?«

Er deutete mit seinem Messer auf eine Kartoffel. »Dass du genauso bist wie diese Kartoffel.«

»Na, das ist jetzt aber noch romantischer als mein Exmann.«

»Moment, Moment.« Er spießte die Kartoffel mit der Gabel auf und hielt sie hoch. »Außen fest und sogar hart, aber innen wunderbar fluffig.«

Dann schob er sie sich in den Mund und kaute grinsend.

Lilly legte noch mehr Hähnchen auf seinen Teller. »Die sind nicht hart, die sind knackig.«

Später machten sie es sich mit einer Flasche Shiraz auf dem alten Sofa gemütlich. Träge fläzte Lilly sich auf Jacks Schoß, ein Glas Wein zu ihren Füßen. Sam war im Bett.

»Kannst du heute Nacht bleiben?«, fragte Lilly.

»Ich bin ziemlich sicher, dass Angelina Jolie mir eine Nacht freigibt.«

Lilly setzte sich auf. »Ich meine, darfst du das? Mit der Gerichtsverhandlung und allem?«

»Ich nehme an, es ist keine sehr gute Idee für mich als Zeugen, wo die Angeklagte im Gästezimmer wohnt«, meinte er.

Lilly war enttäuscht, verstand aber, dass Jack Polizist war und blieb, auch wenn er vom Dienst suspendiert war. Also nahm sie einen Schluck Wein und wechselte das Thema. »Was hast du heute gemacht?«

»Man konnte nicht die Zeitung lesen oder den Fernseher anmachen, ohne dass jemand irgendwas zum Tod von Charlie Stanton von sich gegeben hat.«

»Was sagen die denn so?«

»Nicht viel«, antwortete er. »Ich meine, sie haben keine echten Informationen, also spekulieren sie nach Herzenslust, wer unser geheimnisvoller Mörder sein könnte.«

»O Gott.«

»Artan und Anna haben sich inzwischen in einen albanischen Drogenring verwandelt, und aus mir ist ein Drogenkommandoteam geworden«, berichtete er weiter.

»Wie können die bloß so eine Scheiße abdrucken?«, fragte Lilly kopfschüttelnd.

»Das denke ich auch die ganze Zeit«, meinte Jack. »Deshalb bin ich dann laufen gegangen.«

»Wenn du weiter so viel Sport treibst, ist bald nichts mehr von dir übrig.« Um ihren Worten Nachdruck zu verleihen, klopfte sie auf sein Bein, aber es fühlte sich fest und muskulös an. Sie ließ ihre Hand auf seinem Oberschenkel liegen.

Er schaute auf die Hand, schob sie aber nicht weg. »Und du?«

»Ich hatte einen Termin bei einer Psychologin. Sie hat mich gezwungen, ekligen Tee zu trinken.«

»Und wie geht es mit dem Fall?«

»Ich dachte, wir sollten nicht darüber reden.«

Mit einer Kopfbewegung zu ihrer Hand entgegnete er: »Ja, stimmt, aber ich versuche, mich von anderen Dingen abzulenken.«

Lilly trank einen Schluck Wein. Sie hatte viel über das nachgedacht, was Dr. Kadir gesagt hatte, war aber unsicher, wie sie weitermachen sollte.

»Anna leidet an einer posttraumatischen Belastungsstörung.«

»Wie bitte?«

»Das ist eine psychische Störung, hervorgerufen durch ihre Erlebnisse im Kosovo. Anna hat sich teilweise von der Realität abgespalten.«

»Und das bedeutet?«

»Ich hoffe, dass sie mental gar nicht fähig gewesen wäre, sich an einem Mordkomplott zu beteiligen.«

»Das hoffst du?«

Lilly zuckte die Achseln. »Das ist nicht so einfach. Um eine positive Diagnose geben zu können, muss Anna mit Dr. Kadir über ihre Gefühle sprechen – aber zu den Symptomen der Krankheit gehört, dass sie genau das nicht kann.«

»Ein typischer Fall für die Henne und das Ei.«

Lilly nickte. »Sie muss sich mir öffnen und über das reden, was passiert ist.«

Das war so schwierig. Die meisten ihrer Scheidungsklienten behandelten Lilly wie ihre Beichtmutter und konnten es kaum erwarten, ihr das Herz auszuschütten. Am liebsten hundertmal. Ach, es war schon eine verdrehte Welt.

»Wenn jemand das kann, dann du.« Zärtlich fuhr er mit der Fingerspitze ihre Kinnlinie nach. »Du hast ein natürliches Talent im Umgang mit Menschen.«

Sie drehte den Kopf zu ihm und küsste seine Handfläche. Jack hatte recht, sie würde es schaffen, Anna dazu zu bringen, sich ihr anzuvertrauen, und dann würde sie das Mädchen so verteidigen können, wie sie es sich wünschte.

»Gibt es irgendeine Möglichkeit, dass du doch bleiben kannst?«

Es war noch dunkel, als Jack loslief. Auf den Landstraßen gab es nur wenige Straßenlaternen, und die Morgendämmerung war noch mehrere Stunden entfernt, aber ein dicker Mond strahlte durch die kahlen Bäume.

Nachdem Lilly ihn überredet hatte zu bleiben, konnte er nicht schlafen. Na ja, dass sie ihn überredet hatte, war etwas übertrieben. Eigentlich hatte sie ihm jede Chance gelassen, sich zu weigern, aber er hatte sie nicht ergriffen. Er hatte auch bleiben wollen.

Beim Gedanken an Lilly, eingekuschelt unter der Decke, die Haare sanft nach Karamell duftend, musste er grinsen. Als er durchs Schlafzimmer geschlichen war, um seine Turnschuhe zu suchen, hatte sie sich auf einen Ellbogen gestützt und sich ein Stück weit aufgerichtet. »Wo gehst du hin?«

Er wusste, dass sie sich Sorgen machen würde, wenn er ihr sagte, dass sein Schlaf ständig von laut aufpeitschenden Schüssen unterbrochen wurde. Deshalb hatte er sie auf den Kopf geküsst und ihr zugezwinkert. »Schlaf ruhig weiter.«

Er hörte das Trappeln seiner Füße auf dem Boden, seinen Atem, regelmäßig und tief. Der Rhythmus beruhigte ihn und schob das Bild von Artans blassem, leblosem Gesicht langsam in den Hintergrund. Anstelle von Antidepressiva sollten die Ärzte öfter mal Joggen verschreiben.

Vielleicht würde er Lilly dazu kriegen mitzumachen, wenn sie nicht mehr auf Anna aufpassen musste. Er konnte sie sich gut nebeneinander vorstellen, ihre Schritte im Einklang. Je schneller der Fall durchgestanden war und je früher sie in ein normales Leben zurückkehren konnten, desto besser für alle Beteiligten. Eigentlich war Pläneschmieden nie sein Ding gewesen, er lebte von einem Tag zum nächsten, aber jetzt konnte er plötzlich in die Zukunft blicken. Bei jedem Schritt wurde ihm klarer, dass ihn nichts so glücklich machte, wie in Lillys Küche zu sitzen oder mit Sam in dem verwilderten Garten Fußball zu spielen. Und so wollte er sich immer fühlen.

Der neue supergeschmeidige, superentschlossene Jack McNally machte kehrt und lief zum Cottage zurück. Er würde dieser Frau genau erklären, was er fühlte. Das hatte er schon einmal probiert, aber dann war das Gespräch abgedriftet und bei ihrer Arbeit gelandet. Das würde diesmal nicht passieren.

Vor lauter Vorfreude lachte er in sich hinein. »Na los, Alphamännchen!«

Als er um die Ecke in die Appleyard Lane einbog, sah er, dass im Cottage Licht brannte und davor eine Gestalt stand. Es war Lilly, im Morgenmantel, mit wilden, zerzausten Haaren. Sie wühlte in ihrem Auto herum.

»Du bist aber früh auf den Beinen«, sagte er.

Sie antwortete nicht, aber ihre Augen waren weit aufgerissen wie die einer Eule.

»Ich wollte dich nicht erschrecken«, sagte er.

Dann blickte er von Lilly zum Auto und sah, dass es nicht sein plötzliches Auftauchen gewesen war, das sie erschreckt hatte. Nein, ihre Windschutzscheibe war zertrümmert, das Armaturenbrett von Scherben übersät.

»Das waren keine dummen Kids mehr«, sagte er.

Wortlos zog sie den Morgenmantel enger um sich und gab ihm den Stein, der das Auto demoliert hatte. Ein weißes Blatt Papier war darumgewickelt.

Jack stellte einen angeschlagenen blauen Becher mit Tee vor Lilly auf den Tisch.

»Du musst das melden«, sagte er.

»Das mach ich«, nickte sie.

Argwöhnisch sah Jack sie an. »Ich meine das ganz ernst.«

»Ich auch.«

Dann trank sie den Tee und las den Brief ein zweites Mal.

Ein Kind ist ermordet worden, und unsere Gemeinde muss zusammenhalten.
Die schrecklichen Menschen, die dieses Verbrechen begangen haben, müssen bestraft werden, und diejenigen,

die mit ihnen gemeinsame Sache machen, wird man zwingen zu gehen.
Das ist eine Warnung.

»Da wird die Gemeinde erwähnt. Glaubst du, es könnte jemand aus dem Dorf sein?«

Lilly versuchte, ihre Stimme fest klingen zu lassen, aber bei dem Gedanken wurde ihr übel. Sie stand doch mit ihren Nachbarn auf ziemlich gutem Fuß, oder nicht? Mit Ausnahme der Frau von der Crab Tree Farm. Lilly hatte nämlich ihre Katze überfahren.

»Könnte sein«, meinte Jack. »Und wenn wir ein paar Cops herkommen lassen, die Aussagen aufnehmen und ein bisschen rumschnüffeln, wird ihnen das wahrscheinlich eine Höllenangst machen. Aber vielleicht bezieht sich das Ganze auch auf Manor Park.«

»Das kann nicht sein«, widersprach Lilly.

»Ist diese Frau beim Gedenkgottesdienst nicht ausführlich darauf herumgeritten, dass alle zusammenhalten müssen?«

Unwillkürlich schauderte Lilly. Der Morgen war frisch, aber das Frösteln kam von der Erinnerung daran, wie Luella sie angesehen hatte.

»Ich glaube nicht, dass jemand von der Schule so was machen würde«, sagte sie.

Jack antwortete nicht, aber Lilly konnte sehen, dass er keineswegs überzeugt war.

Sie stand auf und streckte sich. »Ich muss nachher zum Gericht. Der Richter will mich sehen.«

Zuerst dachte sie, Jack hätte Einwände, zum Beispiel, dass sie unter Schock stand und den Tag lieber zu Hause bleiben sollte. Aber er spülte einfach nur ihre Tasse aus und sagte. »Du kannst mein Auto nehmen.«

»Du würdest eine ganz hervorragende Ehefrau abgeben«, sagte Lilly.

Er drehte sich nicht um. »Und wie steht es mit einem Ehemann?«

Mit angehaltenem Atem wartete er auf die Antwort. Das Schweigen war ohrenbetäubend. Als Jack es nicht mehr aushielt, drehte er sich um und wollte Lilly konfrontieren.

Aber das Zimmer war leer.

Snow White kroch aus dem Bett und sah auf ihren Laptop.

Zeit zum Handeln Blood River 4:30
Mission erledigt

KAPITEL 12

Caz singt im Badezimmer. Ihre vollkommen schiefe Version der Liverpooler Hymne *You'll Never Walk Alone* ist in jedem Winkel des Peckham Project zu hören.

»Gott steh uns bei«, lacht Jean. »Sie wird es nie zu *Popstars* schaffen.«

Dann hievt sie einen gigantischen Kürbis auf die Arbeitsplatte und sucht in der Besteckschublade nach einem scharfen Messer.

Luke holt sich ein mattgelbes Glas und schenkt sich Milch ein.

»Weißt du noch, diese Männer neulich?«, sagt er.

Jean hält inne. »Sind die etwa wieder draußen?«

Luke schüttelt den Kopf.

»Gut«, sagt Jean.

»Wer sind die denn?«, fragt Luke.

»Hast du Caz nicht gefragt?«

»Sie hat gesagt, es sind Zuhälter.« Außerdem hat sie die Typen noch als »totalen Abschaum« bezeichnet, aber das erwähnt Luke jetzt nicht.

»Um ehrlich zu sein, können die sich nicht mal Zuhälter schimpfen«, sagt Jean. »Die sind eher so was wie Kerkermeister.«

»Wie meinst du das?«

Jean sticht oben in den Kürbis, zieht mit der Klinge einen Kreis und hebt dann eine dicke Scheibe orangefarbenes Fleisch ab.

»Die schmuggeln Mädchen nach England und zwingen sie, als Prostituierte zu arbeiten«, sagt sie, in ihre Arbeit vertieft.

»Wie Sklaven?«

»Ja, Schatz, wie Sklaven.«

Luke ist sprachlos. In der Schule hat er alles über die Abschaffung der Sklaverei gelernt, und wie sie in den Vereinigten Staaten zu einem Bürgerkrieg geführt hat. Für seine Projektarbeit am Schuljahrsende hat er eine Eins bekommen.

»Was haben die hier gesucht?«, fragt er weiter.

»Gelegentlich gelingt es einem der Mädchen zu fliehen, und es ist allgemein bekannt, dass sie dann hier unterschlüpfen.«

»Warum?«

»Ich sorge dafür, dass jeder weiß, hier sind sie willkommen«, erklärt Jean. »Und außerdem, dass nichts von dem, was man mir erzählt, zu den Behörden durchsickert.«

»Wollen diese Mädchen dann nicht nach Hause?«, fragt Luke.

»Dann würden sie einfach wieder aufgelesen«, antwortet Jean und schneidet drei weitere Löcher aus. »Und dorthin gebracht, wo sie angefangen haben.«

Luke ist entsetzt. »Das ist ja furchtbar.«

»Du bist ein sehr netter Junge, Luke«, sagt sie. »Und eines Tages, wenn du bereit bist, mir zu sagen, was du hier machst, werde ich dir gern helfen, so gut ich kann.«

»Ich kann nicht darüber reden«, sagt Luke.

Jean nickt und holt eine dieser kleinen Kerzchen heraus, die seine Mum Teelichte nennt.

»Falls du deine Meinung änderst, weißt du ja, wo du mich findest.«

Er trinkt den letzten Schluck Milch aus und spült das Glas. Von den anderen macht das so gut wie keiner, aber Luke findet, dass das Jean gegenüber nur fair ist.

»Aber du könntest schon was für mich tun«, sagt er dann.

»Schieß los.«

»Du könntest mir erklären, wie ich einen Platz zum Wohnen finden kann.«

»Stehst du denn schon auf der Unterkunftsliste?«

Über die Unterkunftsliste weiß Luke inzwischen Bescheid. Teardrop Tony steht schon seit sechs Jahren darauf. Mindestens zweimal pro Woche schaut er bei seiner Unterkunftsbeauftragten vorbei, die sehr anständig ist, sagt er, und ihm immer ein paar Kippen leiht, aber er ist immer noch Nummer vierhundertzwei. Wahrscheinlich ist Luke schon pensioniert, wenn seine Nummer drankommt. Aber er kann sowieso nicht den offiziellen Weg einschlagen, weil er sonst garantiert erwischt wird.

»Was ist mit einer Privatunterkunft?«, fragt er.

»Die meisten Vermieter wollen einen Verdienstnachweis, Referenzen und Gott weiß was sonst noch.«

»Aber nicht alle.«

»Natürlich gibt es immer welche, die es unter der Hand regeln.« Jean fixiert ihn. »Aber mit denen würde ich an deiner Stelle nichts zu tun haben wollen.«

Luke nickt, aber er überlegt bereits, wie er sich das Geld für die Anzahlung besorgen kann.

Jean greift in ihre Tasche nach ihrem Feuerzeug, zündet die Kerze an und stellt sie in den ausgehöhlten Kürbis. Das Licht leuchtet aus den ziemlich unregelmäßigen Löchern. »Na, was sagst du?«, fragt Jean.

Luke schaut sich das hässliche Gesicht an, das sie ausgeschnitten hat, und runzelt verlegen die Stirn.

»Ich weiß, es ist nicht perfekt«, lacht sie. »Bloß ein bisschen Spaß.«

»Ich dachte, du machst, na ja, ich dachte, du machst Suppe«, meint Luke.

Jean wirft den Kopf zurück und johlt vor Vergnügen. »Das ist eine Halloween-Laterne, du Dussel!«

Luke ist so erschrocken, dass er zurückweicht und nach dem Stuhl tastet. Als er endlich das Plastik unter sich fühlt, legt er den Kopf zwischen die Knie, damit nicht mehr alles vor seinen Augen verschwimmt.

»Alles klar, Schätzchen?« Jean kauert sich neben ihn.

Luke gräbt die Handballen in die Augenhöhlen.

»Ich hab es nicht mitgekriegt«, sagt er. »Warum hab ich nicht mitgekriegt, dass Halloween ist?«

Verständnisvoll tätschelt Jean seine Hand. »Wenn man dieses Leben führt, verliert man sein Zeitgefühl, Luke.«

Er weiß, dass sie recht hat. Früher war Halloween immer eine große Sache, aber dieses Jahr hat er alles verpasst, ohne es auch nur zu merken.

»Komm doch später noch mal vorbei und vergnüg dich ein bisschen«, schlägt Jean vor. »Du musst dich hin und wieder daran erinnern, was normale Leute so machen.«

Ich muss nur eins, nämlich diese Anzahlung auftreiben, denkt Luke.

»Ich bin schuld, stimmt's?«

Annas Stimme war leise, aber bestimmt.

Mit knirschendem Getriebe parkte Lilly Jacks Auto ein.

»Aber nein«, wiegelte sie ab.

»Die wollen nicht, dass du mich vertrittst, deshalb haben sie das gemacht.« Anna streckte die Arme aus, um das Auto und das ganze dazugehörige Chaos anzudeuten.

»Vielleicht stimmt das, aber deshalb ist es noch lange nicht deine Schuld«, sagte Lilly.

Anna legte den Kopf schief. Ihr Gesicht war ausdruckslos.

Lilly fuhr mit dem Hinterrad auf die Bordsteinkante und seufzte.

»Es gibt Menschen – zum Glück nicht sehr viele –, denen es nicht gefällt, dass du in dieses Land gekommen bist. Die möchten nicht, dass ich dir helfe, und deshalb versuchen sie, mich einzuschüchtern.«

Lilly hatte nicht das Bedürfnis, darauf hinzuweisen, dass »sie« möglicherweise keine anonyme Gruppe Wildfremder, sondern eher ihre Nachbarn waren.

Der rückwärtige Sensor begann zu piepen, und Lilly sah in den

Spiegel nach dem Auto hinter ihr. Aber sie war nicht mal in seiner Nähe.

»Aber sie wissen nicht, dass es etwas gibt, was ich nicht leiden kann, ich meine, etwas, was ich wirklich verabscheue, und zwar, wenn man mir vorschreibt, was ich tun soll.«

Das Piepen wurde dringlicher, ein Bohrer in Lillys Hirn. Wie eine Wilde drückte sie die Knöpfe am Armaturenbrett, um den Alarm auszuschalten, bis es schließlich still wurde.

Mit einem triumphierenden Lächeln fuhr sie rückwärts. »Schweigen ist Gold.«

Das Nächste, was sie hörte, war ein hässliches Knirschen von Metall auf Metall.

Lilly schaute von Jacks Auto zu dem blitzblanken Porsche 911 und wieder zurück. Die beiden Karosserien hatten sich aneinandergeschmiegt, als wollten sie sich küssen. »Vielleicht merkt es ja keiner.«

Dann hörte sie ein Lachen, und als sie sich umdrehte, entdeckte sie Jez und Kerry, die ihr Werk bewunderten.

»Lewis Hamilton hat wieder zugeschlagen«, sagte Jez.

»Du hattest schon immer einen umwerfenden Humor«, sagte Lilly und versuchte, das Nummerschild geradezubiegen. PB *21*. Eine personalisierte Nummer.

Jez fuhr mit der Hand an der silbernen Flanke entlang, als wäre es ein seidiger Oberschenkel. »Zum Glück ist es ja bloß eine alte Schrottmühle.«

Lilly stöhnte.

»Und nicht etwa Stolz und Freude seines Besitzers«, fügte er hinzu.

»Herrje«, sagte Lilly. »Wie viel kosten diese Dinger?«

»So um die sechzig, siebzig Riesen«, meinte Jez achselzuckend.

»Für ein Auto?« Lilly machte ein ungläubiges Gesicht. »Wer zum Teufel kann sich so was leisten?«

Jez warf den Kopf in den Nacken und lachte laut. Sogar Kerry ließ ein leises Miau von einem Kichern hören. Seufzend nahm Lilly die Nummer noch einmal in Augenschein. PB. Der ehrenwerte Richter Patrick Banks. Na toll.

Little Markham war ein kleines Kaff. Die Art Kaff, in dem jeder jeden kannte und die Angelegenheiten jedes Einzelnen zum Allgemeinwissen gehörten. Es erinnerte Alexia an das Dorf in Oxfordshire, in dem ihr Vater ein Bauernhaus besaß. Dort hatte sie oft die Schulferien verbracht, war auf dem Fahrrad durch die Straßen gerattert, ohne dass die Abfolge von Au-pair-Mädchen etwas dagegen unternehmen konnte. Die schafften es ja auch nicht, ihr Französisch beizubringen.

Sie ging in den Zeitschriftenladen und sah sich das Regal mit den Grußkarten an, alles Golfclubs und blumige Verse. Dabei fühlte sie, wie der Blick des Manns hinter der Ladentheke langsam von ihren Füßen bis zu den Kurven ihres Hinterteils emporwanderte.

»Sie sind nicht aus der Gegend«, sagte er schließlich.

Alexia tat, als überraschte es sie, dass er sie bemerkt hatte, und lächelte ihn an. »Stimmt, ich besuche hier nur eine Freundin.«

»Kenne ich die vielleicht?«

Alexia leckte sich über die Lippen. »Wahrscheinlich eher nicht. Ich hab vor Jahren mit ihr zusammen Jura studiert.«

»Anwältin?«

»Ja, sie heißt Lilly«, sagte Alexia.

»Na klar, die kenne ich«, sagte er. »Sie kommt fast jeden Tag hier vorbei und füllt ihre Schokoladenvorräte auf.«

»Ja, sie hat schon immer gern Süßigkeiten gegessen.«

»Na, sie wird sich bestimmt über den Besuch freuen.« Er beugte sich über einen Stapel *Daily News*. »Also, ich mag ja eigentlich keinen Klatsch, aber sie hat zurzeit ein bisschen Ärger.«

»Ach du jemine«, schnaufte Alexia. »Ich hoffe aber, es geht ihr trotzdem gut.«

Der Mann tippte an seine Nase. »Das wird sie Ihnen bestimmt alles gern erzählen, wenn Sie sie treffen.«

»Ich werde alles tun, um zu helfen«, sagte Alexia. »Dabei fällt mir ein – könnten Sie mir vielleicht sagen, wie ich am schnellsten von hier aus zu ihr komme?«

Der Raum war eigentlich das informelle Büro des vorsitzenden Richters, aber Lilly fand es hier nicht entspannter als in einer Bibliothek. In ordentlichen Stapeln häuften sich Papiere, Akten türmten sich in alphabetischer Reihenfolge. Der Richter saß hinter seinem Schreibtisch, hatte die Hände ineinander verschränkt und funkelte Lilly böse an.

»Ich muss schon sagen, junge Frau, so etwas habe ich in meiner ganzen Amtszeit noch nicht erlebt.«

Lilly biss sich auf die Zunge. Sie hasste es, herablassend behandelt zu werden, aber sie dachte, es wäre wahrscheinlich besser, wenn dieser Mann sich seinen Kummer von der Seele redete.

»Ich verstehe nicht, wie so etwas passieren konnte.«

»Nun, keiner war schuld. Ich bin es einfach nicht gewohnt, wissen Sie«, beschwichtige ihn Lilly.

Aber der Richter schüttelte den Kopf. »Genau das ist ja die Crux. Mangelnde Erfahrung hat Sie an diesen Punkt gebracht, und ich bin nicht sicher, ob es richtig ist, wenn ich Sie damit einfach weitermachen lasse.«

Herr im Himmel, drohte er etwa, ihr den Führerschein wegzunehmen? Hatte er überhaupt das Recht dazu?

Mit blitzenden Augen beugte er sich zu ihr. »Hier stehen Menschenleben auf dem Spiel, junge Frau.«

Ach bitte. Lilly wusste, dass viele Männer von ihrem Auto besessen waren, aber war das jetzt nicht ein bisschen übertrieben?

»Ich glaube, Euer Ehren, wenn Sie die Sache näher betrachten, werden Sie sehen, dass der angerichtete Schaden minimal ist. Ein kleiner Zwischenfall, könnte man sagen.«

Der Richter machte den Mund auf und zu wie ein Fisch im Eimer. »Junge Frau, ein Leben ist zerstört.«

Jetzt hatte Lilly die Nase voll. Von Anfang an hatte dieser Typ eine Abneigung gegen sie gehabt, und jetzt machte er ein Riesentheater wegen einer Delle in seinem Wagen.

»Bei allem Respekt, Euer Ehren, ich glaube, Sie sehen das aus einer falschen Perspektive. Ich fahre seit zwanzig Jahren, und ich gebe jederzeit zu, dass ich auch einige Unfälle hatte.«

Jez hüstelte.

»Okay«, sagte Lilly, »vielleicht auch ein paar mehr als der Durchschnitt, aber es wurde nie jemand verletzt. Außer dem Jungen, den ich von seinem Moped geschubst habe – aber da hatte ich gerade erst meinen Führerschein, und es war stockdunkel.«

Der Richter starrte sie fassungslos an.

»Ehrlich gesagt war es sowieso zumindest teilweise seine Schuld, weil er viel zu nahe an den weißen Linien gefahren ist«, fuhr Lilly unbeirrt fort. »Aber ich gebe zu, er hat sich den Arm gebrochen, und das war sicher nicht schön, denn man kann nicht Moped fahren, wenn man einen Arm in der Schlinge hat, richtig? Also, Hände hoch, das war mein Fehler, aber es war nichts Schlimmes, und sein Leben ist daran bestimmt nicht kaputtgegangen oder so.«

»Junge Frau …«

Aber Lilly war verzweifelt. Eine Sperre konnte sie sich nicht leisten, nicht in einem Dorf, wo am Tag zwei Busse fuhren.

»Ansonsten habe ich immer nur andere Autos gerammt.« Inzwischen schwatzte sie einfach nur noch drauflos. »Und Laternenpfähle. Und einmal hab ich einen Zaun umgeschmissen.«

Mit puterrotem Gesicht brüllte der Richter: »Junge Frau!«

»Und ich verspreche Ihnen, ich werde für den Schaden aufkommen.«

Jetzt knallte der Richter die Faust auf den Tisch. »Junge Frau, könnten Sie mir freundlicherweise erklären, was das alles mit der Kaution für Ihre Klientin zu tun hat?«

»Kaution?«

»Ja, allerdings.«

»Wir sprechen hier nicht von Ihrem Porsche?«, fragte sie.

Mit stahlhartem Blick fixierte der Richter sie. »Und weshalb sollten wir hier über mein Auto diskutieren?«

»Hmm.«

Lilly konnte sich Jez' Gesichtsausdruck vorstellen, sie brauchte ihn dafür nicht anzusehen.

»Nun?«, beharrte der Richter.

Lilly holte tief Luft. »Ich habe Ihr Auto gerammt. Nichts Schlimmes, verstehen Sie.«

Der Richter schien die Luft anzuhalten.

»Aber wie Sie schon gesagt haben, Euer Ehren, wir sind hier, um über Fragen von Leben und Tod zu sprechen, nicht über unwichtige Dinge wie Autounfälle.«

Der Richter biss so heftig die Zähne aufeinander, dass Lilly seine Kaumuskeln arbeiten sah. Noch immer hatte er keine Luft geholt. Obwohl sie genau wusste, dass sie die Sache nur noch schlimmer machte, konnte sie einfach den Mund nicht halten. »Also, was wollten Sie wegen Annas Kaution wissen, Euer Ehren?«

»Ich wollte wissen, wie in Dreiteufelsnamen wir dazu gekommen sind …« Der Richter kniff die Augen zusammen. »Sagen Sie mir, dass der Schaden nicht schlimm ist.«

Lilly hielt den Zeigefinger ein kleines Stückchen über den Daumen.

Der Richter zuckte zurück. »Wie in Dreiteufelsnamen es dazu gekommen ist, dass die Angeklagte bei Ihnen wohnt.«

»Ach das?«

»Ja, das.«

»Es war die einzige Möglichkeit, Euer Ehren«, erklärte Lilly.

»Die einzige Möglichkeit wofür?«

»Dass Anna nicht ins Gefängnis muss«, antwortete Lilly. »Die Richterin wollte sie nur unter der Bedingung auf Kaution freilassen, dass sie vierundzwanzig Stunden unter Aufsicht steht.«

»Also sind Sie bereitwillig eingesprungen.«

Lilly nickte.

Der Richter seufzte; allem Anschein nach fand er den Morgen bereits sehr anstrengend. »Das Problem ist nur, dass Sie das nicht können, richtig, junge Frau?«

»Ich gebe zu, es ist ungewöhnlich«, sagte Lilly. »Aber es gibt kein Gesetz dagegen.«

Der Richter schlug die Hände vors Gesicht. »Schon wieder ein Missverständnis. Aber ehe wir noch eine Stunde damit verbringen, dass wir uns über zwei verschiedene Themen unterhalten, will ich mich ganz klar ausdrücken. Ich sage nicht, dass Sie irgendeine Regel übertreten haben, indem Sie sich bereiterklärt haben, die Angeklagte zu beaufsichtigen. Ich stelle nur fest, dass es praktisch unmöglich ist.«

Lilly streckte die Unterlippe vor. »Bisher haben wir es aber geschafft.«

»Wenn das der Fall ist, wären Sie vielleicht so nett, mir zu erklären, wo die Angeklagte jetzt ist.«

»Hmm.«

»Allerdings – hmm«, gab der Richter mit hochgezogener Augenbraue zurück.

»Sie sitzt vor Ihrem Büro.«

»Sind Sie sicher?«

Auf einmal wurde Lilly panisch. Seit Anna bei ihr war, hatte sie keinen Grund zur Sorge gehabt, aber was, wenn sie jetzt nicht mehr da war? Was, wenn sie weggelaufen war?

»Ich bin ganz sicher, ja.«

»Ich denke, wir sollten sie lieber hereinrufen«, meinte der Richter.

Lilly schlich zur Tür, kaum in der Lage, hinzuschauen. Bitte sei da, Anna.

Langsam öffnete sie die Tür. Bitte sei da, Anna.

Beim Anblick ihrer Klientin und Milo, die nebeneinandersaßen und sich eine Tüte Chips mit Salz und Essig teilten, hätte sie am liebsten einen lauten Freudenschrei ausgestoßen. Sie winkte die beiden herein.

»Und wer ist das?«, wollte der Richter wissen.

Ehe Lilly antworten konnte, trat Milo auch schon mit ausgestreckter Hand auf den Richter zu. »Ich bin Milo Hassan.«

Dem Richter blieb nichts anderes übrig, als die dargebotene Hand zu schütteln.

»Ich arbeite mit Anna und Miss Valentine zusammen«, erklärte Milo. »Ich beaufsichtige Anna, wenn es notwendig ist.«

Zwar stimmte das nicht ganz, aber Lilly grinste trotzdem.

Der Richter runzelte die Stirn. »Das war in den Kautionsvereinbarungen aber nicht so festgelegt.«

»Vielleicht nicht«, räumte Lilly ein, »aber ich bin sicher, das Gericht hat es sich so vorgestellt, dass ich gelegentlich Unterstützung habe. Sonst wäre das Arrangement ja kaum zu verwirklichen, wie Sie ja schon so richtig bemerkt haben.«

Der Richter sah zu Jez hinüber. »Das ist alles höchst ungewöhnlich. Was hat die Anklage dazu zu sagen?«

Auch Lilly warf Jez einen Blick zu und biss sich auf die Lippe. Würde er die ganze Konstruktion einreißen und Anna doch nach High Point bringen lassen?

»Es ist, wie Sie sagen, sehr ungewöhnlich, doch die Angeklagte ist bisher wie aufgefordert zu jedem Gerichtstermin erschienen. Wenn Miss Valentine meint, dass die Angeklagte ordentlich beaufsichtigt wird, was hätte ich dann dagegen einzuwenden?«

Der Richter seufzte und wedelte mit der Hand, als wollte er die Sache vom Tisch wischen. »Ich werde die Vereinbarungen ändern und Mr Hassans Namen hinzufügen. Aber die Verantwortung tragen weiterhin Sie, junge Frau.«

»Ja, Euer Ehren«, sagte Lilly und sah dem Richter nach, der davonstolzierte, ohne Zweifel, um nach seinem kostbaren Auto zu sehen.

Jez beugte sich zu Lilly. »Ich habe es nicht für notwendig erachtet zu erwähnen, dass dein Freund nirgends zu sehen war, als wir ankamen.«

Lilly formte mit den Lippen einen unhörbaren Dank, dann führte sie Anna und Milo aus dem Gericht.

Draußen berührte sie Milos Arm. »Ich schulde dir was.«

»Wie wäre es mit einem Essen heute Abend?« Er strich sich seine hübschen Locken aus dem Gesicht. »Ich könnte was für dich kochen.«

Ein dermaßen attraktiver Mann, der auch noch kochen konnte – so etwas gehörte echt ins Bilderbuch. Lilly sah Anna an. Eine Mordverdächtige zu dem Date mitzunehmen war noch etwas unkonventioneller.

Das Cottage war wesentlich kleiner als einige der Häuser in der Nachbarschaft, aber es war gemütlich hübsch mit Kräutertöpfen auf den Stufen und einem spektakulären Blick über die dahinterliegenden Wiesen und Felder.

Alexias größter Wunsch war, einen Job bei einer angesehenen Zeitung zu bekommen und wieder nach London zu ziehen. Hoxton vielleicht. Oder Notting Hill. Aber wenn ihr der große Wurf gelang, würde sie sich etwas wie dieses Cottage fürs Wochenende kaufen und ihre Freunde zum Grillen im Garten einladen. Dann würde sie Lichterketten in die Bäume hängen und Cath-Kidson-Picknickdecken auf dem Rasen ausbreiten, auf denen man ein Schläfchen halten und dann den Sonnenaufgang betrachten konnte. Ihr Vater hatte seine Zeit auch immer zwischen Stadt und Land aufgeteilt, und sie würde es genauso machen.

Vor dem Cottage parkte ein Mini. Noch etwas, was Alexia sich zulegen würde, wenn sie Geld kriegte. Allerdings würde sie das aufgemotzte Modell nehmen und ein Schiebedach einbauen lassen. Wieder einmal sehnte sie sich nach ihrem kleinen Alfa.

Aber dann rief sie sich zur Räson. Solche Gedanken musste sie vergessen. Immerhin war ihr Stern im Aufgehen begriffen – bestimmt bekam sie schon bald die Anerkennung, die sie verdiente, und alles, was dazugehörte, folgte dann.

Sie schlich ums Haus herum und entdeckte das zugeklebte Küchenfenster. War das vielleicht der Ärger, den der Zeitungsmensch erwähnt hatte? Und war das Zufall, oder hatten andere Leute Wind von Lillys Beteiligung an dem Mordfall Stanton bekommen? Vielleicht waren diese anderen Leute nicht angetan gewesen. Und wenn die Sache sich herumgesprochen hatte, waren die Überregionalen nicht weit. Sie musste Beweise finden und die Geschichte rausbringen, bevor ihr sie jemand vor der Nase wegschnappte.

Vorsichtig ging sie wieder nach vorn und bemerkte, dass auch die Windschutzscheibe des Mini zertrümmert war.

Das konnte unmöglich ein Zufall sein.

Die Tür ging auf, und ein Mann mit Handfeger und Kehrblech erschien. Sofort hechtete Alexia hinter eine Hecke, die ihr etwas Deckung gewährte, aber andererseits dünn genug war, dass sie immer noch einen guten Blick auf die Umgebung hatte. Der Mann begann die Scherben im Auto aufzufegen, Alexia hörte den Handfeger über den Teppich scharren und Glasscherben klirren.

Wer war das? Der Ehemann? Der Titel auf der Anwaltsliste lautete Miss Valentine, aber das hatte nicht viel zu sagen, Alexia benutzte ja auch nie ihren richtigen Namen.

Auf alle Fälle sah der Typ gut aus. Ungepflegt bis zum Gehtnichtmehr, aber mit sanften Augen und dem durchtrainierten Körper eines Mannes, der gern Sport trieb. Sooft ein Auto vorbeifuhr, blickte er auf, als erwartete er jemanden. Falls dieser Jemand Lilly Valentine sein sollte, dann war Alexia ein echter Glückspilz.

Als schließlich ein Kombi anhielt, sprang der Mann auf.

»Nur die Ruhe, Tiger«, flüsterte Alexia.

Die Fahrerin stieg aus und winkte. »Hi, Jack.«

Das musste Valentine sein!

Der Mann – Jack – grinste, und seine Wangen wurden rosig beim Anblick der Frau mit den Locken, die jetzt aus dem Auto stieg. Aber seine Schultern sackten herunter und sein Lächeln kühlte ab, als zwei weitere Passagiere zum Vorschein kamen. Alexia bezweifelte, dass es an dem dünnen Mädchen lag, und vermutete, dass es eher der Mann war, der den Arm um sie gelegt hatte. Mit rabenschwarzen Locken, die ihm in die Stirn fielen und den grünsten Augen, die Alexia jemals gesehen hatte. Kein Wunder, wenn Jack da etwas aus der Fassung geriet. Alexia spitzte die Ohren.

»Das hättest du nicht machen müssen, McNally«, sagte Valentine mit einem Nicken zu dem Handfeger, den Jack immer noch in der Hand hielt.

»Kein Problem«, wiegelte er ab.

Der grünäugige Konkurrent lachte. »Sie würden eine sehr gute Ehefrau abgeben.«

Ooh, das wäre aber jetzt nicht nötig gewesen. Klar, alle lachten, aber die Samthandschuhe hatte man allem Anschein nach ausgezogen.

Obwohl Jack den anderen anlächelte, sah man die Feindseligkeit in seinen Augen. Eine Sekunde überlegte Alexia, ob er ihn schlagen würde. Aber stattdessen spielte er seine Trumpfkarte aus: Er wandte sich Valentine zu und legte die Hand um ihre Taille.

»Du siehst müde aus«, sagte er.

Die Vertrautheit war ruhig, nicht protzig, aber trotzdem unverkennbar, und der andere Mann trat den Rückzug an. Aber er drehte sich noch einmal um und lächelte, dass seine Smaragdaugen nur so funkelten. Vielleicht war diese Runde an Jack gegangen, aber der Grünäugige gab sich noch lange nicht geschlagen.

»Dann bis heute Abend, Lilly.«

Als er weg war, zog Jack seinen Arm weg und machte sich auf den Weg ins Haus.

»Wir müssen an dem Fall arbeiten«, erklärte Valentine und trottete hinter ihm her.

Als die Luft rein war, holte Alexia ihr Handy heraus.

»Was?«, knurrte Steve.

»Ich habe die Anwältin gefunden.«

»Hast du ein Zitat von ihr?«

»Ich hab noch nicht mit ihr gesprochen«, antwortete Alexia.

»Worauf wartest du denn noch?«, schrieb Steve, »eine Einladung mit Goldrand?«

Alexia holte tief Luft. »Ich werde ihr erst mal ein bisschen folgen.«

»Du bist Reporterin, kein Geheimagent, Posh.«

»Ich glaube, da ist noch mehr«, erklärte sie. »Ich hab das Gefühl, es gibt eine ganz große Geschichte.«

Schweigen.

»Okay«, sagte Steve schließlich, und Alexia riss die Faust triumphierend in die Höhe. »Aber beeil dich, ich möchte die Geschichte morgen rausbringen.«

»Umso besser.«

»Wie ist die Anwältin denn so? Verklemmter Vogel, was?«

Alexia zögerte. Was für einen Eindruck machte Lilly Valentine auf sie?

»Auf jeden Fall ist sie nicht Nummer eins der Beliebtheitsskala im Dorf.«

Steve grunzte. In diesem Bereich hätte er auch keinen Blumentopf gewinnen können.

»Jemand hat die Windschutzscheibe an ihrem Auto eingeschlagen«, fuhr sie fort. »Und das Küchenfenster.«

»Nachbarschaftsunruhen wegen einer gierigen Anwältin, das gefällt mir«, sagte Steve. »Wie sieht sie aus?«

»Rote Haare, Ende dreißig.«

»Attraktiv?«, fragte er.

»Wenn man auf so was steht, schon«, antwortete Alexia unverbindlich. »Nach den beiden Männern zu urteilen, die um sie herumschwirren, würdest du sie wahrscheinlich attraktiv finden.«

Wieder gab Steve ein bellendes Geräusch von sich. »Mach ein Foto von ihr.«

Alexia hatte bereits ihre Kamera herausgeholt. »Na klar. Aber du könntest inzwischen was für mich rausfinden.«

»Über diese Anwältin?«

»Ja, und über einen der beiden Typen, die ich vor ihrem Haus gesehen habe. Wahrscheinlich ihr Freund. Sie hat ihn Jack McNally genannt.«

»Anrüchige Anwältin in dörflichem Sexskandal«, sagte er.

»Du bist ein übler Bursche«, sagte Alexia.

»Um das zu merken, muss man selbst einer sein.«

»Ich gebe mein Bestes«, gab sie zurück.

»Dein Dad wäre stolz auf dich.«

Lilly wusste nicht, warum Jack sich so aufregte. Natürlich hatte er nicht rumgeschrien oder eine Szene gemacht, das war nicht sein Stil, aber seine zusammengekniffenen Lippen und der kratzbürstige Abschied sprachen für sich.

Sie hatte ihm erklärt, dass Milo ihr half. Dass er sich bereiterklärt hatte, sie bei Annas Beaufsichtigung zu unterstützen. Die Tatsache, dass sie sich beim Essen unterhalten wollten, war doch kein Grund dafür, dass Jack sich ärgern musste.

Wenn jemand zu Besuch kam, kochte Lilly immer. Das war geselliges Verhalten. Aber das würde Jack, der noch das Nudelwasser anbrennen ließ, wahrscheinlich nie verstehen können.

Er benahm sich albern.

Aber warum gießt du dann Mandelöl ins Badewasser?, erkundigte sich ihre innere Stimme.

Jetzt benahm sie sich albern. Sie mochte weiche Haut.

Sie verteilte die Flüssigkeit mit der Hand im warmen Wasser und ließ sich hineinsinken. Baden gehörte zu den großen Freuden des Lebens. Wie Pasta und Epiduralanästhesie.

Es klopfte leise an der Tür.

»Ja«, sagte Lilly.

Anna öffnete die Tür einen winzigen Spalt. »Telefon«, sagte sie. »Ist für dich.«

Seufzend hievte Lilly sich aus dem Wasser. »Ja?«

»Ich bin's.«

Lilly wickelte sich in ein Handtuch. Ihre Haut dampfte. »Hallo Jack.«

»Ich benehme mich wie ein Vollidiot, stimmt's?«

Lilly ließ sich auf der Bettkante nieder. »Ein bisschen schon.«

»Ich meine, es geht doch nur um die Arbeit, oder?«

Unwillkürlich dachte sie an das neue Kleid, das sie sich für den Abend überlegt hatte. Das braune, das eng anlag. »Natürlich geht es nur um die Arbeit.«

»Dann sehn wir uns bald?«

Kurz entschlossen stopfte Lilly das braune Kleid in den Schrank zurück und zog ihre Jeans heraus. »Na klar, unbedingt.«

Alexia folgte Valentine in diskreter Entfernung.

Sie war froh, unterwegs zu sein, denn sie hatte eine halbe Ewigkeit vor dem Cottage festgesessen. Zuerst war jemand gekommen, um die Windschutzscheibe zu reparieren, dann war einer dieser schicken Geländewagen vorgefahren, und ein kleiner Junge war ausgestiegen und ins Haus gerannt. Vermutlich Valentines Sohn. Sonderbarerweise sah er dem Mädchen vorhin kein bisschen ähnlich. Sekunden später trudelte schon wieder ein Mann ein. Er hielt ein Schwätzchen mit der Fahrerin des Prachtschlittens, die ihn David nannte. An dem Ring am kleinen Finger und den handgesteppten Schuhen erkannte Alexia, dass er auf eine Privatschule gegangen war. Wenn man über ähnliche Erfahrungen verfügte, hatte man eben ein Auge für so was. Auch er war recht attraktiv mit seinen glatten blonden Haaren. Anscheinend besaß diese Anwältin für manche Männer eine ziemliche Anziehungskraft.

Als Valentine das Cottage verließ, hatte sie nur das Mädchen bei sich. Aber warum schleppte sie die Kleine denn mit zum Essen bei Grünauge? Alexias Instinkt sagte ihr, dass es hier etwas Interessantes zu entdecken gab.

Der Mini parkte vor einer alten Feuerwache, wo Valentine und das Mädchen von einer Gruppe von Kindern und Erwachsenen begrüßt wurden. Viele trugen Masken und Hexenhüte. Valentine nahm einen und zog ihn über ihre Locken. Hmm, dachte Alexia. Halloween war heutzutage so amerikanisch geworden. Als sie noch klein war, merkte man kaum etwas davon, mal abgesehen von der einen oder anderen ausgehöhlten Rübenlaterne. Wieder mal eine Methode, um Geld zu machen.

Alexia blickte zu der alten Feuerwache auf. Was war das denn hier?

Schließlich stieg sie aus und schlich sich auf die Rückseite des Gebäudes. An dem großen Tor hing ein Schild, auf dem »Privatgrundstück« stand. Sie wartete, bis ein Trupp fackelschwingender Gespenster an ihr vorbeigezogen war, öffnete das Schloss und schlüpfte hinein.

Das Gebäude hatte zwei Stockwerke, sauber gemauert, aber alt. Von Fensterrahmen und Türen blätterte die Farbe ab. Insgesamt machte alles einen müden, abgenutzten Eindruck. Die Wiese war dünn vom Fußballspielen, auf der Veranda stapelten sich Recycling-Kisten.

Auf einmal öffnete sich die Hintertür. Alexia erstarrte und drückte sich an die Wand. Essensgeruch erfüllte die Nachtluft, leise Stimmen waren zu hören.

»Und wie geht es so mit dir und Anna?«

Es war der grünäugige Mann. Sie erkannte die Honigstimme, die sie vor dem Cottage der Anwältin gehört hatte, sofort wieder.

»Wir kommen zurecht«, antwortete Lilly.

Der Mann trat ins Freie und warf eine Flasche in eine Kiste. Alexia hielt die Luft an. Bestimmt würde er sie gleich entdecken. Aber er hatte nur Augen für die Frau im Innern des Hauses. Was für ein Glück, dass er die so attraktiv fand.

»Es ist bestimmt schwierig für deinen Sohn«, sagte er.

»Er zieht heute Abend mit seinem Vater um die Häuser und klingelt alle raus«, antwortete die. »Sam ist unermüdlich, bis er auch noch das letzte Snickers in Little Markham abgestaubt hat.«

»Aber es muss doch schwer für ihn sein, dass plötzlich ein fremdes Mädchen in seinem Haus wohnt.«

Also war das Mädchen nicht Valentines Tochter.

»Klar, es ist nicht ideal«, räumte Lilly ein.

»Du hast ein echt großes Herz«, sagte er. »Dass du einer Klientin hilfst, wo doch alle anderen dagegen sind.«

»Vielleicht bin ich auch einfach bloß stur.«

Jetzt ging der Mann wieder hinein und schloss die Tür hinter sich.

Auf Zehenspitzen schlich Alexia durch das Tor zurück und zu ihrem Auto. Als sie das Handy herauskramte, zitterten ihre Hände. Das Mädchen war Valentines Klientin! Aber konnte es sich wirklich um *die* Klientin handeln? Hatte sie die mutmaßliche Mörderin vor sich? Wohnte sie bei der Anwältin?

»Steve?«, sagte sie ins Telefon.

»Warum flüsterst du?«

»Ich spioniere gerade hinter der Anwältin her.«

»Vergiss das mal einen Moment, Posh«, sagte er. »Ich hab die Recherchen angestellt, die du wolltest, und Jack McNally ist ein Polizist.«

Alexia pfiff durch die Zähne. »Der Polizist und die Anwältin der Verteidigung, das ist ja ein schöner Ermittlungsansatz.«

»Ganz recht«, bestätigte er. »Ich bin schon bei der Schlagzeile. Aber bring mir auch ein hübsches Foto mit, ja?«

»Vergiss das Foto, Steve, halt mir lieber die Titelseite frei.«

»Bist du vollkommen verrückt? Das ist die beste Geschichte des Jahres!«

»Glaub mir, das, was ich hier habe, ist noch besser.«

Sie hörte das Todesrasseln in Steves Kehle, während er nachdachte. »Ich will hoffen, dass du nicht übertreibst.«

KAPITEL 13

Der Morgen war so gut gelaufen, dass es schon fest unheimlich war. Anna hatte Würstchen und Tomaten für alle gegrillt, und sie hatten zusammen die Beute von letzter Nacht in Sams Tasche inspiziert. Acht Schokoriegel, zehn Bonbon- und Weingummitüten, drei Satsumas (na ja, man kann eben nicht alles haben) und über fünf Pfund in kleinen Münzen. Anna hatte die Ausbeute mit viel Ah und Oh gelobt, und Sam war kein einziges Mal aggressiv geworden. Klar, er war ohne ein Dankeschön in Pennys Auto gestürzt, aber es war trotzdem ein Fortschritt.

Als Lilly zum Schrank ging, um eine Arbeitsbluse herauszuholen, fand sie alle fünf frisch gewaschen, gebügelt und ordentlich auf dem Bügel vor. Offensichtlich hatte Anna sich nutzbringend beschäftigt.

Lilly sah auf die Uhr. Halb neun, und sie saß bereits am Schreibtisch – ein echter Rekord.

Mit einem zufriedenen Seufzer legte sie die Hände um den Kaffee, den sie unterwegs mitgenommen hatte. So früh war sie heute dran gewesen, dass sie sogar Sheila geschlagen hatte und Anna in ihr Büro bringen konnte, ohne ihre spitzen Bemerkungen und bösen Blicke ertragen zu müssen.

»Also«, sagte Anna mit einem Lächeln. »Soll ich dir mit der Ablage helfen?«

Lilly warf einen Blick auf die leeren Regale, die Anna systematisch aus- und ordentlich wieder eingeräumt hatte.

»Ich erkenne das Büro jetzt schon nicht mehr wieder«, sagte sie. »Machen wir uns an die Arbeit.«

»Dann soll ich lieber Kaffee machen«, sagte Anna.

Lilly deutete auf ihren dampfenden Becher. »Ich meine, Arbeit an deinem Fall.«

Annas Lächeln verblasste.

»Ich weiß, es ist schwer, aber wir können das nicht dauernd vor uns herschieben. Dr. Kadir hat gesagt, wir müssen darüber reden.«

»Ich mag diese Ärztin nicht«, sagte Anna.

»Sie ist auf unserer Seite«, sagte Lilly, »und womöglich ist sie die Einzige, die verhindern kann, dass du ins Gefängnis musst.«

Anna ließ sich auf den Stuhl gegenüber von Lilly fallen und stützte das Kinn auf die Hände. In diesem Augenblick hätte sie irgendein Teenager sein können, der gezwungen ist, etwas zu tun, was ihm nicht passt. Nur dass sie weit mehr gelitten hatte, als sich die meisten Erwachsenen auch nur ansatzweise vorstellen konnten.

»Also, was möchtest du wissen?«, fragte sie.

Lilly schob die Papiere auf ihrem Tisch herum. Sie hatte Annas Einwanderungsantrag mindestens zehnmal gelesen, und er wurde dadurch nicht weniger schlimm. Aber sie brauchte Einzelheiten.

»Als deine Mutter und deine Schwestern getötet wurden, wie hast du dich da gefühlt?«

»Traurig«, antwortete Anna achselzuckend.

»Und wie war es, als dein Vater gesagt hat, du sollst mit deinem Bruder fliehen?«

»Da hatte ich Angst.«

Ihre Antworten klangen monoton, aber vielleicht war ja genau das der springende Punkt. Vielleicht gab es keine Worte, die den Horror, den Anna durchgemacht hatte, angemessen schildern konnten.

Lilly versuchte es auf einer anderen Schiene. »Erzähl mir doch mal was von deiner Reise nach England.«

Jetzt krümmte Anna sich sichtlich.

»Wie lange hat es gedauert?«, fragte Lilly.

»Viele Tage.«

»Vier, fünf, sechs?«

»Ja.«

Lilly stöhnte. »Welche Zahl stimmt denn nun?«

»Sechs, glaube ich«, antwortete Anna. »Aber ich weiß es nicht genau, es war alles so verwirrend.«

Lilly versuchte sich vorzustellen, wie ein Kind mitten im Krieg durch einen ganzen Kontinent geschmuggelt wurde. Natürlich verschwamm da ein Tag in den anderen.

»Und als du dann hier angekommen warst, wie hast du dich da gefühlt?«, fragte Lilly weiter, in sanfterem Ton.

Anna runzelte die Stirn, als suchte sie die richtigen Worte. »Wie im Traum«, antwortete sie schließlich.

»Weil du so froh warst, nicht mehr im Kosovo zu sein?«, hakte Lilly nach. »Ein Traum, der Wirklichkeit geworden ist?«

»Nein. Weil es sich nicht angefühlt hat wie Wirklichkeit. Es war, als wäre ich hier, aber gleichzeitig auch wieder nicht.«

Abspaltung. Jetzt waren sie auf dem richtigen Weg.

Lilly wollte Anna gerade fragen, ob sie sich an diesem Tag in Manor Park auch so gefühlt hatte, da wurde die Bürotür aufgerissen, und Sheila stand im Türrahmen, breitbeinig, die Dauerwelle zum doppelten Volumen aufgeplustert.

»Dachte ich es mir doch, dass ihr beiden euch hier verkrochen habt.«

»Wir haben uns nicht verkrochen, Sheila, wir arbeiten«, widersprach Lilly und seufzte.

»Sehr gemütlich.« Sheilas Augen blitzten. »Außer Sichtweite neugieriger Blicke, während ich im Empfangsbereich sitze und mir die Beleidigungen anhören muss.«

»Was denn für Beleidigungen?«, fragte Lilly.

Sheila schnaubte vor Abscheu. »Es geht gerade richtig los, das kann ich Ihnen sagen.«

Ein Schimmer türkisfarbener Seide, so erschien nun auch Rupinder. »Kann mir mal jemand erklären, was hier los ist?«

Mit ihrem eckigen, vorn geweißten Acrylnagel tippte Sheila sich auf die Brust. »Schauen wir doch mal, wie die Klienten reagieren.«

»Worauf denn?«, fragte Lilly genervt.

»Darauf«, konterte Sheila und knallte ein Exemplar des *Three Counties Observer* auf den Schreibtisch.

Das Bild war hübsch. Nicht das Schulfoto, das auf jedem Fernsehsender zu sehen gewesen war, sondern ein Urlaubsschnappschuss von Charles Stanton in Shorts, wie er der Kamera frech die Zunge herausstreckte.

Rupinder las den Text laut vor. »*Zumindest konnte Charlies Familie den Sommer noch mit ihm in Cornwall verbringen, wo die Familie eine Zweitwohnung besitzt. Er verbrachte den Tag mit Surfen und den Abend in Gesellschaft seiner zahlreichen Freunde.*«

Lilly bemühte sich, Anna nicht anzusehen.

»*Er war ein beliebter Junge und bei den Mädchen ein großer Erfolg*«, fuhr Rupinder fort. »*Sein Tod ist eine Tragödie, die das kleine Dorf in Hertfordshire, wo er lebte, ebenso tief erschütterte wie die 25.000-Pfund-Privatschule in Manor Park, wo er kaltblütig niedergeschossen wurde.*«

Sheila staunte. »Sie geben tatsächlich fünfundzwanzig Riesen im Jahr für diese Schule aus?«

»War nicht meine Idee«, verteidigte sich Lilly.

»Haltet ihr bitte mal den Mund!«, sagte Rupinder und kehrte zurück zum Leitartikel auf Seite fünf. »*Während Anwohner und Klassenkameraden gleichermaßen die jüngsten Ereignisse zu verarbeiten versuchen, wird es sie zweifellos schockieren, dass ihre Nachbarin und Elternkollegin in dem Fall die Verteidigung übernommen hat. Lilly Valentine, Anwältin der Kanzlei Fulton, Carter and Singh in Harpenden, hat sich bereiterklärt, die Asylbewerberin zu vertreten, der man den Mord an Charlie zur Last legt und deren Name aus rechtlichen Gründen nicht genannt werden darf.*«

»Aber sie haben den Namen der Kanzlei veröffentlicht«, stellte Sheila fest. »Jetzt werden sie vor unserer Tür Schlange stehen.«

Rupinder achtete nicht auf sie. »*Aus gut unterrichteter Quelle im engen Umkreis von Charlies Familie wird Miss Valentine als Schande für die Gemeinschaft bezeichnet. Einigen Lesern mag dies hart erscheinen, denn – macht sie nicht nur ihren Job?*«

»Wenn ich die Gelegenheit dazu hätte, wäre das schön«, warf Lilly ein.

»*Doch der* Three Counties Observer *hat erfahren, dass Miss Valentine nicht nur für die Angeklagte arbeitet, sondern sie auch noch in ihrem Haus wohnen lässt.*« Rupinder blickte nervös zu Lilly. »*Während die Menschen aus der Gegend bisher verständlicherweise annahmen, dass sich eine Person, die man eines bewaffneten Massakers verdächtigt, in sicherer Verwahrung befindet, stellt sich nun heraus, dass sie ein paar Minuten von der Schule entfernt wohnt, in der der Übergriff stattgefunden hat.*«

Alle betrachteten das Foto unten auf der Seite, das Anna und Lilly beim Plaudern auf der Veranda zeigte, zusammen mit Jack, der den Arm um Lillys Taille geschlungen hatte.

»O Gott, sag mir jetzt nicht, dass sie auch noch Jack erwähnen«, stöhnte Lilly.

Rupinder räusperte sich. »*Und wie verhält sich die Polizei in dieser ungewöhnlichen Situation? Ist sie nicht entsetzt und fordert, dass die Freilassung auf Kaution zurückgenommen wird? Aber nein, ganz im Gegenteil! Vielleicht hat es ja etwas zu tun mit der Beziehung zwischen Miss Valentine und Sergeant Jack McNally, einem Officer beim Kinderschutzprogramm, der zurzeit suspendiert ist.*«

Das Telefon klingelte, und Sheila griff automatisch nach dem Hörer.

»Tun Sie's nicht«, warnte Rupinder. »Stell den Anrufbeantworter an.«

»Aber die Klienten«, wandte Sheila ein.

Rupinder seufzte. »Heute sind die Klienten unser geringstes Problem.«

Snow White las den Bericht mit einer Mischung aus Zufriedenheit und Ekel.

Natürlich freute sie sich, dass die Welt jetzt endlich Lilly Valentines wahres Gesicht zu sehen bekam. Eine Verräterin. Dass sie die Ausländerin mitten ins Zentrum ihrer Gemeinschaft geschmuggelt hatte, zeigte doch, dass sie vor nichts zurückschreckte.

Grandpa hatte immer gesagt, dass es nicht die vorrückenden Armeen waren, die ihm Sorge bereiteten. »Wenn man die Mistkerle sehen kann, dann kann man auch auf sie schießen.« Aber es waren die verdeckten Zellen, die ihm Angst machten. Lautlos, tödlich. »Der Feind im Innern.«

Wie recht er gehabt hatte.

Doch jetzt war der Augenblick gekommen. Der Augenblick, auf den sie alle gewartet hatten. Der Augenblick, in dem alles, was sie prophezeit hatte, endlich wahr wurde. Der Feind war mitten unter ihnen.

Sie musste ihre Gedanken ordnen und über den nächsten Schritt nachdenken.

Lilly stützte den Kopf in die Hände. Am liebsten hätte sie laut geschrien oder geweint, am liebsten wäre sie aus dem Büro gelaufen und hätte diesen blöden Fall einfach vergessen. Ununterbrochen klingelte das Telefon mit Aufforderungen, einen Kommentar zu dem Artikel im *Three Counties Observer* abzugeben.

»Alles klar?«, fragte Anna.

»Nicht so richtig.«

»Ich mache Kaffee«, sagte Anna.

»Kaffee«, wiederholte Lilly. Wie konnte das Mädchen in so

einem Moment an Kaffee denken? Es war ja nicht so, dass sie den Ernst der Lage etwa nicht verstand. Die Zeitungen und damit die ganze Welt wussten, dass Anna bei Lilly wohnte.

»Und wir haben Schokolade«, fuhr Anna fort. »Möchtest du einen Riegel oder lieber zwei?«

Lilly sah zu dem Mädchen empor. Ihre wunderschönen grünen Augen schimmerten mit einem fast mystischen Glanz.

»Es sieht ziemlich schlecht für uns aus, Anna«, sagte Lilly.

Anna nickte. »Bevor ich hierhergekommen bin, sah alles sehr schlecht aus, also ist das jetzt eine Verbesserung.«

Ganz gegen ihren Willen musste Lilly grinsen. Anna hatte recht. So schwierig die Situation auch sein mochte, sie war nichts im Vergleich zu dem, was Anna in der Vergangenheit durchgemacht hatte.

Sie griff in die Schublade und zog ein Mars und ein Bounty heraus. »Die Lage erfordert eindeutig zwei Riegel.«

In diesem Moment klingelte ihr Handy, und sie schaute auf das Display. Jack. Sie schämte sich, es zugeben zu müssen, aber sie konnte sich ihm jetzt nicht stellen. Er hatte sie gedrängt, den Fall nicht zu übernehmen, und sie gewarnt, dass es schlimm ausgehen würde. Sie würde ihn später anrufen, wenn sie sich ein bisschen von ihrem Schreck erholt hatte.

Einen Moment später klingelte das Handy schon wieder. Diesmal war es David. O Gott, mit ihm konnte sie auch nicht reden. Sie wusste nur allzu gut, was er dazu sagen würde, dass Sams Zuhause in den Schlagzeilen stand.

Als das Handy ein drittes Mal loslegte, schaltete sie es kurzerhand ab. Klar, das war feige, aber für ihre geistige Gesundheit unerlässlich.

Sekunden später erwachte ihr Computer zum Leben. Eine Nachricht. Lilly seufzte.

Sie öffnete die Nachricht.

An: Lilly Valentine
Von: Jez Stafford
Betreff: Da werden Sie grün vor Neid, Mrs Winehouse

Wie ich sehe, ist die Aufmerksamkeit der Medien in einem Ausmaß auf dich gerichtet, auf das Mrs Winehouse stolz sein könnte. Wenigstens siehst du auf dem Bild sehr süß aus. Bei Jack bin ich mir nicht so sicher.
Aber egal ... der Richter möchte uns sofort sehen. Er hat versucht, dich im Büro anzurufen, aber er kommt nicht durch, und dein Handy ist abgeschaltet. Bestimmt machst du grade ein Interview mit Jeremy Paxman.
J x

Lilly schloss die Augen. Konnte sie vielleicht so tun, als hätte sie die Mail nicht bekommen? Jez konnte doch nicht wissen, ob sie sie gelesen hatte oder nicht, richtig? Sie war ganz sicher, das irgendwo mal gelesen zu haben.

Schnell loggte sie sich aus und lehnte sich in ihrem Stuhl zurück. Kein Telefon, kein Handy, kein Computer.

Sie nahm ihre Tasche. »Komm, Anna.«

»Gehen wir nach Hause?«, fragte Anna.

»Leider nicht, nein.«

»Hübsche Ohrringe«, sagte Jez.

Kerry fühlte, wie heiße Freude in ihr aufstieg. »Danke.« Sie hatte die Ohrringe letzte Woche auf einem Kunsthandwerkermarkt gekauft. Der Standbesitzer hatte gemeint, die Topase passten gut zu ihren Augen.

»Ich mag Ihre Krawatte«, gab sie das Kompliment zurück und bemühte sich zu verhindern, dass ihre Stimme vor Freude quietschte.

Er strich mit der Hand über die gelbe Seide. »Weihnachtsgeschenk.«

Am liebsten hätte sie gefragt, von wem, aber sie wagte es nicht. Er war irgendwie zerstreut und schaute ständig auf die Uhr.

Endlich stürmte Lilly ins Ankleidezimmer. Warum sauste sie immer herein wie ein Wirbelwind? Und warum grinsten dann immer alle? Es ist unprofessionell, die Leute auf sich warten zu lassen und sie dann so zu überfahren, dachte Kerry.

»Wer hat die Geschichte durchsickern lassen?«, fragte Jez.

Lilly verdrehte die Augen. »Jemand, der mich hasst.«

»Niemand hasst dich, Lilly«, entgegnete er.

Kerry schnüffelte. Vielleicht hasste sie Lilly nicht richtig, aber sie fand sie reichlich nervig.

»Du würdest staunen«, sagte Lilly. »Wenn die Mütter von Manor Park das lesen, setzen sie garantiert einen Profikiller auf mich an.«

»Vermutlich ist der Richter auch nicht gerade erfreut«, warf Kerry ein. »Er versucht, so wenig Medienrummel auf den Fall zu ziehen wie möglich.«

»Aber dir kann er für diesen Schlamassel unmöglich die Schuld in die Schuhe schieben, Lilly«, lachte Jez.

»Darauf würde ich nicht meinen Kopf verwetten«, widersprach Lilly. »Aber wie dem auch sei – bringen wir es hinter uns. Den ganzen Morgen habe ich damit verbracht, Männer zu meiden, mit denen ich nicht sprechen möchte, und jetzt kann ich es nicht länger aufschieben.«

Sie erhob sich, und zu Kerrys Ärger stand Jez sofort Gewehr bei Fuß. Kerrys Körperfülle machte schnelle Bewegungen sowieso unmöglich, aber sie wollte sich auch auf gar keinen Fall hetzen lassen. Was bildete sich diese Lilly Valentine überhaupt ein?

»Toller Anzug«, sagte Jez zu Lilly, als die den Korridor hinuntersegelten.

Lilly schaute auf ihre Nylonjacke hinunter und lachte. »Von deiner Krawatte kann man das nicht behaupten.«

»Sheba hat sie mir zu Weihnachten geschenkt«, sagte er.

»Und was hast du ihr geschenkt?«, fragte Lilly.

»Einen Servierwagen«, antwortete er.

Lilly brüllte vor Lachen, und Jez stimmte mit ein, während Kerry sich fragte, was daran wohl komisch sein sollte.

»Meine Oma hat mir mal ein Bügelbrett geschenkt«, erzählte Lilly und wischte sich die Augen. »Damals war ich zwölf.«

»Ich kann nur spekulieren, wie die weihnachtlichen Festivitäten im Haus Valentine abliefen«, meinte Jez.

»Oh, die waren immer sehr amüsant«, erklärte Lilly. »Meine Mum hat Jahr für Jahr von neuem versucht, unsere gesamte Nachbarschaft zu etwas mehr politischer Korrektheit zu erziehen. Als Mr Johnson in Nummer zweiundzwanzig seinen Hund Nigger Boy taufte, hat sie ihm ein Exemplar von *Roots* geschenkt. Dann hat sie ihn zusammen mit den Patels vom Eckladen zum Weihnachtsessen eingeladen. Alle haben sich mit Babycham volllaufen lassen, und am Schluss haben sie versucht, eine Séance abzuhalten.«

Vor lauter Vergnügen klatschte Jez in die Hände.

Jez' Weihnachtsfeste stellte Kerry sich anders vor: Hochglanz mit mindestens zwanzig Freunden um eine Tafel geschart, die sich unter Champagner und Räucherlachs bog. Eine völlig andere Welt als in Lillys Sozialsiedlungsgeschichte. Aber sogar die hörten sich vergnüglicher an als Kerrys eigene Erfahrungen.

Richter Banks schüttelte den Kopf. Zu seiner Linken lag die Prozessakte, rechts die neueste Ausgabe des *Three Counties Observer*.

»Das ist sehr bedauernswert.«

»Ja, Euer Ehren«, stimmte Lilly ihm zu. »Aber wenigstens habe ich diesmal nicht Ihr Auto gerammt.«

»Ich finde nicht, dass dies der geeignete Zeitpunkt für humorvolle Bemerkungen ist, Miss Valentine.«

Lilly warf die Hände in die Luft. »Ich weiß nicht, was ich sonst tun soll, Euer Ehren. Diese Geschichte stammt nicht von mir und auch nicht von meiner Klientin. Offenbar ist mir ein Reporter nach Hause gefolgt und hat den Schluss gezogen, dass Anna dort wohnt.«

»Was sich nun wohl nicht mehr länger verantworten lässt.«

So etwas Ähnliches hatte Lilly erwartet.

»Euer Ehren, ich sehe wirklich keinen Grund dafür. Die Tatsache, dass die Information an die Öffentlichkeit gelangt ist, ändert nichts an der Risikoeinstufung meiner Klientin. Es wird nicht wahrscheinlicher, dass sie flieht, und es wird auch nicht wahrscheinlicher, dass sie erneut straffällig wird.«

»Aber jetzt weiß jeder, wo sie wohnt, und das könnte für das Kind selbst eine Gefahr darstellen«, wandte der Richter ein.

»Sie könnten hier und jetzt eine gerichtliche Verfügung erlassen, die verhindert, dass wir belästigt werden, weder in meiner Firma noch in meinem Haus.«

»Das ist eine Möglichkeit, aber die internationalen Medien sitzen uns im Nacken«, meinte er.

»Der *Three Counties Observer* ist wohl kaum international«, gab Lilly zu bedenken.

»Wer weiß, wo das alles enden wird, junge Frau.«

Auf dem Heimweg hatte Lilly die unheilschwangeren Worte des Richters noch ständig im Ohr. Seit sie den Fall übernommen hatte, lauerte die Katastrophe hinter jeder Wegbiegung – das Küchenfenster, das Büro, das Auto und jetzt die Presse.

Als sie vor dem Cottage parkte, reckte sie den Hals, ob sie irgendwo einen Fotografen entdecken konnte.

»Hier ist niemand«, sagte Anna.

Erst da merkte Lilly, dass sie den Atem angehalten hatte.

»Die Presse hatte ihren Tag, und bald sind wir Schnee von gestern.« Trotzdem konnte sie nicht verhindern, dass sie sich Gedanken machte, was wohl als Nächstes passieren würde, und – genau wie der Richter – wo das wohl alles enden würde.

In diesem Moment piepte ihr Handy. Eine SMS, die ihre Frage beantwortete. Sie kam aus dem Büro.

Habe soeben vom Luton Crown Court erfahren, dass der Prozess Die Krone gegen Duraku aufgrund exzessiver Berichterstattung in den Medien an den CCC *verwiesen wurde.*

Da hatte sie ihre Antwort. Der Fall ging an den Central Criminal Court, ins Old Bailey.

KAPITEL 14

Snow White fuhr auf die A5. Die alte Rostlaube kreischte laut, als sie in den zweiten Gang schaltete.

»Bist du mit den Gedanken anderswo, Darling?«

Snow White lächelte ihrem Ehemann zu, der auf dem Beifahrersitz saß. Das Auto ruckte heftig, und ihr Mann ächzte. Nach der gestrigen ausgedehnten Kneipentour mit seinen Freunden litt er unter einem Kater und musste zum Bahnhof gefahren werden.

»Du hättest ein Taxi rufen sollen«, sagte sie. »Ich habe wichtigere Dinge zu tun, als dich durch die Gegend zu kutschieren.«

Er strich ihr beschwichtigend übers Knie. Snow White konnte seinen Atem riechen. Scotch und Mundwasser.

Ohne auf das Hupkonzert der anderen Autos zu achten, sauste sie über einen Verkehrskreisel.

»Um Himmels willen«, sagte er erschrocken. »Konzentrier dich doch bitte aufs Fahren.«

Verstohlen schielte sie zu ihm hinüber. Er war ein guter Mann, wenn auch ein etwas schlichtes Gemüt. Die Gefahr, in der sie lebten, war ihm nicht bewusst.

»Ich muss ständig an dieses Mädchen denken«, sagte sie. »Es muss irgendwas geschehen.«

»Man sollte sich lieber raushalten«, entgegnete er.

»Du kriegst es ja auch nicht jeden Tag unter die Nase gerieben.« Sie hielt vor dem Bahnhof und blockierte drei Taxis.

Ihr Mann beugte sich zu ihr und gab ihr einen Kuss auf die Wange.

Sie sah ihm nach, wie er zum Bahnsteig stolperte. Und ignorierte das wütende Hupen eines Minibusses hinter ihr. Ein Araber. Für ihn hatte sie nicht mal Verachtung übrig.

Als sie die alte Rostlaube wendete, nahm sie aus dem Augenwinkel die roten Locken wahr. Der Feind! Mit klopfendem Herzen wagte sie einen zweiten Blick. Die Anwältin hatte das magere Mädchen bei sich – *das Mädchen*! –, und sie waren offensichtlich in einer wichtigen Mission unterwegs.

Es war wirklich Zeit, aktiv zu werden.

Lilly ließ ihren Kuli fallen, als sie am Eingang zum Old Bailey ihre Unterschrift leistete.

Anna nahm ihre Hände zwischen ihre und hauchte darauf. »Dir ist ja ganz kalt.«

Lilly lächelte. Nie hätte sie zugegeben, dass sie Angst hatte. Letzte Nacht hatte sie die ganzen Prozesspapiere durchgeackert und genau einstudiert, was sie sagen wollte. Als sie ins Bett gefallen war, hatte sie zwar genug Sauvignon intus, um gut zu schlafen, aber nicht genug, um den Alkohol am Morgen noch zu spüren.

Sie war wild entschlossen, ruhig zu bleiben, und rief sich ins Gedächtnis, dass sie doch an den meisten Tagen im Gericht sein musste, das war nichts Neues.

Sie schaute sich im Old Bailey um. Das Gebäude stöhnte unter der Last von tausend lebenslangen Urteilssprüchen, und Lilly wurde ganz flau im Magen.

Sie ließ Anna in Milos Obhut und machte sich auf den Weg zu den Toiletten. Eine andere Anwältin wusch sich gerade die Hände und plauderte in ihr Bluetooth-Headset. Sie sah so entspannt aus. Als gehörte sie hierher.

Lilly begutachtete ihr Äußeres. Ihre Haare waren ordentlich, aber nicht streng, ihr schwarzer Hosenanzug frisch aus der Reinigung, und Anna hatte die weiße Bluse nach allen Regeln der Kunst gebügelt und gestärkt.

Es konnte nichts schiefgehen. Sie war vorbereitet.

»Hallo, Hübsche!«, rief Jez, als sie die Toilette verließ.

Lilly schenkte ihm ein mattes Lächeln.

»Oooh, sie ist nervös«, lachte er. »Es ist doch nur eine Anhörung.«

Vielleicht war es nur eine kurze Anhörung, damit Anna sich zur Anklage äußern und der neue Richter eventuell noch andere Anordnungen erlassen konnte, aber sie fand in einem der berüchtigtsten Gerichtssäle der Welt statt.

»Wen haben wir?«, fragte Lilly

»Teddy Roberts«, antwortete Jez.

Der ehrenwerte Richter Edward Roberts. Lilly schluckte schwer. »Hat der nicht mal einen Solicitor dazu verdonnert, eine Nacht in der Zelle zu verbringen?«

»Bloß eine Stunde, und sie ist zu spät gekommen.« Jez legte die Hand auf Lillys Arm. »Er ist eine Schmusekatze. Es kann gar nichts schiefgehen.«

So betraten sie Gerichtssaal vier.

Nichts kann schiefgehen, nichts kann schiefgehen.

»Lilly«, sagte Jez. »Wo ist deine Robe?«

Scheiße.

Sie sank auf die Bank und überlegte, wie das Gefängnisessen wohl schmeckte.

»Wo ist der Richter?«, fragte Jez den Gerichtsdiener.

»Er kommt gerade den Korridor herunter.«

Blitzschnell wandte Jez sich an Kerry. »Haben Sie eine?«

Kerry nickte und wühlte in ihrer Tasche. Lilly schnappte sich die Robe und warf sie sich über die Schultern. Sie war riesig und sah aus wie ein viktorianischer Umhang, der ihr bis zu den Knöcheln reichte.

»Danke«, flüsterte sie und raffte die Binde zusammen, die ihr lose am Schlüsselbein hing. Alles roch schwach nach Toast.

Der Gerichtsdiener öffnete die Tür. »Erheben Sie sich.«

Wie ein schwarzer Vorhang stand Lilly auf.

Jez beugte sich zu ihr herüber und flüsterte: »Du hast doch nicht etwa auch eine Beule in *sein* Auto gefahren, oder?«

»Darauf antworte ich erst gar nicht«, gab sie zurück.

Richter Roberts betrat den Gerichtssaal und zog bei Lillys Anblick verwundert die Brauen in die Höhe.

»Miss Valentine, danke, dass sie so kurzfristig erschienen sind.«

Lilly nickte und lächelte. Vielleicht war er wirklich eine Schmusekatze.

»Ich habe mit dem *Three Counties Observer* gesprochen und angeordnet, dass Ihre Adresse nicht weitergegeben werden darf. Außerdem habe ich deutlich gemacht, dass dieses Gericht die Betreffenden strikt zur Rechenschaft ziehen wird, sollte jemand Sie auf irgendeine Weise belästigen.«

Lilly strahlte. Eindeutig eine Schmusekatze. »Danke sehr.«

»Aber ich möchte Ihnen auch sagen, dass ich sehr unglücklich bin über die Situation bezüglich der Kaution Ihrer Klientin.«

Vielleicht stimmte das mit der Schmusekatze doch nicht ganz.

Lilly räusperte sich. »Euer Ehren, ich weiß, dass unter diesen Umständen ein Angeklagter in Gewahrsam genommen wird, aber das Kautionsgesetz äußert klar, dass im Zweifelsfall immer Kaution gewährt werden muss …«

Richter Roberts hob die Hand. »Miss Valentine, ich bin seit fast zwanzig Jahren im Amt, also können Sie sich wahrscheinlich vorstellen, dass ich gelegentlich mit dem Kautionsgesetz in Berührung gekommen bin.«

»Ja, Euer Ehren«, räumte Lilly ein. »Ich wollte nur erklären, wie das fragliche Arrangement zustande kam.«

Wieder hob der Richter die Hand. »Offen gestanden interessiert mich das Wie und Warum der Geschichte nicht. Ich möchte nur klarstellen, dass ich damit nicht glücklich bin.«

»Ich kann Ihre Vorbehalte ja verstehen«, erwiderte Lilly. »Aber wenn Sie die Kaution widerrufen …«

»Habe ich irgendetwas über einen Widerruf verlauten lassen, Miss Valentine?«

»Hmm, nein«, sagte Lilly.

»Dann lassen Sie uns fortfahren«, sagte Richter Roberts. »Ich habe klargestellt, dass ich unzufrieden bin, aber da Ihre Klientin heute hier ist, kann ich mich wohl kaum darüber beklagen, dass ein Fluchtrisiko besteht, richtig? Also, sind Sie bereit für die Klageerwiderung?«

»Ja, Euer Ehren. Ich plädiere auf nicht schuldig.«

»Auf welcher Grundlage?«, fragte er.

»Auf der Grundlage, dass die Angeklagte die Tat nicht begangen hat.«

Der Gerichtssaal brach in Gelächter aus. Lillys Gesicht brannte.

»Auf welcher juristischen Grundlage?«, hakte der Richter nach. »Notwehr?«

»Ich habe die Absicht zu zeigen, dass meine Klientin nicht die mentale Kapazität besaß, sich an einem Mordkomplott zu beteiligen«, antwortete Lilly.

»Haben Sie eine Expertenmeinung zu dieser Behauptung?«, fragte der Richter.

»Dr. Leyla Kadir wird aussagen, dass meine Klientin an einer posttraumatischen Belastungsstörung litt und noch immer leidet«, erklärte Lilly und hoffte zu Gott, dass die Psychologin das tatsächlich bestätigen würde.

»Gut.« Mit einem kurzen Nicken wandte er sich an Anna. »Bitte begeben Sie sich zur Anklagebank.«

Der Gerichtsdiener führte das Mädchen zu dem Holzkasten hinten im Saal. Sie starrte auf die Treppe, und Lilly fragte sich, ob sie wusste, dass die Stufen direkt hinunter zu den Zellen führten. Anna wirkte wie erschlagen von dieser Umgebung, eine Elfe in der realen Welt.

Der Justizangestellte räusperte sich. »Anna Duraku, Ihnen wird zur Last gelegt, sich am 2. Oktober mit Artan Shala verschworen zu haben, Charles Stanton zu töten. Bekennen Sie sich schuldig oder nicht schuldig?«

Mit weit aufgerissenen Augen blickte Anna zum Richtertisch

empor. Aber als sie den Mund aufmachte, um zu sprechen, ertönte hinter ihr plötzlich ein markerschütternder Knall.

Lilly verschlug es den Atem, als sie sah, wie die Publikumsgalerie von vielleicht zwanzig bierbäuchigen Männern in Nylon-Sportklamotten gestürmt wurde, die alle brüllten und in die Hände klatschten.

Der Richter schlug mit dem Hammer auf den Tisch. »Dies ist keine öffentliche Verhandlung.«

Aber die Männer johlten weiter, und schließlich bahnte sich einer von ihnen den Weg nach vorn an die Balustrade. Er war von Kopf bis Fuß schwarz gekleidet: Anzug, Hemd, Krawatte, Mantel. Langsam stützte er sich auf das Geländer und fixierte den Richter.

»Die Öffentlichkeit ist bei dieser Anhörung nicht zugelassen«, sagte Richter Roberts. »Wenn Sie jetzt also bitten gehen würden.«

Doch der Mann richtete sich auf und deutete auf Anna. »Weil sie eine Asylbewerberin ist?«

»Verlassen Sie meinen Gerichtssaal«, donnerte der Richter, und seine Stimme wurde messerscharf.

»Weil solche Menschen eine Extrabehandlung bekommen? Häuser, Sozialversicherung und jetzt auch noch Schutz vor dem Gesetz?«

Die Männer hinter ihm klatschten.

»Wenn Sie die Galerie nicht augenblicklich räumen, werde ich Sie samt und sonders festnehmen lassen«, brüllte der Richter.

»Vermutlich werfen Sie uns in die Zelle, während diese Ausländerin sich mit ihrer Winkeladvokatin einen lauen Lenz macht.«

Die Männer gerieten außer Rand und Band, jubelten, klatschten und schlugen mit den Fäusten aufs Geländer.

»England den Engländern!«, rief der Mann.

»England den Engländern!«, schrien die anderen, steigerten sich zu einem furchteinflößenden Skandieren, untermalt vom Stampfen ihrer Füße.

»Alle ins Richterzimmer«, ordnete der Richter an.

Gerichtsdiener, Justizangestellter, Kerry und Jez eilten zur Tür.

Doch Anna rührte sich nicht vom Fleck, sondern blieb wie angewurzelt auf ihrem Stuhl sitzen und starrte die Männer hilflos an, ein Reh im Scheinwerferlicht.

»Anna«, rief Lilly und versuchte, den Lärm zu übertönen. »Anna, komm mit!«

Aber Anna war wie gelähmt vom Anblick der hässlichen, wütenden Fratzen, die sie mit ihrem Hass und ihren Beleidigungen überschütteten.

Der Alarm schrillte. Der Lärm war ohrenbetäubend.

Lilly rannte durch den Saal zur Anklagebank. Milo folgte ihr, trat aber im Eifer des Gefechts auf ihre Robe, die hinter ihr herschleifte, und sie stolperten beide. Von der Galerie ertönte wieder ein Brüllen.

So rasch sie konnte, entledigte sich Lilly der Robe und hastete zu Anna. »Schnell!«, sagte sie.

Aber Anna bewegte sich noch immer nicht, konnte es vielleicht nicht, und starrte nur weiter auf die randalierenden Männer.

Lilly packte ihre Hand und zog sie weg, aber Anna stürzte wie ein Stein zu Boden. Mit einem Satz sprang Milo über das Geländer der Anklagebank, nahm Anna auf den Arm und trug sie weg.

So eilten sie zur Tür. In diesem Moment griffen die Männer auf der Galerie in ihre Taschen und schleuderten den Inhalt in den Saal. Lilly spürte, wie etwas sie in den Rücken traf. Dann auf den Kopf. Dann an die Wange.

Keuchend erreichten sie das Richterzimmer. Milo hielt Anna immer noch auf dem Arm.

Erst da bemerkte Lilly, dass sie alle drei mit Hundekot beschmiert waren.

Steve Berry sah sich an, wie die Skinheads in einen Polizeivan gepackt wurden, und gab ein heiseres Lachen von sich.

»Posh«, sagte er. »Dieses Bild ist genial.«

Alexia zuckte wegwerfend die Achseln, als wäre es nichts Besonderes.

»Ich weiß immer noch nicht, wie du das gemacht hast.«

»Instinkt«, erklärte sie und tippte sich an die Nase.

Sie hatte nicht vor zuzugeben, dass sie einen anonymen Tipp bekommen hatte. Am Morgen hatte eine Frau sie angerufen und gesagt, sie hätte gerade gesehen, dass Valentine und das Mädchen nach London unterwegs waren. »Sind Sie sicher, dass es die beiden waren?«, hatte Alexia gefragt.

Die Frau gab ein missbilligendes Geräusch von sich. »Natürlich bin ich sicher, und nach ihrer Kleidung zu urteilen, muss da etwas Interessantes los sein.«

Selbstverständlich hätte es sich um eine Irre handeln können, aber etwas in der Stimme der Frau veranlasste Alexia, der Sache nachzugehen. Ihren Namen wollte die Anruferin nicht nennen, aber sie kam Alexia vage bekannt vor.

So war sie zum Luton Youth Court gefahren und hatte dort erfahren, dass der Fall weitergeleitet worden war. Sie rief den Crown Court an, der die Information bestätigte. Dann bekam sie einen Anruf von Old Bailey, bei dem ihr in unmissverständlichen Worten klargemacht wurde, dass sie festgenommen würde, sollte sie die Verteidigung ein weiteres Mal in ihrer Arbeit behindern. Da wusste sie, wohin der Fall übertragen worden war.

Sie hatte ihren Mantel gepackt und war in die nächste Bahn gesprungen. Sie musste sehr vorsichtig vorgehen – schließlich hatte sie keine Lust, selbst vor Gericht zu landen. Doch als sie ankam und sah, wie die Rassisten aufmarschierten, wusste sie, dass sie schon wieder auf eine Goldader gestoßen war. Und wenn der oberste Richter persönlich sie abführte – Alexia Dee musste diese Geschichte kriegen.

Lilly hatte geweint, gekotzt und noch ein bisschen geweint. Schließlich ließ sie sich ein Bad ein. Es war höchste Zeit, sich die Scheiße aus den Haaren zu waschen.

Die größten Klumpen hatte sie schon herausgeschüttelt und sich so gut es ging am Waschbecken in der Damentoilette gesäubert, aber der Gestank hing ihr immer noch in der Nase.

Fairerweise musste sie sagen, dass die Polizei sich geradezu vorbildlich verhalten hatte. Man hatte Milo, Anna und Lilly nach Hause gefahren und ihnen versprochen, dass die Gangster zur Rechenschaft gezogen werden würden. Aber Lilly fühlte sich trotzdem gedemütigt.

Sie hielt sich die Nase zu und tauchte den Kopf unter Wasser. War es so für Anna im Kosovo gewesen? Hatte man sie so schlimm behandelt, dass sie sich nicht mehr wie ein Mensch fühlte? Seit sie wieder im Cottage waren, hatte das Mädchen kein Wort gesprochen, sondern sich im großen Badezimmer eingeschlossen. Der Himmel wusste, was für Erinnerungen die Szene heute heraufbeschworen hatte.

Auf einmal hörte sie ein leises Klopfen an der Badezimmertür. »Ist jemand da drin noch am Leben?«, fragte Jack.

Er machte die Tür auf, tapste durchs Zimmer und legte die Arme um sie. In seiner Umarmung entspannte sie sich etwas, und ihre Haare tropften auf seine Lederjacke.

»Bist du immer noch sauer auf mich wegen des Bildes von dir in der Zeitung?«, fragte sie schließlich.

Er ließ sie nicht los. »Ja.«

»Hast du Schwierigkeiten, weil du mit Anna hier gewesen bist?«

»Ja.« Er grub seine Nase in ihren Nacken.

»Ach Jack, es tut mir leid.«

»Ja.«

So blieben sie eine ganze Weile und hielten sich aneinander fest, bis das Wasser kalt wurde.

Schließlich ließ Jack sie los.

»Alles klar mit dir?«, fragte er.

»Ich werd's überleben.«

»War ein harter Tag.«

»Ja«, bestätigte sie. »Ziemlich beschissen.«

Sie lachten beide, und Lilly stieg aus der Badewanne.

»Hier«, sagte Jack und rieb ihre Schultern mit dem Handtuch ab. »Lass mich das machen.«

»Verwöhnst du alle deine Frauen so?«, fragte Lilly.

»Nein, nur wenn sie vom wütenden Mob angegriffen werden.«

Er träufelte sich etwas Lotion auf die Hand und begann Lillys Rücken zu massieren.

»Daran könnte ich mich gewöhnen«, stellte Lilly fest.

»Warum tust du es nicht?«, fragte er.

Sie drehte sich zu ihm um. »Was sagst du denn da, Jack?«

Er machte den Mund auf, um zu antworten, aber in diesem Moment kam Sam hereingeschneit und zog die Hose herunter.

»Tut mir leid, Mum, aber Anna ist im anderen Bad, und ich muss echt mal ganz dringend.«

»Herrgott noch mal, Sam«, sagte Lilly und wickelte sich in ein Handtuch. Dann schlüpfte sie in ihren Bademantel und sah Jack an. »Wir reden unten weiter.«

»Ach, Mum«, rief Sam ihnen nach.

»Ja?«

»Dad ist hier.«

Zwar war Jack bereit, seinen Ärger zu vergessen, aber von David konnte man das nicht behaupten. Als Lilly ins Wohnzimmer kam, spürte sie sofort die dunkle Gewitterwolke, die über ihrem Exmann schwebte. Wie er hin und her wanderte, erinnerte sie an die schlechten alten Zeiten.

»Der Teppich ist doch schon total abgelaufen«, versuchte sie trotzdem zu scherzen.

»Sehr komisch«, entgegnete er. »Wir müssen uns unterhalten.«

»Hat das nicht Zeit?«, fragte Jack. »Lilly hat einen ziemlichen Schock hinter sich.«

Aber David warf ihm nur einen wütenden Blick zu. »Wenn es um Kinder geht, kann man die Dinge nicht auf die lange Bank schieben. Das werden Sie verstehen, wenn Sie eines Tages mal selbst einen Sohn haben.«

Lilly sah, wie Jack zusammenzuckte. Er liebte Sam und hatte eine großartige Beziehung zu ihm, aber er war eben nicht sein Vater.

»Dann geh ich mal lieber«, sagte er zu Lilly und gab ihr einen Kuss auf die Wange. »Ruf mich nachher an.«

Als die Tür ins Schloss gefallen war, stürzte Lilly sich auf David.

»Für diese Szene gab es überhaupt keine Veranlassung.«

Hoch aufgerichtet stand David vor ihr. Ihre Mutter hätte gesagt, er hat einen Stock verschluckt.

»Ich denke, dafür gab es sehr wohl eine Veranlassung. Wenn ich mich mit der Mutter meines Kindes über mein Kind unterhalten muss, lasse ich mich nicht von irgendeinem Tom, Dick oder Harry davon abhalten, zu dem du gerade eine Zuneigung gefasst hast.«

»Jack ist kein Tom, Dick oder Harry, er ist … er ist …«

»Ja, was ist er denn, Lilly? Was ist er? Ihr seid nicht verheiratet, ihr wohnt nicht mal zusammen, und soweit ich es beurteilen kann, hast du das auch nicht vor«, sagte er. »Nicht solange du auch noch mit deinem bosnischen Freund flirten möchtest.«

Die Bemerkung war gemein und ungerecht und tat weh. Aber lag David damit so weit neben der Wahrheit?

Sie seufzte und ließ sich auf das alte Sofa sinken. »Lass uns nicht streiten, David.«

»Ich muss wissen, dass unser Sohn in Sicherheit ist.«

»Das ist er«, beteuerte sie.

David schüttelte den Kopf. »Du machst dir eine Menge Feinde mit diesem Fall, und ich werde nicht zulassen, dass Sam ins Kreuzfeuer gerät.«

»Ihm geht's gut«, versicherte Lilly.

»Gut?«, wiederholte David laut und höhnisch. »Du bist von Journalisten verfolgt worden, Lilly, die draußen vor deiner Tür Fotos von dir geschossen haben. Vor Sams Zuhause.«

»Der Richter hat sich schon darum gekümmert und angeordnet, dass diese Leute sich hier nicht blicken lassen dürfen.«

»Und du glaubst ernsthaft, dass die darauf hören, wo die Geschichte mit jedem Tag brisanter wird?«

»Wenn die in meine oder in Sams Nähe kommen, rufe ich sofort im Gericht an.«

»Na, dann tu das aber auch.« David senkte die Stimme. »Sonst muss ich nämlich Maßnahmen ergreifen.«

Lillys Herz begann zu pochen. »Was denn für Maßnahmen?«

»Dann wird Sam bei mir wohnen.«

»Du kannst ihn mir nicht wegnehmen«, widersprach sie.

»Ich werde tun, was ich tun muss«, erwiderte er, drehte sich um und ging.

Lilly starrte ihm nach, geschüttelt von einer Mischung aus Angst und Wut. Was bildete er sich denn ein? Wie konnte er es wagen, sie wegen Sam zu bedrohen? Lilly würde nicht zulassen, dass ihm etwas zustieß. Er bedeutete ihr alles, das wusste David. War er nicht eifersüchtig gewesen auf ihre leidenschaftliche Liebe zu ihrem Sohn, so eifersüchtig, dass er sich bei seiner Botox-Prinzessin die Aufmerksamkeit holen musste, die ihm fehlte?

Was die Sache mit Milo anging – na ja, da hatte sie sich leider wirklich benommen wie ein Vollidiot. Sicher, es bestand eindeutig eine gewisse Anziehung zwischen ihnen, aber das war bestenfalls ein Funke und nichts im Vergleich zu dem, was sie mit Jack teilte. Er war derjenige, der ihr in diesem Albtraum zur Seite gestanden hatte, obwohl für ihn so viel auf dem Spiel stand. Wieder einmal rief sie sich ins Gedächtnis, wie er sich schützend vor sie gestellt hatte, als Artan mit dem Revolver auf sie zielte. Und wenn sie sich nicht sehr irrte, hatte er sie vorhin, auf seine ganz eigene, unnachahmliche Art gefragt, ob sie mit ihm leben wollte.

KAPITEL 15

Sehr geehrter Herr Direktor,
ganz sicher teilen Sie unsere Sorge darüber, dass die Mutter von Samuel Valentine, einem Schüler der Unterstufe, die Mörderin von Charles Stanton vor Gericht vertritt. Unter normalen Umständen wären wir der Ansicht, dass die beruflichen Aktivitäten der Eltern unserer Schule reine Privatangelegenheit sind. Doch Sie werden mit Sicherheit zustimmen, dass es unter den gegenwärtigen, alles andere als normalen Umstände im Interesse aller wäre, Samuel Valentine zum Verlassen von Manor Park zu bitten. Wir wären Ihnen sehr zu Dank verpflichtet, wenn Sie die Angelegenheit dem Vorstand mit der angemessenen Dringlichkeit vorlegen würden.

Mr Lattimer betrachtete die Liste der Eltern, die den Brief unterschrieben hatten. Die übliche Truppe überfürsorglicher Glucken.

Seufzend las er den Text noch einmal durch.

... dass die beruflichen Aktivitäten der Eltern unserer Schule reine Privatangelegenheit sind ...

Wenn er und der Vorstand diese Regel nicht strikt anwendeten, würde es die jährliche Gartenparty nicht geben, denn diese wurde von einem Chefredakteur mehrerer leicht anrüchiger Magazine wie etwa *Pearl Necklace* oder *Bottom Love* gesponsert. Das Gleiche galt für das neue Theaterstudio, dessen Finanzierung der Chef eines Zigarettenherstellers übernommen hatte.

Mr Lattimer war stolz auf seinen Pragmatismus.

Er faltete den Brief zusammen und legte ihn in die oberste Schreibtischschublade. Das Problem würde nicht von selbst verschwinden, aber er konnte versuchen, es zu ignorieren, wenigstens bis er Johnny Philips Mutter angerufen und sie nach einer Spende für das Kricket-Pavillon gefragt hatte. Sie war Autorin mehrerer billiger Thriller und immer bereit, ein paar Hunderter rauszurücken.

»Erzähl mir, wie du dich nach der Vergewaltigung gefühlt hast.«

Zum dritten Mal in drei Wochen waren sie in Dr. Kadirs Praxis, und wieder war Lilly von den Fragen der Psychologin geschockt. Die harte Schlichtheit ihrer Worte, der unbeirrbare Blickkontakt kamen ihr brutal vor. Immer wieder musste sie sich ins Gedächtnis rufen, dass es keine Therapiesitzung war, die Anna heilen sollte. Hier ging es vielmehr um eine Diagnose unter dem Druck des vom Gericht verordneten Terminplans.

»Ich weiß nicht«, flüsterte Anna.

Falls Dr. Kadir frustriert war, ließ sie es sich nicht anmerken. Stattdessen goss sie heißes Wasser über einen ihrer unzähligen Kräuterteebeutel und erfüllte die Luft mit einer erdbeerduftenden Wolke.

»Hast du dich schmutzig gefühlt?«, fragte sie. »Ausgenutzt?«

Anna überlegte. »Ich hab mich kalt gefühlt.«

»Und Artan?«, fragte Dr. Kadir weiter. »Hat der sich auch kalt gefühlt?«

Ann schüttelte den Kopf. »Nein, der hat gebrannt.«

Dr. Kadir legte den Kopf schief und wartete, dass Anna ihre Beschreibung weiter ausführte.

»Ich habe ihn oft wütend erlebt, aber so noch nie«, fuhr Anna fort. »Er hat gesagt, es ist das Schlimmste, was passieren kann.«

»Und was hast du gedacht? War es für dich auch das Schlimmste, was passieren konnte?«

»Viele, viele Dinge sind passiert, und alle sind schlimm«, antwortete Anna.

Während Anna sich dem neuesten Heft von TV *Quick* widmete, wandte Lilly sich an ihre Expertin.

»Und was denken Sie jetzt?«

»Ich denke, Sie stehen unter großem Stress.«

»Wie?«

Dr. Kadir lächelte. »Ich lese Zeitung, wissen Sie.«

Aber Lilly winkte ab. »Was ist mit meiner Klientin?«

Jetzt verschwand Dr. Kadirs Lächeln. »Sie leidet definitiv unter PTBS.«

Lilly reckte die Faust in die Luft. »Ja!«

»Das ist wohl kaum ein Grund zur Freude«, stellte Dr. Kadir trocken fest.

»Wenn ich mir ansehe, wie der Fall läuft, bin ich fast in Versuchung, eine Party zu schmeißen«, sagte Lilly.

Dr. Kadir schürzte die Lippen. »Mit an Sicherheit grenzender Wahrscheinlichkeit hat es im Kosovo angefangen, aber ich würde sagen, die Vergewaltigung war der entscheidende Vorfall, der Annas Psyche endgültig aus dem Gleichgewicht gebracht hat.«

»Der Tropfen, der das Fass zum Überlaufen brachte?«

Dr. Kadir nickte. »Von diesem Zeitpunkt an hat sie sich von der Realität distanziert, denke ich.«

»Dann hat sie also nicht verstanden, was Artan mit der Waffe vorhatte?«

»O doch, was da passierte, hat sie genau verstanden.«

Lilly wurde wieder bang ums Herz. »Aber ich dachte, Sie haben gesagt, dass sie keinen Bezug zur Realität hatte.«

»Sie hat sich gefühlsmäßig aus der Realität zurückgezogen, aber das heißt nicht, dass sie diese nicht mehr als solche erkannt hat.«

»Wie ist das möglich?«, fragte Lilly.

»Sie müssen sich das so vorstellen: Sie wohnen in einem Einfamilienhaus, haben also keinen direkten Kontakt zu ihren Nachbarn, aber Sie können sie trotzdem noch sehen und hören.«

Lillys Gedanken rasten, und sie legte den Finger an die Schläfe. »Lassen Sie mich sehen, ob ich das richtig verstehe: Anna hat also durchaus begriffen, was Artan vorhatte.«

»Ich glaube, ja.«

»Aber hat sie sich an dem, was Artan getan hat, beteiligt? Ist es möglich, dass sie die Absicht gehabt hat, sich Artan anzuschließen?«, fragte Lilly.

»Das ist möglich.«

Lilly wollte noch etwas sagen, aber Dr. Kadir brachte sie mit eine Handbewegung zum Schweigen. Lilly fiel auf, dass sie immer noch den Ehering trug.

»Es ist wahrscheinlicher, dass Anna einfach auf Autopilot mitgegangen ist. Dass sie nie über die Konsequenzen dessen, was passieren würde, nachgedacht hat.«

»Sie konnte nicht aktiv die Entscheidung treffen, sich Artan anzuschließen.«

Dr. Kadir nickte zustimmend.

»Dann kann sie also auch keine Straftat begangen haben«, folgerte Lilly.

Die Psychologin führte die Porzellantasse an die schimmernden Lippen. »Sie sind die Anwältin, Miss Valentine, das müssen Sie mir sagen.«

»Und?«

Sehnsüchtig schielte Lilly auf Rupinders Tupperdose, die heute mit Samosas gefüllt war. Rupinder brachte oft Reste von Mahlzeiten mit, die unendlich viel besser rochen als ein in Plastik verpacktes Sandwich.

Rupinder seufzte und schob Lilly die Dose hin. »Also, würdest du mich jetzt bitte auf den neuesten Stand bringen?«

Lilly biss in die Teigtasche, und sofort breitete sich der Geschmack von cuminduftendem Lammfleisch und Erbsen in ihrem Mund aus. »Die sind phantastisch.«

»Lilly!«

Seit dem Debakel im Old Bailey bestand Rupinder darauf, dass sie sich jeden Tag zusammensetzten und den Fall Duraku diskutierten.

»Du bist Verkehrsexpertin, von Strafrecht hast du keine Ahnung«, protestierte Lilly.

»Und du hast keine Ahnung, wie viel Ärger ich wegen des ganzen Schlamassels am Hals habe«, entgegnete Rupinder.

Lilly verdrehte die Augen. »Von Sheila?«

»Und den anderen Partnern«, bestätigte Pupinder. »Die waren nicht sonderlich erfreut, unseren Namen in der Presse zu lesen.«

»Nehmt es doch als Gratis-Publicity.«

»Und dass das Büro mutwillig beschädigt wurde?«, fragte Rupinder.

»Das war doch nur ein bisschen Graffiti«, wiegelte Lilly ab.

Rupinder starrte sie finster an. »Weißt du überhaupt, wie viel es kostet, den Dreck wieder entfernen zu lassen?«

Natürlich wusste Lilly das nicht, also wechselte sie lieber das Thema.

»Diese Meetings sind reine Zeitverschwendung«, sagte Lilly. »In der Zeit könnten wir besser arbeiten und Geld verdienen.«

Lilly schluckte den letzten Bissen Samosa hinunter. »Es gibt nicht viel Neues.«

»Der *Three Counties Observer* hat aber trotzdem einen Artikel über die Skinheads im Bailey gebracht.«

Lilly zuckte die Achseln. »Dagegen kann er ja wohl kaum was machen. Die Reporterin ist ja nicht in meine oder Annas Nähe gekommen, und das Foto ist draußen vor dem Gerichtsgebäude gemacht.«

»Was meinst du, woher diese Frau, diese Dee oder wie sie heißt, ihre ganzen Exklusivgeschichten bekommt?«

Lilly zögerte. Darüber hatte sie auch schon ausgiebig nachgedacht. Ganz offensichtlich wurde diese Reporterin von jemandem mit Informationen versorgt. Luella? Oder sonst einer von den sauertöpfischen Eltern aus der Schule?

»Wer weiß«, meinte sie. »Aber garantiert gibt es bald irgendeine andere wichtige Neuigkeit. Man erwischt den Premierminister in einer schwulen ménage à trois oder so. Dann sind wir ganz schnell Schnee von gestern.«

Rupinder gestattete sich den Hauch eines Lächelns. »Und deine Verteidigung?«

»Sieht schon wesentlich stabiler aus«, antwortete Lilly. »Aber ich muss die Geschworenen immer noch davon überzeugen, dass Anna eine grundsätzlich anständige Person ist, die normalerweise nicht mit einer Waffe in der Hand durch die Gegend marschiert.«

»Meinst du, dass du gewinnen kannst?«

Lilly lachte. »Na, das hoffe ich doch sehr! Nachdem ich mich mit Scheiße bewerfen lassen musste und David mir gedroht hat, Sam zu entführen, möchte ich doch ganz gern etwas davon haben.«

In diesem Moment streckte Anna den Kopf zur Tür herein. »Dein Schreibtisch ist fertig aufgeräumt, Lilly, also mach ich jetzt mal Tee, ja?«

Lilly lächelte. »Das wäre wunderbar.«

Wenn sie momentan ein Trauma erlebte, dann war das noch lange nichts im Vergleich zu dem, was Anna durchgemacht hatte.

Rupinder legte ihre Hand auf die von Lilly, und ihre Armreifen klimperten wie Schlittenglöckchen.

»Manchmal müssen wir Opfer bringen, um das Richtige zu tun.«

»Sag das mal Jack«, lächelte Lilly.

»Ist er mit seiner momentanen Situation nicht glücklich?«

»Sagen wir mal, er zählt die Sekunden bis zum Prozess«, antwortete Lilly.

»Und bis dahin dürft ihr euch nicht sehen?«

»Der Chief hat unmissverständlich erklärt, dass das Foto in der Zeitung das Fass zum Überlaufen gebracht hat und dass Jack keinen Kontakt zu Anna oder mir haben sollte, bis die Sache gelaufen ist.«

Rupinder drückte den Deckel auf die Tupperdose. »Und du hältst dich daran, ja?«

Luke hat einen Plan.

Er hat viel darüber nachgedacht. Genaugenommen hat er kaum an etwas anderes gedacht. Erstaunlich, wie viel Zeit er früher darauf verschwendet hat, sich über Dinge den Kopf zu zerbrechen, die vollkommen unwichtig sind: Was läuft im Fernsehen? Gewinnt Arsenal beide Titel? Wäre es toll, sich von Lindsay Lohan einen blasen zu lassen?

Obwohl sein derzeitiges Leben weit weniger komfortabel ist, ist es in mancher Hinsicht einfacher. Es ist, als hat er den ganzen Mist durchschaut und weiß endlich, was wirklich zählt.

»Ich hab nachgedacht«, sagt er.

Caz blickt nicht von dem Handy auf, das sie gerade Long Tall Sally abgekauft hat. »Langsam, Kleiner, sonst kriegst du noch Nasenbluten.«

»Ich meine, über das hier«, erklärt er. »Fragst du dich manchmal, wie es weitergeht mit dir?«, tastet er sich zögernd vor. »Und mit mir?«

»Das Ding ist hinüber«, sagt Caz und schleudert das Handy auf den Boden. »Sie hat mich übers Ohr gehauen.«

Luke hebt das Handy auf und schaut es an. »Denkst du manchmal darüber nach, wie das alles enden soll?«

»Ich kann dir sagen, wie diese fiese Kuh enden wird«, stößt sie wütend hervor. »Unter der Erde nämlich.«

Luke entfernt die Rückwand des Handys und wischt die SIM-Karte an seiner Jeans ab. »Weil wir nämlich so nicht unser ganzes restliches Leben weitermachen können.«

Auf einmal erwacht das Handy zum Leben, und er gibt es Caz zurück. »Hier können wir nicht ewig bleiben, oder?«

»Ich hab auch nicht vor, ewig hier zu bleiben.« Mit einem breiten Grinsen steckt sie das Handy ein. »Ich geh nach Peckham.«

Luke schüttelt den Kopf und lacht. Vielleicht kapiert Caz es nicht, aber er hat einen Plan für sie beide. Sie sind kein Paar, aber jemand muss sich um Caz kümmern. Und er wird für sie beide etwas zum Wohnen organisieren.

»Hast du was für mich, Posh?«

Alexia seufzte.

Sie wusste genau, was er wollte, aber er wusste genauso gut wie sie, dass die Geschichte sich deutlich abgekühlt hatte. Keine neuen Hinweise, kein neuer Ansatz.

Sie hatten die Anhörung im Old Bailey in mindestens zehn verschiedenen Versionen wiedergekäut. Sie hatten Kommentare vom örtlichen Polizeichef, von Anwälten, Menschenrechtsaktivisten und jedem anderen gebracht, der bereit war, seinen Senf dazuzugeben. Sie hatten alle gezwungen, die Ohren zu spitzen und dem *Three Counties Observer* zuzuhören, aber jetzt hatten sie nichts mehr zu sagen.

Stundenlang war Alexia auf *The Spear of Truth* umhergesurft. Da war ordentlich was los, jede Menge Gerede, aber nichts Handfestes. Snow White war abgetaucht.

»Wie wäre es mit einem Artikel über Verbrechen mit Schusswaffen?«, schlug sie vor. »Wir könnten die Statistiken ausweiden. Und unseren Abgeordneten um einen Kommentar bitten.«

»Quatsch«, knurrte er nur.

»Dann vielleicht was über lokale Gangs«, legte sie nach.

»Allmählich drängt sich mir der Verdacht auf, dass du eine Eintagsfliege bist«, erwiderte er.

Als sie sich umdrehte, um ihm den Mittelfinger zu zeigen, klingelte das Telefon.

»Hier ist Snow White«, sagte die Stimme einer Frau. »Ich habe eine Einladung für Sie.«

In vielerlei Hinsicht machte Heimlichkeit die Dinge aufregender, und Lilly hatte rote Wangen, als sie Anna am Wohnheim absetzte.

»Ich weiß nicht, was deine Wangen so rosig macht«, sagte Milo, »aber es steht dir gut.«

Lilly errötete noch mehr. »Ich hab's nur eilig.«

»Ach so«, antwortete Milo. »Ein Meeting in deinem Büro.« Er

blickte auf die Uhr. »Acht Uhr abends ist eine seltsame Zeit dafür, oder nicht?«

»Ein Klient«, erklärte Lilly. »Er arbeitet tagsüber, also hab ich mich mit ihm nach der üblichen Arbeitszeit getroffen.«

Argwöhnisch zog Milo die Augenbraue hoch. »So viel Engagement für deinen Job.«

Lilly winkte und rannte durch die Nacht zu ihrem Auto.

Im Büro war es dunkel, alle waren schon vor Stunden nach Hause gegangen. Als Lilly mit dem Schloss kämpfte, fiel ihr der Schlüssel auf den Boden.

»Scheiße.« Als sie noch auf der Stufe danach herumtastete, sah sie auf einmal Jack durchs Halbdunkel auf sich zukommen.

»Darf ich fragen, was du da machst?«

»Den Limbo«, antwortete sie.

»Was?«

Sie rollte die Augen. »Ich hab meinen Schlüssel fallen lassen.«

Er wühlte in seiner Tasche und fischte eine Stifttaschenlampe heraus.

»Du bist einfach ein toller kleiner Pfadfinder.«

Er schwenkte das Licht der Taschenlampe über die Stufe.

Keine Spur von Lillys Schlüssel.

»Dann muss ich ihn wohl morgen früh suchen«, meinte Lilly.

»Aber was machen wir in der Zwischenzeit?«, fragte Jack.

»Hast du nicht deinen Dietrich dabei?«, antwortete Lilly mit einer Gegenfrage.

»Führ mich nicht in Versuchung, junge Frau«, entgegnete Jack. »Ich hab schon genug Ärger am Hals.«

»Da hast du recht«, sagte sie. »Blasen wir die Unternehmung ab und gehen wir nach Hause. Das heißt, du zu dir und ich zu mir.« Sie klopfte auf ihre Tasche. »Nur schade, dass du dann nie erfahren wirst, was ich hier drin habe.«

»Eine Schwesterntracht?«

»Viel besser.« Lilly beugte sich zu ihm und flüsterte ihm ins Ohr: »Einen Zitronen-Mandel-Kuchen.«

»Reingefallen«, sagte er und öffnete die Tür.

»Du würdest jede Menge Schwierigkeiten kriegen, wenn der Chief wüsste, dass du hier bist.«

Jack saß auf ihrem Schreibtisch und jagte mit dem Finger den letzten Krümel über den Teller.

»Allerdings.«

»Bin ich es wert?«

Er blickte auf, und seine sanften braunen Augen schimmerten im Dunkeln. »Mehr als du weißt.«

Lilly lächelte über ihre eigene Dummheit. Jack war wirklich der Mann für sie. Typisch, dass sie das erst merkte, wenn sie nicht zusammen sein konnten.

»Ich kann das nicht oft machen«, sagte sie.

»Ich weiß.«

»Ich muss David für Sam und Milo für Anna engagieren.«

»Ich weiß.«

»Es ist ein verdammter Albtraum.«

»Ich weiß«, sagte er noch einmal. »Deshalb müssen wir die Zeit, die wir haben, bis zum letzten Tröpfchen auskosten.« Er beugte sich über sie und küsste sie. »Ich habe mich immer gefragt, was genau die Verteidiger eigentlich unter ihrer Robe anhaben.«

»Das ist eine geschlossene Gesellschaft.«

Alexia war im Turk's Head eingetroffen, einem schäbigen Pub in Tye Cross, dem Rotlichtbezirk von Luton. Vor dem Pub thronte ein Schrank von einem Mann mit kahlem Kopf.

»Ich bin eingeladen«, sagte Alexia.

Der Schrank zog eine Augenbraue in die Höhe. »Das kann ich mir nicht vorstellen, Liebchen.«

Alexia war unsicher, was sie als Nächstes sagen sollte, als ein weiterer Mann im Türrahmen erschien. Er trug einen eleganten, gutgeschnittenen schwarzen Anzug. Sein ebenfalls schwarzes Hemd hatte doppelte Manschetten. Aber irgendetwas an ihm passte nicht zusammen. Er sah aus, als würde er sich in einem Nylon-Trainingsanzug wesentlich wohler fühlen.

Der Elegante legte dem Schrank die Hand auf die Schulter. »Schon in Ordnung, Bigsy.«

Im schmuddeligen Innern des Pubs sah sich Alexia um. Es gab mehr Tattoos und England-Tops zu bewundern als beim Endspiel in Wembley, und sie fragte sich, was in aller Welt hier vor sich ging.

Ganz hinten standen ein paar junge Skinheads, ganz in Denim, und lachten mit ihren Freundinnen bei einem Pint Stella. Männer mittleren Alters mit Burberry-Kappen hielten die Bar aufrecht. An einigen Tischen saßen Rentner bei einer Partie Domino.

»Danke, dass Sie gekommen sind, Miss Dee.« Der Mann führte Alexia zu einer provisorischen Bühne. »Die Mitglieder von Pride of England waren von Ihrer Berichterstattung über den Stanton-Knaben sehr beeindruckt.«

»Ich habe versucht, fair zu sein«, meinte sie.

Der Mann deutete auf einen Stuhl, der mit einem zerlesenen Exemplar von *Stolz und Vorurteil* freigehalten worden war.

»Setzen Sie sich doch«, sagte er, nahm sein Buch weg und kletterte auf die Bühne.

Er klopfte ans Mikrophon. »Test, Test.«

Der Lärm der Menge ebbte ab, Spannung verbreitete sich, und Alexia ließ die Hand in die Tasche gleiten, um ihren Kassettenrecorder anzuschalten.

»Guten Abend.« Seine Stimme war nicht sehr laut, aber klar. Ein selbstgefertigtes Banner, auf das mit roter Farbe der Clubname *Pride of England: Luton and Dunstable Branch* zu lesen war, hing hinter ihm. Daneben eine erstaunlich gutgetroffene Silhouette einer Britischen Bulldogge.

»Ich weiß, dass die meisten von euch mich kennen.« Er lachte über die Pfiffe, die hier und dort zu hören waren. »Aber für die von euch, die es nicht wissen: Mein Name ist Blood River.«

Alexia schauderte.

»Ich nehme an, dass die meisten von euch heute gekommen sind, um eure Solidarität anlässlich des schockierenden Mords an Charles Stanton zum Ausdruck zu bringen.« Blood River wartete, bis das zustimmende Gemurmel sich wieder gelegt hatte, ehe er fortfuhr. »Und der noch schockierendere Umgang mit seiner Mörderin.«

»Abschaum!«, brüllte jemand von hinten.

Blood River hob die Hand. »Ich weiß, dass ihr euch alle jeden Tag von neuem fragt, warum die Ausländer alles bekommen, wo sich die meisten normalen, weißen Arbeiter mit Hungerlöhnen und Armut herumschlagen. Die Frage, die jeder sich stellt, ist: Warum lassen wir, das englische Volk, uns das gefallen?«

»Weil wir blöde Trottel sind.«

Blood River lachte nachsichtig. »Ich will euch sagen, warum. Weiße Briten sind von Natur aus anständig und großherzig. Wenn die Regierung uns also einredet, dass ein paar arme Schlucker in Not sind, empfinden wir sofort den Drang zu helfen. Nach dem Zweiten Weltkrieg kamen die Juden und die Russen zu uns, wir haben freundlich gelächelt und Platz für sie gemacht, obwohl unser Land vom Kampf gegen die Nazis fast am Ende war. Dann kamen schiffsladungsweise Jamaikaner und Inder, deshalb sind wir noch enger zusammengerückt, und keiner hat von Wachstumsrückgang oder steigenden Arbeitslosenzahlen gesprochen. So ging es immer weiter, bis die Zuzügler nach und nach das ganze Land übernommen haben.«

»Diebe!«

Wieder hob Blood River die Hand. »Fairerweise muss man sagen, dass es nicht ihre Schuld ist, oder?«

»Na klar ist es das, verdammt!«

Aber Blood River schüttelte den Kopf. »Nein, Jungs, wir haben sie eingeladen, wir haben sie förmlich angefleht zu kommen. Und das kann man ihnen nicht zum Vorwurf machen, oder? Wenn ihr in irgendeinem Dreckloch hausen würdet, und eines der reichsten, eines der freundlichsten Länder der Welt euch sagen würde, na gut, kommt doch lieber zu uns, wir geben euch einen Job, ein Haus und eine gute Schule für eure Kinder – was würdet ihr dann machen?«

Ein Skinhead-Mädchen mit Irokesenschnitt und einem Ring in der Lippe stand auf. Alexia fragte sich, ob das wohl Snow White sein konnte.

»Das Problem ist, dass sie dageblieben sind, richtig?«, sagte das Mädchen, aber ihre Stimme kam Alexia nicht bekannt vor.

»Ja, genau«, nickte Blood River. »Was die Regierung wollte, war die kurzfristige Lösung der Arbeitskraftprobleme, aber dafür haben wir langfristige soziale Probleme bekommen.«

Er deutet zu dem Tisch mit den Rentnern. »Sid, Jim, ihr habt bestimmt im Lauf der Jahre viele Veränderungen hier in der Gegend erlebt.«

Ein weißhaariger Mann mit schmalen Händen und einem Inhalator in der Westentasche, nickte. »Als Sid und ich jung waren, war Luton durch und durch weiß. Jetzt ist meine Tochter die einzige in ihrem Block, die nicht zu diesen Moslems gehört.«

»Versteht mich nicht falsch«, sagte der Mann neben ihm, vermutlich Sid. »Ich esse am Freitag auch gern mal ein Curry, aber jetzt reicht es einfach, es sind zu viele Ausländer geworden.«

»Das trifft den Nagel auf den Kopf«, sagte Blood River. »Wenn wir unsere eigene Fahne, das große Georgskreuz, nicht mehr bei einem Fußballspiel schwenken können, dass müssen wir der Sache Einhalt gebieten.«

Jubelrufe und Applaus ertönten. Blood River war ganz in seinem Element.

»Es gefällt uns nicht, wenn billige polnische Klempner unsere Jungs aus dem Geschäft drängen, wenn britische Krankenschwestern keine Lohnerhöhung bekommen, weil zu viel für Dolmetscher ausgegeben wird. Vor allem gefällt es uns nicht, wenn die

Hälfte der Menschen, die wir in dieses Land hereinlassen, sich als kriminell entpuppt.«

Während er darauf wartete, dass der erneut aufbrausende Applaus sich legte, zog Blood River ein Taschentuch heraus und wischte sich den Schweiß von der Stirn. Halb mit Abscheu, halb mit Ehrfurcht sah Alexia ihm zu. Er wusste genau, wie er die Menschen aufstacheln konnte.

Als er zum Mikrophon zurückging, senkte er die Stimme. »Die Leute fragen mich, warum ich Einwanderer hasse, und ich antworte immer dasselbe. Ich hasse sie nicht, ich hasse niemanden. Was ihr auf meinem Gesicht seht und was ihr in meiner Stimme hört, ist nicht Hass – es ist Wut. Wut darüber, dass ein Mensch, den meine anständigen Landsleute hereingelassen haben, ihnen alles ins Gesicht wirft und einen Jungen in seiner Schule umbringt.«

Nun wurde seine Stimme wieder lauter. »Wut darüber, dass diese Person, die von allem das Beste bekommen hat – Haus, Geld, medizinische Versorgung –, dass diese Person auf die Gräber all der Männer, Frauen und Kinder gespuckt hat, die ihr Leben im Krieg verloren haben.«

Der Raum explodierte, die Skins stampften mit ihren Kampfstiefeln auf den Boden, die Prolls schlugen mit den Fäusten auf die Bar. Alexia spürte die Hitze der aufwallenden Leidenschaften im Zimmer wie ein Feuer nach einem Blitzeinschlag. Die Wucht der Worte machte ihr Angst, versetzte sie aber gleichzeitig in eine Art Rausch.

Schließlich nahm Blood River seinen Platz auf der Bühne wieder ein. »Und wisst ihr, was mich am wütendsten macht? Die Linken, die Liberalen, die Gutmenschen. Die Sozialarbeiter, die Schlange stehen, um die Probleme der Fremden zu lösen, die Anwälte, die dafür sorgen, dass sie nicht ins Gefängnis müssen.«

»Verdammte Verräter!«, brüllte das Skinhead-Mädchen.

Blood River nickte feierlich. »Und das sind die Leute, die wir stoppen müssen.«

KAPITEL 16

Ratten.

Luke wacht an dem verräterischen Kratzen auf, draußen an ihrem Bretterverschlag.

Das ist das Schlimmste am Obdachlosendasein. Mit Kälte und Nässe kann er leben, aber die Ratten, die kann er nicht ausstehen, mit ihrem schwarzen Pelz und den langen rosa Schwänzen, die ihn immer an fette Würmer erinnern. Luke wirft eine leere Dose gegen das Brett, und die Tiere wuseln zurück in ihren Bau.

Caz regt sich und kuschelt sich enger an ihn. Er denkt an die Mädchen in Manor Park mit ihren glänzenden Haaren und ordentlich gerichteten Zähnen. Und hier liegt Caz, die Haare mit einem alten Gummi aus dem Gesicht gezurrt, die Lippen trocken und aufgesprungen, und doch ist sie, wenn sie schläft, friedlich wie jetzt, das hübscheste Mädchen, das er jemals gesehen hat.

Sie gähnt und öffnet ein Auge. »Was schaust du dir denn da an, Kleiner?«

»Dich«, antwortet er.

Sie zieht sich den Schlafsack übers Gesicht. »Tu das nicht.«

Er lacht und kriecht nach draußen.

»Wo willst du denn hin so früh am Tag?«, fragt sie.

Er streicht seine zerknautschten Klamotten glatt und bindet sich die Schuhe. »Ich hol Kaffee.«

»Für mich bitte einen fettarmen Latte mit einem doppelten Schuss Haselnusssirup.«

Er lacht wieder. Sie wissen beide, dass man in der Black Cat nur Spülwasser kriegt, auf dem die Milch von gestern in Klümpchen herumschwimmt.

»Kannst du mir 'nen Tipp geben, wo man Geld herkriegen kann?«

Sonic Dave kaut die Frage und seine Spiegeleier gründlich durch.

»Wie viel denn?«, fragt Long Tall Sally, die gerade mit einer Hand gekonnt ein paar Tabakkrümel zu einer Zigarette rollt.

»Einen Riesen«, antwortet Luke.

Seine Zuhörer nicken weise, obwohl Luke weiß, dass sie alle zusammen wahrscheinlich weniger als einen Zehner in ihren kollektiven Taschen haben.

»Die Jungs am Troc sind die ganze Nacht zugange«, sagt sie.

Luke rümpft die Nase. Sally hängt oft mit den Strichern herum, die am Trocadero und am Piccadilly Circus arbeiten. Meistens sind sie jung und total durchgeknallt. Die lebenden Toten, die ihren Arsch für ein bisschen Crack verkaufen.

»Ich dachte eher an einen Job«, erklärt Luke.

Die anderen erstarren, als hätten sie Elektroschocks bekommen.

»Arbeit?«, hakt Sally nach, während ein Schauer des Erstaunens über ihre Dreadlocks hinwegzieht.

»Warum nicht?«, sagt Luke. »Wir leben schließlich in der verdammten Hauptstadt von England. Da muss es doch jede Menge Arbeit geben.«

»Ich hatte mal einen Job«, erinnert sich Dave mit wehmütigem Gesicht. »Das war 1985.«

»Als was denn?«, fragt Teardrop Tony angemessen ungläubig.

»Fensterputzer«, antwortet Dave versonnen.

»Das wollte ich auch immer werden«, sagt Sally. »Da oben auf der Leiter und so.«

»Also, weiß denn nun einer von euch irgendwas?«, fragt Luke.

»Oh«, sagt Dave. »Nein.«

»Nein«, sagt Teardrop Tony.

»Nein«, sagt auch Long Tall Sally.

Luke holt tief Luft.

»Suchst du Arbeit?«, fragt der Inhaber des Lokals, der gerade mit einem Lappen Asche und Zigarettenstummel über den Tisch schiebt.

Luke ist so geschockt, dass er nur stumm nicken kann.

»Dann kannst du jeden Morgen um fünf hierherkommen«, sagt der Mann. »Pünktlich.«

»Wo bleibt denn mein blöder Kaffee, Kleiner?«

Caz steht in der Tür, die Kapuze um den Kopf wie einen schmuddeligen Heiligenschein.

Long Tall Sally macht Platz für sie. »Luke hat einen Job.«

»Ach ja?«, sagt Caz.

»Er braucht 'nen Tausender«, erklärt Sonic Dave.

»Für was?«, fragt Caz.

»Ich besorg uns was zum Wohnen«, antwortet Luke.

Caz zwinkert ihm zu, wie seine Mutter es immer gemacht hat, wenn er behauptet hat, er hätte ein Gespenst gesehen.

»Echt«, beteuert er und kommt sich vor wie ein zehnjähriger Knilch. »Das mach ich.«

Caz beugt sich zu ihm rüber und tätschelt seine Hand. »Na klar, Kleiner.«

»Sag mir bitte noch mal, warum wir das machen.«

Penny zerquetschte eine Handvoll Pistazien, und mindestens die Hälfte flog quer durch Lillys Küche.

»Wir machen Kulfi«, sagte Lilly und rührte in dem Topf mit Milch und gemahlenen Mandeln.

»Wie bitte?«

Lilly streute einen großzügigen Löffel Zucker in den Topf. »Indische Reiscreme.«

»Aber du bist keine Inderin«, stellte Penny fest, während sie Nussstückchen von ihrer Alpakajacke bürstete.

»Wir sind weltoffen und lernbegierig«, entgegnete Lilly. »Vor allem, wenn es ums Essen geht.«

»Warum können wir uns nicht einfach an britische Bräuche halten?«, wollte Penny wissen. »Bratäpfel mit Karamell für Bonfire Night, nicht dieses Zeug.«

»Sam hasst Bonfire Night, deshalb adoptiere ich Diwali.«

»Das kommt mir einfach nicht richtig vor«, schniefte Penny. »Als Nächstes sagt man uns noch, wir dürfen nicht mehr Weihnachten feiern.«

Lilly sah ihre Freundin von der Seite an. »So ein Quatsch. Das sagt doch niemand.«

»Ach, sei nicht so naiv, Lilly, es gibt Stadtteile in London, da nennt man Weihnachten ›die Feiertage‹ oder sonst einen Unsinn.«

»Das ist doch bloß rassistische Propaganda«, sagte Lilly.

Penny deutete auf einen Berg kleingeschnittener Kürbisstücke. »Und wofür ist das hier?«

»Kuchen«, antwortete Lilly. »Ich integriere Thanksgiving.«

Genervt warf Penny die Hände in die Luft. »Ach, egal. Aber warum kaufen wir das Zeug nicht einfach?«

Jordan, Pennys neuer Pflegesohn, sauste johlend durch Lillys Garten. Sie beobachteten durchs Fenster, wie er die im Wind wirbelnden Blätter jagte.

»Weil es ein Fest ist«, erklärte Lilly. »Und nicht Online-Shopping.«

»Du bist so eine gute Mummy«, sagte Penny mit mehr als einem Hauch Sarkasmus.

Lilly nickte zu Jordan, der wie ein verrückt gewordener Schäferhund herumtollte.

»Er hat sich gut eingewöhnt.«

Penny strahlte. »Der arme Kleine. Hat eine Menge durchgemacht, aber bei uns scheint er sich wohl zu fühlen.«

»Und in der Schule?«, erkundigte sich Lilly. »Hassen mich jetzt alle?«

»Natürlich nicht.«

»Lügnerin.«

Penny lachte. »Und du? Im Westen nichts Neues, wie es aussieht.«

»Stimmt.«

»Und ist das gut?«, fragte Penny.

»Wie kannst du das fragen?«

Penny musterte sie durch ihren Pony. »Die Lilly Valentine, die ich kenne, liebt Dramatik und Aufregung über alles.«

»Nicht diese Lilly hier«, widersprach Lilly. »Die mag ein friedliches Leben wesentlich lieber.«

Sie holte eine Flasche Rosenwasser aus dem Schrank. Der Geruch erinnerte sie an ihre Großmutter. »Ich bin allen in Manor Park aus dem Weg gegangen, Sam ist glücklich. Und Annas Fall entwickelt sich in die richtige Richtung.«

»Und wer ist das dort?«, fragte Penny und deutete durchs Fenster auf die Gestalt des Mannes, der gerade den Rasen überquerte.

Lilly kniff die Augen zusammen. Es war Jez.

»Was in aller Welt will der denn hier?«

Falls Jez Pennys kokettes Lächeln peinlich fand, ließ er es sich nicht anmerken.

»Komm, setz dich ins Wohnzimmer«, rief Lilly und winkte mit ihrer zuckerbeschmierten Hand.

»Warum kriege ich eigentlich nicht dauernd Besuch von dermaßen attraktiven Männern?«, flüsterte Penny, als Jez außer Hörweite war.

»Weil du mit einem Millionär verheiratet bist«, stellte Lilly trocken fest.

»Vielleicht gebe ich das alles auf und werde Anwältin für arme Menschen.«

»Und bügelst deine Sachen selbst?«

»Gutes Argument«, sagte Penny. Dann nahm sie Jordan auf den Arm und ging zur Tür.

»Was ist mit dem Essen?«, rief Lilly ihr nach.

»Ich hol was bei Waitrose«, antwortete Penny.

»Aber das ist nicht selbstgemacht!«

»Ich hab Besseres zu tun!«

Lilly folgte Jez ins Wohnzimmer. »Ich will ja nicht unhöflich sein, aber was hast du hier zu suchen?«

»Ich freue mich auch, dich zu sehen«, lachte er. »Kann man heutzutage nicht mal mehr seinen Freunden einen kleinen Besuch abstatten?«

»Ich meine es ernst, Jez, ich fange an, mir Sorgen zu machen«, beharrte Lilly.

Seufzend stellte Jez seinen Wein beiseite.

»Dieser Fall, in den wir da verwickelt sind, Lilly, der ist knifflig, sehr knifflig sogar«, erklärte er. »Das Gesetz ist sehr kompliziert, wenn es um Verschwörung geht.«

»Meine Expertin sagt, es gab keine Verschwörung.«

Jez streckte die Hände in die Luft. »Das weiß ich, aber das heißt noch lange nicht, dass die Jury dir das abkauft.«

»Dann ist es meine Aufgabe, sie zu überzeugen.«

»Und ich bin sicher, du wirst dein Bestes geben«, sagte er. »Aber es ist trotzdem ein Mordprozess im Old Bailey.«

Allmählich stellten sich nun doch Lillys Nackenhaare auf. »Ich frage mich, wie mir das entgehen konnte.«

»Reg dich jetzt bloß nicht auf«, seufzte Jez. »Ich sag doch nicht, dass du nicht gut genug bist.«

»Wenn du gekommen bist, um mich zu bevormunden, Jez, dann schlage ich vor, du haust gleich wieder ab.«

Lilly stapfte zur Tür und machte sie auf, eine unmissverständliche Aufforderung.

Jez befolgte sie mit einem traurigen Lächeln. »Sheba hat gesagt, dass du so reagieren würdest.«

»Sie ist ein Genie«, gab Lilly zurück.

Er legte die Hand auf ihren Arm. »Ich wollte dich ehrlich nicht ärgern, Lilly, ich wünsche mir nur, du würdest in Erwägung ziehen, einen Kronanwalt hinzuzuziehen.«

»Du bist auch kein Kronanwalt!«

Das war ein Schlag unter die Gürtellinie, denn Lilly wusste, dass Jez jederzeit befördert werden konnte.

Sein Lächeln schwächelte nicht. »Denk doch einfach mal darüber nach.«

Jez sprang in die Bahn zurück nach London. Hoffentlich hörte Lilly auf seinen Rat. Er wollte sie nicht fertigmachen, aber was blieb ihm denn anderes übrig? Ronald hatte ihn schon wieder zu einer Audienz gerufen.

»Wie zum Teufel geht es Ihnen?«, fragte Ronald.

Jez grinste über den Tisch hinweg. Er hasste das Lokal mit seinen roten Brokatvorhängen und den Lederbänken. Außerdem war die Luft hier immer heiß und drückend. »Mir geht es sehr gut, danke, Ron.«

»Ich hab mit Tobias über Sie gesprochen«, sagte Ronald.

Tobias de Winter war ein Mann, der sich zurzeit mit den Anträgen der zukünftigen Kronanwälte befasste. Sozusagen der Torwächter der Bruderschaft.

»Nur das Beste, hoffe ich«, sagte Jez.

Ronald lächelte hinter seinem Weinglas. »Er hegt keinerlei Zweifel an Ihren Fähigkeiten.«

Jez nickte gelassen. »Und er weiß, dass ich mich gerade mit einer Anklagevertretung befasse?«

Ronald winkte die Kellnerin zu sich und bestellte Whiskey, einen im Sherryfass gelagerten Single Malt, der nach Jez' Ansicht schmeckte wie starker kalter Tee.

»Er hat zur Kenntnis genommen, dass Sie gern all Ihre Talente zur Geltung bringen«, sagte Ronald.

Jez nippte an der goldenen Flüssigkeit und sehnte sich nach

einem Wodka Tonic. Er war nicht sicher, ob er die Fähigkeit, ein junges Mädchen ins Gefängnis zu bringen, unbedingt ausbauen wollte, aber was sein muss, muss sein und so weiter.

»Nur eine Kleinigkeit macht ihm Sorge.«

»Oh?« Jez gab sich alle Mühe, seinerseits unbesorgt zu klingen.

»Der Fall Duraku«, fuhr Ronald fort. »Die Sorge, dass er nicht so gut läuft, wie es vielleicht möglich wäre.«

Jez runzelte die Stirn. »In welcher Hinsicht?«

»Tobias meinte, Sie hätten es der Verteidigung allzu leichtgemacht.«

»Ich kann mir nicht vorstellen, wie er zu diesem Eindruck gelangt ist«, entgegnete Jez kopfschüttelnd. »Wir sind ja bisher nicht über das Eingangsplädoyer hinausgekommen.«

Ronald lehnte sich zurück, wobei sein Jackett aufging und seine stetig wachsende Wampe entblößte.

»Kommen Sie, Jez, Sie haben das Debakel mit der Kaution kommentarlos durchgehen lassen.«

»Da hätte sich keine Diskussion gelohnt, Ronald. Das Mädchen wird zuverlässig beaufsichtigt.«

Ronald legte den Kopf zurück und blickte zur Decke empor.

»Und es hat nichts mit der rothaarigen Verteidigerin zu tun?«

»Wenn ich nicht wüsste, dass das ein Scherz ist, wäre ich gekränkt«, entgegnete Jez mit einem falschen Lachen.

»Wie ich höre, sind Sie sich in der Vergangenheit einmal ein wenig nähergekommen«, sagte Ronald.

Jez erinnerte sich noch gut an die betrunkene Partyknutscherei mit Lilly – sie hatte wunderbar gerochen und noch besser geschmeckt. Wenn sie sich nicht übergeben hätte, wäre die Sache vielleicht noch weitergegangen.

»Wer erzählt sich das denn?«, fragte er.

»Die Anwaltskammer ist eine sehr kleine Welt«, meinte Ronald achselzuckend. »Da bleibt nicht viel verborgen.«

Jez schüttelte den Kopf. »Was auch immer Sie über Lilly und

mich gehört haben – auf diesen Fall hat es absolut keinen Einfluss.«

»Dann werden Sie ihr beim Prozess ordentlich einheizen?«

»Bis die Feuerwehr kommt.«

»Gut.« Ronald leerte sein Glas und drückte die Zigarre aus. »Der Fall ist sehr prominent, und alle Blicke ruhen auf Ihnen.«

Jez sah Ronald nach, griff sich die Rechnung und seufzte. Wenn er mit den großen Jungs spielen wollte, musste er wohl oder übel kämpfen.

Lilly war immer noch stinksauer, als der Timer piepte.

Sie nahm einen Schluck Wein und holte das Kulfi aus dem Kühlschrank.

Jez benahm sich wie ein totaler Wichser.

Sorgfältig schnitt sie sich ein Stück von der Süßspeise ab und holte sich einen Löffel.

Er versuchte sie zu verunsichern, eine Taktik, die viele Polizisten gern einsetzten.

Aber sie war nie auf diesen Männerquatsch reingefallen.

Sie stopfte sich einen großen Löffel von der Nachspeise in den Mund, und die durchdringende Süße besänftigte sie sofort. Beim zweiten Löffel seufzte sie leise. Vielleicht hatte Jez ja nicht vollkommen unrecht. Sie hatte noch nie bei einem Strafprozess im Crown Court plädiert, und schon gar nicht im Old Bailey.

Einen Kronanwalt einzubeziehen wäre wahrscheinlich das Vernünftigste.

»Das sieht ja sehr lecker aus.«

Zaghaft wie immer kam Anna in die Küche. Lilly drückte ihr einen Löffel in die Hand, und dann vernichteten sie zu zweit den Rest der Eisbombe.

Lilly knöpfte den Hosenknopf auf. »Was würdest du davon halten, wenn ich für deinen Prozess einen Barrister beauftrage?«

»Um dir zu assistieren?«

»Ich bezweifle, dass ein Kronanwalt es so sehen würde«, lachte

Lilly. »Er beziehungsweise sie würden dann vor Gericht für dich sprechen.«

»Wer würde ihnen meinen Fall erklären?«

»Ich«, antwortete Lilly.

Anna zog die Stirn kraus. »Dann würdest du dieser Person auch Anweisungen erteilen, was sie sagen muss?«

»So ungefähr, ja.«

Anna schüttelte den Kopf. »Aber was soll das denn bringen? Warum sagst du es nicht einfach selbst?«

Lilly seufzte und leckte den Löffel ab.

»Fälle wie deiner, ernste Fälle, werden normalerweise von Barristern übernommen, die jeden Tag mit ähnlichen Geschichten zu tun haben.«

»Viele, viele Fälle?«, fragte Anna.

»Genau«, sagte Lilly.

Annas Augen füllten sich mit Tränen. »Dann ist mein Fall für sie also nur einer in einem ganz großen Berg, nichts Besonderes. Ich bin unwichtig.«

»Ach Anna«, sagte Lilly und legte ihre Hand über die des Mädchens. »Für mich bist du sehr wichtig.«

Anna drückte Lillys Hand ganz fest, als würde sie versuchen sich festzuhalten. »Dann versprich mir bitte, dass du es bist, die vor Gericht für mich spricht.«

Lilly schloss die Augen. »Ich verspreche es.«

»Unsere Kinder haben genug gelitten.«

Mr Lattimer lächelte höflich. Als er das außerplanmäßige Treffen für Vorstand und Eltern einberufen hatte, war ihm klar gewesen, dass die Gefühle hohe Wellen schlugen, aber einige der Frauen waren rundweg hysterisch.

»Luella«, – er benutzte ihren Vornamen in der Hoffnung, dass es verbindlicher klang – »Luella, ich verstehe, dass Ihnen in erster Linie Ihre Kinder am Herzen liegen, aber ich kann Ihnen versichern, dass ich die Lage im Griff habe.«

»Sie hatten die Lage aber nicht im Griff, als Charlie erschossen wurde«, wandte Evelyn Everard ein.

Mr Lattimer ließ sein eingefrorenes Lächeln keinen Millimeter verrutschen. »Ich denke, wir wissen alle, dass diese Tragödie nicht zu verhindern gewesen wäre.«

»Nicht zu verhindern?« Luella sprang auf. »Das klingt ja, als wäre es ein Unfall gewesen.«

»Was ich meinte, war: niemand hätte vorhersehen können, dass so etwas Schreckliches geschieht«, erklärte Mr Lattimer.

»Ich glaube, einige von uns haben das schon lange vorhergesehen«, widersprach Luella.

»Ich wüsste nicht, wie«, beharrte Mr Lattimer.

Luella warf die Hände hoch. »Wie oft muss ich es denn noch sagen? Diese Menschen hassen uns.«

»Ich bin sicher, das ist eine Verallgemeinerung«, erwiderte Mr Lattimer. »Aber wie dem auch sei, vor diesem Zwischenfall hatten wir keinerlei Kontakt mit den Leuten aus dem Wohnheim.« Er versuchte, nicht an all die Garten- und Küchenangestellten zu denken, denen die Schule deutlich weniger als den Mindestlohn zahlte.

Evelyn Everard stand auf. Himmel, ihr Sohn sah ihr unglaublich ähnlich, die gleichen roten Haare, der gleiche besessene Glanz in den Augen, die gleiche Fähigkeit, jeden verfügbaren Quadratzentimeter Raum in der Umgebung für sich zu beanspruchen.

»Hier geht es nicht um das, was war«, verkündete sie, und es war dieselbe Stimme, die beanspruchte, gehört zu werden – »sondern um das, was jetzt passiert.«

»Allerdings«, bestätigte Mr Lattimer.

»Und wir Eltern sind der Meinung, dass Mrs Valentines Anwesenheit an der Schule nicht toleriert werden kann, solange sie die Hauptverdächtige in diesem Mordfall vertritt.«

»Ich dachte, Sam wird von einem anderen Elternteil zur Schule gebracht.«

»Ja, von mir.« Penny Van Huysan hob die Hand.

»Na dann«, sagte Mr Lattimer.

Luella beugte sich weit über den Stuhl vor ihr. »Penny tut das nur, um die Gefühle der anderen Kinder zu schonen. Ich glaube, sie würde es lieber nicht tun.«

»Mrs Van Huysan?«

Penny errötete. »Es ist ziemlich schwierig.«

»Wenn Penny krank würde, was dann?«, rief Luella. »Oder wenn Sam sich verletzt? Dann müsste Lilly in die Schule kommen.«

»Greifen wir da den Dingen nicht etwas vor?«, gab Mr Lattimer zu bedenken.

»Wir denken einfach praktisch«, gab Evelyn Everard zurück.

Mit ausgestrecktem Zeigefinger stieß Luella in die Richtung des Direktors. »Das Beste für alle Beteiligten wäre es, wenn wir Sam bitten, Manor Park zu verlassen.«

»Der fragliche Schüler hat sich nichts zuschulden kommen lassen«, wandte Mr Lattimer ein.

»Darum geht es ja auch gar nicht«, erwiderte Luella. »Seine Anwesenheit ist eine Gefahr für alle anderen Kinder.«

»Wollen Sie das?«, fragte Evelyn Everard.

»Natürlich nicht«, räumte Mr Lattimer ein und seufzte.

»Warum unternehmen Sie dann nichts?«, rief Luella.

»Wenn ich daran glauben könnte, dass es etwas hilft, würde ich es tun«, erklärte Mr Lattimer. »Aber ich kann mir nicht vorstellen, dass die von Ihnen vorgeschlagene Maßnahme irgendeinen positiven Effekt zeigen würde.«

Wieder deutete Luella mit dem Zeigefinger auf ihn. »Wenn die Presse herausfindet, dass die Anwältin der Mörderin freien Zugang zu unserer Schule hat, wäre das ein gefundenes Fressen für sie.«

»Ich habe alles Erdenkliche veranlasst, um sicherzustellen, dass der gute Name unserer Schule nicht in die Sensationspresse gerät.«

Luella stieß ein theatralisches Gelächter aus. »Und was ist mit den Geschichten im *Three Counties Observer*?

»Die waren tatsächlich sehr bedauernswert«, gab Mr Lattimer zu. »Und haben uns nicht von unserer besten Seite gezeigt.«

Wenigstens hatte Luella so viel Anstand, zu erröten.

»Nun«, antwortete Mr Lattimer, »ich halte mich an die gute alte Tradition, eventuellen Widrigkeiten mit Würde und Zurückhaltung zu begegnen.«

»Aber das, was jetzt passiert, ist eine Lappalie im Vergleich zu dem Massenexodus, mit dem sie konfrontiert sein werden, wenn Sie in dieser Sache nichts unternehmen«, sagte Luella.

Mr Lattimer schluckte schwer. Die Krise machte sich bereits bemerkbar. Vier Schüler hatten Manor Park zugunsten des nur vier Meilen entfernten ausgezeichneten Gymnasiums verlassen.

Er blickte zu den Vorstandsmitgliedern, die ihn ausdruckslos anblinzelten.

Schließlich schob er seine Papiere zu einem ordentlichen Stapel zusammen. »Ich werde sehen, was ich tun kann.«

KAPITEL 17

Jeremiah Stafford war kein schlechter Mensch. Er recycelte die Sonntagszeitung, gab im Restaurant fünfzehn Prozent Trinkgeld und besuchte zweimal im Monat seinen Vater, obwohl es im Altenheim immer nach überbackenem Blumenkohl roch. Natürlich war er kein Heiliger, aber wenn man ihn zu einer Erklärung gezwungen hätte, hätte er sich als einen im Grund seines Herzens anständigen Kerl beschrieben. Und genau deshalb war es ihm so unangenehm, Lilly das Leben schwer zu machen.

Er hatte Lilly immer gemocht. Sie war witzig, klug und sexy. Eine alleinerziehende Mutter, die einen Großteil ihrer Zeit damit verbrachte, dass sie sozial benachteiligten Kindern half. Wie sollte man das nicht mögen? Zugegeben, sie war rechthaberisch, schwierig und stur, aber niemand ist perfekt, oder?

Er hatte versucht, sie zur Vernunft zu bringen und davon zu überzeugen, dass es das Beste war, einen erfahrenen Barrister mit an Bord zu nehmen, aber er hätte sich eigentlich denken können, wie sie seinen Vorschlag aufnehmen würde.

Lilly erwartete einen Kampf, und alles andere würde sie als Herablassung empfinden. Die Tatsache, dass es ihm eine Beförderung einbringen würde, wenn er sie zu Kleinholz verarbeitete, war nur ein zusätzlicher Bonus.

Er zog seinen Laptop heraus und schrieb eine E-Mail. Dann trank er einen letzten bitteren Schluck Kaffee und drückte auf »Senden«.

Erdbeer, Schwarzkirsch, Aprikose und Ingwer. Kerrys Finger schwebte unentschlossen über den Marmeladengläsern in ihrem Kühlschrank.

Jeden Morgen verzehrte sie vier Scheiben Toast, alle mit einem anderen Aufstrich. Es war das Erste, was sie nach dem Aufwachen tat, und ihr Magen knurrte bereits erwartungsvoll.

Als ihr Toast fertig war, gab ihr Computer sein vertrautes »Pling« von sich. Eine Mail war eingetroffen.

Wie aufregend. Abgesehen von Spam und offenstehenden Rechnungen ihrer zahlreichen Katalogbestellungen, bekam Kerry nur selten E-Mails. Also watschelte sie eilig von der Küche ins Wohnzimmer, eine buttertriefende Scheibe Toast in den Fingern, und kreischte erfreut, als sie sah, wer sich da bei ihr gemeldet hatte.

Von: Jez Stafford
An: Kerry Thomson
Re: Keine Samthandschuhe mehr

Bis jetzt waren wir, wie ich finde, mehr als fair zu Anna Duraku und ihrer Anwältin, aber ich denke, allmählich sollten wir den Druck ein wenig verstärken.
Natürlich habe ich nicht vor, die beiden einzuschüchtern, aber ich bin bereit, andere Saiten aufzuziehen und mich in den Kampf zu stürzen.
Wie die Erfahrung zeigt, ist es in der Justiz – genau wie beim Boxen – das Wichtigste, vorbereitet zu sein, daher schlage ich vor, dass wir die Beweise gründlich durchgehen, um die Schwachstellen in der Rüstung unseres Gegners zu finden.
Vielleicht könnten wir uns nachher zu einem kleinen Geschäftslunch treffen und das weitere Vorgehen besprechen?
Gruß, Jez

Wieder stieß Kerry einen Freudenschrei aus. Der attraktivste Barrister, der ihr je begegnet war, lud sie zum Essen ein! Sie flitzte in ihr Schlafzimmer und überlegte, was sie anziehen sollte. Allem Anschein nach war Lilly Valentine in Ungnade gefallen, denn er hatte nicht mal ihren Namen erwähnt.

Sie ließ Wasser in die Wanne laufen und nahm sich einen frischen Waschlappen, ohne auch nur einen einzigen Gedanken an ihr Frühstück zu verschwenden.

Die Vergewaltigung war der Schlüssel. Dr. Kadir hatte es bestätigt. Anna hatte im Kosovo ein Trauma erlitten, aber »...die Vergewaltigung war der entscheidende Vorfall, der Annas Psyche endgültig aus dem Gleichgewicht gebracht hat ...«

Um der Jury glaubhaft zu machen, dass Anna unfähig war, einen Mord zu begehen, musste Lilly zeigen, wie zentral die Vergewaltigung gewesen war. Die Geschworenen mussten verstehen, dass ein derartiges Erlebnis, das für jede Frau entsetzlich gewesen wäre, für dieses Mädchen der Schlag gewesen war, der sie endgültig aus der Bahn geworfen hatte.

Lilly streckte die Füße unter ihren Schreibtisch. So viel Platz zu haben fühlte sich ganz ungewohnt an, aber Anna hatte Lillys Jurabücher, die gewöhnlich hier lagerten, samt und sonders in die Kanzleibibliothek zurückgestellt. Sie kickte die Schuhe weg, wackelte mit den Zehen und seufzte.

In ihrem Beruf hatte sie schon viele Frauen über eine Vergewaltigung berichten hören. Sie erinnerte sich an einen Prozess, bei dem ein Mädchen erzählte, wie der Mann sie, nachdem er sie überfallen hatte, hilflos in einem Kanal liegen ließ. Wie sie sich herausgeschleppt hatte und drei Meilen zu Fuß zur nächsten Polizeistation gegangen war. Die stille Würde des Mädchens wirkte erschreckend. Lilly hatte Fotos gesehen, die ihr den Magen umdrehten, und Arztberichte gelesen, bei denen so furchtbare Verletzungen beschrieben wurden, dass sie tagelang nicht hatte schlafen können.

So traurig das war – das waren eindeutige Fälle, Fälle, wie ein Anwalt sie sich wünschte.

Dagegen war Anna wahrscheinlich aus Geschworenensicht das am wenigsten überzeugende Opfer, das sie je getroffen hatte. Ihre Erinnerungen an den Völkermord und an die Vergewaltigung waren verschwommen, wichtige Einzelheiten fehlten. Woran sie sich erinnerte, gab sie ohne jede Gefühlsregung zum Besten, fast so, als wäre es jemand anderem passiert. Natürlich wusste Lilly, dass das zum Teil auf die PTBS zurückzuführen war, aber das half ihr nicht bei der Verteidigung.

In diesem Moment öffnete Anna mit dem Fuß die Tür, auf dem Arm ein Tablett mit Tee und Keksen.

»Wir müssen das Beweismaterial durchgehen«, sagte Lilly.

Ohne aufzublicken stellte Anna einen Becher auf Lillys Schreibtisch. »Ich muss erst noch den Tee für die anderen machen«, sagte sie.

Lilly griff nach dem Teller mit den Ingwerkeksen. »Das hier ist aber wichtiger.«

»Die Partner warten auf ihren Tee«, beharrte Anna.

»Setz dich«, sagte Lilly in einem Ton, der keinen Widerspruch duldete.

Gehorsam ließ Anna sich auf dem Stuhl gegenüber sinken.

»Sehr gut«, sagte Lilly. »Ich weiß, es muss sehr unangenehm für dich sein, das alles noch mal durchzukauen, aber wir müssen es trotzdem auf die Reihe kriegen. Die Anklage wird den Papierkram immer wieder peinlich genau durchkämmen. Wenn es irgendwo Unstimmigkeiten gibt, wird Jez sie garantiert aufspüren.«

»Er ist ein sehr netter Mann«, sagte Anna, ein kleines Lächeln auf den Lippen. »Er mag dich.«

Lilly brach einen Keks in zwei Hälften und bestreute den Schreibtisch reichlich mit Krümeln. »Falls er mir gegenüber freundliche Gefühle hegt, werden die leider nicht ausreichen, glaub mir.«

Mit einem Nicken zeigte Anna, dass sie den Hinweis verstanden hatte.

»Die Jungen, denen du auf der Straße begegnet bist – kanntest du die?«, fragte Lilly.

»Nein.«

»Warum bist du dann mit ihnen gegangen?«

»Sie schienen nett zu sein.«

»Du hast nicht gedacht, es könnte unklug sein, mit drei fremden Jungs in einen verlassenen Park zu gehen?«, fragte Lilly.

Anna zuckte die Achseln.

Gott, es war wie Zähneziehen.

»Was hast du getan, als ihr im Park angekommen seid?«

»Zuerst haben wir uns sehr nett unterhalten«, sagte Anna. »Aber dann hat einer von ihnen versucht, mich anzufassen.«

Lilly verschluckte ein paar trockene Krümel. »Hast du ihm gesagt, er soll damit aufhören?«

»Ja.«

»Was ist dann passiert?« Der Ingwer brannte in Lillys Kehle. Oder brannte ihr Hals, weil sie wusste, was als Nächstes kommen würde?

»Dann hat er mich auf den Boden gezerrt und hatte Sex mit mir.«

Da war er, der ganze Horror, nackt und simpel. Und doch wusste Lilly, dass diese Beschreibung nicht reichen würde, um eine Jury zu überzeugen. Nicht einmal annähernd.

»Hast du dich gewehrt?«

»Er war sehr groß«, sagte Anna.

Lilly nickte. »Aber hast du es versucht?«

Anna zuckte die Achseln.

»Die anderen Jungs, haben die ...« Lilly hustete und versuchte, sich zu räuspern. »Haben die auch Sex mit dir gehabt?«

Anna schüttelte den Kopf. »Einer war total betrunken und hatte große Angst, glaube ich.«

»Und die anderen?«

»Der, der jetzt tot ist, hat meine Arme festgehalten, damit der andere es tun konnte.«

»Dann musst du dich also gewehrt haben«, folgerte Lilly.

»Muss ich?«

»Ja«, antwortete Lilly. »Warum hätten sie dich sonst festgehalten?«

Langsam nickte Anna. »Und ich hab geschrien, deshalb hat er mir die Hand auf den Mund gedrückt.«

»Wie sah er aus? Der, der dich vergewaltigt hat?«

Anna zog die Nase kraus. »Sehr groß, orangefarbene Haare.«

»Ist dir sonst noch was aufgefallen?«

»Er hatte einen hässlichen Mund, mit einer Lücke hier.« Anna deutete auf ihre Schneidezähne. »Da hing so ein scheußlicher Hautsack runter.«

Scheiße. Das war eine verdammt gute Beschreibung des großspurigen Knaben, der bei Charlies Gedenkgottesdienst die Rede gehalten hatte. Und dieser Kerl war das Abbild seiner Mutter, die zu den prominentesten Eltern von ganz Manor Park gehörte. Wenn Annas Vergewaltiger der Sohn von Evelyn Everard war, machte das die Situation noch wesentlich unangenehmer, als sie ohnehin schon war.

»Das Problem ist, dass Menschen wie sie nicht viel besser sind als Tiere.«

Alexia zuckte innerlich zusammen.

»Dieses Mädchen kommt aus einem Teil der Welt, wo das Leben billig ist«, fuhr Blood River fort, »deshalb bedeutet ein Toter mehr oder weniger für sie gar nichts.«

Ihr warmes Mineralwasser in der Hand, betrachtete Alexia den Mann ihr gegenüber. Auch heute war er mustergültig gekleidet. Von Kopf bis Fuß in Schwarz.

Außerdem strahlte er ein unerschütterliches Selbstvertrauen aus, als fühlte er sich vollkommen sicher in seiner Welt. Doch seine Augen verrieten Alexia, dass er keineswegs so entspannt war, wie er vorgab. Seine Augen verfolgten jede Bewegung um ihn herum, wie ein Jäger auf der Pirsch. Oder wie ein Gejagter?

»In gewisser Weise habe ich Mitleid mit ihr«, sagte er.

Alexia hob zynisch die Augenbraue.

Mit einem leisen Lachen erklärte Blood River: »Ich bin nicht aus Stein, wissen Sie, aber Sie haben ja selbst gesehen, wie heftig die Gefühle sind.«

Alexia fragte sich, wie sehr Gruppierungen wie *Pride of England* die Emotionen anheizten. Kein Zweifel, die Leute auf dem Treffen hatten sich mitreißen lassen. Aber würden sie ohne solche Manipulationen, ohne die aufstachelnden Reden von Blood River einfach wieder zu ihren Fertigmahlzeiten und ihrem *Big Brother* zurückkehren?

»Ich bin es unseren Mitgliedern und der Gesellschaft insgesamt schuldig, dass ich ihre Sorgen ernst nehme«, sagte er. »Genau wie Sie.«

Alexia nickte. Zwar hätte es ihr kaum gleichgültiger sein können, was die Einwohner von Luton dachten, aber sie wusste, wie man eine Zeitung verkaufte.

»Werden Sie uns auch weiterhin unterstützen, Miss Dee?«, fragte Blood River.

»Der *Three Counties Observer* bezieht prinzipiell politisch keine Stellung«, antwortete sie. »Das wissen Sie ja.«

Wieder lachte er leise, aber seine Augen hörten auf umherzuwandern und fixierten jetzt ausschließlich Alexia. Plötzlich fühlte sie, wie alle Wärme aus ihrem Körper wich.

»Bisher standen Sie unserer Sache positiv gegenüber«, sagte er. »Ich habe nur gefragt, ob Sie in dieser Art weitermachen.«

Alexia wurde nervös. Ihr gefiel der Gedanke nicht, dass ihre Geschichten rassistisch verstanden werden konnten, und ihr gefiel es auch nicht, wie sich die Augen dieses Mannes in ihre bohrten.

»Ich berichte über die Ereignisse, wie ich sie sehe.«

Blood River nickte und brach den Blickkontakt ab. Anscheinend war er mit dieser Antwort zufrieden.

Kerry stocherte mit der Gabel an der Sardelle auf ihrem Teller herum.

Eigentlich hatte sie Lust auf die mit Brie überbackene Ciabatta gehabt, aber als Jez einen Caesar Salad bestellt hatte, war sie seinem Beispiel gefolgt.

»Das Gute an diesem Fall ist, dass wir ziemlich genau wissen, wie die Gegenseite ihre Verteidigung aufbauen wird«, sagte Jez und spießte ein Salatblatt auf.

Fasziniert beobachtete Kerry, wie das knackige grüne Ding sich auf seinen Mund zubewegte. »Wissen wir das?«

»Niemand kann abstreiten, dass die Angeklagte am Tatort war und dass sie eine Waffe hatte«, erklärte Jez. »Und Annas Anwältin war sogar Augenzeuge des Ganzen.«

Nachdenklich knabberte Kerry ein Crouton. Es war das Einzige in dem ganzen Mischmasch, was ihr schmeckte, und es gab nur sechs davon. Sie hatte genau nachgezählt.

»Was kann die Verteidigung denn dann überhaupt noch vorbringen?«, fragte Kerry.

Jez schwenkte seine Gabel. »Dass Anna nicht die mentale Kapazität hatte, um die Straftat zu begehen.«

»Verstehe«, sagte sie. »Und womit will sie das untermauern?«

»Sie wird die Psychologin aussagen lassen, dass Anna einen Zusammenbruch hatte, infolge ihrer Erlebnisse im Kosovo.«

»Himmel«, hauchte Kerry bewundernd, als hätte Jez gerade eine sehr originelle und weltbewegende Einsicht von sich gegeben.

Natürlich wusste sie genau, was Lilly Valentine zu sagen plante, und sie hatte sich schon zu ausführlich über die posttraumatische Belastungsstörung informiert, um sie anzufechten. Aber sie hatte auch nicht umsonst die Datingregeln der Frauenzeitschriften studiert. Bei einem Date zahlte es sich nie aus, wenn man sich als Klugscheißerin erwies.

»Und was schlagen Sie vor?«, fragte sie deshalb, um sicherzustellen, dass Jez sich stets als Herr der Lage fühlte.

»Wir bringen sie zum Stolpern«, antwortete er bereitwillig. »Die Verteidigung steht nur auf einem Bein, also müssen wir etwas finden, um es wegzuziehen.« Er lehnte sich zurück und winkte nach der Rechnung. Nachtisch stand offensichtlich nicht auf der Agenda. »Den Rest des Tages gehen wir das Beweismaterial Stück für Stück durch, bis wir finden, wonach wir suchen.« Großzügig warf er seine goldene American-Express-Karte auf den Tisch. »Ich übernehme die Aussagen, Sie den forensischen Kram.«

Mit strahlendem Gesicht sah Kerry ihm nach, wie er aus der Tür marschierte. Obwohl es der schlechteste Lunch war, an den sie sich erinnern konnte, war sie glücklich. Kurz spielte sie noch mit der Idee, sich einen Chocolate Fudge Cake zu bestellen, aber dann beschloss sie, zu ihrem Schreibtisch zurückzugehen – wild entschlossen, Jez zu zeigen, aus welchem Holz sie geschnitzt war.

»Ich glaube, Evelyn Everards Sohn hat Anna vergewaltigt.«

»Tom?« Schockiert starrte Penny Lilly an. »Du machst Witze.«

»Sehe ich vielleicht aus wie Mister Bean?«, fragte Lilly.

»Manchmal schon, wenn deine Haare abstehen«, antwortete Penny.

Lilly boxte ihre Freundin in den Arm. »Das ist eine ernste Sache. Anna hat den Kerl beschrieben, und ich bin mir fast sicher, dass er es ist.«

Der Umkleideraum im Fitnessstudio war verlassen, aber Penny schaute sich trotzdem vorsichtig um. »Und was willst du jetzt machen?«

Lilly zog sich ihre Taekwondo-Hose an und schüttelte den Kopf. Was sollte sie tun?

»Vielleicht bemühe ich mich um ein Gespräch mit ihm.«

Penny stieß einen leisen Pfiff aus. »Lieber du als ich. Evelyn wird an die Decke gehen.«

Lilly seufzte. Natürlich konnte sie sich den Sturm der Entrüstung lebhaft vorstellen, den Annas Behauptungen hervorrufen würden. Hurrikan Katrina erschien im Vergleich wie eine leichte Brise.

»Na, wollen die Damen sich zu uns gesellen?« Es war der Trainer, der den Kopf zur Tür hereinstreckte, als wäre er vom Körper losgelöst. »Ich bin sicher, dass eure Friseurtermine auch ein andermal durchdiskutiert werden können.«

»Friseurtermine«, seufzte Lilly. »O ja, ich würde einiges dafür geben, wenn ich genug Zeit für so was wie Schneiden und Föhnen hätte.«

»Ach, da würde ich mir keine Sorgen machen. Du hast einen tollen Look.« Penny zauste Lillys ohnehin zerzauste Locken. »Jedenfalls für einen Stand-up-Comedian.«

Lilly verbeugte sich tief und nahm ihren Platz auf der Matte ein. Zu ihrer Erleichterung spürte sie, wie die rhythmischen Bewegungen ein bisschen von ihrer Spannung lösten. Vielleicht würde sie doch nicht mit dem Everard-Jungen sprechen. Vielleicht gab es irgendeine andere Möglichkeit.

»Ist irgendwas los in der Schule?«

Penny schüttelte den Kopf und fuhr mit ihren Aufwärmübungen fort.

Lilly boxte nach vorn und riss den Arm wieder zurück. Einmal. Zweimal.

»Dreimal, Miss Valentine«, rief der Trainer. »Eins, zwei, drei.«

Lilly wiederholte die Sequenz und zählte leise jeden Stoß mit. Dann wartete sie, bis der Trainer sich ein anderes zahlendes Mitglied der Gruppe zum Bekritteln aussuchte und wandte sich wieder an Penny.

»Es waren drei Jungs dabei, in der Nacht, als sie Anna vergewaltigt haben.«

»Und?«, fragte Penny, ohne ihre Übungen zu unterbrechen.

»Verstehst du nicht?«, sagte Lilly. »Einer war der kleine Everard, der andere Charlie Stanton.«

»Mit Ersterem willst du nicht sprechen, mit dem Zweiten kannst du nicht sprechen.«

»Und jetzt bitte dreißig Liegestützen«, hallte die Stimme des Trainers durch den Raum.

»Danke, Lilly«, sagte Penny. »Ich hab schon manche Luftschutzsirene gehört, die leiser war als du.«

Gehorsam gingen sie auf Hände und Knie und begannen sich auf und ab zu stemmen.

Lilly ächzte. Ihre mickrigen Arme waren nicht dafür gemacht, das volle Gewicht ihrer Brüste und ihres Hintern zu tragen.

»Aber es waren drei Jungs«, keuchte sie. »Also muss ich bloß noch den dritten finden.«

Penny beendete die dreißig und setzte sich schnaufend auf. Bisher war Lilly erst auf acht gekommen.

»Luke Walker«, sagte Penny.

»Was?«

»Der dritte Junge«, antwortete Penny. »Ich wette, es ist Luke Walker. Die drei wohnen im selben Haus und sind dicke Freunde. Allem Anschein nach ist Luke seit Charlies Tod krank.«

Lilly brach auf ihrer Matte zusammen. Wie ihre Freundin es schaffte, sämtliche Eltern und Kinder von Manor Park zu kennen, war ihr ein Rätsel. Andererseits war es eine kleine Schule und sehr eng. Vielleicht gehörte Lilly einfach nicht zu den Eingeweihten.

Der Trainer baute sich über ihr auf wie eine Gewitterwolke. »Bis dreißig sind Sie aber nicht gekommen, was, Miss Valentine?«

Lilly blieb liegen. »Nein.«

»Warum nicht?«

Langsam rappelte sie sich auf. »Ich glaube, ich bin dafür einfach nicht gemacht.«

Voller Abscheu schüttelte der Trainer den Kopf. »Vielleicht verbringen Sie zu viel Zeit beim Friseur, Miss Valentine.«

Lilly erwiderte seinen Blick und hoffte, dass er einen Rückzieher machte, bevor sie die Geduld verlor.

»Vielleicht schauen Sie sich den ganzen Tag nur Soaps an, Miss Valentine, und die einzige Bewegung, die das hier bekommt«, – er hob ihr rechtes Handgelenk zwischen Daumen und Zeigefinger empor – »ist das Drücken auf die Fernbedienung.«

Dann ließ er ihre Hand fallen. Und sie wäre auch sicher an Lillys Seite gelandet, wenn Lilly sie nicht von der Taille spontan wieder hochgerissen hätte.

Mit einem befriedigenden Klatschen landete ihre Faust auf den Lippen des Trainers, und obwohl es nicht der rechte Haken war, auf den Prince Nazeem stolz gewesen wäre, taumelte der Trainer überrascht nach hinten und landete auf dem Boden. Vielleicht hatte Lilly in seinem Kurs ja doch etwas gelernt.

Alle schnappten erschrocken nach Luft, außer Penny, die ein Lachen unterdrücken musste, und Lilly, die so schnell sie konnte im Umkleideraum verschwand.

Die meisten Moslems sind pädophil Skin Lick 17:04

Warum sonst heiraten Araber und Pakistanis Mädchen, die grade mal zehn Jahre alt sind?

Alexia seufzte. Über eine Stunde schon trieb sie sich in den rassistischen Chatrooms herum. Wenn Blood River sich zu Wort meldete, war das meiste, was er von sich gab, wenigstens in sich logisch. Na ja, manches davon jedenfalls.

Und doch … wenn man mit dem Daumennagel leicht an der Oberfläche kratzte, kam das wahre Gesicht dieser Menschen zum Vorschein, und zwar mit gefletschten gelben Zähnen.

Warum werden die Krankenschwestern in diesem Land so schlecht bezahlt? Fire Starter 17:30

Weil die Hälfte des Gesundheitsbudgets für Dolmetscher draufgeht.

Die andere Hälfte wird dafür verwendet, Krankheiten zu bekämpfen, die von den Ausländern eingeschleppt werden.

Wieder seufzte Alexia. Wenn es nicht so deprimierend wäre, wäre es einfach lächerlich.

Warum fühlten sich Blood River und seine Anhänger so bedroht?

Plötzlich schnippte Alexia mit den Fingern. Das war's! Sie würde einen Artikel über *Pride of England* schreiben. Nicht die Ansichten der Gruppe unterstützen, sondern erklären, warum sie diese Ansichten hatten und wie sich daraus Rassismus entwickeln konnte. Sie würde zeigen, wie die Einwanderungspolitik der derzeitigen Regierung solche Gefühle nährte, vor allem in einer Stadt wie Luton, wo sich die Einheimischen bereits bedroht fühlten. Dann würde sie auf den Stanton-Mord zu sprechen kommen und aufzeigen, wie solche Vorfälle das Feuer schürten. Wer behauptete denn, regionale Nachrichten könnten nicht seriös und knallhart sein? Zusammen mit den Enthüllungsartikeln, die sie bereits verfasst hatte, würde das ihr Talent als Allrounderin deutlich machen. Es war nur noch eine Frage der Zeit, bis sie die Leiter des Erfolgs erklimmen konnte. Sie sah es schon vor sich, ein Kommentar im *Guardian*, vielleicht sogar ein Sendeplatz in der *Late Review*. Angesichts dieser rosigen Zukunftsaussichten lächelte sie unwillkürlich.

Lilly spürte, wie eine Woge der Übelkeit sie überflutete. Diese blöden Liegestützen hatten ihr die letzte Kraft geraubt. Zugegeben, sie hatte nur ein paar gemacht, aber auf leeren Magen. Kein Wunder, dass sie die Fassung verloren und den Trainer verkloppt hatte.

Kurz entschlossen holte sie sich an der Tankstelle ein Thunfischsandwich und biss hinein. Es war kalt und geschmacksneutral. Sie spülte es mit einer Cherry Cola hinunter.

Vor einem bescheidenen Neubau gleich neben der A5 hielt

sie und kontrollierte zur Sicherheit noch einmal die Adresse. Nach der Klassenliste wohnten hier Luke Walker und seine Eltern.

Eigentlich hatte Lilly immer angenommen, sie wäre die einzige Manor-Park-Mum ohne einen Aston Martin und Auslandskonto. Aber anscheinend hatte sie sich geirrt.

Lilly war nicht ganz sicher, wie sie ihr Vorhaben angehen sollte. Über Lukes Eltern wusste sie nichts und hatte auch keine Ahnung, wie sie reagieren würden. Offenbar war die Schießerei ihrem Sohn ernsthaft an die Nieren gegangen, und es war durchaus möglich, dass sie Lilly Vorwürfe machten, weil sie ja daran beteiligt gewesen war. Vielleicht wollten sie nichts mit ihr zu tun haben, vielleicht weigerte auch Luke sich rundweg, mit ihr zu sprechen. Aber wenn sie ihnen verständlich machen konnte, dass sie wissen musste, was in jener Nacht geschehen war, als Anna vergewaltigt worden war, halfen sie vielleicht doch.

Etwas nervös klopfte sie an die Tür und war schockiert, als diese fast sofort aufgerissen wurde.

»Luke?«, rief eine Frau und stürzte sich quasi auf Lilly, wich aber mit enttäuschtem Gesicht zurück, als sie sah, dass sie sich geirrt hatte.

»Leider nicht, nein«, sagte Lilly. »Aber ich frage mich, ob ich mich vielleicht kurz unter vier Augen mit Ihnen über ihn unterhalten könnte.«

Mrs Walker führte Lilly ins Wohnzimmer, wo sie sich unruhig auf der Sofakante niederließ, ohne Lilly ebenfalls zum Sitzen aufzufordern.

»Haben Sie schlechte Nachrichten?«

»Wie bitte?«, fragte Lilly.

Mrs Walker sah zu ihr auf, und ihre rotgeränderten Augen standen voller Tränen. »Ist er tot?«

Wie in aller Welt kam diese Frau auf die Idee, dass ihr Sohn tot war?

»Tot?«, wiederholte Lilly verwirrt.

»Was dann?«, fragte Mrs Walker mit kratziger, heiserer Stimme.

Irgendetwas Schlimmes ging vor, aber Lilly hatte keine Ahnung, was es war. »Mrs Walker, ich bin Lilly Valentine, die Anwältin von Anna Duraku.«

»Oh!«, rief Mrs Walker, sah aber nicht aus, als käme ihr der Name bekannt vor.

Himmel, dachte Lilly, sie muss die einzige Person in der Gegend sein, die nichts über mich in der Zeitung gelesen hat.

Mrs Walter sprang auf. »Ich dachte, Sie sind von der Polizei.«

»Nein, ich bin nicht von der Polizei«, erklärte Lilly und schüttelte den Kopf.

Plötzlich kam wieder Farbe in Mrs Walkers aschfahles Gesicht, und sie fiel Lilly um den Hals. »Gott sei Dank.«

Lilly griff nach der Schachtel mit den Darjeeling-Teebeuteln.

»Tut mir leid, dass ich sie erschreckt habe, Mrs Walker«, sagte sie und reichte ihr eine Tasse, nachdem sie Wasser aufgegossen hatte.

»Daran sind Sie nicht schuld.« Schützend umfasste sie ihre Teetasse mit beiden Händen. »Ich bin einfach fertig mit den Nerven, seit …«

Lilly merkte, wie ihre Wangen sich röteten. »Ja, Charlies Tod hat uns alle nervös gemacht.«

»Charlie?« Mrs Walker runzelte fragend die Stirn. Allem Anschein nach hatte sie andere Gründe für ihre Nervosität.

»Die Schießerei an der Schule«, sagte Lilly.

Jetzt wusste Mrs Walker offensichtlich, was gemeint war. »Ach das. Ja … es war schrecklich … aber ich fürchte, ich war so abgelenkt, dass ich nicht mal …«

Sie ließ den Satz unvollendet und starrte aus dem Fenster in die Nacht hinaus.

Lilly beobachtete diese Frau, in deren Kopf es offensichtlich fieberhaft arbeitete. Aber anscheinend ging es nicht um den Tod von Charlie Stanton.

Auf einmal explodierten draußen krachend Feuerwerkskörper am Himmel. Mrs Walker stieß einen Schrei aus und ließ ihre Tasse fallen. Tee spritzte quer über den Teppich.

»Was ist das denn?«, rief sie verzweifelt und hielt sich die Ohren zu.

Lilly führte sie zurück zum Sofa und zwang sie, sich hinzusetzen. »Bloß Feuerwerk, Mrs Walker, heute ist doch Bonfire Night.«

»Oh«, sagte Mrs Walker und nickte. »Das hab ich ganz vergessen. Wissen Sie, ich hab jedes Zeitgefühl verloren …«

Lilly sammelte die Porzellanscherben auf und trug sie in die Küche. Als sie mit einem Lappen zurückkam, war Mrs Walker zu ihrem Platz am Fenster zurückgekehrt.

»Was dachten Sie, aus welchem Grund ich gekommen bin?«, fragte Lilly, während sie an einem Teefleck herumrubbelte. »Warum haben Sie gemeint, ich bin von der Polizei?«

Mrs Walker sah Lilly nicht direkt an, sondern fuhr mit dem Finger über die Fensterscheibe. Vielleicht hätte jemand anderes die Frage wiederholt, aber Lilly wusste, dass Mrs Walker noch dabei war, sich ihre Antwort zu überlegen.

»Luke ist verschwunden«, sagte sie schließlich schlicht.

Verwundert starrte Lilly sie an. »Aber alle haben doch gesagt, er wäre zu Hause, weil er krank ist.«

Aber Mrs Walker schüttelte den Kopf. »Das haben wir überall erzählt, aber es stimmt nicht. Vor zwei Wochen hat er ein paar Sachen zusammengepackt, und seither hat ihn niemand mehr gesehen.«

»Haben Sie die Polizei verständigt?«

Mrs Walker führte die Tasse an die Lippen, trank aber nicht. »Die sagen, er ist sechzehn und kann von zu Hause weg, wenn er möchte. Anscheinend passiert das bei Jungs in seinem Alter dauernd.«

»Aber Sie glauben nicht, dass es so einfach ist?«

Mrs Walkers Augen wurden klar. »Kommen Sie mit.«

Sie führte Lilly zu einem Zimmer im ersten Stock.

Lukes Zimmer war ausgestattet mit typischem Teenagerkram. Arsenal-Bettwäsche. Poster von Lindsay Lohan und Mischa Barton. Aber es war keineswegs die Müllhalde, die Lilly erwartet hatte. Und es verströmte auch nicht den üblichen Geruch nach Testosteron und Fußballschuhen.

»Es ist so ordentlich hier«, stellte sie fest.

Mrs Walker fuhr mit der Hand über den Schreibtisch. »Er war nie schwierig. Und natürlich hat er in der Schule gewohnt, war also nicht die ganze Zeit über hier.« Sie hob ein Buch auf, das aufgeschlagen neben der Lampe lag, und drückte es an die Brust. »Ich wollte ihn nie wegschicken, aber sein Vater hat darauf bestanden.«

Lilly nickte. Sie war auch von Anfang an gegen die Privatschule gewesen, aber David hatte sie unter Druck gesetzt.

»Er meint, das Internat schult den Charakter.« Mrs Walkers Stimme versagte. »Er hat gesagt, es würde Luke stark machen.«

Wieder ein Farbblitz am Himmel.

»Luke mochte die Bonfire Party in der Schule nie. Er hat immer gesagt, er bleibt lieber zu Hause und zündet ein paar Wunderkerzen an.«

»Mein Sohn ist genauso«, sagte Lilly.

Auf einmal sank Mrs Walker aufs Bett und fing an zu schluchzen. »Warum hab ich nicht auf ihn gehört? Warum hab ich mein Baby weggeschickt?«

Instinktiv setzte Lilly sich neben sie und legte ihr den Arm um die zuckenden Schultern. Sie fühlten sich gebeugt an, als wäre die Frau im Innersten gebrochen.

»Ich denke dauernd daran, wie mies er sich gefühlt haben muss«, fuhr Mrs Walker fort. »Bestimmt hat er gedacht, ich will ihn nicht bei uns haben.«

»Das kann ich mir nicht vorstellen«, widersprach Lilly.

»Warum ist er denn sonst weggelaufen und hat einfach alles stehen- und liegenlassen?« Zur Veranschaulichung zog Mrs Walker eine Schublade auf. »Sein Nintendo, seinen iPod, alles.« Dann stand sie auf, rannte zum Kleiderschrank und fuhr mit der Hand heftig über Jeans und Hemden. »Warum hat er seine Klamotten hiergelassen? Nicht mal eine warme Jacke hat er mitgenommen, nur diese blöde Regenjacke, die ich ihm unbedingt kaufen musste. Ich hab ihm gesagt, dass sie nichts taugt.«

Schluchzend fiel sie auf die Knie. »Ich komme einfach immer wieder auf die Tatsache zurück, dass er gedacht haben muss, ich weise ihn zurück. Dass alles meine Schuld ist.«

Lilly tat das Herz weh. »Nein, sagen Sie das nicht. Er muss gewusst haben, wie sehr er geliebt wird. Aber Charlies Tod hat alle aufgewühlt, vor allem die Kids.«

Doch Mrs Walter schüttelte heftig den Kopf. »Damit hatte das nichts zu tun.«

»Ich weiß, dass Sie sich selbst die Schuld geben«, erwiderte Lilly sanft. »Mir würde es genauso gehen. Himmel, ich bin eine alleinstehende berufstätige Mutter, ich habe das schlechte Gewissen praktisch erfunden.«

Mrs Walker lächelte unwillkürlich.

»Aber denken Sie doch mal logisch darüber nach«, fuhr Lilly fort. »In der Schule Ihres Sohns ist etwas wirklich Schreckliches passiert. Das kann unmöglich spurlos an ihm vorübergegangen sein.«

Mrs Walker schüttelte wieder den Kopf, aber diesmal traurig und resigniert. »Ich weiß, dass Sie es nett meinen, aber ich versichere Ihnen, dass Lukes Verschwinden nichts mit dem Mord an Charlie zu tun hat.«

»Wie können Sie da so sicher sein?«

»Weil er am Tag vorher verschwunden ist.«

Das war ein Schlag in den Magen. Also war Luke vor dem Mord weggelaufen. Sie sah die Frau an, die da vor ihr stand, leer, von Schmerzen zerrissen. Wie würde sie sich erst fühlen, wenn sie erfuhr, dass Luke womöglich in eine Vergewaltigung verwickelt war? Lilly brachte es nicht übers Herz, ihr davon zu erzählen.

Lilly schenkte zwei Gläser Sauvignon Blanc ein, nahm einen großen Schluck von ihrem und reichte das andere an Rupinder weiter.

Auf einmal durchbrach ein Konzert aus Knallern und schrillen Schreien die ländliche Stille, grüne und goldene Sterne spritzten in den Nachthimmel.

Sam lag schon im warmen Bett. Kopfhörer in den Ohren, aus denen The Killers dröhnten.

»Danke, dass du vorbeischaust«, sagte Lilly zu ihrer Chefin.

»Wenn der Berg nicht zum Propheten kommt.«

»Ich dachte, er wäre bei den anderen engagiert.« Lilly rumorte im Kühlschrank herum und holte schließlich die Überbleibsel eines Brathähnchens und einen Becher saure Sahne heraus. »Die Dinge werden allmählich kompliziert«, stellte sie fest.

Rupinder strich ihren Sari glatt. »Einfache Dinge sind total überholt.«

Lachend griff Lilly nach der frischen roten Chili.

»Erinnerst du dich, dass die Psychologin meinte, Anna hat eine posttraumatische Belastungsstörung?«

Rupinder nickte. »Und die Vergewaltigung war der Katalysator.«

»Tja, es wird echt problematisch zu beweisen, dass Anna tatsächlich vergewaltigt wurde. Der Haupttäter wird garantiert alles abstreiten, und sein Kumpel ist tot.«

»Und was ist mit Anna? Kann sie die Geschichte nicht selbst erzählen?«

Lilly warf Hähnchen und Chili in den Sauerrahm und streute Koriander darüber.

»Sie ist nicht gerade Hans Christian Andersen«, meinte Lilly und knallte die Schüssel mit einer Riesentüte Nachos auf den

Tisch. »Es war noch ein Junge dabei, und ich dachte, er könnte uns vielleicht helfen.«

»Aber?«

»Er hat sich verpisst.«

Rupinder zog fragend eine Augenbraue hoch.

»Ja, er ist weggelaufen«, präzisierte Lilly.

Eine Weile saßen sie schweigend da, füllten die knusprigen Nachos mit dem würzigen Dip und stopften sie sich in den Mund. Für eine so elegante Person konnte Rupinder erstaunlich reinhauen.

Schließlich leckte Rupinder sich ihre schlanken Finger ab, einen nach dem anderen. »Wenn du die Vergewaltigung nicht beweisen kannst, musst du die Betonung eben auf das legen, was du beweisen kannst.«

»Kosovo.«

Rupinder nickte und trank ihren Wein aus. »Du hast alle Informationen, die du brauchst, um genau zu zeigen, was mit Anna während des Völkermords passiert ist.«

»Stimmt«, sagte Lilly. »Das kann keiner abstreiten.«

Es war ein russischer Revolver. Von Baikal als harmlose Startpistole hergestellt, war sie nach Großbritannien geschmuggelt und umgebaut worden, so dass sie Kugeln aufnehmen konnte. Man hatte sie auf Fingerabdrücke untersucht und zwei Sätze gefunden.

Kerry unterdrückte ein Gähnen. Seit Stunden saß sie nun schon an diesem Papierkram. Zu ihren Füßen häufte sich ein Aktenberg mit Fotos, Autopsieberichten und Tatortskizzen. Auf ihrem Schreibtisch befand sich nur noch das Zeug über die Waffe.

Sie hatte sich so gewünscht, Jez zu beeindrucken. Das eine Goldklümpchen zu finden, das Lilly Valentines Fall aus den Angeln hob. Und sie hatte Hunger.

Sie starrte wieder auf ihre Papiere. Der erste Fingerabdrucksatz war von Jack McNally, der zweite von Anna Duraku. Na und? Sie hatte ja nie abgestritten, dass sie das verdammte Ding in der Hand gehabt hatte.

Kerry streckte sich nach ihrer Tasche und angelte die Speisekarte des Royal Bengali Restaurant and Takeaway heraus. Wenn sie jetzt ein Chicken Korma bestellte, konnte sie es abholen und war in zwanzig Minuten zu Hause.

Als ihre Hand noch über dem Telefon schwebte, erwachte ihr E-Mail-Programm mit einem Piepton zum Leben. Die Mail kam von der Datenbank. Vor einer Weile hatte sie eine Bestätigung dafür angefordert, dass Anna Durakus DNA tatsächlich noch nie dokumentiert worden war. Eigentlich hatte sie gar keine Antwort erwartet, sondern gedacht, heute wären sowieso alle unterwegs, um sich zu amüsieren. Aber offenbar war jemand dort genauso unglücklich wie sie, denn hier war die Antwort. Kerry war ziemlich sicher, dass das Mädchen tatsächlich keine Vorstrafen hatte, aber man konnte ja nie wissen.

Beim Wählen las sie die Ergebnisse und fasste den Entschluss, wenn sie schon mal dabei war, gleich noch ein Peshwari Naan zu bestellen. Als sie die Einleitung hinter sich hatte, blieb ihr der Mund offen stehen.

»Royal Bengali? Kann ich Ihnen helfen?«, ertönte die Stimme vom anderen Ende der Leitung.

Doch Kerry war sprachlos.

»Möchten Sie eine Bestellung aufgeben?«

Stumm schüttelte Kerry den Kopf und legte auf.

Sie las die Mail noch einmal, um sicherzugehen, dass sie nicht übergeschnappt war, dann kramte sie Jez' Karte heraus.

»Ich hab mir schon immer gewünscht, Barrister zu werden«, sagte die junge Frau mit ernstem Gesicht.

Jez nickte weise. Sie war das jüngste Mitglied der Kammer, sprach fließend drei Sprachen und kam frisch vom Jurastudium, wo sie brilliert und das Examen in Cambridge mit Auszeichnung bestanden hatte.

Jez überlegte, wie weit sie beim ersten Date gehen würde.

Sie stand auf Zehenspitzen, um die letzte Duraku-Akte ins Regal zurückzubefördern. »Es ist eine Ehre, dass Sie mich gebeten haben, Ihnen bei diesem Fall zu helfen.«

Jez hatte sie beauftragt, die ganzen Aussagen durchzuackern, während er ins Fitnessstudio gegangen war.

Jetzt bewunderte er von hinten ihr knackiges kleines Hinterteil. »Sie waren wirklich eine große Hilfe.«

»Aber ich fürchte, was Sie gesucht haben, hab ich nicht gefunden.«

Beruhigend legte er ihr die Hand auf die Schulter. »Manchmal sind die Beweise einfach gegen uns.«

Sie sahen einander an, und Jez spielte mit dem Gedanken, sie hier und jetzt zu küssen. Sie vielleicht gegen den Schreibtisch zu drängen, bis sie sich nach hinten bog …

In diesem Moment klingelte sein Handy. Achselzuckend ging er dran.

»Ich hab's!«, kreischte eine erstickte Stimme.

»Wer spricht denn da bitte?«, fragte Jez.

»Kerry«, kam die Antwort, ein nahezu hysterisches Keuchen. »Und ich hab genau das, was wir brauchen.«

Sofort verbannte er alle Gedanken an die hübsche Studentin aus seinem Kopf und konzentrierte sich voll und ganz auf das, was ihn wirklich anmachte. Seine Karriere.

»Schießen Sie los.«

Kerry holte tief Luft. »Ich wollte einen DNA-Abgleich für Anna Duraku machen lassen, um zu checken, ob sie wirklich noch nie etwas mit der Polizei zu tun hatte.«

»Und – hatte sie?«

»In dem Bericht steht, dass Anna Duraku schon über zehnmal wegen Prostitution angezeigt worden ist.«

Jez stieß einen Pfiff aus. »Dann ist unser liebes verängstigtes Kindchen also gar nicht so lieb, wie sie immer tut.«

»Schwer zu sagen.«

Jez lachte. »Anschaffen zu gehen ist schon eine ziemlich eindeutige Sache, würde ich sagen. Trotzdem verstehe ich, was Sie meinen – es heißt nicht, dass sie keine PTBS hat, und wie ich Lilly Valentine kenne, wird sie wahrscheinlich eine Expertin anschleppen, die uns glaubhaft versichern wird, dass ihre Klientin als direkte Folge des Kosovokriegs auf den Strich gegangen ist.«

»Ich denke, es wird ihr schwerfallen, jemanden dazu zu kriegen«, meinte Kerry.

»Sie kennen Lilly nicht.«

»Aber ich weiß, dass ihre Klientin so ziemlich in jedem Punkt gelogen hat.«

»Das kann ja wohl kaum in dem Bericht stehen.«

»Aber da steht, dass Anna Duraku wegen Prostitution vorbestraft ist.«

Allmählich wurde Jez ungeduldig. »Das ist nicht das Gleiche, wie in jedem Punkt zu lügen.«

»Da steht außerdem noch, dass Anna Duraku sich vor drei Jahren das Leben genommen hat.«

Jetzt war Jez sprachlos.

»Haben Sie gehört, was ich gesagt habe?«

»Ja«, stammelte er. »Aber wie kann das sein? Da muss doch ein Irrtum vorliegen.«

»Nein, es ist kein Irrtum.«

»Wer ist denn dann unser Mädchen?«

»Gute Frage.«

KAPITEL 18

Der Duft von gebratenem Speck drehte Lilly fast den Magen um. Normalerweise liebte sie diese Art von Frühstück, aber heute Morgen schauderte ihr schon bei dem Gedanken.

Anna, die gerade den Toast für Sam mit Butter bestrich, blickte auf. »Möchtest du was?«

»Bloß Kaffee.«

Sie sah zu, wie Sam sich den Teller volllud. Er redete nicht mit Anna und sah sie auch nicht an, aber sie kochte wortlos für ihn, und er nahm ihr Essen an.

Er deutete mit dem Messer auf Lilly. »Untersuchungen haben bewiesen, dass Menschen, die ein gutes Frühstück essen, ihre morgendlichen Aktivitäten erfolgreicher erledigen.«

Mit gerümpfter Nase fixierte Lilly das Eigelb, das über seine Finger lief. »Zum Glück habe ich heute früh nicht viel zu erledigen«, sagte sie.

»Gehen wir nicht ins Büro?«, fragte Anna.

Lilly schüttelte den Kopf. Selbst der Geruch von Nescafé war schwer erträglich.

»Nein. Ich arbeite heute von zu Hause und recherchiere so viel wie möglich über den Kosovokonflikt.«

Sofort wandte Anna den Blick ab, und Lilly musste sich ermahnen, sich nicht von der abweisenden Reaktion des Mädchens ärgern zu lassen. Dass Anna sich weigerte, über das Thema zu reden, war nur ein Symptom ihrer PTBS.

»Vielleicht finde ich im Netz sogar noch andere Berichte aus deinem Dorf. Wie hieß der Ort gleich noch mal?«

Anna antwortete nicht.

»Dein Dorf«, wiederholte Lilly. »Wie heißt das?«

Eine unbehagliche Stille entstand, die schließlich vom Klingeln des Telefons durchbrochen wurde.

»Hallo Rupes«, sagte Lilly. »Alles klar bei dir? Ich fühle mich nämlich scheußlich. Vielleicht war das Hähnchen gestern nicht mehr gut.«

»Was?«, fragte Rupinder.

»Ist dir nicht schlecht?«, hakte Lilly nach. »Na ja, eigentlich ist mir auch nicht richtig schlecht, nur ein bisschen komisch.«

»Hör zu«, unterbrach Rupinder. »Gerade hat der Old Bailey angerufen. Die brauchen dich heute Vormittag vor Gericht.«

»Weshalb?«, brüllte Lilly.

»Erschieß nicht den Botschafter. Das Terminbüro hat mir nur gesagt, dass du so schnell wie möglich erscheinen sollst.«

Lilly lehnte sich gegen die Arbeitsplatte und zog ihren Bademantel enger um sich. Sie fühlte sich miserabel.

»Ich muss ins Gericht.«

Sam schob seinen leeren Teller von sich. »Hättest wohl doch frühstücken sollen.«

»Das ist Scheiße.«

Steve hielt Alexias Artikel zwischen Daumen und Zeigefinger wie ein dreckiges Paar Socken.

»Ich dachte, es wäre gut, mal zu zeigen, was die Leute in der Gegend so denken«, verteidigte sie sich.

»Eine Handvoll Nazis sagen, dass sie die Asylanten hassen«, schnaubte Steve verächtlich. »Das ist keine große Überraschung, echt nicht.«

Aber Alexia gab nicht klein bei. »Viele Leute empfinden so. Das Internet ist voll von solchem Zeug.«

»Das Netz ist auch voll von Leuten, die glauben, sie haben Aliens gesehen. Hängt doch alles davon ab, auf welchen Seiten du dich rumtreibst, oder?«

Seufzend ließ Alexia sich auf ihren Stuhl sinken.

»Hör zu, Posh. Das sind einfach keine wirklichen Neuigkeiten.« Steve zündete sich eine Zigarette an. »Der Ansatz mit den Skinheads ist ja nicht blöd, aber sie haben nichts getan, oder?«

»Außer dass sie das Auto der Anwältin demoliert haben.«

»Das können wir aber nicht beweisen.«

»Und was schlägst *du* vor?«

»Fahr runter zum Old Bailey«, sagte er. »Such dir einen Idioten im Terminbüro, der dir erzählt, was in dem Fall grade passiert.«

Lukes Finger sind taub, und sein Rücken schmerzt. Seit halb sieben pflückt er Tomaten, ohne eine Pause.

Er hat schließlich all seine Courage zusammengenommen und ist frühmorgens ins Black Cat marschiert. Er dachte, er muss abwaschen, den Boden wischen und die Mülleimer leeren. Stattdessen hat man ihm ein blaues Lotterielos in die Hand gedrückt und gesagt, er soll warten.

Das Café war voll. Keine Kundschaft, obwohl ein paar Tee tranken, alles junge Männer, die in einer fremden Sprache lachten und plauderten.

Irgendwann kam eine Frau mit einem Klemmbrett herein, und auf einmal wurde es ganz still.

»Nummer eins bis zwanzig nach draußen«, rief sie. »Die Wagen warten gegenüber.«

Die Männer zeigten einander ihre Lose. Als wollten sie bestätigt haben, wo sie hin mussten.

»Ich hab nicht den ganzen Tag Zeit«, blaffte die Frau. »Wenn ihr Arbeit wollt, dann beeilt euch und steigt ein.«

Die Männer stolperten zur Tür hinaus. Die Frau sah ihnen nach, wie sie hinten in zwei Lieferwagen einstiegen, und kehrte zu ihrer Liste zurück.

»Nummer einundzwanzig bis fünfunddreißig, nach draußen.«

Weitere fünfzehn Männer schlurften zur Tür hinaus. Jetzt waren nur noch vier im Café übrig.

»Sorry«, sagte die Frau, obwohl sie sich überhaupt nicht danach anhörte. »Das war's für heute.«

Damit wandte sie sich zum Gehen.

»Können Sie mich noch irgendwo reinquetschen?«, fragte Luke.

Die Frau zog ihre schokobraunen Augenbrauen in die Höhe. »Engländer?«

Luke ignorierte die Frage. »Ich hab Nummer sechsunddreißig. Können Sie mich vielleicht irgendwo noch unterkriegen? Bitte.«

»Ist das der, von dem du mir erzählt hast?«, rief die Frau dem Mann hinter der Theke zu.

Der nickte, ohne von dem Grill aufzublicken, den er gerade putzte.

»Na gut«, sagte die Frau zu Luke. »Aber nur, weil du so gute Manieren hast.«

Luke konnte sich ein Lächeln nicht verkneifen.

»Ist aber keine Luxuskreuzfahrt«, sagte sie.

»Ist mir gleich«, antwortete er.

Sein Leben lang hatte Luke das getan, was man ihm sagte. Seine Mum wollte, dass er gute Klausuren schrieb, also hatte er gebüffelt. Sein Dad wollte, dass er ins Internat ging, also hatte er seinen Koffer gepackt. Tom wollte ihn als Sidekick, also hatte er über seine blöden Witze und seine endlosen Quälereien gelacht. Sein Leben war vorgezeichnet, und er war einfach der gestrichelten Linie gefolgt. Tja, damit war jetzt Schluss. Luke hatte selbst die Kontrolle übernommen. Nach den Maßstäben von Manor Park sah es vielleicht aus, als hätte er sein Leben versaut, aber zum ersten Mal bestimmte er selbst. Und das war ein gutes Gefühl.

Die Farm ist irgendwo in Kent, ungefähr eine Stunde Fahrt von London. Wie es aussieht, befindet sie sich im Niemandsland, Reihe um Reihe von Plastikfolientunneln. Der Geruch in ihrem Innern ist atemberaubend und erinnert Luke daran, wie sie eine Schulfahrt in die Provence gemacht haben und einen typisch französischen Markt anschauten. Auf den Ständen stapelten sich runzlige schwarze Oliven und Basilikumbündel. Aber die Luft war erfüllt vom Geruch der Tomaten. Riesige Berge, immer drei oder vier an einem Strunk.

Er reibt sich die Hände an der Jeans ab und hinterlässt dabei rote Schmierflecke auf den Schenkeln. Die Finger krampfen von der ewig gleichen Bewegung.

»Okay?«, fragt der Mann neben ihm.

Luke hat strikte Anweisungen, nicht zu sprechen, wenn der Besitzer in Hörweite ist. »Dann nickst du einfach nur«, hat die Frau gesagt. »Damit er denkt, du bist einer von ihnen.

Luke schaut sich um. Nur er und der Mann sind im Tunnel. Und Tausende Kirschtomaten natürlich.

»Du bist englisch«, sagt er. Es ist keine Frage.

»Und Sie?«, fragt Luke. »Woher kommen Sie?«

Der Mann geht zurück zu den Tomaten, dreht die Früchte vom Stamm und legt sie in seine Schachtel. »Ukraine«, antwortet er.

»Machen Sie das jeden Tag?«, fragt Luke, und seine Augen folgen den endlosen Reihen bis zum Horizont.

Der Mann zuckt die Achseln. »Manche Tage das, andere was anderes.«

»Weniger reden und mehr arbeiten!«, ruft der Chef vom Eingang und kommt auf sie zu.

Der Ukrainer deutet auf die bis zum Rand mit kleinen roten Kugeln gefüllten Kisten. »Wir arbeiten schnell, Mister.«

»Aber ihr wärt noch schneller mit etwas weniger Gequatsche.« Er bleckt eine Reihe ungleichmäßiger brauner Zähne. »Verstanden?«

»Ja, Mister.«

»Und dein Freund?«, knurrt der Eigentümer.

Jetzt weiß Luke nicht, was er tun soll. Er soll doch nicht sprechen.

Der Ukrainer tätschelt seinen Arm. »Er auch verstanden.«

»Erzählst du mir, was los ist, oder muss ich es aus dir rausprügeln?«

»Lass uns das unter vier Augen besprechen«, sagte Jez und führte Lilly die Treppe des Old Bailey hinauf zum Umkleideraum. Dort setzte er sich und klopfte auf den Stuhl neben sich. »Setz dich auf deine vier Buchstaben.«

»Ich steh lieber«, entgegnete sie von oben herab. »Und ich hoffe, dass es etwas Wichtiges ist.«

»Ich denke, du solltest dich wirklich lieber hinsetzen, Lilly.«

»Es wäre besser, wenn es nicht darum geht, dass ich mich von dem Fall zurückziehe, denn sonst muss ich dich möglicherweise schlagen.« Sie ballte die Fäuste. »Und ich muss dir mitteilen, dass der letzte Mann, den ich geschlagen habe, einen schwarzen Gürtel hatte und trotzdem auf dem Hintern gelandet ist.«

Falls diese Drohung Jez Angst einjagte, ließ er es sich nicht anmerken, was Lilly nur noch mehr aufbrachte.

»Folgendes«, begann er. »Deine Klientin ist nicht die, die sie zu sein behauptet.«

»Was redest du denn da?«

»Der Name, den sie benutzt, gehört einem Mädchen, das vor drei Jahren Selbstmord begangen hat.«

Lilly schüttelte den Kopf. »Das muss ein Zufall sein. Vielleicht ist Anna Duraku im Kosovo so häufig wie bei uns Joe Bloggs.«

»Mit dem gleichen Geburtsdatum? Das glaube ich kaum.« Er gab Lilly ein Blatt Papier. »Das ist die ganze Information, die wir über die echte Anna Duraku haben. Sie stimmt genau mit dem überein, was deine Klientin allen erzählt hat. Bis hin zum Namen ihres Bruders.«

»Das kann nicht richtig sein«, sagte Lilly, während sie das Blatt überflog.

»Ich fürchte doch«, sagte Jez. »Deine Klientin hat eine falsche Identität benutzt.«

Wie in Trance ging Lilly zu ihrer Klientin zurück. Anna hatte sie von Anfang an belogen. Sie war nicht aus einem brutalen Krieg geflohen. Ihre Familie war nicht vor ihren Augen bei lebendigem Leibe verbrannt.

»Stimmt was nicht?«, fragte Milo.

Um ein Haar hätte Lilly laut gelacht, so albern erschien ihr die Frage.

»Anna Duraku ist tot«, sagte sie.

Keiner sagte etwas. Alle schienen die Luft anzuhalten. Lilly sah von Anna zu Milo und wieder zurück.

»Das Mädchen, das nach England gekommen ist, um Asyl zu suchen, ist vor drei Jahren gestorben.«

Annas Augen füllten sich mit Tränen, die ihr kurz darauf wie in Zeitlupe über die Wangen rannen.

»Was die Frage aufwirft«, fuhr Lilly fort, »wer zum Henker bist du eigentlich?«

»Diese Angelegenheit ist von außerordentlicher Bedeutung«, sagte Richter Roberts.

Sag bloß. Na so was, Sherlock.

»Sie beeinflusst sämtliche Aspekte des Falls«, fuhr er fort. »Haben Sie irgendwelche Anweisungen, Miss Valentine?«

Lilly schaute zu ihrer Klientin, die zusammengekauert auf der Anklagebank saß und weinte. Seit Lilly ihr erzählt hatte, was sie wusste, hatte sie kein Wort gesagt, und zehn Jahre Erfahrung hatten Lilly gelehrt, dass es keinen Sinn hatte, sie zu bedrängen.

Der Richter wandte sich an Jez. »Was sagt die Anklage?«

Lilly erwartete, dass Jez alles aus der Situation herausholen würde, aber stattdessen erhob er sich langsam und hustete, als wäre er verlegen.

»Meine Kollegin wird etwas Zeit brauchen, um die Sache anzugehen«, sagte er langsam. »Wie Sie gesagt haben, Euer Ehren, sie betrifft jeden einzelnen Aspekt des Falls.«

Der Richter nickte und seufzte. »Ich gebe Ihnen eine Woche, Miss Valentine, und ich erwarte von Ihnen, dass Sie in dieser Zeit mit Ihrer Klientin klären, was in aller Welt hier vorgeht.«

»Ich werde es versuchen«, versprach Lilly.

»Und in der Zwischenzeit müssen wir über die Kaution sprechen.«

Lillys Magen zog sich zusammen.

»Die momentane Lage ist unhaltbar«, fuhr der Richter fort. »Ihre Klientin muss wieder in Haft genommen werden.«

Lilly sprang auf. »Euer Ehren, können wir nicht vorerst alles so lassen wie bisher?«

Doch der Richter nahm die Brille ab und fixierte Lilly. »Miss Valentine, weder Sie noch ich, noch sonst jemand in diesem Gerichtssaal hat die leiseste Ahnung, wer Ihre Klientin wirklich ist. Schlagen Sie ernsthaft vor, dass ich ihr erlaube, dieses Gebäude einfach so zu verlassen?«

»Aber sie ist die ganze Zeit bei mir«, stammelte Lilly.

Der Richter schüttelte den Kopf.

»Ich werde sie keinen Moment aus den Augen lassen«, rief Lilly.

Der Richter hob die Hand. »Kein Wort mehr.«

Und er bedeutete den Wachleuten, Anna abzuführen.

Alexia schlängelte sich auf die Bank, neben einen Mann mit der schlimmsten Erwachsenenakne, die sie je gesehen hatte.

»Erzähl mir doch ein bisschen was von dir, Mick«, schnurrte sie.

»Ich heiße Mark«, entgegnete er.

Sie lachte ein kleines Klingelglöckchenlachen und glättete mit der Hand ihren Rock, der kaum ihre Schenkel bedeckte. »Na klar heißt du Mark.«

Ein roter Fleck breitete sich auf dem Gesicht des Mannes aus, von den vorzeitig kahl werdenden Schläfen bis zu seinem narbigen, entzündeten Kinn.

Dem Himmel sei Dank für Netzstrümpfe, dachte Alexia.

»Dann sag doch mal, Mark«, fuhr sie fort, während sie versuchte, ein besonders großes Geschwür an seiner Oberlippe zu ignorieren, »ist dein Job sehr interessant?«

»Eigentlich nicht«, antwortete er.

Alexia seufzte. Nach dem Streit mit Steve war sie in den nächsten Zug nach London gesprungen und zum Old Bailey gerast, fest entschlossen, irgendeinen Hinweis aufzutreiben. Sie musste herausfinden, was hier ablief, und zwar schnell. Einen der Türsteher hatte sie ins El Vinos in der Fleet Street geschleppt.

»Du kriegst bestimmt jede Menge pikanter Fälle mit«, fuhr sie fort.

Mark rieb den Riesenpickel mit dem Rand eines Bierdeckels. »Nein, nicht besonders.«

»Keine Morde?«, hakte sie nach.

Mark schüttelte den Kopf.

»So ein Pech.« Alexia leckte sich über ihre großzügig mit Lipgloss bearbeiteten Lippen. »Ich finde das aufregend.«

Mark betrachtete Alexia von oben bis unten und taxierte jeden Zentimeter. Sie streckte ihr zartes Handgelenk nach ihrem Glas aus. Ihr Opfer hatte angebissen.

»Dann bist du von der Presse?«

Alexia prustete in ihren Drink. »Wie kommst du denn auf die Idee?«

»Wenn du es nicht bist, geh ich gleich wieder.« Zur Bekräftigung stand er auf.

»Setz dich«, zischte sie.

Wieder musterte er sie, und diesmal erkannte Alexia den Raubtierblick in seinen Augen.

»Willst du was über die Asylantin wissen?«

Alexia nickte.

»Fünf Riesen«, sagte er.

»Fünftausend Pfund!«, rief Alexia. »Ich bin vom *Three Counties Observer*, nicht von *News of the World*!«

»Überleg es dir«, erwiderte Mark und schniefte. »*The Sun* gibt mir locker das Doppelte.«

Alexia überlegte hastig. Natürlich würde Steve ihr das Geld niemals geben, andererseits war die Story vielleicht so gut, dass sie sie als Freie anderweitig verscherbeln konnte.

»Und?«, fragte Mark.

»Einverstanden«, sagte sie. »Aber exklusiv.«

Er legte die Hand auf ihren Oberschenkel. Sie fühlte sich feucht an durch die Netzstrümpfe. »Vielleicht könnte was Regelmäßiges daraus werden.«

Sie legte die Hand auf seine. »Erzähl mir, was du weißt.«

»Sie ist jemand anderes.«

»Was?«

»Die haben ihre DNA überprüft oder was. Sie hat eine falsche Identität benutzt.«

Alexia war perplex. Das hatte sie wirklich nicht erwartet. »Und wer ist sie dann?«

»Das sagt sie nicht«, antwortete Mark achselzuckend.

Lillys Kopf fühlte sich an wie Watte. Sie konnte keinen klaren Gedanken fassen. Anna kam nicht aus dem Kosovo. Anna war keine Asylbewerberin. Anna war nicht Anna.

»Gehen wir ein Stück«, schlug Milo vor und führte sie nach draußen.

Straßen, Restaurants und Geschäfte waren voller Lärm und Menschen, aber Lilly hatte das Gefühl, alles durchs falsche Ende eines Teleskops zu betrachten.

»Wo haben sie Anna hingebracht?«, erkundigte sich Milo.

»Ins Gefängnis«, murmelte Lilly tonlos.

Die Letzte ihrer Klientinnen, die man ins Gefängnis geschickt hatte, war ein vierzehnjähriges Mädchen gewesen. Ihre Mutter war tot, sie war ganz allein auf der Welt, und Lilly hatte für sie gekämpft wie eine Löwin. Bis vor wenigen Augenblicken hatte sie gegenüber Anna dasselbe empfunden.

»Wie konnte sie so was tun?«, fragte Lilly.

»Wir wissen nicht, wie verzweifelt sie war«, antwortete Milo.

Ohne nachzudenken gingen sie in den Park, wo eine Gruppe von Nonnen Sandwiches verzehrte.

»Auf so etwas wäre ich nicht in meinen schlimmsten Träumen gekommen«, sagte Lilly. »Ich hab ihr einfach geglaubt.«

Milo ging um eine der fotografierenden Nonnen herum, aber Lilly blieb direkt im Bild stehen. »Wir haben alle einfach akzeptiert, was sie uns erzählt hat«, sagte Lilly.

Milo zog Lilly zur Seite und sah sie an. Etwas in seinen Augen ließ sie innehalten.

»Du hast es gewusst?«

Er zuckte die Achseln. »Nicht direkt.«

»Aber du hast es vermutet?«

Wieder zuckte er die Achseln und wandte sich ab.

Aber Lilly packte ihn am Arm. »Warum hast du mir nichts gesagt?«

Die Nonnen blickten von ihren Vollkornstullen auf und runzelten sie Stirn.

»Scheiße noch mal, sie hat mich zum kompletten Volltrottel gemacht«, zischte Lilly. »Und du hast es nicht verhindert.«

Milo wedelte entschuldigend mit der Hand. »Vielleicht ist Anna nicht vor den Serben weggelaufen, aber vor irgendwas war sie auf der Flucht.«

»Vielleicht vor einem Strafzettel für Falschparken«, meinte Lilly sarkastisch.

Milo schüttelte den Kopf. »Sie hat alles hinter sich gelassen, alle Brücken abgebrochen. Das ist was Ernstes.«

Lilly kniff die Augen zusammen. Milo hatte recht. Natürlich hatte er recht. Menschen nahmen keine falsche Identität an, wenn nicht vorher irgendetwas grundsätzlich schiefgelaufen war.

Ihr Handy piepte. Eine SMS von Rupinder.

Wie war es im Gericht?

Lilly seufzte. Ihre Chefin würde an die Decke gehen, wenn sie erfuhr, was los war.

Alexia fühlte sich äußerst unbehaglich.

Als sie Mark mit leeren Versprechungen auf Geld und Sex zurückgelassen hatte, war klar gewesen, dass sie an etwas dran war. Die Story war gut, aber Alexia hatte lange genug bei ihrem Vater gelebt, um zu wissen, dass man nie selbstgefällig werden durfte.

Die Geschichte war gut, aber sie konnte etwas Großartiges daraus machen.

Jetzt saß sie hier, umgeben von Blood Rivers Hass, und fragte sich, ob sie sich richtig entschieden hatte. Sie wusste, dass sie mit dem Feuer spielte, und wollte um jeden Preis vermeiden, dass am Ende sie es war, die sich die Finger verbrannte.

Sie hatte ihm mitgeteilt, dass das Mädchen nicht echt war.

Er hatte gelassen reagiert und sie gebeten, sich mit ihm im Turk's Head zu treffen.

»Sie stimmen mir sicher zu, dass die Zeit für Gerede vorbei ist«, sagte er.

»Was haben Sie denn im Sinn?«, fragte Alexia. »Eine Demonstration?«

Blood River lächelte kalt und zog ein Handy aus der Tasche.

»Ein paar von den Brüdern haben die Sache in die Hand genommen.«

Er wählte und legte das Handy dann auf den Tisch. Es war ein iPhone. Der Teilnehmer am anderen Ende filmte eine Straße in Harpenden.

»Ach Rupes, es tut mir so leid«, sagte Lilly. »Ich hab dich angefleht, dass ich Annas Fall behalten kann, und jetzt kommt so was dabei raus.«

Sie sah zu, wie ihre Chefin ruhig ihre Sachen wegpackte.

»Eins verstehe ich überhaupt nicht«, sagte Rupinder. »Wie konnte sie glauben, dass sie damit durchkommt?« Vorsichtig goss sie den Rest aus ihrer Evian-Flasche in die kleine Vase mit weißen Rosen, die ihr Mann ihr jede Woche ins Büro schicken ließ. »Sie muss doch gewusst haben, dass es irgendwann jemand herausfinden wird.«

Lilly musste daran denken, was Milo gesagt hatte. »Vielleicht war sie einfach total verzweifelt.«

Rupinder schob ihren Stuhl unter den Schreibtisch und schlüpfte in ihren Mantel. »Wie viel Zeit hast du, um das alles zu klären?«, fragte sie.

»Der Richter hat mir eine Woche gegeben.«

»Dann solltest du am besten sofort loslegen.«

Sie schlossen ab und traten auf die Straße. Es war schon dunkel. Hart und kalt fiel der Novemberregen. Rupinder hatte einen Schirm dabei. Lilly natürlich nicht.

»Ich begleite dich zu deinem Auto«, sagte Rupinder.

Die Straßen waren ziemlich leer, und die wenigen Passanten schritten zielstrebig aus, die Köpfe tief gesenkt. Vielleicht hörte Lilly deshalb, wie sich die Männer ihnen näherten.

Auf dem kleinen Display des iPhones konnte Alexia die beiden Frauen sehen, die sich unter den Schirm duckten. Etwa fünf Meter hinter ihnen gingen zwei Männer, einer klein, einer riesig. An seinem Umfang erkannte Alexia, dass der Große Bigsy war.

»Was machen die denn da?«, fragte sie.

»Schauen Sie hin«, antwortete Blood River.

»Die werden den Frauen doch nichts tun, oder?« Alexias Stimme klang schrill.

»Ich hab Ihnen doch gesagt, Sie sollen hinschauen«, wiederholte Blood River mit einem unverkennbar drohenden Unterton.

Lilly schloss das Auto auf und gab Rupinder einen Kuss auf die Wange.

»Warum kannst du nicht ein paar nette kleine Eigentumsübertragungen machen, Lilly?«

Lilly grinste, antwortete aber nicht. Über die Schulter ihrer Chefin beobachtete sie drei Männer, die ihr aufgefallen waren. Zwei standen dicht beieinander, anscheinend ohne den kalten Regen zu bemerken. Der dritte hielt etwas vor sich. Ein Handy?

»Komm, ich fahr dich nach Hause«, sagte Lilly.

»Ein verlockender Vorschlag, aber der Heimweg ist die einzige Bewegung, die ich kriege«, erwiderte Rupinder und klopfte auf ihren Hintern.

Unauffällig deutete Lilly mit dem Kopf auf die Männer. »Mir gefallen diese Typen da drüben nicht.«

»Ach Lilly«, lachte Rupinder. »Du verbringst zu viel Zeit in Luton.«

»Was macht der eine denn da?«

»Keine Ahnung. Vielleicht versucht er, ein Netz zu kriegen.« Sie schubste Lilly in ihr Auto. »Wir sind hier in Harpenden. Hier passiert nie was Aufregendes.«

Lilly ließ den Motor an. Bestimmt hatte Rupinder recht. Die Ereignisse des Tages hatten sie aus dem Gleichgewicht gebracht, und jetzt sah sie Ärger, wo es gar keinen gab.

Sie fuhr aus der Parklücke und winkte ihrer Chefin im Vorbeifahren zu.

Als sie zur Kreuzung kam, sah sie in den Rückspiegel. Rupinder marschierte den Gehweg entlang. Hinter ihr waren die Männer. Verkürzte sich der Abstand zwischen ihnen?

Lilly rückte den Spiegel zurecht. Dunkel und nass, wie es war, konnte sie die Szene nicht richtig beurteilen. Doch, die Männer holten eindeutig auf.

In Sekundenschnelle waren sie hinter Rupinder. Direkt hinter ihr. Sie drehte sich zu ihnen um.

Alexia bekam keine Luft. Sie war außer sich vor Entsetzen. Und zutiefst erschrocken.

»Ich hätte Ihnen das niemals erzählt, wenn ich geahnt hätte …«

Aber Blood River legte die Hand unter ihr Kinn, und seine Augen funkelten. »Machen Sie einfach Ihren Job.« Dann wandte er das Gesicht wieder dem Display zu.

Das Bild war körnig, aber Alexia konnte genau sehen, wie Bigsy die Faust hob und der Inderin mitten ins Gesicht schlug.

Vor dem zweiten Schlag war Lilly aus ihrem Auto gesprungen. Sie ließ den Motor laufen, die Tür offen und rannte zu Rupinder.

Sie hörte Schreie. Ihre eigenen? Die von Rupinder?

Den Sari über und über mit Schlamm und Dreckwasser bespritzt, sank Rupinder auf die regennasse Straße. Der kleinere Mann holte mit dem Fuß aus, trat nach ihr, und Lilly hörte das Geräusch, mit dem sein Schuh den Kopf ihrer Freundin traf. Ein dumpfer nasser Schlag. Ein heiseres Stöhnen.

»Scheiß-Pakis«, rief er und holte erneut aus.

In diesem Moment hatte Lilly ihn erreicht und stürzte sich auf ihn.

»Was zum Teufel …?« Der Mann wirbelte herum, aber Lilly klammerte sich an seinen Rücken, krallte nach seinem Gesicht und spürte, wie ihre Nägel seine Haut aufrissen.

»Hol sie da runter!«, schrie der Mann seinem Komplizen zu.

Der größere Mann wollte Lilly an den Beinen packen, aber sie schlug seine Hand weg. Er heulte auf, griff aber gleichzeitig nach ihren Haaren, und zerrte sie mit einem brutalen Ruck zu Boden.

Die Hand noch in ihren Haaren, knallte der Mann ihren Kopf hart aufs Pflaster. Eine Schockwelle raste durch ihren Körper, Lichtpunkte tanzten vor ihren Augen.

Als er ihren Kopf das zweite Mal hochriss, wappnete Lilly sich für den nächsten Aufprall.

»Ich hab die Polizei gerufen!«, schrie sie. »Die sind jede Sekunde hier!«

Mitten in der Bewegung hielt der Mann inne und sah zu seinen Kumpeln. »Machen wir, dass wir hier wegkommen.«

Sie blutete.

Selbst im Halblicht des iPhones konnte Alexia die Blutlache sehen, die sich unter dem Kopf der asiatischen Frau ausbreitete.

Sie lag vollkommen reglos da, den Hals in einem absonderlichen Winkel verrenkt.

Jetzt war die andere Frau bei ihr, schrie direkt in die Kamera, das Gesicht zu einer Grimasse verzerrt. Trotzdem erkannte man Valentine.

»Ihr verdammten Arschlöcher!«, schrie sie, und der Speichel flog von ihren Lippen. »Ihr verdammten Bestien!«

Dann wurde das Display schwarz.

Auf einmal schien ein Vakuum des Schweigens sie zu umgeben, als wäre die ganze Luft abgesaugt worden. Von allen Seiten spürte Alexia das Gewicht, das sie niederdrückte. Blood River hatte die Situation falsch eingeschätzt. Diesmal war er zu weit gegangen. Vielleicht hatte er keine Ahnung, dass seine Männer zu so einer blinden Gewalttat fähig waren.

Langsam wandte er sich ihr zu und flüsterte etwas in ihr Ohr.

»Sie haben genau das gekriegt, was Sie wollten. Jetzt schreiben Sie gefälligst Ihre verdammte Geschichte.«

KAPITEL 19

Hinten im Lieferwagen stinkt es nach Schweiß und kaltem Zigarettenrauch. Luke drückt sich in die Ecke – glücklich, dass er wieder für einen Tag Arbeit ausgesucht worden ist.

Der Ukrainer nickt ihm zu, und Luke erwidert seine Kontaktaufnahme mit einem Lächeln. Es ist heiß und eng auf der Fahrt, mindestens fünfzehn Pflücker hocken zusammengepfercht auf dem Boden. Unwillkürlich stellt Luke sich vor, wie entsetzt seine Mutter wäre.

Die Männer unterhalten sich leise miteinander. Obwohl Luke nicht versteht, was sie sagen, kann er an den Blicken, die sie ihm zuwerfen, erkennen, dass er Gesprächsthema Nummer eins ist.

»Sie wollen wissen, warum du das machst«, erklärt der Ukrainer ihm schließlich.

»Weil ich Geld brauche«, antwortet Luke mit einem Achselzucken.

Als der Ukrainer übersetzt, erntet er lautes Gelächter.

»Sie meinen, diese Art Arbeit.« Der Ukrainer lächelt. »Warum nicht mit Papieren?«

Luke schließt die Augen. Er kann den Männern ja nicht erzählen, dass er wegen Vergewaltigung gesucht wird, dass er auf der Stelle verhaftet wird, wenn er etwas Offizielles macht.

»Das ist kompliziert«, antwortet er ausweichend.

Der Ukrainer nickt. »Leben ist immer kompliziert.«

Luke hält die Augen fest geschlossen. Manchmal hat er das Gefühl, dass ihm gleich der Kopf explodiert. Manchmal fragt er sich, ob er verrückt wird.

»Du hast keine Zeit für einen Zusammenbruch, Kleiner«, sagt Caz. »Jetzt bist du ein Lohnsklave.«

»Wenn ich erst mal 'ne Wohnung für uns gefunden habe, machst du dich nicht mehr über mich lustig«, entgegnet Luke.

Caz legt den Kopf schief wie ein Vögelchen. »Du meinst es ernst, was?«

»Ich hab noch nie in meinem ganzen Leben irgendwas so ernst gemeint.«

Und das stimmt. Klausuren, Prüfungen, Fußballspiele, Streitereien mit seiner Mum, das kommt ihm jetzt alles banal vor.

Der Lieferwagen bleibt abrupt stehen, und Luke landet auf dem Schoß des Ukrainers. Die Türen werden aufgerissen, und Luke rappelt sich auf.

Der Ukrainer klettert nach draußen und stöhnt.

»Was ist?«, fragt Luke.

Der Ukrainer deutet auf das graue Gebäude mit einigen Schornsteinen, aus denen dicker Rauch aufsteigt.

»Fischfabrik.«

Luke atmet den Gestank toter Krabben ein und grinst. Er hat eine Mission.

»Sie haben echt Nerven.«

Lilly atmete laut aus. Fast die ganze Nacht war sie im Luton General Hospital, ist die Gänge auf und ab gewandert, während ihre Chefin eine Notoperation hatte. Um vier konnte Rupinders Mann, Raj, sie schließlich überreden, nach Hause zu gehen, aber sie war sofort zurückgekommen, nachdem Sam zur Schule gegangen war. Sie war völlig erschöpft. Ihre Kopfhaut brannte höllisch an der Stelle, wo der Kerl sie an den Haaren gezerrt hatte. Sie hatte nicht die Energie, mit Sheila zu reden.

Ignoriere sie. Ignoriere sie.

»Ich hab gesagt, Sie haben echt Nerven.«

Ganz langsam ging Lilly um die zornige Sekretärin herum und weiter zum Schreibtisch der Stationsschwester.

»Können Sie mir sagen, wie es Rupinder Singh inzwischen geht?«, fragte sie die Schwester.

»Sind Sie eine Verwandte?«

»Nein, ist sie nicht«, rief Sheila.

Lilly seufzte. »Ich bin gestern Abend mit ihr gekommen.«

»Ich sehe mal, was ich herausfinden kann«, versprach die Schwester und verschwand im Büro hinter dem Tresen.

Sheila näherte sich auf wacklig hohen Absätzen. »Das ist alles Ihre Schuld.«

Ignorier sie. Ignorier sie.

»Ich hab Sie gewarnt, dass genau das passieren würde«, machte Sheila weiter und schnaubte. »Ich hab Ihnen gesagt, dass wir die Finger von diesem Fall lassen sollen.«

»Wir wissen doch überhaupt nicht, ob der Überfall etwas mit Anna zu tun hat.«

Sheila warf den Kopf in den Nacken und lachte laut.

»Das haben Sie auch bei dem Brief gesagt. Und bei dem Graffiti-Geschmiere.«

Es stimmte. Trotz nagender Zweifel hatte Lilly den Zusammenhang geleugnet. Sie hatte nicht glauben wollen, dass es einen gab.

»Ich habe nicht gedacht, dass wir in Gefahr wären.«

»Es war Ihnen scheißegal«, verbesserte Sheila kopfschüttelnd.

Im gleichen Moment, als Lilly den Mund aufmachte, um zu widersprechen, kam die Schwester zurück.

»Mrs Singh ist noch im OP«, sagte sie. »Vielleicht können Sie in einer Stunde noch mal nachfragen.«

Lilly nickte und schlurfte zu einer Reihe von Stühlen. Sheila blieb ihr auf den Fersen, und man sah schon an ihrer Haltung, wie wütend sie war.

»Was werden diese Irren tun, wenn sie rausfinden, dass die kleine Ratte die ganze Zeit über gelogen hat?«, beharrte Sheila rücksichtslos.

»Das ist eine vertrauliche Information«, entgegnete Lilly.

»Von wegen!«, blaffte Sheila und ließ die neueste Ausgabe der *Daily Mail* auf Lillys Schoß fallen.

SCHWINDELASYLANTIN VERDÄCHTIG IM SCHULJUNGENMORD

Lilly merkte, wie sich ihre Brust zuschnürte, und die Worte auf der Seite verschwammen vor ihren Augen. So schnell sie konnte, rannte sie zum Ausgang.

Alexia lächelte, als sie die Schlagzeile sah. Ein hervorragender Text. Natürlich hätte sie ihn lieber einem seriösen Blatt verkauft, aber am Ende war es eine Entscheidung zwischen der *Mail* und dem *Express* gewesen, denn nur diese beiden waren bereit gewesen, das Geld lockerzumachen, das sie Mark versprochen hatte, und noch einen vernünftigen Betrag für den Artikel abzudrücken. Ihr Dad hatte immer gesagt, dass man, wenn man Geld verdienen wollte, die Nachrichten besitzen musste, nicht schreiben.

Sie hatten ein bisschen an dem Artikel herumgefummelt. Na ja, eigentlich sogar ziemlich viel. Ursprünglich hatte sie nicht vorgehabt, so viel Gewicht auf die Empörung über den falschen Asylantrag zu legen, und der Angriff auf Singh und Valentine war auf zwei Zeilen zusammengestutzt worden. Aber trotzdem.

Sie zog die Schreibtischschublade auf und begann, ihre Sachen einzupacken. Zwar hatte Steve kein Wort gesagt, aber sein Gesicht sprach Bände.

»Ich musste das machen«, sagte Alexia. »Das war zu groß für uns. So eine Story braucht überregionale Berichterstattung.«

Noch immer schweigend reichte Steve ihr einen Pappkarton.

Behutsam stellte sie ihren Becher und ihre Bleistifte auf den Boden der Schachtel.

Warum war sie so traurig? Schließlich hatte sie doch schon immer gewusst, dass sie zu gut war, um hier zu arbeiten. Sie nahm ihren Beruf zu ernst, um für so ein Provinzblättchen zu schreiben.

Steve riss die Schublade aus der Laufschiene und kippte sie um. Auf einmal spürte Alexia, wie sich Panik in ihrer Magengrube ausbreitete. Sicher, Steve war ein schwieriger alter Mistkerl, aber einer der besten Schreiberlinge seiner Zunft.

»Können wir uns nicht irgendwie einigen?«, fragte sie.

»Nein, jetzt bist du auf dich selbst gestellt, Posh.«

Lilly lehnte sich an den Müllcontainer und übergab sich. Seit dem Lunch gestern hatte sie nichts mehr gegessen, und jetzt kamen vierzehn Tassen Krankenhaus-Tee zum Vorschein.

Wie zum Teufel hatte die *Daily Mail* Wind von der Sache bekommen? Tief in ihrer Tasche klingelte ihr Handy. Sie angelte danach. »Hallo?«

»Miss Valentine«, hörte sie die unverkennbare Stimme von Dr. Kadir. »Sie hätten heute Vormittag zu mir kommen sollen.«

Lilly nickte, denn sie erinnerte sich vage an einen Zehn-Uhr-Termin für Anna. Aber Anna war …

»Tut mir leid«, sagte sie. »Hier lief alles etwas anders als erwartet.«

»Ja, ich hab die Zeitungen gesehen.«

Wahrscheinlich hätte Lilly sich erleichtert fühlen müssen, denn sie brauchte nichts selbst zu erklären, und Dr. Kadir würde bestimmt verstehen, dass der Fall ruiniert war.

»Ich denke, Sie sollten vorbeikommen«, sagte Dr. Kadir.

»Was?«, rief Lilly. Hatte diese Frau denn nicht begriffen, dass sie ihre Zeit verschwendet hatten?

»Anna ist im Gefängnis.«

»Ich habe gesagt, Sie sollten kommen.«

»Erzählen Sie mir, was passiert ist«, sagte Dr. Kadir und legte die Fingerspitzen aneinander.

Lilly sank in ihren Sessel. »Es ist mehr oder weniger so, wie es in der Zeitung steht. Anna ist nicht die, die sie vorgegeben hat zu sein. Soweit ich weiß, kommt sie nicht aus dem Kosovo und ist auch keine Asylbewerberin. Sie heißt nicht mal Anna.«

»Ich meine, mit Ihnen, Miss Valentine«, sagte Dr. Kadir. »Was ist mit Ihnen passiert?«

Lilly rieb sich den Kopf. Sie konnte immer noch fühlen, wie die dicken, brutalen Finger sie an den Haaren zogen. »Meine Arbeitskollegin und ich sind gestern Abend überfallen worden.«

Ihre Ohren dröhnten.

»Sie fühlen sich nicht gut«, sagte Dr. Kadir, und es war keine Frage. Die Antwort lag sowieso auf der Hand.

»Kopfschmerzen«, sagte Lilly.

»Übelkeit?«

»Ja«, nickte Lilly, und die Bewegung verstärkte das Dröhnen in ihrem Schädel.

Dr. Kadir stand auf und drückte auf den Schalter ihres Wasserkochers. Nicht schon wieder Kräutertee.

»Ich glaube nicht, dass mir Nesselessenz viel hilft«, gab Lilly zu bedenken.

Doch Dr. Kadir suchte in aller Ruhe einen Teebeutel aus und goss kochendes Wasser darüber. Würziger Duft hüllte sie ein.

»Ingwer«, verkündete sie und stellte eine Tasse vor Lilly. »Trinken Sie.«

Vorsichtig nippte Lilly an der Tasse und lächelte schwach.

Dr. Kadir lehnte sich zurück und schlug die Arme übereinander. Es war klar, dass das Gespräch erst weitergehen würde, wenn Lilly ihren Tee ausgetrunken hatte. Sie nahm einen großen Schluck und spürte, wie die Flüssigkeit ihre Kehle und dann ihren Magen wärmte. Und tatsächlich beruhigten sich ihre Eingeweide sofort. Kein Schlingern mehr. Auf einmal war sie hungrig. Gierig leerte sie die Tasse.

»Mehr?«, fragte Dr. Kadir.

»Ja bitte.«

Dr. Kadir ging wieder zum Wasserkocher. »Dann hat Anna

also nicht die Wahrheit erzählt, wie sie nach Großbritannien gekommen ist?«

»Nein«, antwortete Lilly. »Tut mir leid.«

Dr. Kadir warf ihr ein verwundertes Lächeln zu und gab ihr die Tasse zurück.

»Es ist nicht Ihre Schuld«, sagte Dr. Kadir.

»Ich weiß«, meinte Lilly, »aber so viele Leute haben sich Mühe gegeben, ihr zu helfen. Und vor allem Sie müssen doch wütend darüber sein, dass das Mädchen Ihnen solche Lügen aufgetischt hat.«

»Warum?«

Lilly wurde rot. Sie hatte noch nie direkt auf Dr. Kadirs Vergangenheit im Irak Bezug genommen.

»Sie wissen, was es bedeutet, eine Tragödie zu erleben«, erklärte Lilly. »Und von der eigenen Familie weggerissen zu werden.«

Dr. Kadir sah aus dem Fenster, und Lilly hatte das Gefühl, ihre Traurigkeit zu spüren, ganz konkret und real.

»Ich urteile nicht«, sagte die Psychologin, die Augen noch immer auf den Horizont gerichtet.

»Die Zeitung hat Anna in der Luft zerrissen«, meinte Lilly. »Es wird einen öffentlichen Aufschrei der Entrüstung geben. Es gibt nur eins, was die Leute weniger mögen als eine Asylbewerberin, und das ist eine falsche Asylbewerberin.«

»Wenn man auf dem Sofa sitzt, ist es leicht, mit dem Finger zu zeigen«, sagte Dr. Kadir.

»Aber Sie und Milo kennen die Wahrheit. Sie haben das Leid aus erster Hand gesehen, und trotzdem üben Sie keine Kritik.«

»Vielleicht deshalb, weil wir diese Erfahrungen gemacht haben.«

Ein paar Sekunden saßen sie sich stumm gegenüber.

Schließlich brach Dr. Kadir das Schweigen.

»Wie geht es Anna?«

»Ich weiß es nicht. Ich habe sie noch nicht besucht.«

»Gehen Sie heute zu ihr?«

Lilly zuckte die Achseln. »Meine Freundin liegt mit lebensgefährlichen Verletzungen im Krankenhaus.«

Dr. Kadir zog eine Augenbraue in die Höhe.

»Und ich weiß nicht einmal, ob es einen Sinn hat, Anna zu besuchen. Vielleicht ist alles eine Lüge. Vielleicht gab es keine Vergewaltigung. Vielleicht wusste sie an dem Tag der Schießerei ganz genau, was sie tat«, meinte Lilly.

»Dann würde ich vorschlagen, Sie finden heraus, wie es wirklich war.«

Lilly strich sich die Haare aus dem Gesicht und zuckte unwillkürlich zusammen, als sie ihre Kopfhaut berührte. »Vielleicht ist mir das inzwischen aber auch egal.«

Dr. Kadir griff in die Schachtel mit den Teebeuteln. Flink und entschlossen bewegten sich ihre Finger, wie bei einer Sekretärin, die ihr Rolodex durchgeht.

»Warum haben Sie den Fall übernommen, Miss Valentine?«

Lilly schaute auf ihre Hände hinunter. Rissige Nagelhaut, abgesplitterter Lack. »Weil diese Anna ein verängstigtes Mädchen war und niemanden hatte, der ihr helfen konnte.«

Dr. Kadir drückte ihr drei Beutel Ingwertee in die Hand. »Und was hat sich daran geändert?«

Wenn man den Bogen raus hat, ist die Arbeit ganz leicht. Mit einem riesigen Hackmesser wird die Krabbe geköpft und der Rest des Panzers lockert sich. Der Trick ist, den Panzer abzukriegen und wegzuwerfen, ehe die Krabben vom Ende des Bands rutschen und in riesige Bottiche plumpsen.

Luke steht knöcheltief in Krebsschalen. Hin und wieder schüttelt er sie von der Zunge seiner Turnschuhe. Gott, er wird heute Abend stinken wie die Pest.

Wenn der Bottich voll ist, geht eine Sirene los, und das Band stoppt. Anfangs hat Luke angenommen, dass die Sirene das Zeichen für eine Pause ist, aber der Ukrainer hatte ihm einen Besen in die Hand gedrückt.

»Du fegst, ich wische.«

Inzwischen hat Luke kapiert, dass die Sirene das Signal dafür gibt, so viel wie möglich von dem Abfall wegzuschaffen, ehe die nächste Tonne Schalentiere eintrifft und die bösen Hackmesser wieder zuschlagen. Er sammelt Armladungen Schalen ein und wirft sie in einen Müllcontainer, während ihm Saft und Rogen durch die Finger rinnen. Unterdessen schiebt der Ukrainer einen Spüllappen über das Band.

»Das nächste Mal fegst du, und ich wische«, sagt Luke.

Der silberne Mini Cooper schoss über die Autobahn. Angespornt von dem Gespräch mit Dr. Kadir, war Lilly fest entschlossen, um zwei im Gefängnis anzukommen.

Es war ungewöhnlich, dass man achtundvierzig Stunden vorher um einen Termin mit einem Strafgefangenen ersuchte, aber der Richter hatte persönlich mit dem Gouverneur telefoniert, um sicherzustellen, dass Lilly die ganze Woche Zugang zu ihrer Klientin hatte.

In majestätischer Einsamkeit, auf allen Seiten von Stacheldraht umgeben, erhob sich das Gebäude vor ihr. Der Parkplatz war riesig und wie üblich fast vollkommen leer. Durch das Erlebnis gestern Abend war sie nervös und marschierte mit Riesenschritten zum Tor.

Lilly bekam die Freigabe und suchte im Besucherzentrum die Menge mit den Augen ab. Der Lärm der rufenden, lachenden und kreischenden Kids war wie eine Mauer. Aber sie konnte nirgends eine Spur von Anna entdecken.

An der Tür gab sie der Wache, die unter dem Schreibtisch eine Familienpackung M&Ms aufsammelte, ihre Papiere.

»Die ist nicht hier.«

»Das sehe ich auch.« Lilly nickte zu einem Tisch in der Ecke. »Kann ich da drüben warten?«

»Wird wohl kaum was nützen.« Die Frau zuckte die Achseln

und wischte sich die Hände an den Schenkeln ab. »Die bringen sie nicht hier rein.«

In der gegenüberliegenden Ecke brach ein Streit zwischen einer Insassin und einem Mann aus, der aussah, als wäre es ihr Ehemann auf Besuch. »Du mieses verlogenes Arschloch!«, brüllte die Insassin, warf ihren Stuhl um und trat auf den Mann zu, der doppelt so groß war wie sie.

»Regt euch ab!«, rief die Wärterin.

Die Frau wich nicht von der Stelle und wedelte wild mit ihren dünnen Armen.

»Er hat ja auch bloß meine Schwester geschwängert«, schrie sie. »Meine verdammte Schwester!«

Wie aufs Stichwort wandte sich der gesamte Raum gegen den Mann, und Beschimpfungen, Zigarettenkippen und Süßigkeiten regneten auf ihn herab. Er hielt sich seine Daunenjacke vor Kopf und Gesicht und rannte zur Tür.

»Ich würde nächste Woche zu Hause bleiben, wenn ich Sie wäre«, sagte die Wärterin.

Lilly versuchte noch einmal ihr Glück. »Ich muss Anna Duraku wirklich sehen.«

Die Wärterin artikulierte, als wäre Lilly sowohl schwerhörig als auch geistig zurückgeblieben. »Die werden sie nicht hierherbringen.«

»Warum nicht?«

Die Frau schob ihren Papierkram unter Lillys Nase und tippte mit dem Finger nachdrücklich auf Annas Namen. Mit rotem Kugelschreiber stand daneben »gefährdete Gefangene«.

Hier stimmte etwas nicht. Warum wurde Anna als gefährdet eingestuft?

»Da liegt bestimmt ein Irrtum vor.«

Die Wärterin verdrehte die Augen und führte Lilly zu einer Tür an der entgegengesetzten Seite des BesucherzentruMs Dort lag ein mit Panzerglas abgetrennter Raum.

»Ich verstehe das nicht«, sagte Lilly. Zwar erschien die Einstufung auf den ersten Blick ganz passend für eine Jugendliche, die dermaßen in Schwierigkeiten steckte, aber in Wahrheit waren die gefährdeten Gefangenen immer die am meisten gehassten. Kindermörder, Sexualtäter, Pädophile. Ausgesondert zu ihrem eigenen Schutz. An ihrem bunten Brustlatz überall leicht zu erkennen.

Die Wache klimperte mit ihren Schlüsseln und schloss den Raum auf. Lilly ging hinein und sah sich um.

»Warum ist sie gefährdet?«, fragte sie.

Die Wache nickte abwesend. »Um ehrlich zu sein – der Hauptgrund, warum sie im Flügel für Gefährdete ist, hat nichts damit zu tun, weshalb sie angeklagt ist.«

Lilly spürte, wie ihr die Wut in den Nacken stieg. »Sondern?«

Die Wache schaute über die Schulter durchs Fenster. »Die Mädels hier mögen solche Typen nicht«, erklärte sie. »Da ist es besser, sie aus dem Weg zu halten.«

Endlich erschien Anna. Ihre Haare waren streng nach hinten gebunden, die Haut an den Schläfen stramm gespannt. Ihr schmales Gesicht war farblos, auch die Lippen.

Sie sank auf den Stuhl gegenüber, der gelbe Latz knitterte.

»Schön, dich zu sehen, Lilly«, sagte sie. »Ist alles in Ordnung?«

Plötzlich war Lilly furchtbar wütend. Natürlich war nicht alles in Ordnung!

»Abgesehen von der Tatsache, dass ein Junge tot ist und du möglicherweise den Rest deines Lebens im Gefängnis verbringst?«, fragte sie sarkastisch.

Anna senkte den Blick. »Tut mir leid.«

»Was genau tut dir denn leid?« Lillys Ton war scharf. »Die Tatsache, dass du mit einer Pistole in die Schule meines Sohnes gegangen bist? Oder dass du mich vom ersten Moment an belogen hast?«

Anna blickte nicht auf. »Es tut mir leid, dass du wütend auf mich bist.«

Lilly sackte in sich zusammen. Warum war sie so streng? Konnte sie nicht wenigstens versuchen, so verständnisvoll zu sein wie Milo und Dr. Kadir?

Eine Gefängnisinsassin ging am Fenster vorbei und glotzte herein. »Verpiss dich bloß wieder dahin, wo du hergekommen bist!«, schrie sie und spuckte an die Scheibe.

Lilly sah zu, wie die Spucke langsam am Glas herunterglitschte.

»Ich versuche gelassen zu bleiben«, sagte sie und griff nach Annas Hand. »Aber ich brauche echt deine Hilfe.«

»Ich tue, was ich kann.«

Lilly drückte die zarte Hand des Mädchens, neben der ihre eigene wie eine Bärenpranke wirkte. »Dann sag mir, was passiert ist. Wie du wirklich hierher gekommen bist.«

Hastig zog Anna ihre Hand zurück und vergrub beide Hände zwischen ihren Schenkeln.

Sofort spürte Lilly, wie ihr Ärger zurückkehrte. Aber sie versuchte ihn hinunterzuschlucken.

»Anna?«

»Das ist sehr schwierig.«

Lilly holte tief Atem. Dieses Spiel hatten sie schon vorher gespielt: Anna rückte keine Einzelheiten heraus, Lilly schrieb es ihrem Trauma zu. Aber dieses Trauma war doch gelogen, oder nicht?

»Ich kann dir nicht helfen, wenn du mir nicht verrätst, was los ist«, sagte sie.

»Ich weiß«, antwortete Anna und stand auf, um zu gehen.

Lilly fühlte sich hilflos. Hatte das Mädchen aufgegeben?

Sie hörte das Klappern des Schlosses, die Tür ging auf. Ehe ihre Klientin von der Dunkelheit verschlungen wurde, rief sie ihr nach: »Sag mir deinen Namen!«, rief sie und streckte bittend die Hand aus. »Sag mir wenigstens deinen Namen!«

»Catalina.«

Die Sirene heult.

Mit angespannten Muskeln hat Luke darauf gewartet. Er springt zum Lappen und schwenkt ihn über dem Kopf wie eine Flagge.

Der Ukrainer lacht. »Du komischer Junge.«

Luke grinst und deutet mit einer Kopfbewegung zum Besen. »Du fegst, ich wische.«

Luke wischt mit dem Lappen über das schwarze Band und entfernt den schlimmsten Dreck. Dabei fällt ein Krabbenkopf auf den Boden, die schwarzen Knopfaugen glitzern im Licht der Neonröhren.

»Den hast du vergessen«, sagt er.

Der Ukrainer hebt den Kopf auf und wirft ihn aufs Band zurück. Er rollt zu den Hackmessern.

»Du hast was vergessen.« Luke schubst den Kopf mit der Ecke des Lappens, und er rollt noch ein Stück weiter. »Schau her, was ich jetzt tun muss.«

»Du sollst bloß wischen, mein Freund!«

»Unmöglich.«

Luke beugt sich vor und greift nach dem abgeschnittenen Kopf. Zu spät hört er die Sirene. Das Band setzt sich in Bewegung, fast wie in Zeitlupe sieht er das Hackmesser auf eine ausgestreckte Hand herabfallen.

Lillys Kopf dröhnte. Die Anstrengung des Tages wurde mit dem Blut durch ihre Adern gepumpt.

Sie parkte den Mini vor ihrem Cottage, stellte den Motor ab und legte den Kopf aufs Lenkrad. Alles war so beschissen. Der Fall, die Presse, der Überfall auf Rupinder. Einfach alles.

Sie hatte nicht mal mehr die Energie, um auszusteigen.

Der Tag ging zu Ende, Schatten umringten die Veranda. Im Außenlicht war die Birne kaputtgegangen, vor über einem Monat, und sie hatte immer noch keine neue reingedreht. Gott, sie war wirklich nutzlos.

Schließlich raffte sie sich doch auf, stieg aus dem Auto und schleppte sich zum Haus. Zwischen gebrauchten Taschentüchern fischte sie in ihrer Handtasche nach dem Schlüssel, fand drei kaputte Kulis und seufzte. Sam sagte ihr immer, sie sollte sich einen Schlüsselring besorgen. Im Werkunterricht hatte er ihr sogar schon einen Anhänger dafür gebastelt.

»Eine Banane«, hatte sie lachend festgestellt.

Sam hatte sie strafend gemustert. »Das ist ein L.«

Was auch immer es sein mochte, sie wünschte, sie hätte das Ding jetzt und müsste nicht in den Seitentaschen ihrer Mappe wühlen, wohin sich seit Jahren keine Menschenhand mehr verirrt hatte.

So vertieft war sie in ihre Suche, dass sie die Gestalt fast nicht bemerkt hätte, die über die Straße gerannt kam.

Inzwischen war es richtig dunkel, wie es nur auf dem Land und nur in der Zeit des Übergangs vom Herbst in den Winter werden kann. Sie reckte den Hals. »Ist da jemand?«

Die Gestalt schien schon fast an ihrem Tor zu sein, aber im Finstern war es schwer mit Sicherheit zu erkennen. Hektisch wühlte sie weiter. Wo war nur der Schlüssel?

Konnte es ein Reporter sein?

Waren es womöglich die Kerle aus Harpenden? Konnte es sein, dass sie rausgefunden hatten, wo sie wohnte?

Lilly spürte, wie die Panik in ihr hochstieg. Jetzt war die Gestalt fast bei ihr. Es war nur eine Silhouette, aber eindeutig ein Mann. War er gekommen, um die Sache zu Ende zu bringen, die er in Harpenden begonnen hatte?

Sie beschloss, zum Auto zurückzurennen. Hineinzuspringen, die Türen zu verriegeln und den Kerl zur Not zu überfahren, wenn es nicht anders ging. Den Autoschlüssel in der Hand, stürzte sie zu ihrem Mini, und da sie sah, dass der Mann sie inzwischen fast eingeholt hatte, riss sie die Tür auf und hechtete hinein, wobei sie sich das Knie anstieß und mit dem Kopf gegen die Decke knallte.

»Scheiße!«, schrie sie, als der Schmerz von allen Seiten auf sie einhämmert. Dann streckte sie die Hand nach dem Türgriff aus und zog.

Aber die Tür bewegte sich nicht.

Jemand hielt sie fest.

Der Mann! Seine dicken Finger umklammerten die Fensterkante.

Voller Entsetzen sah Lilly sich nach etwas um, mit dem sie sich verteidigen konnte. Da sie weiter nichts zur Verfügung hatte als die Kulis, die sie immer noch umklammerte, holte sie aus und schlug zu. Der Mann stieß einen lauten Schmerzensschrei aus, als das schartige Plastik über seine Finger kratzte.

Blitzschnell zog Lilly die Hand zurück und machte sich bereit, die Prozedur zu wiederholen. Mit Lilly Valentine legte man sich nicht ungestraft an.

»Heilige Jungfrau Maria«, brüllte der Mann.

Genau, dachte Lilly. Heul du ruhig wie ein Baby.

Aber dann hielt sie inne. Etwas in der Stimme kam ihr vertraut vor. Sehr vertraut sogar.

Vorsichtig äugte sie um die Autotür herum, und da stand er, die Hand an den Mund gedrückt, und saugte an den Fingerknöcheln.

»Jack«, sagte sie.

»Warum in Dreiteufelsnamen hast du das gemacht?«, schrie er.

Da brach Lilly in Tränen aus.

Jack goss den Tee ein und stellte einen angeschlagenen Becher vor Lilly auf den Tisch.

Sie schluckte ein Schluchzen hinunter. »Zucker?«

»Drei«, nickte er.

Vorsichtig blies sie auf das heiße Gebräu und genoss den warmen Dampf an ihren Lippen. »Ich dachte nicht, dass du herkommen darfst«, sagte sie.

»Wenn ich gewusst hätte, dass du versuchst, mich umzubringen, dann hätte ich mir die Mühe auch nicht gemacht.«

»Ich hatte Panik.«

Er bewegte die Finger. Auf den Knöcheln war die Haut abgeschürft und blutig. »Ich bin noch unschlüssig, ob ich dir das hier geben soll«, sagte er, warf ihr dann aber ohne weitere Umstände eine große Tafel Dairy Milk zu.

Sie strich mit den Fingern über die ersten beiden Stückchen und brach sie ab.

»Mum!«, rief Sam und stürmte in die Küche. »Du hast die Tür offen gelassen!«

Als er Jack am Tisch sitzen sah, hielt er mitten in seiner Rede inne und grinste erfreut.

»Lange nicht gesehen, kleiner Mann«, sagte Jack und hielt die Hand fürs Abklatschen in die Höhe.

»Sie hat die Tür sperrangelweit offen gelassen«, erzählte er Jack, »jeder x-Beliebige hätte reinkommen können.«

»Die Gute hat einen ziemlich harten Tag hinter sich«, antwortete Jack. »Und um ehrlich zu sein, war ich der Letzte, also ist es genaugenommen mein Fehler.«

Aber Sam war nicht zu beschwichtigen und musterte Jack argwöhnisch. So leicht wollte er Lilly nicht vom Haken lassen.

»Hungrig?«, fragte Jack. »Ich hatte früher immer einen Bärenhunger, wenn ich aus der Schule heimgekommen bin. Meine Ma hat immer die ganzen leckeren Sachen versteckt, damit ich und mein Bruder sie uns nach der Schule nicht vor dem Tee noch schnell reinpfeifen konnten.«

Sam lachte. »Habt ihr sie nicht gefunden?«

»Aber klar doch. Süßigkeiten im Brotkasten, Kekse in der Spülmaschine.«

Lilly sah zu, wie Sam sich vier Stücke in den Mund schob, und fühlte sich erleichtert. Jack war ein echter Lebensretter.

»Hättest du gern ein Schinkensandwich?«, fragte Sam durch schokobraune Zähne.

»Das wäre bestimmt toll, aber deine Ma ist vermutlich ziemlich kaputt.«

Aber Sam winkte ab. »Frag Anna. Die macht sowieso bessere Sandwiches als Mum.«

Lilly merkte, wie sich ihre Schultern wieder verkrampften.

»Sie ist nicht da, Liebes«, sagte sie.

Sam sah seine Mutter vorwurfsvoll an. Irgendetwas in ihrem Ton sagte ihm, dass es ein Problem gab.

»Was ist passiert?«, fragte er.

»Sie musste eine Weile weg«, erklärte Lilly.

Sam streckte die Unterlippe vor und sah aus wie ein typischer Neunjähriger. »Hat sie noch jemanden umgebracht?«

Lillys Gedanken schlugen einen Purzelbaum und landeten hart auf dem Hintern.

»Hör mal, kleiner Mann«, sagte Jack und legte einen Arm um Sams Schultern. »Wie wäre es, wenn wir deine Ma jetzt in Ruhe das Essen zubereiten lassen und du mich bei Gran Turismo plattmachst?«

Dankbar sah Lilly den beiden nach. Dann holte sie Schinkenspeck aus dem Kühlschrank und legte ihn unter den Grill. Eine Frechheit – niemand machte so leckere Schinkensandwiches wie sie.

Eine Weile später streckte Jack den Kopf zur Tür herein.

»Alles klar?«, fragte Lilly.

»Er ist zu dem Schluss gekommen, dass ich ein totaler Versager bin, und deshalb spielt er jetzt gegen sich selbst.«

Lilly lachte. »Du bist ein Heiliger, McNally.«

»Der Chief Super ist da ganz anderer Meinung.«

»Dann richte ihm gelegentlich aus, dass im Himmel ein spezieller Platz für dich reserviert ist«, sagte sie. »Und zwar direkt neben Mahatma Gandhi.«

Jack rümpfte die Nase. »Neben Marilyn Monroe war nichts mehr frei?«

»Nein, tut mir leid, mein Lieber, alles ausgebucht.«

Lilly legte die salzigen Schinkenstücke zwischen jeweils zwei Scheiben zartes Weißbrot.

»Ich bring es ihm nach oben«, sagte Jack.

»Aber es ist trotzdem kein Platz mehr neben Marilyn Monroe frei.«

»Na gut, ich geb mich auch mit Diana Dors zufrieden.«

Sie nahm seine Hand, und er zuckte zusammen, als ihre Finger seine abgeschürften Knöchel berührten. Aber er zog die Hand nicht weg.

KAPITEL 20

Das Pochen ist unerträglich. Caz hat ihm gestern Abend ungefähr eine halbe Flasche Thunderbird eingeflößt.

»Wenn du das Zeug intus hast, tut dir garantiert nichts mehr weh.«

Und es hat funktioniert. Jedenfalls für ein paar Stunden. Aber jetzt sind die Schmerzen wieder da, und zwar richtig, und Lukes Hand ist fast zur doppelten Größe aufgeschwollen.

Er streckt den Arm aus dem Schlafsack und hofft, dass die eisige Morgenluft den Schmerz betäubt.

Im ersten Moment hat er gar nichts gespürt, als das Hackmesser ihn getroffen hat. Nur einen unglaublichen Druck. Erst als die Klingen wieder nach oben gingen und seine Hand mitzogen, fing das Brennen an. Eine massive weiße Hitze, von den Fingerspitzen bis zum Handgelenk.

Er kann sich nicht erinnern, ob er geschrien hat, aber vermutlich war es so. Er weiß noch, dass er wie angewurzelt dastand und seine Hand anstarrte, die an der Maschine klebte.

Zum Glück hat der Ukrainer ihn davor bewahrt, noch einmal zerhackt zu werden. Er ist vom Container weggesprungen, dass die Krabbenschalen nach allen Seiten spritzten wie Konfetti, und hat den Notfallknopf gedrückt.

Sofort ging eine Alarmsirene los, und das Band blieb stehen.

Luke stand einfach da, mit offenem Mund. Sein Arm zitterte.

Der Ukrainer schrie irgendetwas, was Luke nicht verstand, die anderen Männer kamen rüber, schüttelten die Köpfe und flüsterten aufgeregt miteinander. Es floss kein Blut, da noch nicht, und

Luke fiel auf, dass seine Hand eine gespenstisch weiße Farbe angenommen hatte.

Schließlich erschien der Vorarbeiter, ein dünner Mann mit einem dünnen Schnurrbart über seiner dünnen Oberlippe. Sein Gesicht hatte einen permanent besorgten Ausdruck, und so betrachtete er auch die Klinge, die in Lukes Hand steckte.

»Lieber Gott.«

»Wir brauchen einen Arzt«, sagte der Ukrainer. »Sie rufen einen Arzt, ja?«

Schockiert trat der Vorarbeiter einen Schritt zurück. Seine dünnen Lippen verschwanden ganz, als hätte er sie wegoperieren lassen. »Nein, keinen Arzt.«

Die Männer murmelten protestierend.

»Er braucht Hilfe«, sagte der Ukrainer.

»Hört zu«, entgegnete der Vorarbeiter, »wenn ich jemanden von draußen hole, was glaubt ihr, was dann passiert?« Er strich sich mit der Hand über seine wenigen grauen Haarsträhnen. »Ich sag euch, was dann passiert«, fuhr er fort. »Dann verliere ich meinen Job. Habt ihr das verstanden? Ich hab Kinder, eine Hypothek ...«

»Aber das ist nicht gut.«

»Und was ist mit dir und deinen Freunden hier?« Der Vorarbeiter schwenkte die Arme über die Fabrikhalle voller Schwarzarbeiter. »Ein Arzt holt im Handumdrehen die Einwanderungsbehörde.«

»Ich weiß nicht«, sagte der Ukrainer, offensichtlich unsicher geworden.

»Dann werdet ihr alle dorthin zurückgeschickt, wo ihr hergekommen seid.«

Der Ukrainer warf einen Blick auf Lukes Hand. »Er schwer verletzt.«

»Nein«, widersprach der Vorarbeiter und schüttelte den Kopf. »Ist nicht so schlimm.«

»Nicht so schlimm«, wiederholte der Ukrainer.

Jetzt wandte der Vorarbeiter sich direkt an Luke.

»Und was sagst du dazu, junger Mann? Möchtest du, dass ich einen Arzt rufe?«

Luke war außer sich vor Angst. Wenn ein Arzt die Behörden verständigte, dann würde doch garantiert auch die Polizei eingeschaltet, Luke würde verhaftet und ins Gefängnis gesteckt. Und was war dann mit Caz? Wer würde sich dann um Caz kümmern?

»Kein Arzt«, flüsterte er.

»Na gut«, sagte der Vorarbeiter und lief zurück ins Büro. Einen Moment fragte sich Luke, ob der Mann vorhatte, ihn einfach so stehen zu lassen, mit der Hand an der Maschine klebend, aber endlich kam er zurück, in einer Hand einen Erste-Hilfe-Kasten, in der anderen eine Flasche Desinfektionsmittel.

Er wandte sich an den Ukrainer. »Wenn ich ziehe, gießt du das hier drüber. Kapiert?«

Der Ukrainer nickte, die Augen vor Angst weit aufgerissen.

Ehe Luke eine Frage stellen konnte, riss der Vorarbeiter seine Hand von der Klinge, und die Wunde wurde mit Desinfektionsmittel übergossen.

Luke hätte den Schmerz nicht beschreiben können, der durch seinen Arm in seinen ganzen Körper schoss. Es haute ihn um. Buchstäblich. Er ging zu Boden und wand sich vor Schmerzen.

Über sich sah er die Gesichter der anderen Arbeiter, erschrocken, schaudernd, verzerrt. Viele wandten sich ab. Dann spürte er, wie seine Hand verbunden wurde, straff und eng. Aber er wagte nicht hinzusehen.

»So, das war's«, verkündete der Vorarbeiter und zog Luke hoch.

Er nahm all seinen Mut zusammen und sah auf seine Hand. Sie war unregelmäßig mit einer dicken Binde umwickelt, auf der ein roter Fleck erschien und sich vergrößerte. Der Anblick drehte ihm den Magen um, und seine Knie wurden weich. Der Vorarbeiter fing ihn auf.

»Du hast einen Schock, Junge.« Er führte Luke zum Büro. »Eine Tasse Tee, und alles ist wieder in Ordnung.«

Jetzt checkt Luke seine Uhr. Es ist vier Uhr früh, und die Schmerzen sind furchtbar. Keine Chance, wieder einzuschlafen. Neben ihm atmet Caz ruhig und tief. Er legt den Kopf ein paar Zentimeter neben ihre Schulter, nah genug, um ihre Wärme zu spüren. Das ist zwar unbequem, aber er mag es, so dicht bei Caz zu liegen, dass sie sich fast berühren. Demnächst muss er sowieso aufstehen und zur Arbeit gehen.

Lilly sah auf die Uhr. Vier Uhr früh, und sie war hellwach. Nachdem Jack gegangen war, war sie eingeschlafen wie ein Stein, aber vor einer halben Stunde war sie hochgeschreckt, einfach so, und seither lag sie da und machte sich Sorgen wegen Rupinder.

Schließlich stand sie auf und tappte den Korridor hinunter. Als sie an Sams Zimmer vorbeikam, hörte sie seine regelmäßigen Atemzüge.

»Ein ruhiges Gewissen ist ein gutes Ruhekissen«, hatte ihre Mutter immer gesagt.

Deshalb schliefen auch nur Babys und geistig Zurückgebliebene wirklich gut.

Andere Mütter sagten ihren Kids, sie sollten »erwachsen werden«. Lilly nicht. Sie hoffte, dass ihr Sohn, so lange er konnte, das Glück der Kindheit genoss. Ein Peter Pan der Xbox-Generation.

Dann wählte sie die Nummer des Krankenhauses.

»Ich rufe an wegen Rupinder Singh«, sagte sie. »Wie geht es ihr?«

»Unverändert«, antwortete die Schwester. Eine mechanische, einstudierte Antwort.

»Ist das ein gutes Zeichen?«, fragte Lilly. »Bedeutet es, dass sie wieder gesund wird?«

Sie hörte den schlecht unterdrückten Seufzer der Schwester. »Es bedeutet, dass ihr Zustand unverändert ist.«

Lilly fröstelte.

Um sechs geht das Licht an. Alle Lichter im ganzen Gefängnis.

Der Wechsel von stockdunkel zu grellweiß raubt einem jede Orientierung.

Eine Wärterin klopft mit ihrem Stock an die Tür und streckt dann unter lautem Metallgeklapper den Kopf herein.

»Name?«, blafft sie.

»Anna Du- …« Sie unterbricht sich. »Catalina Petrescu.«

»Entscheide dich«, knurrt die Wärterin und knallt die Tür wieder zu. Der Lärm hallt von jeder Wand wider.

Der gleiche Knall bei der nächsten Tür. Und der nächsten. Und der übernächsten.

»Flügel D nach Appell vollständig«, brüllt die Wärterin irgendwo auf dem Korridor.

Was denken die sich denn? Dass jemand über Nacht ausgebrochen ist oder was?

Eigentlich ist das Catalina völlig gleichgültig, ihr schwirrt immer noch der Kopf davon, dass sie ihren Namen gesagt hat. Vorsichtig legt sie den Finger auf ihre Lippen, als könnten die Wörter noch dort sein, die Wörter, die sie eine Ewigkeit nicht benutzt hat.

»Catalina Petrescu«, sagt sie noch einmal.

Das klingt falsch. Es ist der Name einer anderen. Der Name eines Mädchens, das ein anderes Leben gelebt hat. Ein Leben, das schon lange verlassen worden ist.

Sie schlüpft in die Knastuniform. Brauner Overall und Sweatshirt. Hässliche Klamotten, die schlaff an ihr herunterhängen. Aber wenigstens warm. Catalina hasst es zu frieren.

Wieder öffnet sich die Tür, und eine andere Insassin stellt ein Tablett auf den Tisch. Sie trägt die gleichen Klamotten wie Catalina, hat aber eine rote Armbinde.

»Danke«, sagt Catalina.

Die Frau nickt, und wieder kracht die Tür ins Schloss.

Auf dem Tablett ist kein Teller, aber das weiße Plastikding hat drei Vertiefungen. In einer liegt eine an den Rändern leicht angebrannte Scheibe Toast, in einer anderen gebackene Bohnen. In der dritten ein Karton mit Orangensaft neben einem Plastikmesser und einer Plastikgabel.

Catalina setzt sich. Das Essen sieht nicht gut aus, aber sie war schon zu oft in ihrem Leben hungrig, um es zu verschwenden. Sie beißt in den Toast und hofft, dass Lilly für Sam Speck und Eier gemacht hat. Beim Gedanken an Sam lächelt sie. So ein netter Junge.

Aber vielleicht hatte Lilly auch mal wieder keine Zeit. Sie hat immer so viel zu tun, rennt von hier nach dort, und ihre Haare stehen dabei wild vom Kopf ab. Sie hat versprochen, Catalina heute Vormittag im Gefängnis zu besuchen. Dann wird sie Papiere und Akten vor Catalina auf den Tisch knallen und Erklärungen verlangen. Sie ist wütend wegen der ganzen Lügen. Sie möchte die Wahrheit wissen. Aber Catalina möchte die Wahrheit nicht erzählen. Sie möchte nicht mal daran denken. Das tut viel zu weh.

»Catalina, Catalina«, ruft Mama von unten. Sie steht an der Treppe und hat offensichtlich wieder getrunken.

»Catalina, Catalina!«

Die Kleinen sehen ihre große Schwester mit weit aufgerissenen Augen an. Bestimmt will Mama eine neue Flasche Schnaps, und das heißt, dass sie heute nichts zu essen kriegen.

Elena beginnt zu wimmern.

»Psst«, sagt Catalina. »Ich kriege das schon hin.«

Aber sie weiß, dass es unmöglich ist. Als sie es das letzte Mal versucht hat, hat Mama sie so heftig ins Gesicht geschlagen, dass es zwei Tage lang geschwollen war.

»Catalina, Catalina!«

Sie kann nicht mehr länger warten. Mama ist kein geduldiger Mensch. Jedenfalls nicht mehr, seit Papa tot ist. Also eilt Catalina in die Küche. Auf dem Tisch liegt eine umgekippte leere Flasche.

»Warum brauchst du immer so lange?«, fragt Mama lallend. »Bist du vielleicht taub?«

»Ich hab mir nur schnell die Schuhe angezogen«, lügt Catalina.

Mama schlurft zum Schrank, holt ihr Portemonnaie heraus und leert den spärlichen Inhalt auf Catalinas ausgestreckte Handfläche.

»Vom Rest kannst du was zu essen für die Kleinen kaufen.«

Aber Catalina sieht, dass es auch so kaum für einen Laib Brot reicht. Mit den Augen fleht sie ihre Mutter an. Ihre kleinen Geschwister haben Hunger.

»Worauf wartest du denn noch?«, knurrt Mama, und Catalina rennt ohne Mantel zur Tür hinaus.

An der Ladentheke begrüßt Frau Cirescu sie mit einem Lächeln. Falls sie Mitleid für Catalina empfindet, versteckt sie das gut und freut sich wie immer über das Bargeld.

»Wodka?«, fragt sie.

Catalina nickt und legt die Münzen auf die Theke, wobei sie ein Stoßgebet zum Himmel schickt, dass es auch noch für ein Brot reicht.

Auf dem Rückweg rutscht sie auf einer gefrorenen Pfütze aus. Ihre Schuhe sind abgelaufen, glatt wie Glas, und sie landet in einer Schneewehe. Ihr Herz klopft heftig. Ist die Flasche kaputt? Wenn sie ohne Wodka heimkommt, bringt Mama sie um. Sie kriecht zu der Flasche, die ein Stück weiter auf dem Boden liegt, und wischt die Eiskristalle ab. Sie ist noch ganz, kein Sprung, nichts. Aber das Brot ist aus der Papiertüte geflogen und liegt jetzt nass und dreckig am Straßenrand. Kurz entschlossen stopft Catalina es zurück in die Tüte. Die Kleinen werden es trotzdem essen.

Atemlos und bis auf die Haut durchnässt kommt sie nach Hause. Ihre Zähne klappern vor Kälte.

»Mama!«, ruft sie. »Ich bin wieder da!« Schnell schlüpft sie aus den nassen Schuhen und geht in die Küche. Sie will die Flasche auf den Tisch stellen und dann ihre nassen Sachen ausziehen.

Aber zu ihrer Überraschung sitzt eine andere Frau am Küchentisch und unterhält sich flüsternd mit Mama. Früher sind dauernd Nachbarinnen vorbeigekommen, um Geschichten auszutauschen, aber jetzt nicht mehr. Seit Papas Tod ist es, als hätten sie Angst, dass Unglück ansteckend ist.

Aber diese Frau hier ist keine Nachbarin. Sie ist eine Fremde, mit einem dicken Wollmantel und guten Stiefeln. Ihre Haare sind gelb gefärbt wie bei den Frauen in Hollywood.

»Du musst Catalina sein«, sagt sie.

Catalina nickt. Zwar lächelt die Frau, aber nur mit dem Mund, nicht mit den Augen.

»Sie ist ein stilles Mädchen«, sagt Mama. »Sie lächelt nie.«

»Still ist gut«, sagt die Frau. Dann nimmt sie die Flasche und gießt Wodka ein. Catalina merkt, dass sie sich selbst nur einen Fingerbreit einschenkt, Mamas Glas aber bis zum Rand füllt.

»Die Jugendlichen heutzutage verstehen die Welt nicht«, sagt Mama. »Sie wollen zu viel.«

Die Frau schlürft den Wodka. »Ich gebe dem Fernsehen die Schuld.«

»Meine Mutter hatte neun Kinder unter Ceausescu«, sagt Mama, »und vier davon wurden weggeschickt.«

Diese Geschichte hat Catalina schon oft gehört – wie Mamas kleine Geschwister von Granny weggerissen und in ein staatliches Waisenhaus gebracht wurden. Manchmal fragt sie sich, was aus ihnen geworden ist, aus diesen unbekannten Onkeln und Tanten.

»Wir waren arm.« Mama tippt mit dem Daumen auf ihren Brustkorb. »Die meiste Zeit hatten wir Hunger.«

Die Frau deutet mit einem Kopfnicken auf das nasse Brot, das in Catalinas Händen langsam zerfällt. »Du hast Glück, Mädchen.«

»Sehen Sie, ich liebe meine Kinder.« Mama beginnt zu weinen.

Die Frau tätschelt ihr die Hand. »Selbstverständlich.«

»Es ist so schwer, seit mein Mann nicht mehr da ist.« Tränen strömen über Mamas Gesicht, ihr Mund wird schlaff. »Ich bitte Gott jede Nacht, mir zu helfen«, sagt sie. »Warum hilft er mir denn nicht?«

Die Frau schenkt Wodka nach. »Er hat mich geschickt.«

Offenbar hat Mama keine Ahnung, was sie damit meint, und die Frau seufzt leise.

»Die Arbeit«, sagt sie. »Ich bin gekommen, um Ihnen Arbeit anzubieten.«

Catalinas Herz hüpft. Sie kann es kaum glauben. Arbeit für Mama! Natürlich hat sie schon hier und dort gearbeitet, sie muss ihre Familie ja irgendwie über Wasser halten, aber es war nie etwas Festes.

»Was sagst du dazu, Catalina?«, erkundigt sich die Frau.

»Ich finde es großartig«, strahlt Catalina. »Ich tue gern alles, was ich kann, damit Mama arbeiten gehen kann.«

Mama schüttelt sich vor Lachen. »Doch nicht ich, du dummes Kind«, ruft sie kopfschüttelnd. »Wer würde denn eine alte Frau wie mich noch einstellen?«

»Aber ich dachte, sie hat gesagt, sie ist wegen Arbeit gekommen.«

Mama verdreht die Augen und stupst die Frau. »Ich hab Ihnen ja gesagt, sie ist nicht die Hellste.«

Lachend wendet die Frau sich an Catalina. »Ich habe Arbeit für dich.«

Ungläubig starrt Catalina die Frau an. Catalina ist zwölf Jahre alt und war nur selten in der Schule. »Eine Arbeit für mich?«, wiederholt sie ungläubig. »Als was denn?«

»Als Kindermädchen«, antwortet die Frau.

»Was muss ich da tun?«, fragt Catalina.

»Sehen Sie«, sagt Mama, »sie ist einfach nicht die Hellste.«

Doch die Frau ignoriert sie. »Ein Kindermädchen hilft Frauen im Haus und mit den Kindern.«

»Warum brauchen die Hilfe?«, fragt Catalina.

»Weil sie reich und faul sind«, erklärt die Frau achselzuckend. »Kannst du kochen.«

»Ein bisschen.«

»Putzen?«

»Klar.«

»Dich um Babys kümmern?«

Catalina lächelt. »Ich habe vier kleine Schwestern.«

»Na bitte«, sagt die Frau. »Du passt genau.«

Eine Woche später steht Catalina mit einer kleinen grauen Tasche unten an der Treppe. Die Kleinen weinen, aber sie bemüht sich, nicht hinzuhören.

»Hört auf damit«, sagt Mama, aber ihre Stimme ist weicher als sonst. Jetzt klingt sie fast wie die der Mama von früher. »Eure Schwester tut es für die Familie. Für uns alle.«

Die Frau mit den gelben Haaren wird Catalina zu ihrem neuen Zuhause bringen. Heute trägt sie einen anderen Mantel mit glänzenden schwarzen Knöpfen. Sobald Catalina ihren ersten Monatslohn bekommt, will sie sich genauso einen kaufen.

Die Frau gibt Mama Geld. »Als Anzahlung«, erklärt sie.

»Seht ihr«, sagt Mama zu den Kindern. »Jetzt gehen wir gleich in die Stadt und füllen die Schränke auf.«

»Ich wette, das ist genug für ein paar Süßigkeiten«, sagt Catalina, und die Kleinen jubeln. Die Tränen von vorhin sind vergessen.

»Na, dann mal los«, sagt die Frau und nimmt Catalinas Tasche. »Wir haben einen langen Weg vor uns.

Catalina küsst ihre Schwestern auf die weichen Köpfchen und umarmt ihre Mama.

»Ich schreibe euch jede Woche«, verspricht Catalina.

Mama nickt und wendet sich rasch ab.

»Brownies?«, fragte Sam mit großen Augen und einem breiten Grinsen. »Zum Frühstück?«

»Wenn du lieber Müsli möchtest …«, sagte Lilly.

Sam lachte seine Antwort und griff sich mit jeder Hand ein Brownie. Lilly betrachtete das Ergebnis ihres nächtlichen Backanfalls und ging zum Telefon.

Dr. Kadir hob beim ersten Klingeln ab.

»Hi«, begrüßte Lilly sie. »Sie stehen ja mit den Hühnern auf.«

»Ich schlafe nicht so gut«, erklärte Dr. Kadir.

Nach einem kurzen unbehaglichen Schweigen hustete Dr. Kadir und fragte: »Wie kann ich Ihnen helfen, Miss Valentine?«

»O ja«, stammelte Lilly. »Ich war gestern bei Anna – na ja, eigentlich heißt sie Catalina.«

»Das ist ein sehr schöner Name.«

»Ja, stimmt«, bestätigte Lilly, und erst in diesem Moment wurde ihr klar, wie gut der Name zu ihrer Klientin passte.

»Wie geht es ihr?«

»Okay – na ja, ich glaube, okay«, antwortete Lilly. »Sie hat nicht viel gesagt.«

»Das war zu erwarten.«

»Die Sache ist nur, dass sie mir eine ganze Menge erzählen muss.«

Dr. Kadir lachte. »Catalina hat ihre Geschichte sehr lange geschützt, und deshalb ist es äußerst unwahrscheinlich, dass sie ihre Abwehr einfach über Nacht aufgibt. So etwas braucht Zeit.«

»Aber ich habe keine Zeit, Dr. Kadir. Das Gericht hat mir eine Woche gegeben, um der Sache auf den Grund zu gehen.«

»Bestimmt haben Sie schon genug traumatisierte Kids vertreten, um zu wissen, dass ihre Probleme nicht nach Terminplan angegangen werden können.«

Natürlich wusste Lilly das. Sie hatte im Lauf der Jahre für Hunderte, wenn nicht Tausende Jugendliche gearbeitet. Sie behielten ihren Missbrauch für sich, verschlossen ihn tief in ihrem Innern und ließen ihm weder Luft noch Freiheit. Wenn die Zeit kam, darüber zu sprechen, waren sie oft zu verängstigt. Und Catalina war noch wesentlich verschlossener als alle anderen Klienten, die Lilly je gehabt hatte.

»Ich verstehe genau, was Sie meinen«, seufzte Lilly, »aber wenn ich keine Verteidigung für Catalina aufbauen kann, dann wird sie aller Wahrscheinlichkeit nach verurteilt und verbringt den Rest ihres Lebens im Gefängnis. Das kann ich aber nicht zulassen.«

Zwar antwortete Dr. Kadir nicht, aber diesmal war das Schweigen nachdenklich. Nach einer Weile sagte sie: »Sie müssen es indirekt versuchen, sich sozusagen von der Seite heranpirschen.«

Lilly lachte. Die Beschreibung erschien ihr absolut zutreffend.

»Sie sollten Catalina nicht nach sich selbst fragen«, fuhr Dr. Kadir fort. »Sonst zieht sie sich sofort in ihr Schneckenhaus zurück.«

»Aber ich habe keine Zeit für Smalltalk.«

»Das verstehe ich, aber wenn Sie die Sache langsam angehen, kriegen Sie vielleicht wenigstens ein bisschen Information von ihr, mit der Sie etwas anfangen können«, meinte Dr. Kadir. »Wenn Sie gleich ins Zentrum der Sache vorstoßen, haben Sie danach gar nichts in der Hand.«

Lilly fuhr sich mit den Fingern durch die Haare, wobei sie die empfindliche Stelle sorgfältig mied. »Was schlagen Sie vor?«

»Fragen Sie nach Artan. Vielleicht erzählt sie Ihnen seine Geschichte, und sie finden durch sie den Weg in ihre.«

Lilly winkte Sam zum Abschied und griff nach ihrer Tasche. Wenn sie sich jetzt auf den Weg machte, würde sie zum Start der Besuchszeit in High Point ankommen. Je mehr Zeit sie hatte, desto langsamer konnte sie die Sache angehen.

Ihr Handy klingelte. Einen Moment überlegte sie, es zu ignorieren, aber es konnten ja Neuigkeiten von Rupinder sein.

»Hallo«, sagte sie, das Telefon zwischen Kinn und Schulter geklemmt.

»Lilly!« Es war David.

»Ich bin auf dem Weg zu einer Klientin«, sagte sie. »Ich ruf dich später zurück.«

»Ich möchte dich aber jetzt sprechen.«

Oh-oh. Er klang nicht glücklich.

»Okay«, lenkte sie ein und ließ den Motor im Leerlauf.

David räusperte sich, was verriet, dass sie eine einstudierte Rede zu hören bekommen würde. Das hatte er während ihrer Ehe immer so gemacht, wenn er sicher war, dass das, was er sagen wollte, Lilly nicht gefallen würde.

»Sams Wohl ist immer meine erste Priorität.«

»Das weiß ich«, antwortete sie.

David hustete wieder. »Ich finde, er sollte bei uns wohnen, solange du an diesem Fall arbeitest.«

»Bei dir und Cara?«

»Und bei seiner Schwester, ja.«

»Hat er gesagt, dass er das möchte?«

»Er hat sich große Sorgen gemacht wegen des Fensters und des Autos, und natürlich ist da auch noch das Gerede in der Schule, jetzt, wo der ganze Schlamassel an die Öffentlichkeit gedrungen ist.«

»Hat er gesagt, dass er lieber zu euch möchte?«, wiederholte Lilly ihre Frage und dachte an ihren Sohn, wie er vorhin in ihrer chaotischen Küche gestanden hatte, die Hände voller Brownies.

»So hat er es nicht ausgedrückt.«

Lilly zog an ihrem Sicherheitsgurt – für so etwas hatte sie jetzt wirklich keine Zeit. »Dann hat er es also nicht gesagt?«

»Du kannst das alles runterspielen, wenn du willst«, entgegnete David kalt, »aber ich muss daran denken, was für Sam das Beste ist.«

»Das tue ich jeden Tag«, gab sie zurück und klappte das Handy zu.

Es ist schwierig, mit einer Hand Tomaten zu pflücken, aber Luke gibt sein Bestes. Er versucht, die Früchte mit Daumen und Zeigefinger abzuzwicken, aber ohne die andere Hand, mit der er die Staude festhalten kann, beugt sich die unweigerlich zu ihm wie ein schnüffelnder Hund.

Er war zur üblichen Zeit im Black Cat und hat seine bandagierte Hand in der Tasche versteckt. Die Frau war bereits da, die Haare auf dem Oberkopf zu einer Art Palme zusammengebunden, eine der gemalten Augenbrauen leicht verschmiert.

Sie gab ihm zu verstehen, dass er in den Van steigen sollte. Offenbar hatte ihr niemand von dem Unfall in der Fischfabrik erzählt. Oder es war ihr einfach egal.

Er drückt die verletzte Faust gegen den Stamm, aber schon das bisschen Druck ist eine Qual.

»Du bist okay?«, fragt der Ukrainer.

Luke nickt, aber sie wissen beide, dass das eine Lüge ist.

»Du hast Medizin?«

Luke zuckt die Achseln, und der Ukrainer schüttelt besorgt den Kopf.

Der Eigentümer kommt in den Tunnel, er kontrolliert die Ernteschalen. »Bisschen langsam heute, was?«

Schnell versteckt Luke seine Hand in den Blättern. Wenn der Chef merkt, dass er nicht richtig arbeiten kann, wird er ihn garantiert nach Hause schicken.

Der Mann beäugt Luke. »Ich bezahl dich nicht fürs Rumstehen.«

Der Ukrainer und Luke wechseln einen Blick.

»Mein Freund muss zur Toilette«, sagt der Ukrainer. »Er platzt gleich.«

Der Chef verzieht das Gesicht. »Na, dann zieh Leine. Ab nach draußen.«

Luke steckt die Hand unter die Jacke und geht.

»Aber beeil dich«, ruft der Chef ihm nach.

Luke wartet am Eingang, bis der Mann zum nächsten Tunnel weitergewandert ist. Heute wird ein langer Tag.

»Erzähl mir was von Artan.«

Verwundert schaute Catalina sie an. Offensichtlich hatte sie erwartet, dass Lilly ihre Lebensgeschichte einfordern würde.

»Was möchtest du denn wissen?«

Lilly lehnte sich entspannt auf ihrem Stuhl zurück, als wäre alles nicht so wichtig. »Wo ihr euch kennengelernt habt beispielsweise. Wie ihr Freunde geworden seid.« Lilly zuckte die Achseln. »Einfach nur so ein allgemeiner Überblick.«

Catalina schloss die Augen, um nachzudenken. Wie schwarze Federn ruhten ihre Wimpern auf den Wangen. Sie sah sehr schön aus, aber zerbrechlich, fand Lilly – wie eine zarte Porzellanpuppe.

»Wir sind uns an dem Tag begegnet, als ich von zu Hause weg bin.«

Am liebsten hätte Lilly geschrien: »Warum bist du von zu Hause weg?« und »Woher bist du gekommen?«, aber sie befolgte Dr. Kadirs Rat und riss sich am Riemen.

»Was für einen Eindruck hattest du von ihm?«, fragte sie.

Mit einem langsamen, traurigen Lächeln schlug Catalina die Augen auf. »Er hat genau gewusst, wie man sich um sich selbst kümmert.«

»Hattest du Angst?«

»Ja.«

»Vor ihm?«

»Vor allem.«

»Hat er dir etwas von seiner Vergangenheit erzählt? Wo er herkam?«, fragte Lilly.

Catalina schüttelte den Kopf. »Damals nicht.«

»Aber später?«

»Ja. Er hat mir von seinem Dorf erzählt und von seiner Familie.«

»Das muss ziemlich schrecklich für ihn gewesen sein.«

Catalina sah weg. »Ja. Er hat sie alle verloren.«

»Wart ihr zusammen wie ein Paar?«

»Nein«, antwortete Catalina. »Bloß Freunde.«

»Bestimmt war er sehr froh, eine Freundin wie dich zu finden.«

»Vielleicht«, meinte Catalina und zuckte unverbindlich die Schultern. »Vielleicht hat er sich aber auch gefragt, warum er sich mit einem albernen Mädchen abgibt, das nicht mal selbst auf sich aufpassen kann.«

»Das bezweifle ich«, entgegnete Lilly. »Ich weiß, wenn ich allein auf der Welt wäre und einen so warmherzigen und sympathischen Menschen kennenlernen würde wie dich, wäre ich verdammt dankbar.«

Jetzt starrte Catalina Lilly an, als hätten sie sich noch nie gesehen. Als hätte sie keine blasse Ahnung, wer ihre Anwältin war. Vielleicht fragte sie sich aber auch, ob Lilly wusste, wer *sie* war. Jedenfalls stellte Lilly sich selbst diese Frage.

»Ich bin diejenige, die dankbar sein müsste«, sagte Catalina schließlich.

»Wofür?«

Catalina schaute weg. »Für viele, viele Dinge.«

Lilly legte ihre Hand auf die Catalinas, aber das Mädchen zog sie weg, stand auf und ging mit raschen Schritten zum Fenster. Bei ihrem Anblick erhob sich im Besucherzentrum augenblicklich ein Chor spottender Stimmen.

Lilly stellte sich neben ihre Klientin und berührte ihre Schulter, die sich in den Falten der Uniform verloren anfühlte.

»Erzähl mir doch mal ein bisschen, was er so gemacht hat«, sagte Lilly.

In diesem Moment ging die Tür hinter ihnen auf.

Eine Wärterin stand da, die Hüfte vorgestreckt, im Mund einen fetten Kaugummi. »Die Zeit ist abgelaufen.«

»Das kann nicht Ihr Ernst sein«, erwiderte Lilly. »Wir haben grade erst angefangen.«

Die Wärterin machte eine Kaugummiblase und ließ sie genüsslich platzen.

»Ich hatte nicht mal eine Stunde!«, ergänzte Lilly.

Die Wärterin verlagerte ihr Gewicht auf die andere Hüfte. »Sie hätten eben pünktlich hier sein sollen.«

»War ich ja«, antwortete Lilly. »Oder besser gesagt, wäre ich gewesen, aber ich musste ein Telefongespräch entgegennehmen.«

Wenn sie David in die Finger kriegte, würde sie ihm den Hals umdrehen.

Die Wärterin zuckte die Achseln und komplimentierte Catalina hinaus.

Jetzt musste Lilly sich schnell etwas einfallen lassen. »Ich komme morgen ganz früh wieder, Catalina, und dann musst du mir noch ein bisschen was von Artan erzählen. Vielleicht kannst du es ja auch heute Abend für mich aufschreiben?«

»Ich hab kein Papier«, sagte Catalina.

Lilly riss die Hälfte der Blätter von ihrem gelben Notizblock ab und streckte Catalina den Stapel hin.

»Das muss aber überprüft werden«, wandte die Wache ein.

Lilly wollte einwenden, dass eine Gefangene vor kurzem dabei erwischt worden war, wie sie sechs Päckchen Heroin und ein Schnappmesser ins Gefängnis geschmuggelt hatte, und dass im Vergleich dazu ein paar Blätter liniertes gelbes DINA4-Papier kaum ein Sicherheitsrisiko waren, aber sie wusste, dass es verschwendete Energie gewesen wäre.

»Na schön«, sagte sie deshalb nur und machte sich auf den Rückweg zur Rezeption.

»Du musst das jemandem zeigen, Kleiner.«

Caz beäugt Lukes Hand. Sie ist doppelt so groß wie normal, die Finger sind hart, die Haut gespannt.

»Das ist Flüssigkeit, weiß du«, fährt Caz fort und drückt mit ihrem Daumen auf seinen.

Sie haben ihren Unterschlupf heute schon früh aufgebaut und sitzen zusammengekauert vor einer einzelnen Kerze. Draußen wütet der Wind, Zeitungen und Kartons werden durch die Straße gewirbelt.

Caz löst die Sicherheitsnadel und fängt an, den Verband abzuwickeln.

Schon nach zwei Lagen klebt die Gaze fest, und Caz muss zerren. Bei jeder Runde etwas weniger sanft. Schließlich ist Lukes Hand frei, abgesehen von einem quadratischen Mullfetzen, der schwarz und widerlich aussieht.

Ohne Vorwarnung reißt sie den Mull ab, und sofort schießt die weiße Hitze wieder in Lukes Arm. »Ist es schlimm?«

»Pottscheußlich.«

Er zwingt sich zu einem kurzen Blick. »Himmel.«

Die beiden Striemen, wo die Klingen in die Hand eingedrungen sind, sind mit blutdurchsetztem Eiter gefüllt.

»Das muss saubergemacht werden«, stellt Caz lakonisch fest.

Luke schaut sich in dem feuchten, schmutzigen Raum um, den sie ihr Heim nennen, vollgemüllt mit McDonald-Schachteln und verbrannter Alufolie.

»Womit?«, fragt er.

»Teardrop Tony hat immer Bleiche bei der Hand«, sagt sie.

Luke stellt sich die mit Dreck und Scheiße verklebten Klamotten ihres gemeinsamen Freundes vor, seine Haare, die seit Jahren kein Shampoo mehr gesehen haben.

»Wozu braucht er denn Bleiche?«, fragt er.

Caz verdreht die Augen. »Um sein Injektionsbesteck zu reinigen natürlich, Kleiner.«

Ohne ein weiteres Wort steht sie auf und geht in die Nacht hinaus, so dass Luke nichts anderes übrigbleibt, als hinter ihr herzulaufen.

Sie finden Teardrop Tony in der Charing Cross Station, im Arm eine Flasche Lambrini.

»Schau dir das bitte mal an«, sagt Caz und hält ihm Lukes Hand unter die Nase.

Tony nickt, als hätte er nichts anderes erwartet.

»Hast du Domestos da?«, fragt Caz.

Teardrop Tony wandert hinüber zum Behindertenklo. »Folgt mir unauffällig in mein Büro.«

»Ich denke, wir sollten den ganzen Mist rausdrücken und dann die Bleiche direkt in den Schnitt schütten«, meint Caz. Sie hält Luke zwei Pillen hin, beide voller Fusseln. »Schluck die hier runter.«

Luke spült die Pillen mit Lambrini runter. »Was ist das denn für ein Zeug?«

»Mogadon.«

»Betäubt das den Schmerz?«

Caz zwinkert ihm zu. »Nein, aber danach erinnerst du dich an nichts mehr.«

Die beiden anderen halten seine Hand über das Waschbecken und drücken.

Luke brüllt aus voller Lunge.

»Im Irak hab ich einen Mann gekannt, dem ist das Ohr abgeschossen worden«, sagt Teardrop Tony. »Der hat auch so geschrien.«

Schwindel übermannt Luke. Ob es von den unerträglichen Schmerzen kommt oder ob die Beruhigungspillen anfangen zu wirken, weiß er nicht, aber die Welt verschwimmt vor seinen Augen.

»Ihr Männer seid doch alle gleich«, sagt Caz. »Ich hab weniger gebrüllt, als ich mein Baby gekriegt hab.«

Für Luke sieht alles aus wie unter einer Schicht Vaseline, und dann verliert er das Bewusstsein.

Stunden später wacht er in ihrem Unterschlupf wieder auf. Die Umgebung bewegt sich, schwankt hin und her, ganz langsam. Eine Sekunde überlegt er, ob er sich vielleicht auf einem Boot befindet.

»Alles in Ordnung, Kleiner«, sagt Caz.

»Hallo«, bringt er mühsam heraus. Seine Stimme ist wie Gummi.

»Versuch wieder einzuschlafen.« Caz lächelt. »Lass die Pillen ihre Arbeit tun.«

Luke möchte etwas sagen. Aber seine Zunge fühlt sich riesig an, er kann sie nicht richtig bewegen.

»Baby?«, schafft er schließlich.

Sie hält seine frisch verbundene Hand an ihre Wange und küsst sie. »Schlaf wieder ein.«

KAPITEL 21

Lilly sprang von der Waage. Sie fühlte sich rund und schwabbelig. Sogar die Pyjamahose spannte.

Sie wusste, dass sie zugenommen hatte, aber die nackte Wahrheit war trotzdem ein Schock.

Langsam stieg sie ein zweites Mal auf die Waage, ließ sich Zeh für Zeh nieder und lehnte sich ans Waschbecken, um die Masse ein bisschen zu verteilen. Doch das Ergebnis blieb das gleiche.

Sie stieß einen angewiderten Seufzer aus. Sicher, sie hatte schon immer eine weibliche Figur gehabt. Schon als Jugendliche hatte ihr Dad immer gesagt, man könnte ihren Hintern als Tablett benutzen. Aber fast vier Kilo in zwei Wochen, das war erschütternd.

Sie schlüpfte in ihren Morgenmantel und spähte in den Kleiderschrank. Mit einer hübschen doppelreihigen Jacke und einem schwarzen Polohemd müsste sie einige ihrer Sünden überdecken können.

Das Telefon klingelte.

»Wie war das Gespräch?«, fragte Dr. Kadir.

Lilly sah auf ihre Armbanduhr. Halb acht. Die Psychologin hatte anscheinend nicht gelogen, sie schlief wirklich schlecht.

»Langsam«, antwortete Lilly.

»Sehr gut.«

»Das finden Sie vielleicht gut, Dr. Kadir«, seufzte Lilly, »aber ich brauche Antworten.«

»Geduld, Lilly, die Zeit ist auf Ihrer Seite.«

Lilly setzte sich aufs Bett und versuchte Kniestrümpfe anzuziehen. Himmel, sie kam kaum an ihre Füße.

»Ich fahre heute Vormittag wieder zum Gefängnis und möchte ihr noch ein bisschen auf den Zahn fühlen.«

»Aber nicht zu stark«, mahnte Dr. Kadir.

»Ich weiß«, sagte Lilly. »Ich weiß.«

Auf dem Weg nach High Point machte Lilly noch einen Abstecher zum Krankenhaus.

»Sie können sie besuchen«, sagte die Oberschwester. »Aber nur ein paar Minuten.«

Auf Zehenspitzen betrat Lilly das Zimmer und wäre um ein Haar umgekippt.

Schläuche steckten in Rupinders Händen und in der Nase, sie lag ganz still da, vollkommen regungslos. Aber es war Raj, bei dessen Anblick Lilly fast das Herz stehenblieb – er lag halb schlafend in dem Sessel neben dem Bett, der Kopf war ihm auf die Schulter gesunken.

Langsam wachte er auf, und Lilly verfluchte sich, dass sie hier eingedrungen war.

»Hi.« Er kratzte sich am Kopf, seine Stimme klang heiser.

»Hi«, antwortete Lilly. »Wie geht es ihr?«

Raj wandte sich seiner Frau zu und fuhr zärtlich mit dem Finger über ihr Handgelenk. »Sie konnten die Blutung im Gehirn stoppen, aber es gibt immer noch starke Schwellungen.«

Lilly biss sich auf die Lippe. »Sie wird wieder gesund.«

Raj nickte, sagte aber nichts.

Lilly blieb neben dem Bett stehen, entsetzt von der Größe von Rupinders Kopf, der aufgedunsen und seltsam straff aussah. Auf einmal begannen ihre Augen zu flattern, aber sie waren so geschwollen, dass die Lider sich nicht öffnen konnten.

»Lirry«, flüsterte sie, ohne den grässlich verformten Mund zu bewegen. »Lirry? Biss du das?«

Raj nahm die Hand seiner Frau. »Ja, Lilly ist hier.«

Lilly sah ihre verletzte Freundin an, und Schuldgefühle überwältigten sie. Es hatte sie niemand gezwungen, Annas Fall anzunehmen, sie hätte Rupinder niemals dieser Gefahr aussetzen dürfen.

»Es tut mir so leid«, sagte sie und rannte aus dem Zimmer.

Catalina kaut auf dem Ende des Stifts.

Sie hat die ganze Nacht an Artan gedacht.

In ihrer verzweifelten Weigerung, die Vergangenheit noch einmal zu durchleben, wird ihr klar, dass sie ihn verloren hat. Artan ist tot, aber wenn sie die andere Existenz leugnet, heißt das dann, dass er auch vergessen ist?

An jenem ersten Tag, als sie vor Kälte und Angst wie taub war, hat er ihr die Hand hingestreckt. Und ihr alles gegeben, was er hatte.

»Hier«, sagt der Junge und hält ihr ein Stück trockenes Brot hin. »Nimm.«

Catalina packt das Brot und reißt mit den Zähnen ein Stück ab.

Es ist eine Lüge, alles. Das weiß sie jetzt. Die Arbeit, das Geld, nichts davon ist wahr. Erst wollte sie es sich nicht eingestehen und hat sich an das Versprechen auf ein besseres Leben geklammert wie an einen Totempfahl. Ein Au-pair-Mädchen. Die Worte sind wie Asche in ihrem Mund.

Sie hat Mama und die Kleinen verlassen und ist mit der gelbhaarigen Frau gegangen, dieser Frau mit den glänzenden Mantelknöpfen und dem verkniffenen Lächeln. Sie hat gesagt, sie heißt Lavinia.

Sie stiegen in ein Auto, das roch wie saure Milch. Lavinia sagte, sie würde Catalina zu ihrer »neuen Familie« bringen. Stundenlang waren sie unterwegs.

»Wach auf!« Lavinia schüttelte sie unsanft.

Catalina blinzelte. Draußen war es dunkel. »Wo sind wir?«

»In Bukarest.«

Erregung breitete sich in Catalinas Körper aus. In der Zeit der Kommunisten waren Soldaten aus Bukarest in ihrer kleinen Stadt gewesen. Ihre Großmutter hatte ihnen gern davon erzählt.

Würde sie hier arbeiten? In Bukarest? Sie wusste, dass hier viele reiche Leute wohnten.

Sie kletterte aus dem Auto und folgte Lavinia, die vor ihr herhinkte – ihre Gehbehinderung fiel Catalina jetzt erst auf. Das Haus war alt, grau und verbraucht. Catalina war enttäuscht. Sie hatte gehofft, sie würde irgendwo in einer Nobelgegend wohnen.

Widerwillig folgte sie Lavinia durch eine Diele, die ebenso kahl war wie ihre Diele zu Hause. Aus der Küche waren Männerstimmen zu hören.

»Antworte nur, wenn man dich direkt anspricht«, sagte Lavinia. »Verstanden?«

Catalina nickte und drückte ihre kleine graue Tasche an die Brust.

An einem Tisch saßen drei Männer, rauchten und spielten Karten. In der Mitte stand eine Flasche Wodka. Keiner blickte auf.

»Ich hab dir was Gutes mitgebracht, Costel«, sagte Lavinia.

Der Mann am anderen Ende des Tischs hob den Kopf. Eins seiner Augen war halb geschlossen, umgeben von einer Halbmondnarbe.

»Komm her«, sagte Costel.

Catalina hatte Angst. War das der Herr des Hauses? Der Chef? Aber wo war seine Frau, die faule Frau, die Hilfe brauchte?

»Komm her«, wiederholte Costel etwas barscher.

Catalina schlurfte in seine Richtung.

»Sie ist eine echt Hübsche«, sagte Lavinia, und ihre Stimme klang nervös.

»Ich würde eher sagen, eine echt Dünne«, erwiderte der Mann.

»Und ein gutes Mädchen«, fügte Lavinia hinzu. »Sie wird dir keinen Ärger machen.«

Costel schnaubte. »Das sagst du doch immer.«

Er trank einen großen Schluck Wodka aus der Flasche und wandte sich wieder den Karten zu.

Lavinia scheuchte Catalina wieder aus der Küche und in das Nebenzimmer. Der Putz blätterte von den Wänden, es gab keine Möbel. Auf dem Boden lagen Decken und alte Vorhänge. Lavinia riss ein Päckchen Zigaretten auf und zündete sich eine an. Ihre Hände zitterten.

»Was ist los, Lavinia?«, fragte Catalina.

»Ach, nichts.« Lavinia stieß eine blaue Rauchwolke aus. »Costel ist ein schwieriger Kunde, das ist alles.«

»Er macht mir Angst«, sagte Catalina.

Lavinia klaubte sich einen Tabakkrümel von der Zunge.

»Ich möchte nach Hause«, sagte Catalina.

Lavinia zog an ihrer Zigarette, und ihre Wangen wurden schmal.

»Mach kein Theater«, sagte sie. »Dann wird es bloß schlimmer für dich.«

Catalina blinzelte die Tränen weg. »Ich möchte aber nicht hier bleiben.«

Nach einem langen letzten Zug trat Lavinia die Zigarette auf dem Holzboden aus und ließ Catalina wortlos im Zimmer stehen. Von der anderen Seite der Tür hörte sie das Schloss einrasten.

Entgeistert starrte Catalina in das leere Zimmer. Was machte sie hier? Warum brachte man sie nicht zu ihrer neuen Familie?

Aus einer Ecke hörte sie Schnuppergeräusche, und eine der Decken bewegte sich. Mäuse. Dann bewegte sich eine weitere Decke, dann ein Vorhang.

Catalina kniff die Augen zusammen. Auf einmal begriff sie, dass sie nicht alleine war. Mühsam schluckte sie ihre Panik hinunter und spähte in die Dunkelheit. Finger, Zehen und Augen lugten aus dem provisorischen Bettzeug auf dem Boden hervor, und Catalina erschrak noch mehr. Der Raum war voller Kinder!

Ein Junge ungefähr in ihrem Alter, mit einem dünnen, zerrissenen Hemd und Schorf an der Lippe kroch aus seinem Versteck unter einem kratzigen braunen Teppich und hielt ihr ein Stück Brot hin.

Catalina liegt mit den anderen auf dem Boden und fragt den Jungen nach seinem Namen.

»Emil«, antwortet er flüsternd.

»Warum sind wir hier, Emil?«, fragt sie. »Die haben mir gesagt, dass ich in einem Haus für eine reiche Frau arbeiten soll. Warum bin ich dann hier?«

Emil legt den Finger auf die Lippen, und Catalina beginnt zu weinen.

»Weine nicht«, sagt Emil. »Wenn wir weinen, wird Costel wütend.«

Also hält sich Catalina mit dem Handrücken den Mund zu und würgt ihre Traurigkeit hinunter.

Die Buchstaben kriechen unter die Linien, und die Tinte ist über die Seite verschmiert. Ihr Englisch ist furchtbar, die Wörter schwappen in der falschen Reihenfolge über die Seite.

Ihr Stift flitzt über das Papier.

Sie erzählt Artans Geschichte. Was er alles für sie getan hat.

Ihre Hand tut weh, aber sie kann nicht aufhören. Sie tut es ja für Artan.

Alexia checkte ihren Posteingang und ihre Voicemail, aber beide waren leer. Nicht dass sie gedacht hätte, dass sie mit Angeboten überhäuft werden würde, aber nach dem Artikel in der Mail hatte sie schon ein bisschen Interesse erwartet.

Aber wenn sie nicht bald Geld verdiente, konnte sie die Miete nicht mehr aufbringen. Zwar hatte Steven nicht viel bezahlt, aber wenigstens hatte sie ein regelmäßiges Einkommen gehabt.

Und dann war da auch noch die Kreditkartenabrechnung.

Sie dachte an das Penthouse in Chelsea Harbour, das ihr Vater ihr zur Verfügung gestellt hatte, mit Tiefgarage und einer privaten Dachterrasse. Es wäre so leicht gewesen, das Telefon abzuheben. Ein Wort von ihm, und sie könnte jeden Job haben.

Ihre Hand schwebte über den Telefontasten.

Sie legte das Telefon wieder weg. Wie ihr Vater immer so gern sagte – alles im Leben hatte seinen Preis. Wenn Alexia die Almosen ihres Vaters annahm, musste sie dafür bezahlen, und zwar ordentlich. Für ein Luxusleben musste sie sich seiner Kontrolle unterwerfen.

Mit einem tiefen Seufzer machte sie sich auf den Weg zum Turk's Head. Als Freie brauchte sie noch eine Geschichte zum Verkaufen.

»Hast du irgendwas aufgeschrieben?« Lilly hoffte es inständig.

»Ich hab das Papier nicht gekriegt«, antwortete Catalina.

Am liebsten hätte Lilly laut geschrien. Ihr blieben noch ganze zwei Tage, dann erwartete das Gericht von ihr einen vollständigen Bericht.

»Konntest du nicht nach ein paar Blättern fragen?«

»Daran hab ich überhaupt nicht gedacht.«

Lilly schloss die Augen und zählte bis zehn.

»Du musst endlich begreifen, wie wichtig das ist.« Sie nahm Catalinas Hand. »Wenn ich die Informationen, die ich brauche, nicht bekomme, dann kann ich dir nicht helfen.«

»Das verstehe ich ja.«

Hinter ihnen ging die Tür auf. Es war die gleiche Wärterin wie gestern, die Backe voller Kaugummi.

»Zeit abgelaufen!«

Lilly stöhnte laut.

»Sie sind zu spät gekommen«, sagte die Wärterin. »Schon wieder.«

»Meine Freundin ist im Krankenhaus«, erklärte Lilly, aber es half nichts.

An der Rezeption legte sie der Wache einen Stapel Papier auf den Tresen und murmelte: »Könnten Sie bitte dafür sorgen, dass meine Klientin das hier bekommt?«

»Noch eine Portion?«, fragte die Wache. »Hat sie vor, *Krieg und Frieden* zu übertrumpfen?«

»Gestern ist das Papier nicht bei ihr gelandet«, erwiderte Lilly, ohne aufzuschauen.

»Ich hab es aber persönlich in den D-Trakt gebracht.«

Genervt schüttelte Lilly den Kopf. Da klingelte ihr Handy.

Heute liefen die Dinge schlecht, sehr schlecht.

»Miss Valentine?«

Eine Männerstimme. Nicht die von David, aber irgendwie vertraut.

»Wer ist denn dran?«, blaffte Lilly.

»Edward Roberts«, antwortete die Stimme.

O je. Sie hatte soeben den Richter angeblafft.

»Hallo«, sagte sie freundlicher. »Was kann ich für Sie tun?«

»Ich schaue gerade in meinen Terminplan«, antwortete er mit eisiger Stimme, »und stelle fest, dass ich am Freitag völlig ausgebucht bin.«

Ja! Lilly reckte die Faust in die Luft. Er würde die Anhörung auf nächste Woche verschieben, und dann hatte sie ein paar Tage länger Zeit.

»So etwas kann passieren«, meinte sie nachsichtig.

»Da haben Sie recht«, antwortete er. »Deshalb ist es notwendig, dass sich die Parteien bereits am Donnerstag bei mir einfinden.«

»Haben Sie einen Moment Zeit?«

Alexias Ton war wesentlich lockerer, als sie sich fühlte, während sie auf den Barschemel neben Blood River kletterte. Er blickte nicht von seinem Buch auf.

Die ganze Zeit schon hatte sie den Verdacht gehabt, dass mit diesem Mann etwas nicht stimmte, aber jetzt war sie sicher. Er war ein wildes Tier, außer Kontrolle, und so dicht neben ihm zu sitzen machte ihr Angst.

Endlich knickte er als Platzhalter ein Eselsohr in die Seite und legte das Buch weg. »Ich hab Ihren Artikel in der *Mail* gesehen.«

»Und wie fanden Sie ihn?«

Seine Augen waren hart wie Diamanten. »Warum sind Sie weg vom *Three Counties Observer*?«

Alexia zuckte die Achseln und nippte nervös an ihrem Tonic.

»Es war eine große Geschichte«, antwortete sie dann. »Sie braucht überregionale Berichterstattung.«

Er schüttelte den Kopf. »Loyalität ist alles, Miss Dee.«

»Information ist alles«, gab sie zurück.

Seine Augenwinkel zuckten. Blood River mochte es nicht, wenn man seine Meinung in Frage stellte.

»Es ist besser für uns alle, wenn wir eine größere Leserschaft erreichen«, fuhr sie fort. »Das hat mir mein Chef beim *Observer* beigebracht.«

Mit einem Nicken nahm Blood River zur Kenntnis, dass sie nicht vorhatte, einen Streit vom Zaun zu brechen.

»Was wollen Sie?«, fragte er.

»Ich möchte gern den Aufwind nutzen«, sagte sie, »und habe mich gefragt, ob Sie sonst noch etwas geplant haben.«

Im Grunde war es ihr gleichgültig, wen er sonst noch zu verprügeln gedachte, aber sie hielt es für besser, wenigstens Interesse zu zeigen.

»Ich habe noch eine Menge in der Pipeline«, antwortete er großartig. »Aber das kann ich Ihnen nicht erzählen.«

»Nein, nein, selbstverständlich nicht«, pflichtete sie ihm eifrig bei.

»Vor allem jetzt nicht mehr, wo Sie sich zu diesen linkslastigen Schreiberlingen gesellt haben, die nur der Regierung in den Arsch kriechen.«

Eine Weile saßen sie schweigend nebeneinander, und Alexia überlegte, ob sie einfach aufstehen und gehen sollte.

»Was haben Sie denn jetzt eigentlich vor, Miss Dee?«, fragte

Blood River da plötzlich. »Irgendwelche Projekte, die Sie gerne verwirklichen würden?«

Alexia lächelte. Blood River erwiderte das Lächeln nicht.

»Ja, ich hab tatsächlich ein Projekt«, antwortete sie. »Ich möchte diese Anwältin interviewen. Herausfinden, wie sie auf das reagiert, was passiert ist.«

»Wollen wir dem Feind ein Forum geben?«

Am liebsten hätte Alexia ihm gesagt, dass sie Lilly Valentine nicht als ihre Feindin sah, aber sie wusste, dass es in Blood Rivers Weltsicht nur Schwarz und Weiß gab. Wenn Alexia nicht für ihn war, dann war sie gegen ihn, und sie hatte gesehen, wie er mit seinen Gegnern umsprang.

»Ich denke, sie wird sich als das zu erkennen geben, was sie ist«, erwiderte sie.

Blood River nickte. »Warum klopfen Sie dann nicht einfach an ihre Tür und stellen ihr ein paar Fragen?«

»Ich kann mir nicht vorstellen, dass sie aufmacht«, lachte Alexia.

»Ich auch nicht, Miss Dee.«

»Ich bin ziemlich sicher, dass sie sich weigern würde, mit einem von uns zu reden.« Alexia beugte sich zu ihm. Deshalb war sie gekommen. »Aber ich glaube, dass Sie vielleicht jemanden kennen, der helfen könnte.«

Lilly riss den Kühlschrank halb aus den Angeln und holte Pancetta, Eier und Sahne heraus. Nach einem Tag wie diesem halfen nur Spaghetti Carbonara.

Ihr blieben also genau sechsunddreißig Stunden, um Catalinas Verteidigung vorzubereiten. Sechsunddreißig Stunden, ihre Klientin zu besuchen, deren Geschichte auf die Reihe zu bringen und ein Plädoyer zusammenzuschustern. Unmöglich. Völlig unmöglich. Selbst wenn sie es vor der Besuchszeit nach High Point schaffte, hatte sie nicht genug Zeit, alles durchzugehen. Ihr blieb nur die Hoffnung, dass Catalina sich tatsächlich Notizen machte, und zwar möglichst detailliert. Lilly hatte ihrer Klientin eingeschärft, wie wichtig das war, und allem Anschein nach hatte das Mädchen sie verstanden.

Lilly griff nach dem Parmesan und der Reibe.

»Hallo, Lilly.«

Es war David, der sich mit seinem alten Schlüssel selbst Zutritt in das Cottage verschafft hatte.

Lilly blickte auf den Berg geriebenen Käse. Carbonara war schon immer Davids Lieblingsgericht gewesen.

»Bist du bei Carbonara hellseherisch veranlagt?«

Aber David lachte nicht. Jetzt erst sah Lilly, dass sein Gesicht ganz grau war.

»Du bist also nicht zum Essen vorbeigekommen?«

Er schüttelte den Kopf. »Du weißt doch, warum ich hier bin.«

Lilly seufzte. In der Panik über den neuen Anhörungstermin hatte sie David und seine Drohung, Sam mitzunehmen, total vergessen.

»Das ist doch albern«, sagte sie.

David richtete sich zu seiner vollen Größe auf. »Ich tue nur das, was für Sam das Beste ist.«

»Mach, dass du aus meinem Haus kommst«, sagte sie.

»Ich gehe nicht ohne meinen Sohn.«

Lilly stieß ein schnaubendes Gelächter aus, packte Davids Arm und verdrehte ihn auf den Rücken.

»Autsch!«, krakeelte er. »Das tut weh!«

Aber Lilly zog weiter, bis seine Finger das Schulterblatt streiften. »Ach, halt einfach den Mund«, sagte sie und führte ihn zur Tür. »Du bist ein Idiot, durch und durch«, sagte sie und schubste ihn zur Tür hinaus.

Dann stand er auf der Veranda und rieb sich die Handgelenke.

»So einfach lasse ich mich nicht abwimmeln, Lilly. Das hat ein Nachspiel.«

»Nicht ohne Gerichtsbeschluss!«, rief sie, drehte sich um und knallte die Tür zu.

Bei Tagesanbruch stehen Catalina und die anderen Kinder auf. Sie haben in den Kleidern geschlafen und müssen nur in Schuhe und Stiefel schlüpfen.

Natürlich kann es Stunden dauern, bis Costel die Tür aufschließt, aber sie wissen, dass es ratsam ist, fertig zu sein, wenn er kommt.

»Ich hoffe, er nimmt mich heute mit«, sagt Nicolae, ein Kleiner, dessen Schneidezähne gerade zu wachsen beginnen.

»Und mich«, sagt ein anderes Kind.

Catalina und Emil werfen sich Blicke zu.

Jeden Morgen öffnet Costel die Tür und wählt drei oder vier Kinder aus. Sie kommen nicht zurück.

Die Kleinen überlegen manchmal, wo sie geblieben sind.

»Glaubt ihr, er bringt sie nach Hause?«

»Vielleicht nimmt eine andere Familie sie auf.«

Catalina und Emil sagen nichts dazu.

Beim Geräusch des Riegels beginnt Catalinas Herz in ihrem Brustkorb heftig zu pochen. Was wäre schlimmer? Hierzubleiben, hungrig und kalt, oder mit Costel gehen zu müssen?

Die Tür geht auf, und Catalina kann Costel riechen, bevor sie ihn sieht. Schweiß und Essig und Zigaretten.

»Du und du.« Er deutet auf Emil und Nicolae.

»Und du.«

Der tabakgelbe Finger zeigt auf Catalina.

Sie folgen Costel aus dem Haus und durch die Straßen der Stadt. Noch nie hat Catalina so viele Menschen gesehen, so viel Verkehr. Alles ist in Bewegung.

Plötzlich kommt ihr eine Idee. Was hindert sie daran wegzulaufen? Sie könnte rennen und rennen, bis sie jemanden findet, der ihr hilft. Ihre Augen huschen in die Seitengässchen, halten Ausschau nach einer Fluchtmöglichkeit.

»Wenn er dich erwischt, bringt er dich um«, sagt Emil, als hätte er ihre Gedanken gelesen.

Catalina sieht Costel an, mit der Narbe um sein müdes Auge, und sie weiß, dass Emil recht hat.

Sie gehen nach Norden bis zum Gare de Nord. An einem Kiosk neben dem Eingang, der Zeitungen, Zigaretten und Kaugummi verkauft, macht Costel halt.

Zwei Männer und zwei Frauen sind schon da. Costel begrüßt die Männer, die beiden jungen Frauen stehen fröstelnd im Schnee. Eine hat eine lila Prellung an der Wange. Beide haben tote Augen. An ihren kurzen Röcken und durchsichtigen Blusen erkennt Catalina, was sie sind.

Costel reißt die Zigarettenpackung auf und bietet sie den Männern an. Sie nehmen sich beide eine und zünden sie an. Dann stecken sie die Köpfe zusammen und lachen.

Ein paar Jugendliche kommen aus dem Bahnhof. Trotz der Kälte tragen sie nur T-Shirts, manche haben keine Schuhe. Die meisten halten sich eine Plastiktüte vor den Mund.

Sie zeigen und lachen und stoßen sich an.

»Haut ab, wenn ihr wisst, was gut für euch ist«, ruft Costel ihnen zu, und die Gruppe zieht sich zurück, bleibt aber in Sichtweite.

»Also, was sagst du, Gabi, hast du Interesse?«, fragt Costel.

Der Mann, den er gefragt hat – Gabi – nickt. Hinter der Rauchwolke und dem heißen Atem kann man sein Gesicht kaum sehen.

»Ich nehme die beiden«, sagt er mit einer Geste auf die beiden jungen Frauen, »für Moskau.«

Der dritte Mann reibt sich die Hände, anscheinend zufrieden mit dem Handel.

»Und für die Jungs gebe ich dir zweihundert«, fährt Gabi fort. »Mein Bruder will in England eine Greifergang aufziehen.«

Wütend spuckt Costel in den Schneematsch. »Das Angebot ist eine Beleidigung, und das weißt du auch.«

Aber Gabi zuckt mit den Schultern. »Warum sollte ich mehr bezahlen, wenn ich sie unterm Bahnhof umsonst kriege?«

»Du würdest zwei Wochen brauchen, um sie vom Kleberschnüffeln wegzukriegen, und die meisten sind total durchgeknallt.«

»Okay, okay«, lenkt Gabi ein. »Ich geb dir drei.«

»Und was ist mit dem Mädchen?«, fragt Costel.

»Sie ist zu jung«, sagt Gabi.

Costel lacht, wirft aber Catalina einen fiesen Blick zu. Sie ist total verängstigt. Ohne Emil will sie nicht zurück in dieses Haus.

»Nehmen Sie sie mit.«

Catalina begreift nur langsam, dass Emil das gesagt hat.

Ungläubig starren die Männer ihn an. Costel hebt die Hand, um ihm eine Ohrfeige zu verpassen.

»Hey«, ruft Gabi, »der gehört nicht mehr dir, also mach mir gefälligst mein Eigentum nicht kaputt.«

»Nehmen Sie sie mit, Mister«, wiederholt Emil. »Wir sind ein tolles Team.«

»Habt ihr schon zusammen gearbeitet?«

»Praktisch jeden Tag«, behauptet Emil.

Gabi wendet sich an Catalina, und sie nickt leidenschaftlich, obwohl sie keine Ahnung hat, wovon der Mann redet.

»Ist doch ein gutes Geschäft«, lacht der dritte Mann.

»Und wenn ihre Möpse wachsen, kannst du sie weiterverkaufen«, schlägt Costel vor.

Gabi hebt in gespielter Kapitulation die Hände. »Drei fünfzig für alle drei, aber das ist mein letztes Angebot.«

Catalina legt den Stift weg und reibt sich die Handgelenke. Das war das erste Mal gewesen, dass Artan sie gerettet hat. Aber noch lange nicht das letzte.

KAPITEL 22

»Hab ich gestern Abend Dads Stimme gehört?«

Sam schubste seine Cornflakes in der Schüssel herum.

»Mhmm.« Lilly versuchte locker zu klingen.

»Warum ist er nicht raufgekommen und hat mir hallo gesagt?«

Lilly holte tief Luft. Sam liebte seine beiden Eltern vorbehaltlos, und so viel Mist sie und David auch durchgemacht hatten, vermied Lilly es immer, Sam etwas Negatives über seinen Vater zu sagen.

»Wir dachten, du schläfst schon, Großer.«

Sam schob sein Frühstück weg. »Ich hab euch streiten hören.«

»Muss im Fernsehen gewesen sein«, sagte sie.

Aber Sam kniff argwöhnisch die Augen zusammen. »Bist du sicher?«

»Klar bin ich sicher.« Sie fuhr ihm durch die Haare.

Um zu zeigen, dass das Gespräch damit beendet war, wandte Lilly ihrem Sohn den Rücken zu und schüttete die aufgeweichten Cornflakes weg. Beim Anblick der orangefarbenen Sauce musste sie würgen.

»Du siehst schrecklich aus.«

Penny kam in die Küche gestürmt, um Sam abzuholen.

»Danke«, sagte Lilly.

Fürsorglich legte Penny die Hand auf Lillys Stirn. »Bist du krank?«

»Ich hab nur Stress.«

»Was ist denn passiert?«

»Rupinder geht es nicht gut.«

»Und?«

»Und mein Ex-Mann benimmt sich scheiße.«

»Und?«

»Und der Richter hat die Anhörung vorverlegt, und ich hab immer noch nichts aus Catalina rausgekriegt.«

»Und?«

»Und«, sagte Lilly, während sich ihre Augen mit Tränen füllten. »Und ich hab eigentlich überhaupt keine Zeit für dieses Selbstmitleid.«

Tröstend rieb Penny ihr über den Rücken. »Du musst den Fall abgeben.«

Aber Lilly wischte sich entschlossen mit den Handballen über die Augen und holte tief Luft durch die Nase. »Ich muss momentan nur eines«, sagte sie und griff nach ihren Autoschlüsseln, »nämlich so schnell wie möglich nach High Point.«

In Lukes Kopf dreht sich alles.

Mit einer halben Pille alle zwei Stunden hat er noch einen Tag Tomatenpflücken überstanden. Er hat eine Handvoll von dem Zeug von Sonic Dave gekauft, und als die anderen ihn für die Rückfahrt wieder in den Lieferwagen bugsierten, konnte er kaum noch die Augen offenhalten.

Die Männer musterten ihn verstohlen und murmelten leise miteinander.

Schließlich sagte der Ukrainer: »Wir wissen, dir geht es nicht gut.«

»Ich bin okay«, lallte Luke mühsam.

Der Ukrainer machte ein verlegenes Gesicht. »Aber morgen können wir nicht für dich einspringen.«

»Ich weiß nicht, was du meinst.«

Der Ukrainer zuckte die Achseln, er war nicht zu weiteren Erklärungen bereit. Das brauchte er auch nicht. Luke wusste, dass er nicht schnell genug gearbeitet hatte und die anderen für ihn die Lücken gefüllt hatten.

Seine Hand quält ihn immer noch. Entsetzlich. Ohne Mogadon könnte er dauernd schreien vor Schmerz, aber wenn er es intus hat, kriegt er gar nichts mehr auf die Reihe.

Als sie heute früh in die Fischfabrik gekommen sind, hat der Ukrainer ihm auf den Rücken geklopft. »Heute geht's dir wieder gut, ja?«

Luke hat gelächelt und genickt, mehr war nicht drin. Sein Püree-Hirn schaffte es nicht, den Mund zum Sprechen zu bewegen.

Der Vorarbeiter starrte ihn schockiert an, anscheinend hatte er nicht erwartet, Luke wiederzusehen.

»Alles wieder gut mit der Hand, ja?«

»Alles wieder gut«, murmelte Luke und nahm seinen Platz am Fließband ein.

Doch der Vorarbeiter runzelte die Stirn. »Ich glaube, du solltest lieber zur Qualitätskontrolle rübergehen«, sagte er und deutete mit einem Nicken zum Ende des Bands.

»Viel bessere Arbeit«, sagte der Ukrainer. »Du schaust Shrimps an, siehst eine mit Schale und nimmst sie weg.« Er schubste Luke auf einen Stuhl. »Ganz leicht.«

Und es müsste eigentlich auch ganz leicht sein. Hunderte und Tausende Krabben trudeln an ihm vorbei, und neunundneunzig Prozent sind rosa und nackt. Die Ausnahme, dass eine von ihnen noch in der Schale steckt, ist leicht zu erkennen. Das Problem ist nur, dass Lukes Hirn immer wieder aussetzt und auf Pause schaltet.

»Was zum Teufel …«

Vor Luke taucht plötzlich der Vorarbeiter auf und schwenkt die Arme. Er drückt den Notfallknopf, und das Band kommt knarrend zum Stillstand. Dann greift er in einen Haufen Shrimps.

»Die hier ist noch in der Schale.« Er nimmt das anstößige Tierchen zwischen Daumen und Zeigefinger. »Und die hier auch.«

Er deutet mit dem Kopf auf eine andere Krabbe. »Und da drüben noch eine.«

Luke weiß, dass er etwas sagen sollte, aber sein Gehirn kommt einfach nicht in Gang.

»Gibt es ein Problem?«, fragt der Vorarbeiter.

Luke will den Kopf schütteln, aber die Bewegung bringt ihn aus dem Gleichgewicht, und er fällt vom Stuhl.

Der Vorarbeiter ruft den Ukrainer. »Was ist los mit deinem Freund?«

Der Ukrainer schaut weg. »Er ist nicht mein Freund.«

Catalina dachte schon, in Bukarest wäre viel los, aber London ist zehn-, zwanzig-, hundertmal schlimmer. Der Lärm ist wie eine Wand, und er hört nie auf.

Und der Gestank. Ekelhaft. Die Leute essen den ganzen Tag, selbst auf der Straße. Bratkartoffeln, Fleisch, Hähnchen. Die Luft ist erfüllt mit dem Geruch von altem Frittieröl und Autoabgasen.

»Mir ist schlecht«, sagt Nicolae.

Catalina ignoriert ihn. Übel ist ihnen allen, die ganze Zeit, seit ihre schreckliche Reise aus Rumänien begonnen hat. Zehn von ihnen hinten in einem Lieferwagen. Keine Luft, kein Licht. Hin und her schwankend, tage-, vielleicht wochenlang.

»Ich hab Hunger«, jammert Nicolae.

Emil schaut nach, wie viel sie eingenommen haben. An Tagen, an denen die Arbeit gut war, holt er manchmal einen Geldschein aus einem der Portemonnaies und kauft ihnen allen etwas zu essen. Gabi und sein Bruder Daniel würden sie schlagen, wenn sie es herausfinden, aber manchmal ist der Hunger so schlimm, dass sie das Risiko eingehen.

»Wir haben nicht genug«, sagt Emil heute, und Nicolae fängt an zu heulen.

Ehrlich, der Junge wird immer mehr zur Last.

»Komm, wir probieren es noch mal«, sagt Catalina.

Sie machen sich auf den Weg zur U-Bahn-Station Leicester Square und nehmen die Lage in Augenschein. Um diese Zeit am Vormittag wimmelt es hier von Arbeitern und Einkäufern, die sich durch die Drehkreuze drängen. Emil weist mit einer Kopfbewegung auf eine Frau neben dem Stadtplan. Sie trägt einen eierschalenfarbenen Mantel – eine Farbe wie Schneematsch – und einen dicken braunen Schal, der so weich aussieht, dass Catalina den Drang verspürt, ihn mit der Wange zu berühren. Die Frau sieht nach, wie sie fahren muss, und verfolgt mit dem Finger die rote Linie, die die Central Line symbolisiert.

Die Leute, die nicht wissen, wo sie hinmüssen, sind immer die besten. Am leichtesten abzulenken.

Nicolae geht auf sie zu.

»Helfen bitte«, sagt er und streckt den Arm aus. »Ich verirrt.«

Er hat nicht um Geld gebettelt, aber mit ein bisschen Glück wird die Frau unbewusst die Stelle berühren, wo sie ihren Geldbeutel aufbewahrt.

»Wo ist denn deine Mummy?«, fragt sie, und ihre behandschuhte Hand schwebt über ihrer schwarzen Lackledertasche.

Nicolaes Augen verschleiern sich mit Tränen. »Helfen, bitte.«

Emil nähert sich der Tasche, während Catalina neugierigen Passanten die Sicht versperrt und gleichzeitig nach der Polizei Ausschau hält.

»Bist du ganz alleine hier?«, fragt die Frau. »Ist kein Erwachsener bei dir?«

Emil nickt, dass der Job erledigt ist, und geht zum Ausgang. Catalina folgt ihm.

»Mummy«, sagt Nicolae und deutet zum Ausgang.

Die Frau schaut in die Richtung und nickt. Zwar sieht sie niemanden, aber sie ist froh, den schmutzigen, fröstelnden kleinen Jungen endlich wieder los zu sein. Typisch London.

»Es ist voll«, stellt Emil fest und hält das rote Portemonnaie voller frischer Zwanzigpfundscheine auf.

Catalina schaut die Charing Cross Road hinauf und hinunter. Keine Spur von Daniel oder Gabi. »Kommt, wir holen uns was zu essen.«

Ruhig, ruhig, ganz ruhig.

Lilly atmete durch die Nase ein und durch den Mund aus.

Als ihre Klientin mit leeren Händen hereinkam, breitete sich Panik in ihrer Brust aus.

Ruhig, ruhig, ganz ruhig.

»Hast du das Papier bekommen?«, fragte sie. »Ich hab noch mehr für dich abgegeben und dabei einen kleinen Streit mit der Wache gehabt.«

»Ich hab das Papier bekommen, ja.«

Wo zum Teufel war es dann?

»Hast du getan, worum ich dich gebeten habe?«, fragte Lilly, lächelte Catalina an und bemühte sich, ihre wachsende Angst in Schach zu halten. »Hast du alles aufgeschrieben, was du von Artan noch weißt?«

Catalina rieb sich den Finger.

»Bitte sag ja«, flehte Lilly.

Schweigen breitete sich zwischen ihnen aus, so dunkel und kalt wie der Ozean.

»Tut mir leid«, sagte Catalina.

Lilly schüttelte den Kopf, als könnte sie damit ungeschehen machen, was ihre Klientin gesagt hatte.

»Ich kann morgen nicht ohne irgendwas ins Gericht kommen.« Lillys Kopf dröhnte. »Unmöglich.«

Catalinas Augen füllten sich mit Bedauern. Lilly hatte noch nie so etwas Trauriges gesehen.

»Tut mir leid«, wiederholte Catalina.

Zurück auf dem Parkplatz schloss Lilly sich in ihrem Mini ein, stellte die Heizung an und ließ den Tränen freien Lauf. Ihre Schultern zuckten, heftige Schluchzer erschütterten ihren Körper. Sie weinte um Rupinder, sie weinte um Charlie Stanton, sie weinte um Artan Shala. Aber am meisten weinte sie um Catalina, die gefangen war in ihrer eigenen privaten Hölle. Und Lilly hatte es nicht geschafft, den Schlüssel zu finden. Am Ende würde das Mädchen jahrelang für ein Verbrechen büßen, das sie nicht begangen hatte.

Ihr Elend wurde vom Klingeln ihres Handys unterbrochen.

»Wie geht es dir?«, fragte Jack.

»Scheußlich«, antwortete sie mit erstickter Stimme.

»Was ist los, Lilly?«

»Ich vermisse dich, Jack«, jammerte sie. »Ich vermisse dich so.«

Er strich ihr die Haare aus dem Gesicht und wischte den Rotz ab, der ihr aus der Nase lief. Ja, Jack war ein Mann, der bereit war, zwanzig Meilen zu fahren, um Lilly auf einem Parkplatz zu treffen und zu trösten.

»Danke, dass du gekommen bist«, schniefte sie.

»Schon besser«, lobte Jack. »Wie wäre es, wenn du mir jetzt mal erzählst, worum es hier eigentlich geht?«

»Ich muss morgen vor Gericht und dem Richter sagen, dass ich keine Ahnung habe, wie oder warum Catalina nach England gekommen ist und wieso sie sich als Anna Duraku ausgegeben hat.«

Jack zuckte die Achseln. »Ist nicht deine Schuld.«

»Ich weiß, aber das macht es nicht leichter erträglich, dass sie ins Gefängnis geht.«

»Wie gesagt – es ist nicht deine Schuld.«

Lilly warf den Kopf zurück und lachte. Ihre Lippen waren so trocken, dass die Haut aufsprang.

»Bei dir klingt das alles so einfach.«

Er küsste sie sanft.

»Es ist auch einfach. Du sagst, du hast alles versucht, aber deine Klientin macht nicht mit.«

Er hatte recht. Sie wusste, dass er recht hatte. Und trotzdem …
»Vielleicht kann ich noch eine Woche rausschinden.«
»Kann ich mir nicht vorstellen«, meinte Jack kopfschüttelnd.

KAPITEL 23

Alexia brauchte das Interview mit Lilly Valentine.

Sie hatte ihren Stolz und ihr besseres Wissen hinuntergeschluckt und Blood River gebeten, ihr zu helfen. Sie wollte nur eine Nummer von ihm.

»Ich kann keine persönlichen Details unserer Mitglieder weitergeben«, hatte er gesagt.

Alexia hatte geschmeichelt und geflirtet, sie hatte praktisch gebettelt, aber Blood River war unerschütterlich geblieben.

»Aber ich gebe Ihre weiter«, sagte er schließlich und widmete sich wieder seinem Roman, ein unmissverständliches Signal, dass das Gespräch beendet war.

Sie spielte mit der Idee, noch einmal bei Blood River vorzusprechen, wollte aber nicht zu bedürftig erscheinen. Außerdem jagte er ihr Angst ein, wenn sie ehrlich war.

Die Briefkastenklappe rappelte, und sie seufzte. Schon wieder Rechnungen. Ihre Kreditkarte war überzogen, und sie konnte nicht mal den Mindestbetrag aufbringen. Und die Miete – an die wollte sie erst gar nicht denken.

Widerwillig klaubte sie den Stapel gelbbrauner Umschläge von der Fußmatte und warf sie auf die Arbeitsplatte. Wenn sie doch ein Mensch wäre, der solche Briefe ignorieren konnte, sie in einer Schublade verstecken wie ein schmutziges Geheimnis. Aber sie war viel zu sehr die Tochter ihres Vaters.

Immerhin beschloss sie, sich erst einmal etwas Heißes zu trinken zu machen, bevor die Folter begann, und knipste den Wasserkocher an. Voller Abscheu stellte sie fest, dass sie gerade noch einen Löffel Kaffee hatte, und nicht mal einen gehäuften. Was war das für ein Leben, wenn sie sich nicht mal einen Becher Kaffee leisten konnte?

Vermutlich lebten manche, wahrscheinlich sogar eine ganze Menge Leute ständig in solchen Verhältnissen, aber Alexia hatte immer alles gehabt, was sie brauchte, ohne sich jemals dafür anstrengen zu müssen. Ein Pony, eine Princess Party, einen begehbaren Wandschrank voller Designer-Klamotten. Sie versuchte den Gedanken an das näher rückende Weihnachtsfest zu verdrängen, den Skiurlaub in Courchevel.

Den schwachen Kaffee schlürfend, griff sie nach den Rechnungen. Kreditkarte, Telefon, Strom.

Ihre Hand zögerte über dem letzten Umschlag. Er war braun wie die anderen, die Adresse jedoch handgeschrieben.

Liebe Miss Dee,
ein gemeinsamer Kollege hat mich informiert, dass Sie etwas über die Anwältin Lilly Valentine wissen möchten.
Ich weiß nicht, ob ich Ihnen helfen kann, aber ich bin bereit, mich unter der Voraussetzung, dass dies streng vertraulich bleibt, mit Ihnen zu treffen.
Sie dürfen meine Identität nicht preisgeben und mich auch nicht in der Presse zitieren.
In der Annahme, dass dies für Sie akzeptabel ist, erwarte ich Sie pünktlich um 15 Uhr in der Dunstable-Bibliothek.
Snow White

Alexia schob ihren Becher beiseite und lächelte. Das Spiel hatte begonnen.

Lilly war mit einer nervösen Unruhe aufgewacht, die durch ihren ganzen Körper rieselte. Krämpfe in Händen und Füßen, die Beine fühlten sich schwach, als schafften sie es nicht mehr, ihren Körper aufrecht zu halten – was ja vielleicht der Wahrheit entsprach, wenn man bedachte, wie dick sie sich fühlte.

Jack hatte ihr immer wieder klargemacht, dass sie nichts mehr für die Anhörung heute Morgen tun konnte, es war nicht ihre Schuld, dass Catalina sich geweigert hatte, ihr die notwendigen Informationen an die Hand zu geben. Natürlich stimmte das im engsten Sinne, aber Lilly hasste es, wenn sie sich so hilflos fühlte.

»Manchmal musst du dich einfach damit abfinden, dass du nicht alles unter Kontrolle hast«, hatte Jack gesagt und ihr die Hände auf die Schultern gelegt.

Lilly hätte ihn gern jetzt bei sich gehabt, aber er hatte ja nicht mal die Nacht bei ihr verbringen können. Wenn man ihn noch einmal mit Lilly erwischte, verlor er seinen Job.

»Da bin ich«, sagte Milo.

Lilly sah ihn an. Fast hätte sie vergessen, dass er da war. Aber er war wie versprochen im Cottage erschienen, so zuverlässig wie immer.

»Ich habe absolut nichts, was ich dem Richter sagen kann«, erklärte sie.

»Es wird dir schon was einfallen.«

Aber Lilly schüttelte den Kopf. »Ich wollte, ich hätte dein Gottvertrauen.«

Sie stehen auf, sie stehlen, sie schlafen.

Aufstehen, stehlen, schlafen.

So vergeht eine Woche nach der anderen.

Catalina hat keine Ahnung, wie lange sie schon in London sind, sie hat jedes Zeitgefühl verloren.

Catalina streicht sich die Haare aus den Augen. Ihre Kopfhaut juckt, und sie kratzt sich mit den Fingernägeln. Ihr ist kalt, sie hat Hunger, und sie ist sicher, dass sie Läuse hat. Was könnte denn noch schlimmer sein als das?

Am Morgen zieht Daniel die Vorhänge zurück, und Licht

strömt ins Zimmer. »Steht auf«, sagt er und schubst Catalina mit dem Fuß.

Sie und Emil schleppen sich zum Waschbecken und spritzen sich Wasser ins Gesicht. Nicolae wimmert. Ehrlich, der Junge kapiert es einfach nicht.

»Ich kann nicht«, jammert er. »Mein Kopf tut weh.«

Daniel reißt das fadenscheinige Handtuch weg, das Nicolae als Decke benutzt, und zerrt den kleinen Jungen auf die Beine.

»Widersprich mir nicht, niemals«, sagt Daniel.

Nicolae beginnt zu weinen. Fairerweise muss man feststellen, dass der Junge tatsächlich krank aussieht. Sein Gesicht ist übersät mit roten Flecken, seine Haare dunkel vom Schweiß.

Daniel sieht ihn an, als wäre er eine Ratte.

»Komm her«, schaltet Emil sich ein und zieht Nicolae zum Waschbecken. »Wasch dich ein bisschen, dann fühlst du dich gleich besser.«

Daniel grunzt und verschwindet, während Emil mit einem Lappen über den Nacken des Kleinen wischt. Nicolae schwankt. Catalina kann die Hitze fühlen, die von ihm ausgeht.

Auf dem Rücksitz des Autos versucht Catalina die Straßenschilder zu lesen. Deptford, Greenwich, Rotherhithe. Irgendwo in London, sie weiß nicht genau, wo. Neben ihr ist Nicolae zusammengesackt, sein Atem geht stoßweise, seine Schultern zucken. Sie wirft Emil einen Blick zu. Natürlich können sie Daniel oder Gabi nichts sagen.

Im Zentrum werden sie aus dem Wagen geschubst, in der Nähe der U-Bahn-Station Tottenham Court Road. Hier ist ein guter Platz zum Stehlen, genau wie Leicester Square und Oxford Street. Die Kinder wechseln ihre Standorte ab, um nicht so leicht erwischt zu werden.

Nicolae lehnt schwer an Catalina. Sie schüttelt ihn ab. »Stell dich richtig hin, ja!« Emil schaut sie kopfschüttelnd an und legt den Arm um Nicolae. Sie sehen beide, wie krank der Junge ist, aber Catalina kann nicht so darauf reagieren wie Emil. Mitleid und Mitgefühl hat man ihr ausgetrieben, sie kennt nur noch Angst und Selbsterhaltung.

»Legen wir los.« Sie macht sich auf den Weg in die Station.

Gleich haben sie ihr Opfer im Visier. Ein Mann Ende sechzig, der kahle Kopf voller Warzen und Sommersprossen, die Hand mit den dicken Venen auf einen Stock gestützt.

»Ich glaube nicht, dass ich das hinkriege«, schnieft Nicolae.

»Na mach schon«, sagt Catalina und gibt ihm einen Schubs. »Dann können wir uns alle was Heißes zum Trinken kaufen«, fügt sie hinzu, denn sie will nicht als gemeine Zicke dastehen.

Nicolae reibt sich mit der Hand das Gesicht und stolpert auf den alten Mann zu. »Helfen bitte.« Er streckt die Hand aus.

Der Mann schaut den Jungen freundlich an. »Was hast du gesagt, Kleiner?«

»Helfen bitte.«

Catalina und Emil nähern sich vorsichtig, aber Nicolae beginnt zu schwanken, sein Kopf rollt kraftlos nach hinten.

»Alles klar mit dir?«, fragt der alte Mann und legt Nicolae eine Hand auf den Rücken.

Doch ehe er antworten kann, sinkt Nicolae vor den Füßen des Manns in sich zusammen. »Hey!«, ruft der alte Mann und wedelt mit seinem Stock in der Luft herum, »wir brauchen hier Hilfe!«

Im Handumdrehen bildet sich ein Menschenauflauf, und ein Sicherheitsmann bahnt sich einen Weg durch die Masse. »Rufen Sie einen Krankenwagen«, sagt der alte Mann. »Das Kind braucht einen Arzt.«

Catalinas Augen sind groß geworden. Sie spürt das Blut in den Schläfen pochen.

»Komm«, sagt Emil und nimmt ihre Hand. »Wir müssen hier weg.«

Lilly ließ Milo auf der Bank vor dem Gerichtssaal sitzen und machte sich auf den Weg zu dem Café, wo sie ein bisschen heißes Wasser schnorrte und auf Jez wartete.

Sie nippte an ihrem Ingwertee. Es war der letzte der Teebeutel, die Dr. Kadir ihr mitgegeben hatte.

Endlich kam Jez, machte an der Theke halt, holte sich etwas zum Frühstück und flirtete nebenbei mit der Bedienung.

Dann setzte er sich Lilly gegenüber und äugte in ihre Tasse.

»Was ist das denn?«, fragte er naserümpfend.

»Frag lieber nicht.«

Jez zupfte an seinem Blaubeermuffin herum. »Was sagt deine Klientin?«

»Frag lieber nicht.«

Er lächelte und zerkrümelte weiter sein Muffin. »Hat da vielleicht ein Stern etwas von seinem Glanz verloren?«

»Ich fürchte, mein Stern ist genau wie die Musik schon vor langer Zeit gestorben.«

»Ist deine Klientin schon da?«

»Keine Ahnung«, antwortete Lilly achselzuckend.

»Du darfst das nicht persönlich nehmen«, sagte er. »Mal gewinnt man, mal verliert man.«

Lilly trank ihren Tee aus und schob den Stuhl zurück.

»Aber ich bin nicht diejenige, die für den Rest ihres Lebens ins Gefängnis muss.«

Sie ging Milo holen, der sein übliches geduldiges Lächeln nicht verloren hatte, und zusammen gingen sie die Treppe hinunter zum Zellentrakt. Die riesige Tür schwang auf wie der Eingang zu einer Höhle. Grau und kahl lag der Korridor vor ihnen. Nun verblasste sogar Milos Lächeln.

Catalina war in Zelle drei. Sie sprang sofort von der Pritsche auf. »Hallo.«

Milo begrüßte sie mit einer Umarmung und flüsterte ihr ermutigende Worte ins Ohr.

Mit verschränkten Armen stand Lilly daneben.

»Wenn wir im Gerichtssaal sind, wird man dich fragen, wer du bist«, sagte sie.

»Du weißt doch, wer ich bin«, sagte Catalina.

Lilly lehnte an der kalten Steinwand. Ihr ganzer Körper fühlte sich an wie aus Blei.

»Dein Name reicht aber nicht«, sagte sie. »Die wollen wissen, woher du kommst und warum du hier bist.«

Milo breitete die Arme aus. »Keine leichte Aufgabe.«

»Das weiß ich«, antwortete Lilly. »Deshalb habe ich Catalina ja auch gebeten, dass sie alles für mich aufschreibt.«

Catalina sank auf die Pritsche zurück.

»Warum hast du das nicht gemacht?«

Catalina rieb ihren Finger. »Ich versuche es ja.«

Die Wache klopfte An die Tür. Es war Zeit.

»Anscheinend nicht genug«, gab Lilly zurück und wandte sich ab.

»Genau solche Dinge passieren dann«, sagt Jean.

Luke schüttelt den Kopf. Er ist voller Spinnweben.

»Wir sind bloß hier, weil er einen sauberen Verband braucht«, sagt Caz. »Nicht wegen einer blöden Moralpredigt.«

Jean nickt, greift in den Schrank und holt eine blaue Tupperdose mit Pflaster und antiseptischer Salbe heraus. Der Geruch des Desinfektionsmittels dringt in Lukes Bewusstsein.

»Ich möchte nur darauf hinweisen, dass dieses Leben über kurz oder lang jeden runterzieht.«

Caz sieht Jean grimmig an und schlurft ins Badezimmer.

Luke spürt seine Hand, als Jean sie säubert. Die Hand grummelt ihn an. Anscheinend lässt die Wirkung der Pillen nach.

»Es gibt eine Regel«, sagt Jean, »die lautet, wenn wir einem wie dir innerhalb von sechs Wochen helfen können, hat er richtig gute Aussichten.«

»Und was passiert danach?«, fragt Luke.

Jean gießt Desinfektionsmittel auf einen Wattebausch. »Alkohol, Drogen, Kleberschnüffeln.«

»Weiter nichts?«, fragt Luke und lacht.

»Gewalt, Missbrauch, Gefängnis.«

Ohne es zu wissen, hat Jean ins Schwarze getroffen. Vor allem die Angst vor dem Gefängnis hat ihn hierhergeführt.

Jean betupft die Wunde mit dem Wattebausch, und Luke spürt ein Stechen. Ganz eindeutig. Er fragt sich, ob Caz noch etwas von dem Ketamin übrig hat, das sie heute Morgen für einen iPod eingetauscht hat.

Jean hebt Lukes Hand hoch und betrachtet sie eingehend. »Wie in aller Welt ist das überhaupt passiert?«

Luke sieht keinen Grund zu lügen. »Ich hab in einer Fabrik gearbeitet.«

Sie verbindet die Hand wieder. Der neue Verband fühlt sich sauber und fest an. Jetzt müsste die Wunde zumindest eine Chance haben zu verheilen.

»Ich hoffe, es war das hier wert«, sagt Jean.

Und zum ersten Mal wird Luke klar, dass Jean keinen Penny für ihre Arbeit bekommt.

»Erheben Sie sich.«

Um ein Haar hätten Lillys Gummiknie nachgegeben, als Richter Roberts den Gerichtssaal betrat. Als er das Zeichen zum Hinsetzen gab, ließ sie sich nur zu gern wieder auf die Bank zurücksinken.

»Wir wissen alle, weshalb wir heute hier sind«, sagte der Richter, »deshalb schlage ich vor, dass Miss Valentine das Wort ergreift.«

Mit einem tiefen Seufzer stand Lilly auf.

»Leider war es sehr schwierig, Anweisungen zu erhalten, Euer Ehren.«

»Ich habe in High Point persönlich angeordnet, dass Sie Zugang zu der Angeklagten haben.«

Langsam nickte Lilly. »Der Zugang war nicht das Problem, Euer Ehren.«

Der Richter musterte sie über die Ränder seiner Brille hinweg und wartete.

Lilly schluckte ihre Übelkeit hinunter. Ein Kind im Stich zu lassen war ihr ein Gräuel.

»Meine Klientin hat leider nicht kooperiert.«

»Bitte führen Sie das näher aus«, sagte der Richter.

»Sie war nicht in der Lage, meine Fragen zu beantworten«, erklärte Lilly.

»Weil sie diese Fragen nicht verstanden hat?«

Lilly schüttelte den Kopf. »Nein. Weil sie zu schmerzhaft sind.«

»Kommt sie aus dem Kosovo?«

»Das weiß ich nicht.«

»Ist sie Flüchtling?«

»Das weiß ich nicht.«

»Wie kam sie dazu, den Namen Anna Duraku zu benutzen?«

»Euer Ehren, ich weiß es nicht«, seufzte Lilly.

Der Richter setzte die Brille ab und beugte sich vor.

»Wissen Sie überhaupt irgendetwas, Miss Valentine?«

»Der richtige Name meiner Klientin lautet Catalina Petrescu.«

»Und mehr wollte sie Ihnen nicht erzählen?«

»Nein.«

Der Richter sah Catalina direkt an. »Das ist nicht sehr hilfreich.«

»Es tut mir leid«, sagte Catalina.

Jez stand auf. »Euer Ehren, ich frage mich, ob meine Kollegin sich von dem Fall zurückziehen möchte.«

»Ich gebe Ihnen zehn Minuten, um darüber nachzudenken«, sagte Roberts und marschierte aus dem Saal.

»Was redest du denn da?«, zischte Lilly.

Jez führte sie in eine Ecke des Saals. »Das ist doch nur logisch, Lilly. Du hattest überhaupt keine Ahnung, von Anfang an.«

»Das hast du behauptet.«

Jez wischte ihren Ärger vom Tisch. »So kannst du dich zurückziehen, ohne das Gesicht zu verlieren, und keiner kann dir einen Vorwurf daraus machen.«

Lilly sah hinüber zu Catalina, die in ihrer Gefängnismontur fast verschwand.

»Du kannst ihr nicht helfen«, sagte Jez, und Lilly wusste, dass er recht hatte.

Alexia hasste Bibliotheken. Nicht die Bücher störten sie, sondern die Leute. »Die ungewaschene Masse«, nannte ihr Vater sie immer und mied alle Orte, an denen man riskierte, in Kontakt mit vielen Menschen zu kommen. Seltsam, dass er seine Millionen damit gescheffelt hatte, dass er den Müll veröffentlichte, den die Leute lesen wollten. Von den hunderten Zeitschriften und Magazinen, die er in aller Welt herausbrachte, hatte kein einziges Blatt etwas Wichtiges zu sagen.

»Miss Dee.«

Als Alexia aufblickte, erkannte sie die Frau sofort. Snow White. »So sieht man sich wieder«, sagte Alexia.

Snow White ging an ihr vorbei, bis zu einer geschützten Stelle zwischen Großdruck und Britischer Geschichte. Alexia folgte ihr dorthin.

»Dann komme ich am besten gleich zur Sache.« Alexia spürte, dass diese Frau weder Zeit noch Worte verschwendete. »Ich möchte diese Anwältin, Lilly Valentine, interviewen.«

Snow White stand aufrecht vor ihr, das Kinn angehoben, die Schultern zurückgezogen. »Wieso glauben Sie, dass ich Ihnen helfen kann?«

»Sie kennen Ms Valentine«, sagte Alexia.

Die Frau antwortete nicht und dachte offensichtlich angestrengt nach, ihr Gesicht rundum eingerahmt von Titeln über den Zweiten Weltkrieg.

»Angenommen, ich kenne sie tatsächlich – dann verstehe ich trotzdem nicht, wie Ihnen das helfen könnte.«

»Sie könnten mich mit ihr bekannt machen«, erklärte Alexia. »Wenn sie mich über eine Frau aus ihren Kreisen kennenlernt, ist die Chance größer, dass sie mir vertraut.«

Snow White blähte die Nasenflügel. »Diese Frau und ich verkehren durchaus nicht in denselben Kreisen.«

»Trotzdem glaube ich, dass es die Mühe wert wäre«, beharrte Alexia. »Stellen Sie sich vor, was für eine Wirkung eine solche Story haben würde.«

Snow White fixierte Alexia mit eisigem Blick. »Sie jedenfalls hätten Ihr Glück gemacht.«

Alexia zuckte nicht mit der Wimper. »Und Ihre Sache würde in die Schlagzeilen kommen. Erneut.«

»Ich verstehe das nicht«, sagte Catalina.

Sie waren wieder in der Zelle: das Mädchen und Milo Seite an Seite auf der Pritsche, Lilly über ihnen schwebend wie eine irritierte Wespe.

»Die Anklage und wahrscheinlich auch der Richter denken, ich sollte den Fall abgeben«, sagte sie.

»Und wer spricht dann für Catalina?«, fragte Milo.

Lilly warf entnervt die Arme in die Luft. »Ich weiß es nicht – ein anderer Anwalt, irgendjemand, mit dem sie arbeiten kann.«

»Ein anderer Anwalt?«, fragte Catalina entsetzt. »Ich hab dir doch die ganze Zeit gesagt, ich möchte, dass du das für mich machst.«

»Aber wie soll ich das schaffen, Catalina?«, rief Lilly. »Wie soll ich das schaffen, wenn du mir nichts erzählst?«

Jetzt begann Catalina zu weinen. »Aber ich hab dir doch erzählt, was im Park passiert ist.«

Lilly sank auf die Knie und blieb zu Füßen des weinenden Mädchens sitzen. Der Fußboden war hart und rau, man spürte es selbst durch die Hose. So schwer es auch für sie gewesen war, Catalina hatte Lilly tatsächlich den Hergang der Vergewaltigung geschildert.

»Ich hab dir vertraut«, sagte Catalina. »Artan hat dir vertraut.«

Lilly schnappte nach Luft. Artan war zu ihr gekommen und hatte Hilfe gesucht, und sie hatte ihn im Stich gelassen. Jetzt flehte

Catalina sie an, und Lilly versuchte sich schon wieder aus der Verantwortung zu stehlen.

Entschlossen legte sie den Arm um das Mädchen. »Nein, ich lasse dich nicht im Stich.«

»Haben Sie Instruktionen, Miss Valentine?«, fragte der Richter.

Lilly richtete sich zu ihrer vollen Körpergröße auf. »Meine Klientin besteht darauf, von mir vertreten zu werden.«

Neben ihr atmete Jez hörbar aus.

»Und das ist in Ordnung für Sie?«, fragte der Richter.

»Es ist, wie es ist«, erwiderte Lilly achselzuckend.

»Wie wollen Sie Ihre Klientin verteidigen, wenn sie Ihnen nicht einmal die wichtigsten Details verrät?«

Lilly dachte an die Vergewaltigung. Wie Catalina mit sich gekämpft hatte, um davon erzählen zu können.

»Ich weiß alles, was ich wissen muss, Euer Ehren.«

»Dann haben Sie also keine Einwände dagegen, wenn ich den Fall sofort zur Verhandlung ansetze?«

Ein Schlag in den Magen hätte Lilly kaum schlimmer treffen können. »Wie bitte?«

Der Richter fixierte sie erbarmungslos. »Sie haben doch gerade gesagt, dass Sie alles haben, was Sie brauchen.«

Lilly schnappte nach Luft. »Aber ich brauche Zeit, Euer Ehren.«

»Wofür?«

Jetzt geriet Lilly ins Schwimmen. »Zuallererst um zu überprüfen, ob meine Expertin verfügbar ist.«

»Meine Sekretärin hat sich erlaubt, mit ihr Kontakt aufzunehmen«, entgegnete der Richter, »und Dr. Kadir ist, wie man so schön sagt, schon auf dem Sprung hierher.«

Lilly sah zu ihrer Klientin hinüber. Worauf wartete sie? Würde der Fall in einem Monat für sie besser liegen? Oder in einem halben Jahr?

»Na gut, Euer Ehren.«

»Dann ist die Verhandlung am Montag«, sagte der Richter und erhob sich, um zu gehen.

Aber Jez sprang hastig auf. »Wenn ich noch etwas einwerfen dürfte, Euer Ehren.«

Der Richter drehte sich um und hob müde eine Augenbraue.

»Die Anklage wäre daran interessiert zu erfahren, wie alt die Beschuldigte ist«, sagte Jez.

»Ich bin achtzehn«, antwortete Catalina.

Lilly schubste ihre Papiere auf den Boden. »Verdammte Scheiße.«

»Warum ist das so wichtig?«, wollte Milo wissen.

Jez rieb sich die Hände. »Zum Beispiel treffen die Einschränkungen auf die Berichterstattung über den Fall dann nicht mehr zu.«

Catalina liest noch einmal, was sie aufgeschrieben hat. Es fühlt sich nicht an, als wäre ihr das alles passiert, dabei hat sie jedes Wort wie mit ihrem Herzblut zu Papier gebracht.

Das Papier ist fast voll. Macht nichts. Die Geschichte ist ja auch bald zu Ende.

Catalina öffnet ein Auge. Das andere ist noch zugeschwollen.

»Emil?«, flüstert sie. »Bist du wach?«

Er nickt und stöhnt dann unwillkürlich. Sein Rücken ist noch grün und blau von den Schlägen.

Sie haben beide einen hohen Preis dafür bezahlt, dass sie Nicolae verloren haben.

Catalina legt den Finger auf Emils Lippen und zeigt zur Tür. Daniel und Gabi sind mit einem dritten Mann in der Küche.

»Der Junge weiß nichts«, sagt Gabi, die Stimme ganz verschwommen vom Wodka.

»Womöglich führt er die Polizei hierher«, meint Daniel.

»Unsinn«, sagt Gabi. »Er hat doch keine Ahnung, wo wir sind.«

»Entschließt euch«, sagt der dritte Mann. »Ich hab nicht die ganze Nacht Zeit.«

»Die beiden sind fit und verdienen gut«, sagt Gabi. »Ich möchte sie eigentlich nicht loswerden.«

»Ach, so was findet sich leicht wieder«, sagt der dritte Mann.

»Er hat recht«, erklärt Daniel, »und ich möchte kein Risiko eingehen.«

»Okay, okay«, lenkt Gabi ein. »Aber ich will einen anständigen Preis für sie.«

»Ich geb dir hundert für den Jungen«, bietet der Dritte an.

»Was ist mit dem Mädchen?«, fragt Gabi.

»Mein Bruder hat einen Stripclub in Luton, der zahlt dir bestimmt ein hübsches Sümmchen für sie.«

»Sie ist jung«, sagt Gabi.

Der Fremde lacht bellend. »Er arbeitet sie gern selbst ein.«

Catalina und Emil sehen sich an. Sie wissen beide, dass es nichts zu sagen gibt, was die Situation besser macht, also halten sie einander fest, ohne auf blutige Münder und gebrochene Rippen zu achten.

KAPITEL 24

Lilly war zu erschöpft, um einzuschlafen. Das Wochenende war in einem wilden Sturm von Recherchen und Vorbereitungen vorbeigebraust, und Lilly hatte eine Zwei-Kilo-Packung Cadbury's Heroes verdrückt.

Es war der erste Strafprozess, den sie jemals vor dem Crown Court geführt hatte. Im Old Bailey. Und die Anklage lautete auf Mord.

Wenigstens konnte es nicht mehr schlimmer kommen.

Ihr Handy klingelte.

»Hallo Jack«, sagte sie. »Woher wusstest du, dass ich wach bin?«

»Nennen wir es eine Eingebung«, antwortete er.

»Was machst du denn um fünf Uhr früh?«, fragte sie.

»Ich sehe grade die Nachrichten«, erklärte er.

»Warum?«

»Stell doch mal den Fernseher an.«

Sie griff nach der Fernbedienung, und der Apparat erwachte zum Leben. Das Old Bailey war noch dunkel, nur von dem orangefarbenen Licht der Straßenlaternen beleuchtet. Um diese frühe Morgenstunde hätte das Gebäude eigentlich ruhig und menschenleer sein müssen, aber stattdessen wimmelte es von Menschen wie bei Harrods am zweiten Weihnachtstag. Die Presse war angerückt, in voller Stärke.

»Scheiße.«

»Zeit zum Aufstehen, Kleiner.«

Caz leuchtet mit der Taschenlampe in Lukes Gesicht. »Beweg deinen Hintern.«

»Was?«

Caz schlüpft in ihre Stiefel und kriecht aus dem Unterschlupf. Draußen ist es noch dunkel. Nicht nur das typische Halbdunkel der Brücke, sondern richtig Nacht.

»Wie spät ist es?«

»Früh«, antwortet sie. »Fünf Uhr.«

Luke stöhnt und sinkt auf seinen Schlafsack zurück.

»Ich mach das nicht für meine Gesundheit«, sagt Caz, »und ich geh auch nicht allein, darauf kannst du Gift nehmen.«

»Wohin denn?«

Caz schüttelt den Kopf. »Hör auf, dir das ganze Zeug reinzutun, das bringt nur dein Hirn durcheinander.«

Luke findet es ein bisschen daneben, dass ausgerechnet Caz ihn deswegen kritisiert, wo sie doch selbst so einiges einwirft, aber er will keinen Streit.

»Wir haben uns gestern Abend darauf geeinigt, dass wir ins Black Cat gehen und holen, was dir zusteht.«

Vage erinnert Luke sich an ein von starkem Bier und Angeberei beflügeltes Gespräch. Er rappelt sich auf. »Ich fühl mich nicht so gut.«

»Umso mehr Grund, dass wir Geld brauchen.«

Als sie zum Café kommen, klettern die Männer gerade in die Vans. Der Ukrainer sieht Luke an, tut aber so, als würde er ihn nicht kennen.

Cat schiebt Luke zu der Frau mit den gelben Haaren, die sie heute mit einem Gummi zurückgebunden hat.

»Was willst du?« Sie mustert Luke von oben bis unten und rümpft die Nase. »Für einen wie dich hab ich keine Arbeit.«

Die Bemerkung ärgert Luke. »Was meinen Sie damit?«

»Ich hab dir eine Chance gegeben, weil du ein netter Kerl zu sein schienst, aber dann tauchst du total bekifft bei der Arbeit auf.«

»Meine Hand tat weh«, sagt Luke.

»Es bricht mir das Herz«, erwidert sie. »Jetzt mach, dass du wegkommst.«

Luke dreht sich um und will gehen, aber Caz stellt sich ihm in den Weg und reckt das Kinn der gelbhaarigen Frau entgegen.

»Er möchte deinen läppischen Job nicht«, sagt sie. »Er will bloß seinen Lohn.«

Die Frau lacht. »Du machst wohl Witze.«

»Ich kann mir nicht mal ein Lächeln abringen«, antwortet Caz. »Er hat vier Tage gearbeitet und möchte Geld sahen.«

Inzwischen ist der letzte Mann in den Wagen geklettert, und die Frau schlägt die Tür hinter ihm zu.

»Einen davon hat er verschlafen.«

»Na gut«, lenkt Caz ein. »Dann eben drei Tage.«

»Jetzt hör mir mal gut zu«, zischt die Gelbhaarige. »Dein Freund hat uns um ein Haar alle in den Knast gebracht. Er hat Glück, wenn wir ihn ohne eine Tracht Prügel davonkommen lassen.«

Aber Caz lässt sich nicht so leicht einschüchtern. »Wir wollen nur, was uns zusteht.«

Die Frau haut auf die Seite des Vans, und der Wagen rauscht davon.

»Ich musste den Vorarbeiter abfinden, jetzt hab ich kein Geld mehr«, sagt sie. »Also würde ich an eurer Stelle lieber wieder unter den Stein kriechen, unter dem ihr rausgekommen seid.«

Als sie das Schnarchen aus der Küche hören, kriecht Emil unter dem alten Mantel hervor.

»Was machst du?«, fragt Catalina. Wenn Daniel oder Gabi sie erwischen, werden sie wieder verprügelt, ganz sicher.

»Wir hauen ab«, sagt Emil.

Catalina ist starr vor Angst. »Die werden uns umbringen.«

»Das ist mir lieber als das, was sie mit uns vorhaben.«

Einen Moment überlegt Catalina. Vor lauter Angst kann sie sich nicht von der Stelle rühren, aber sie weiß, dass sie morgen früh als Erstes weggebracht werden. Und dann wird sie Emil nie wiedersehen.

Schließlich nickt sie ihm zu. Sie schleichen zur Tür und stemmen sie mit den Fingernägeln auf.

Daniel und Gabi hängen über dem Tisch, zwischen ihnen steht eine leere Flasche. Emil deutet auf Daniels Tasche. Sie wissen, dass die Tür abgeschlossen ist, und dort in der Tasche bewahrt er die Schlüssel auf.

Auf Zehenspitzen, die nackten Füße lautlos auf den kalten Fliesen, bewegt Catalina sich auf den Mann zu. Gabi furzt und rutscht auf seinem Stuhl herum.

Als sich sein Atem wieder beruhigt, streckt Catalina die Hand nach seiner Tasche aus. Als sie vorsichtig die Finger hineinschiebt, schaut sie zu Emil. Er lächelt sie an.

Sie spürt Münzen, hart und kühl, ein Feuerzeug und ein Handy. Wo ist der Schlüssel? Sie bewegt ihre Hand weiter, bis ihre Finger den Taschensaum berühren. Endlich stößt sie auf Metall. Da ist der Schlüssel.

Catalina zieht ihn behutsam aus der Tasche und hält ihn hoch, damit Emil ihn sehen kann. Er applaudiert lautlos.

Gerade als sie sich einen Schritt von Daniel entfernt, packt eine Hand ihre Taille.

»Was machst du denn da?«

Catalina schaut in das Gesicht hinunter. Es ist hässlich, böse, Speichel trieft über das Kinn. Die Hand an ihrer Taille tut ihr weh, gräbt sich in die Haut.

Sie zittert vor Angst. Er wird sie umbringen.

Doch während sie auf den Faustschlag wartet, der ihr den Schädel zertrümmert, schießt stattdessen Emils Hand durch die Luft. Er reißt die Flasche vom Tisch und schlägt sie Daniel krachend über den Kopf. Ein Klirren, ein Schrei, die Luft ist erfüllt von Scherben und Blut. Daniel stürzt zu Boden.

Mit einem Ruck wacht Gabi auf. Als er seinen Bruder blutend am Boden liegen sieht, verzerrt sich sein Gesicht vor Wut. »Ihr kleinen Mistkerle!«

Er stürzt sich auf Catalina. »Emil«, schreit sie, »Emil!«

Wieder ist die Luft einen Moment voller Glas und Blut, denn ihr Freund schlägt Gabi die zerbrochene Flasche mitten ins Gesicht.

Eine Sekunde lang schaut Catalina entsetzt zu, wie Gabi hin und her schwankt, Augen und Wangen zerschnitten und voller Blut.

»Der Schlüssel!«, ruft Emil, und sie rennen zur Tür. Catalina öffnet das Schloss und stürmt hinaus in die kalte Nachtluft. Sie laufen und laufen und laufen. Sie halten nicht an, bis die Morgendämmerung kommt.

Die Wache schließt die Tür auf. »Fertig?«

Catalina nickt. Sie hat ihre Sachen in eine durchsichtige Plastiktüte gepackt.

Ruhig, ruhig, ganz ruhig.

Lilly atmete durch die Nase ein und durch den Mund aus.

Sie schleppte ihre Papiere die Rolltreppe von St. Paul's hinauf und eilte weiter zum Gericht. In der kalten Luft bildeten sich Schwaden vor ihrem Gesicht.

Ihr Handy klingelte. Auf dem Display erschien Davids Nummer.

»Momentan brauche ich wirklich keine Auseinandersetzung«, sagte sie.

»Hast du die Nachrichten gesehen?«

Sie bog um die Ecke zum Old Bailey. »Ich denke mal, dass ich gleich in den Nachrichten erscheinen werde.«

Auf dem Gehweg drängten sich Journalisten, Fotografen und Kameraleute. Als sie Lilly entdeckten, begannen sie zu rufen und zu schreien.

»Ach du Scheiße, Lilly, ich seh dich im Fernsehen!«, stellte David fest.

Ein Mann mit einem Mikrofongalgen schob ihr das Ding direkt vors Gesicht.

»Ist es wahr, dass Ihre Klientin Ihr Haus verlassen musste, weil sie Ihren Sohn bedroht hat?«

Lilly hielt sich die Hand vor die Augen, um sich vor dem Blitzlichtgewitter zu schützen, und bahnte sich einen Weg ins Gericht.

»Es ist ernst, Lilly«, sagte David. »Sogar die Journalisten denken schon, dass sie eine Gefahr für Sam darstellt.«

Lilly entledigte sich ihres Mantels und ihrer Jacke, bevor sie durch die Sicherheitsschranke ging. »Dann hast du also einen anderen Grund für deinen Anruf? Du wolltest mir nicht alles Gute und viel Glück wünschen?«

»Der Punkt ist, dass du eine ernste Situation, in der du angemessen reagieren müsstest, einfach auf die leichte Schulter nimmst«, sagte er.

Lilly seufzte. »Könnten wir das bitte nicht noch mal durchkauen?«

»Schau dir doch die Leute vor dem Gericht an und sag mir, dass ich unrecht habe«, fuhr er fort. »Glaubst du ganz ehrlich, dass Sam bei mir nicht besser aufgehoben wäre?«

Lilly wandte sich zu der Journalistenmenge um, die draußen wartete, und hundert Kameras klickten und surrten.

»Wenn ich nicht deiner Meinung bin, bringst du mich vor Gericht, ja?«

»Natürlich, das weißt du doch.«

Alexia stampfte mit den Füßen, um sie warm zu halten.

Sie war um sechs Uhr früh eingetrudelt und keineswegs unter den Ersten gewesen. Eigentlich war sie nicht sicher, was sie hier überhaupt suchte. Jeder TV- und Radiosender berichtete über den Prozess, jede überregionale Zeitung hatte ein Redaktionsmitglied hergeschickt. Also würde es wohl kaum Bedarf geben, einem Freelancer etwas abzukaufen. Und es würde sowieso alles auf Seite drei oder vier geschoben werden. Eine absolute Verschwendung.

Sie hatte gehofft, sich hineinschleichen und ein bisschen mit Mark plaudern zu können, aber die Presse wurde strikt am Betreten des Gerichtsgebäudes gehindert.

Gerade überlegte sie, kurz abzuhauen und sich einen Kaffee zu genehmigen, als sie ein bekanntes Gesicht entdeckte und ihre Absicht spontan änderte. Snow White war mit von der Partie.

Erwartungsvoll sahen die Geschworenen Lilly an. Jez hatte sich bereits vorgestellt, und nun war sie an der Reihe.

Sie räusperte sich und lächelte. Niemand erwiderte ihr Lächeln. War das normal? Oder hasste man sie jetzt schon? Vielleicht waren Geschworene wie Hunde und konnten ihre Angst riechen.

»Ich bin Lilly Valentine und vertrete die Angeklagte Anna Duraku.«

Jez hüstelte. Es klang fast wie ein Schluckauf.

Was hatte sie vergessen? Lilly checkte ihre Robe. Alles in Ordnung. Sie hatte auch nicht aus Versehen den Rock in die Unterhose gestopft.

»Was denn?«, erkundigte sie sich flüsternd.

»Du hast sie Anna genannt.«

Lilly spürte, wie ihr das Blut ins Gesicht stieg. »Wie mein Kollege richtig bemerkt, heißt meine Klientin in Wirklichkeit Catalina Petrescu.«

Die Geschworenen wechselten gemurmelte Bemerkungen. Bestimmt waren sie entsetzt, dass sich die Verteidigung nicht mal an den Namen ihrer Klientin erinnern konnte. Bevor sie alles noch schlimmer machte, setzte Lilly sich hastig wieder hin.

Jez sprang auf und strahlte die Geschworenen an. Zwei weibliche Jurymitglieder reagierten prompt mit einem einfältigen Grinsen.

»Ladys und Gentlemen, ich möchte Sie nicht mit einem langen

Eröffnungsplädoyer langweilen. Offen gestanden ist das auch gar nicht notwendig. Die Tatsachen sprechen in diesem Fall für sich.« Er wandte sich in Catalinas Richtung. »Kurz gesagt suchte die Angeklagte mit ihrem Freund das Gelände einer Schule in Hertfordshire auf. Es war ein ganz normaler Tag, es spielten sich die üblichen alltäglichen Dinge ab. Die unter Zehnjährigen spielten Fußball, und ein paar Schüler der Oberstufe hatten sich an den Spielfeldrand gestellt, um sie anzufeuern.«

Mit ernstem Gesicht wandte Jez sich wieder den Geschworenen zu. »Leider wurde der normale Nachmittag von der Angeklagten und ihrem Freund zerstört, denn diese trugen beide eine Waffe.«

Er legte eine Kunstpause ein, damit allen bewusst werden konnte, wie schwerwiegend der Sachverhalt war.

»Was die beiden allerdings nicht wussten, war, dass sich ein Polizeibeamter vor Ort befand. Diesem gelang es, die beiden zu entwaffnen, allerdings kam zuvor ein Schüler ums Leben.«

Jez legte die Hände zusammen wie ein Kind, das so tut, als hätte es eine Pistole.

»Die Angeklagte und ihr Freund planten an diesem Tag einen Mord, und unglücklicherweise konnten sie ihren Plan in die Tat umsetzen. Für Charles Stanton war es das Ende seines jungen Lebens.«

Mit einem finsteren Nicken nahm Jez wieder Platz. Lilly fragte sich, ob die Jury ihm eine Runde Applaus spenden würde.

»Ich dachte, du wolltest sie nicht mit einem Eröffnungsplädoyer langweilen«, flüsterte sie aus dem Mundwinkel.

»Ach Lilly«, erwiderte er ebenso leise. »Ich hab dir doch gesagt, du hast keine Ahnung.«

Jack wartete vor Court Four. Ihm gegenüber saß eine weitere Zeugin, eine zierliche Frau, wahrscheinlich Araberin, die Haare zu einem dieser schicken französischen Knoten hochgesteckt. Nachdenklich fuhr sich Jack mit der Hand durch seinen eigenen Wuschelkopf. Die Frau tippte mit karamellbraunen Fingern konzentriert auf ihrem Laptop. Jack schlug seine Zeitung auf und versuchte zu lesen. Aber er konnte nicht stillsitzen, schlug die Beine übereinander, stellte sie wieder nebeneinander und fand einfach keine Ruhe.

Vor Gericht auszusagen war für ihn eine der schlimmsten Anforderungen seines Jobs, denn die Anwälte hatten es immer darauf abgesehen, einen in die Pfanne zu hauen und als Trottel hinzustellen. Sogar die ehrlichsten Polizisten wirkten vor Gericht manchmal wie korrupte Lügner und Betrüger, und der Umstand, dass es seine Freundin war, sie ihn befragen würde, war kein Trost. Wenn sie es für notwendig hielt, würde Lilly ihm das Fell über die Ohren ziehen, ohne eine Sekunde zu zögern.

Endlich öffnete sich die Tür.

»Die Anklage ruft ihren ersten Zeugen, Officer Jonathon McNally, in den Zeugenstand.«

Jack stöhnte leise. Er benutzte nie seinen vollen Namen.

Mit steifen Schritten ging er zum Zeugenstand und legte den Eid ab.

»Können Sie uns bitte Ihren vollen Namen nennen?«, sagte Jez.

»Jonathon Christopher McNally.«

Lilly unterdrückte ein hysterisches Kichern mithilfe eines Hustenanfalls, und Jack merkte, wie er knallrot wurde.

»Officer McNally, waren Sie am Tag der tragischen Ereignisse bei der Manor Park School?«, fragte Jez.

Jack nickte. »Ja, allerdings.«

»Hatten Sie Dienst?«

Jack drehte sich etwas von Lilly weg. »Nein, ich habe dem Sohn meiner Freundin beim Fußballspielen zugeschaut.«

»Aha«, sagte Jez. »Und an welchem Punkt ist Ihnen klargeworden, dass die Angeklagte und ihr Mitverschwörer nicht einfach nur am Fußball interessiert waren?«

»Meine Freundin hat sie zuerst gesehen, und ich hab dann bemerkt, dass sie die beiden bemerkt hat, wenn Sie wissen, was ich meine.«

»Ja, ich glaube, das verstehe ich«, lachte Jez. »Und wann haben Sie gemerkt, dass die beiden bewaffnet waren?«

»Als sie das Spielfeld erreichten, habe ich gesehen, dass sie beide einen Revolver bei sich trugen.«

Jez nickte den Geschworenen zu. »Sie hatten also *beide* eine Waffe.«

Lilly sprang auf. »Euer Ehren, ich glaube nicht, dass hier jemand taub ist.«

»Allerdings«, stimmte der Richter ihr zu. »Bitte hören Sie auf, die Aussage des Zeugen noch einmal zu wiederholen, Mr Stafford.«

Elegant ging Jez wieder zu seinen Fragen über. »Haben Sie die beiden gebeten, die Waffen abzulegen?«

»Das habe ich, ja«, antwortete Jack. »Und die Angeklagte hat mir ihren Revolver auch gegeben.«

»Sofort?«

Jack dachte daran, wie Anna die Waffe gepackt hatte. Ihre Hand hatte gezittert. »Nein, nicht sofort«, sagte er.

»Aber Artan Shala wollte sich nicht entwaffnen lassen, und Sie mussten ihn erschießen?«

Jack trat von einem Fuß auf den anderen. »Ja, ich hatte keine andere Wahl.«

»Ich bin sicher, dass Ihnen deshalb niemand einen Vorwurf macht.« Jez' Gesicht war eine Maske des Mitgefühls. »Vermutlich haben Sie befürchtet, dass Shala noch einen weiteren Schüler töten würde.«

Jack wusste, dass der Barrister seine Anteilnahme nur vortäuschte. An sich war es Jez vollkommen gleichgültig, was als Nächstes vor der Schule hätte passieren können, es interessierte ihn nicht, dass Jacks Leben um ein Haar zerstört gewesen wäre.

»Ja, meiner Meinung nach war Shala weiter ein Risiko.«

»Ich habe nur ein paar Fragen.« Lilly sah Jack an, als wären sie sich völlig fremd. Natürlich wusste er, dass sie sich professionell verhielt, aber beunruhigend war es trotzdem. »Es war also eindeutig Artan, der Charles Stanton umgebracht hat?«

Jack nickte auf eine, wie er hoffte, ebenfalls professionelle Art. »Ganz eindeutig.«

»Und es war Artan, von dem Sie dachten, er könnte noch jemanden erschießen?«

»Ja.«

Lilly warf einen kurzen Blick zur Jury. »Nicht die Angeklagte?«

»Sie hat mir ihre Waffe gegeben, bevor Stanton erschossen wurde.«

»Eindeutig davor?«

Jez stand auf. »Meine Kollegin hat anscheinend das Wiederholen von mir übernommen, für das sie vor wenigen Augenblicken noch so wenig Toleranz aufbringen konnte.«

»Verzeihung«, sagte Lilly.

Jack brachte ein angespanntes Lächeln zustande. »Es war eindeutig davor.«

Die Gerichtsvorschriften hätten Lilly hindern können, ihren Bonus auszubauen, aber Jack konnte nicht widerstehen, den Punkt für sie zu holen.

Falls Lilly ihm dafür dankbar war, ließ sie es sich nicht anmerken, sondern fixierte ihn ungerührt.

»Officer McNally, haben Sie zu irgendeinem Zeitpunkt, bevor Sie die Angeklagte entwaffneten, geglaubt, dass sie einen Mord begehen könnte?«

Jack ließ sich Zeit. Er wusste, was Lilly hören wollte. Er wusste auch, was Jez hören wollte.

»Ganz ehrlich – das weiß ich nicht.«

Lilly setzte sich. Ihr Gesicht war ausdruckslos. Jack hatte die Wahrheit gesagt, nicht mehr und nicht weniger.

Das Ganze war eine Farce. Ein Hohn.

Charlie Stanton war tot, und Snow White konnte von ihrem Platz aus die Mörderin sehen.

In jedem anderen Land hätte man das Mädchen längst eingesperrt und den Schlüssel weggeworfen. Oder noch besser hätte man sie aufgehängt.

Aber hier entspann sich stattdessen ein Katz-und-Maus-Spiel, mit Valentine als zentraler Figur.

Warum gab es überhaupt einen Prozess? Das Mädchen war keine Engländerin, also hatte sie kein Anrecht, vom britischen Justizsystem zu profitieren.

Aber diese Reporterin, die jetzt neben ihr saß, war genauso schlimm. Armes kleines reiches Mädchen, das seinen Eltern zeigen musste, dass es auch alleine zurechtkam. Für Snow White war sie ein offenes Buch.

Aber was sie über die Medienleute gesagt hatte, stimmte. Die linksliberalen Gazetten würden über die schlechte Behandlung von Asylsuchenden jammern, und das würde die Anwältin natürlich nach Strich und Faden ausnutzen.

Aber die Schuldigen mussten bestraft werden.

»Na gut«, sagte sie. »Ich verschaffe Ihnen ein Interview mit Valentine. Wir treffen uns um neun heute Abend in Little Markham.«

Die Reporterin konnte ihre Freude nicht verbergen. »Sie werden es nicht bereuen.«

Ganz bestimmt nicht, dachte Snow White. Aber Valentine schon.

»Wie läuft es?«, fragte Sam. »Gewinnst du?« Lilly hatte ihn angerufen, sobald sie aus dem Gericht gekommen war. »Wenn du gewinnst, wohnt sie dann wieder bei uns?«

Lilly goss heißes Wasser über ihren Ingwertee. Nach dem Zeug wurde man schneller süchtig als nach gutem Wein, und sie war die ganze Fleet Street hinuntergetrottet, um eine neue

Schachtel zu ergattern. »Ich glaube nicht, dass dir das gefallen würde, Sam.«

»Wo geht sie dann hin?«, wollte Sam wissen.

Allein der Gedanke an die Zukunft ihrer Mandantin tat Lilly weh. »Ich weiß es nicht.«

»Ich hasse sie nicht, Mum, ich wollte sie nur nicht bei uns im Haus haben.«

»Das kann ich verstehen.«

»Und dich hasse ich auch nicht, ich wollte nur weg von dem ganzen Zeug.«

Lilly hatte einen Kloß im Hals. »Das weiß ich.«

»Ich muss jetzt aufhören, Mum, das Abendessen ist fertig.«

»Wie schmeckt dir Caras Essen?«

Sam stöhnte. Die Freundin seines Vaters folgte zurzeit einem makrobiotischen Ernährungsplan.

»Morgen gibt es Linsen-Blumenkohl-Curry.«

»Das klingt ja …« Lilly suchte verzweifelt nach dem richtigen Wort. »Das klingt ja sehr gesund.«

»Nach dem Prozess müssen wir was Nettes für Anna machen.«

»Ja, das wäre schön, Großer.«

»Vielleicht können wir was für sie kochen«, schlug er vor.

»Gute Idee.«

»Wo kommt sie eigentlich her, Mum?«

Lilly schlürfte ihren Tee. »Wenn ich das bloß wüsste, Großer, wenn ich das bloß wüsste.«

»Was machen die denn hier?«

Alexia deutete mit einer Kopfbewegung auf Blood River und Bigsy, die gerade aus dem Schatten getreten waren.

»Uns gefiel Ihre Idee von einem gemütlichen Frage-und-Antwort-Spielchen nicht«, antwortete Snow White. »Deshalb dachten wir, wir konfrontieren Valentine lieber selbst.«

»Und Sie können alles aufschreiben«, fügte Blood River hinzu. »Und ein paar Fotos machen.«

Aber Alexia schüttelte den Kopf. »So war das nicht abgemacht.«

Snow White schnaubte verächtlich. »Es war gar nichts abgemacht.«

Alexia war wütend. Das war ihre goldene Chance. Das war die Gelegenheit, die sie brauchte. Und sie war nicht gewillt, sich das von einem Haufen bescheuerter Nazis kaputtmachen zu lassen.

»Ich weiß nicht, was für einen Mist Sie geplant haben, aber ich möchte zuerst mein Interview.«

»Mund halten!«, zischte Blood River.

Doch Alexia gab sich nicht geschlagen. »Hören Sie, ich will dieses Interview.«

Wütend fuhr Blood River herum und schubste sie so heftig, dass sie hinfiel. Der Boden war hart und nass unter ihren Händen. Blood River stand über ihr, und sein böses Gesicht füllte ihr gesamtes Sichtfeld aus. »Welchen Teil von Mund halten haben Sie nicht verstanden?«

Dann machte er auf dem Absatz kehrt, und Snow White führte ihn zum Cottage der Anwältin.

Alexia rappelte sich auf und klopfte sich die welken Blätter vom Mantel.

»Na gut.«

Lilly holte die Küchenwaage und Korinthen, Sultaninen und Rosinen. Jedes Jahr um diese Zeit machten Sam und sie den Plumpudding für Weihnachten. Mitten im Novemberdunkel, wenn die Herbstferien schon lange vorbei waren, erinnerte sie diese Tradition daran, dass vor ihnen eine ganze Woche lag, in der gegessen, Geschenke ausgepackt und nach Herzenslust vor dem Fernseher gelümmelt werden durfte.

Zwar war Sam heute Abend nicht da, aber Lilly war fest entschlossen, dafür zu sorgen, dass Weihnachten genauso viel Spaß machen würde wie jedes andere Jahr auch.

Außerdem würde sie heute Nacht sowieso kein Auge zutun, also konnte sie ihre Zeit ja auch mit etwas Leckerem totschlagen.

Sie rieb Orangen- und Zitronenschale über das Trockenobst, und während sich die Luft mit dem Zitrusduft erfüllte, drehten sich Lillys Gedanken um ihrem Fall.

Die Anklage hatte die Beweisaufnahme bereits abgeschlossen und damit den ganzen Fall in einem Tag abgehandelt. Zweifellos hätte Jez gern mehr daraus gemacht, aber Lilly hatte das meiste einfach akzeptiert. Sie stritt nicht ab, dass ihre Klientin eine Waffe gehabt hatte. Ihre Argumentation bezog sich auf Catalinas Geisteszustand. War sie mental in der Lage gewesen, gezielt und absichtlich zu handeln, oder war ihr Urteilsvermögen durch die Vergewaltigung beeinträchtigt gewesen?

Lilly goss Rum, Barleywine und Guinness über die Mixtur. Unwillkürlich zog sie die Nase kraus. Sam behauptete, dass Lilly den restlichen Alkohol immer gerne noch verputzte, aber heute Abend hatte sie keine Lust darauf. Morgen musste sie den Fall vonseiten der Verteidigung darlegen, und das ließ ihren Magen schon jetzt ziemlich rumoren.

Alexias Herz klopfte wild. Aus ihrer Wut war Angst geworden, als Blood River und Bigsy sich der Veranda näherten. Diese Männer hatten Fenster und Autos demoliert. Sie hatten Hundekot in den Gerichtssaal geworfen. Sie hatten zwei Frauen verprügelt und getreten.

»Was haben die denn vor?«, fragte sie im Flüsterton.

Aber Snow White winkte nur ab.

»Die arme Frau hat doch nichts getan«, fuhr Alexia fort.

»Als ihr Foto überall in Ihrem Käseblättchen veröffentlicht wurde, haben Sie doch auch keinen Gedanken an ihr Wohlergehen verschwendet.«

Alexia war erschöpft. Was die Frau sagte, stimmte ja. Sie hatte sich im Gebüsch versteckt wie ein dreckiger, hinterhältiger Dieb und aller Welt verraten, dass Petrescu bei ihrer Anwältin wohnte. Sie hatte sogar ein Bild von Valentines Freund benutzt, einem anständigen, ehrlichen Polizisten, der deswegen in einen Schlamassel verwickelt wurde, den er nicht verdient hatte.

»Das ist alles falsch«, sagte sie.

Aber Snow White ignorierte sie und konzentrierte sich ganz auf ihre rassistischen Freunde.

Alexia schauderte. Sie sahen zu, wie die Männer sich leise flüsternd von der Seite an das Haus heranschlichen.

»Bloß nicht noch mal zerschlagene Scheiben«, sagte Alexia. »Der Lärm macht bestimmt ihrem Sohn Angst.«

Ein Blick in Snow Whites Gesicht machte Alexia klar, dass diese Frau sich nicht im Geringsten dafür interessierte, wer sich im Cottage befand.

Inzwischen waren die Männer stehengeblieben und holten etwas aus einem Rucksack. Bitte keinen Backstein. Alexia reckte den Hals, aber Blood River war fast gänzlich von der Dunkelheit verschluckt. Sie sah nur vage seine Umrisse, bis plötzlich ein Streichholz aufflammte und der gelbliche Schein sein Gesicht umtanzte.

Zu spät erkannte Alexia die Milchflasche mit dem in die Öffnung gestopften Lappen.

Zu spät sah sie, wie der Lappen Feuer fing und die Flammen aufloderten.

Zu spät sah sie Blood River die Flasche werfen und beobachtete, wie sie durch ein Fenster im oberen Stockwerk krachte.

»Halt!«, schrie Alexia. »Ihr kleiner Sohn schläft da oben!«

Aber das Haus brannte. Es war zu spät.

Der Lärm war unglaublich. Ein ohrenbetäubender Knall, gefolgt von einem lauten Rauschen. Lillys erster Gedanke war, dass es einen zweiten Terroranschlag gegeben hatte.

Sie hatte gerade ihre Plumpudding-Mischung gerührt und sich etwas gewünscht – einen Wunsch für sich selbst, einen für Sam –, als sie den Krach hörte. Sofort ließ sie den Löffel fallen, rannte die Treppe hinauf, riss ihre Schlafzimmertür auf und starrte in ein wahres Farbenmeer. Orange, Rot, Gelb.

Starr vor Schreck beobachtete sie, wie die Flammen über Vorhänge, Wände und Decke hinwegrasten und mit unglaublicher Geschwindigkeit das ganze Zimmer eroberten. Wasser, sie brauchte Wasser! So schnell ihre Füße sie trugen, rannte sie zu der Tür am anderen Ende des Raums, die ins Badezimmer führte, und hielt ein Handtuch unter den Wasserhahn. Damit begann sie auf die Flammen einzuschlagen, versuchte sie zu ersticken, aber inzwischen war das Zimmer mit schwarzem Rauch gefüllt, der ihre Augen zum Tränen brachte und ihr den Atem raubte. Sie musste an die Luft.

Wo war die Tür? In welche Richtung ging es hinaus?

Rechts und links war der Weg blockiert, also wich sie zurück, bis sie gegen die Wand stieß.

»Geben Sie mir die Hand!«

Lilly konnte nicht atmen, nichts sehen. Sie spürte, wie ihre Kräfte schwanden.

Durch den Qualm erkannte sie vage die Umrisse einer Hand.

War es wirklich eine Hand?

Sie griff danach, kurz bevor sie das Bewusstsein verlor.

»Das war's, junge Frau«, sagte der Feuerwehrmann und klopfte ihr auf den Rücken. »Hätte wesentlich schlimmer ausgehen können.«

Lilly sah sich in ihrem Cottage um: Die Wände waren rußgeschwärzt, Wasser tropfte von allen Oberflächen.

»Glauben Sie?«

Mit einem freundlichen Achselzucken erkundigte er sich: »Können Sie irgendwo unterkommen?«

Lilly schloss die Augen. Zu Jack konnte sie nicht, sonst wurde er auf der Stelle entlassen. David zu erzählen, was passiert war, traute sie sich nicht, jedenfalls jetzt noch nicht.

»Sie kann zu mir kommen.«

Es war die Frau, die sie aus dem Haus geschleift hatte. Sie war dageblieben, während die Sanitäter Lilly mit Sauerstoff wieder zum Leben erweckten und die Polizei eine Million Fragen stellte.

»Danke«, sagte Lilly, »aber wer sind Sie eigentlich?«

Die Frau streckte ihr die Hand hin. »Alexia Dee.«

»Ach herrje«, sagte Lilly. »Sie sind die Frau, die das Foto von mir gemacht hat.«

Alexia reichte Lilly ein kühles Bier.

»Wahrscheinlich haben Sie keinen Ingwertee?«, fragte Lilly.

»Wie bitte?«

»Kein Problem«, sagte Lilly. »Bier ist auch gut.«

Sie sah sich in Alexias Wohnung um. Die langweiligen Ballerina-Drucke schienen überhaupt nicht zu der eleganten jungen Frau in ihren teuren Schuhen zu passen.

»Ich verstehe immer noch nicht, weshalb Sie in der Nähe waren.«

»Wollen Sie die Wahrheit wissen?«, fragte Alexia.

»Die ist mir normalerweise am liebsten, ja.«

»Ich wollte Sie interviewen und habe jemanden darum gebeten, uns bekannt zu machen.«

Lilly legte den Kopf schief. »Und da dachten Sie, ich lasse mich am besten von einem Brandbomben schmeißenden Fremdenhasser überreden?«

»Eine von denen ist eine Mutter aus Manor Park.«

Einen Moment war Lilly sprachlos. »Soll das ein Witz sein?«

»Ich wollte, es wäre einer.«

»Und Sie hatten keine Ahnung, was diese Leute vorhatten?«

Alexia warf die Hände in die Luft, dass Bierschaum quer über den Teppich spritzte. »Himmel, nein«, sagte sie. »Bei so etwas hätte ich doch niemals mitgemacht.«

Lilly nickte. »Dann vielen Dank.«

»Wofür?«

»Dass Sie mir das Leben gerettet haben«, lachte Lilly.

»Sagen Sie das lieber nicht.« Alexias Augen füllten sich mit Tränen. »Wenn ich gleich gehandelt hätte, als ich gemerkt habe, dass etwas nicht stimmt, hätte ich das Unglück vielleicht verhindern können.«

Lilly ließ sich aufs Sofa fallen. Es war braun und unbequem.

»Genau das Gleiche denke ich wegen Charlie Stanton«, sagte sie. »Artan Shala ist zu mir gekommen, nachdem Catalina vergewaltigt worden war, und ich wusste, was er tun würde.«

»Er hat es Ihnen gesagt?«

»Nicht wortwörtlich«, antwortete Lilly, »aber ich habe geahnt, dass es etwas Schreckliches sein musste.«

»Aber deswegen dürfen Sie sich keine Vorwürfe machen«, sagte Alexia.

Lilly zog die Augenbrauen in die Höhe. »Warum nicht?«

»Jetzt weiß ich endlich, warum Sie sich so in den Fall reinziehen lassen.« Alexia zeigte mit ihrer Flasche auf Lilly. »Sie versuchen, ihren Fehler bei dem Mädchen wiedergutzumachen.«

»Danke sehr, Doktor Freud.«

»Glauben Sie, dass es die Vergewaltigung war, die den beiden den Rest gegeben hat?«

»Ja, das glaube ich«, antwortete Lilly. »Aber ich werde mich ganz schön anstrengen müssen, um das zu beweisen.«

KAPITEL 25

Tropf, tropf, flopp-tropf.

Luke sieht dem endlosen Regen zu. Gestern Nacht hat es erbarmungslos geschüttet und bis heute Morgen nicht aufgehört.

Früher hat er dem Wetter nie viel Beachtung geschenkt. Wenn es kalt war, hat seine Mutter die Heizung aufgedreht, und im Internat war es sowieso immer stickig. Manchmal war Tom im Februar in Shorts rumgelungert. Für einen Obdachlosen war das alles anders. Man wurde nass bis auf die Unterwäsche, und weil man die Klamotten nirgends trocknen konnte, begann alles zu riechen und zu schimmeln.

Er kann nicht mal im Black Cat rumhängen, weil der Inhaber echt sauer ist, dass er in der Fabrik Mist gebaut hat, nachdem er sich doch für Luke eingesetzt hat.

»Hast du was zu rauchen?«, fragt er Caz. Nicht, dass er unbedingt was braucht, aber wenn man bekifft ist, geht so ein Tag einfach viel schneller vorbei.

Aber Caz schüttelt den Kopf und wischt sich die Nase am Ärmel ab. Sie ist auch schlecht gelaunt.

»Hast du Bargeld?«

Er leert seine Tasche und zeigt ihr die Sammlung von Fünf- und Zehnpencemünzen.

Sie werden betteln gehen müssen.

Er starrt in den strömenden Regen.

Toll.

»Versuchen Sie mal das hier.«

Alexia hielt ein schwarzes Wickelkleid aus Jersey in die Höhe, elegant und modisch. Und Größe vierunddreißig.

Lilly fing an zu lachen. Ihre Sachen von gestern Abend waren verrußt und stanken, so konnte sie unmöglich im Gerichtssaal auftauchen.

»Haben Sie nichts Größeres?«

Alexia ging zurück zu ihrem Kleiderschrank. »Das hier zieh ich immer an, wenn ich PMS habe.«

Lilly nahm den blauen Rock in Empfang. Weich fließender Stoff, elastischer Bund. Es würde gehen.

»Und vielleicht noch ein Top? Es muss weiß sein.«

Alexia zog ein weißes T-Shirt mit dem Aufdruck LA Lakers heraus. »Das können Sie verkehrt rum tragen.«

Lilly war nicht ganz überzeugt.

»Und Sie haben ja auch noch dieses Robendings drüber.«

Als Lilly um die Ecke zum Old Bailey bog, klingelte ihr Handy.

»Genau aufs Stichwort, David.«

»Ich seh dich schon wieder im Fernsehen«, sagte er. »Und ich wollte wissen, was in aller Welt du da anhast.«

Lilly ignorierte die Kamera, die direkt unter ihr Kinn gerichtet war.

»Es hat im Cottage gebrannt gestern Nacht.«

»Ach du Scheiße! Alles klar mit dir, Lilly?«

»Mehr oder weniger.«

»Kann ich irgendwas für dich tun?«

Lilly überprüfte ihr Spiegelbild in der regenverspritzten Glastür des Gerichts.

»Kauf mir ein schwarzes Kostüm.«

»Welche Größe?«, fragte er.

»Achtunddreißig.« Sie klopfte sich auf den Bauch. »Oder vielleicht lieber vierzig.«

Sie stieg die Treppe hinauf. Oben wurde sie von Jez und Kerry Thomson erwartet. Jez musterte sie von oben bis unten. Kerry kicherte hinter vorgehaltener Hand.

»Kein Wort!«, befahl Lilly streng.

Jez verkniff sich ein Lachen.

»Guten Morgen«, dröhnte eine Stimme hinter ihnen.

Lilly drehte sich um und sah Teddy Roberts auf sie zuschlendern. Ohne seine Robe und die lächerliche Perücke war er ein durchaus attraktiver Mann. Dunkle Haare mit grauen Strähnen, markantes Kinn.

Er taxierte Lilly auf dieselbe Art wie Jez.

»Mein Zimmer. Jetzt gleich.«

Richter Roberts musterte Lilly über seine Brille hinweg. »Vermutlich haben Sie eine Erklärung parat?«

Lilly zuckte die Achseln, als wäre ein Bauernrock und ein T-Shirt mit den Nähten nach außen für den Crown Court das Alltäglichste der Welt.

»Ich hatte heute Morgen leider keinen Zugang zu meinem Kleiderschrank, Euer Ehren.«

»Und warum nicht, Miss Valentine? Haben Sie vielleicht die Nacht durchgefeiert?«

Lilly reckte das Kinn in die Luft. Dieser aufgeblasene Kerl hatte kein Recht, solche Mutmaßungen anzustellen.

»Wenn Sie es genau wissen wollen – mein Haus ist heute Nacht von rassistischen Gangstern mit einer Brandbombe beworfen worden, Euer Ehren.«

Dem Richter blieb die Spucke weg.

»Meine Sachen sind beschädigt, mein Haus ein einziges Chaos«, fuhr sie fort, »aber mein Ex-Mann hat sich netterweise bereiterklärt, mir etwas Angemessenes zu besorgen und ins Gericht bringen zu lassen.«

»Das tut mir sehr leid, Miss Valentine«, sagte der Richter. »Sie möchten doch sicher eine Vertagung beantragen?«

»Selbstverständlich«, stammelte Jez. »Selbstverständlich muss der Fall vertagt werden.«

»Das ist nicht notwendig«, erwiderte Lilly.

»Sind Sie sicher?«, fragte der Richter.

Lilly reckte das Kinn. »Meine Mutter hat mir beigebracht, mich niemals einem Einschüchterungsversuch zu beugen.«

Als sie den Raum verlassen hatte, schüttelte Teddy Roberts den Kopf. »Sie ist schon eine außergewöhnliche Frau.«

Jez erlaubte sich ein Lächeln. »O ja, da gebe ich Ihnen recht.«

Alexia marschierte die Fleet Street in Richtung West End hinunter. Noch weiter im Old Bailey herumzuhängen brachte nichts, die Story war gut recherchiert.

Mit geducktem Kopf verkroch sie sich unter ihrem Schirm und sah durch den strömenden Regen sehnsüchtig zu den schwarzen Taxis hinüber, die an ihr vorbeibrausten. Kein Geld zu haben war einfach blöd. Dann dachte sie wieder an Lillys verrußtes, verqualmtes Cottage, und wie sie gerade noch rechtzeitig herausgekommen war. Nein, jetzt war nicht der richtige Zeitpunkt für Selbstmitleid.

Lillys Engagement für Catalina Petrescu trieb Alexia die Schamröte ins Gesicht. Obwohl ihre Welt buchstäblich in Schutt und Asche lag, hatte Lilly nicht um ihr Heim und ihren weltlichen Besitz geweint, sondern sich nur Gedanken darum gemacht, wie sie beweisen konnte, dass ihre Klientin vergewaltigt worden war.

Als Lilly endlich eingeschlafen war, hatte Alexia sie zugedeckt, den Recorder herausgezogen und das Tape angehört. Da war es, ein Exklusivinterview mit Lilly Valentine. Garantiert Titelseitenmaterial. Mit einem tiefen Seufzer hatte sie das Band in den Müll befördert.

Sie hatte in ihrem Leben schon viele egoistische Dinge getan, aber ihr Gewissen hatte sich noch nie so deutlich bemerkbar gemacht wie jetzt. Sie hatte eine Bande gefährlicher Ganoven an die Tür dieser armen Frau geführt – und wofür?

Sie war wütend auf sich und gleichzeitig angeekelt. Sie musste etwas wiedergutmachen, musste etwas tun, um zu helfen. Sie konnte ihr journalistisches Talent für Lilly einsetzen.

Als sie zur Shaftesbury Avenue kam, fischte sie das Foto von Manor Park Year Eleven aus ihrer Tasche. Zwei Reihen von Teenagern standen auf den Treppenstufen und schauten mit zusammengekniffenen Augen in die Sonne. Da war Charles Stanton, ein hübscher Junge mit tollen Zähnen. Daneben ein größerer Junge mit roten Haaren und schlechter Haut. Auf der anderen Seite hatte Lilly ein Gesicht umrahmt. Das war Luke Walker. Er war Zeuge der Vergewaltigung und der Schlüssel zu Catalinas Rettung.

Alexia hätte ihre Vivienne-Westwood-Plattformschuhe verwettet, dass er in London war. Glaubte nicht jedes Kind, dass die Straßen hier mit Gold gepflastert waren? Und wenn sie dann ihren Irrtum einsahen, landeten viele von ihnen in dieser Gegend.

»Die Verteidigung ruft ihre erste Zeugin, Dr. Leyla Kadir, in den Zeugenstand.«

Lilly zog die Robe enger um sich. Sie hatte sie von einem Freund von Jez geliehen und hoffte, dass sie den größten Teil ihrer Aufmachung versteckte.

In ihrem beigefarbenen Jackett, das ihre dunkle Haut perfekt ergänzte, war Dr. Kadir wie immer ein Ausbund der Eleganz.

Die Haare hatte sie zu einem Knoten zurückgesteckt, keine Strähne fehl am Platz. Wie es für Zeugen so üblich war, hatte sie gestern den ganzen Tag im Gericht gesessen, ohne aufgerufen zu werden, sich jedoch nicht ein einziges Mal beklagt. Sie hatte auf ihrem Laptop gearbeitet, gelächelt und dann weitergearbeitet.

»Dr. Kadir«, sagte Lilly. »Könnten Sie uns bitte sagen, was Sie über Catalina Petrescu wissen?«

»Ich weiß, dass sie sehr viel durchmachen musste und schweren Schaden genommen hat«, antwortete die Psychologin.

»Wie sind Sie zu diesem Schluss gelangt?«

»Ich habe die Akten des Falls gelesen und zahlreiche Gespräche mit ihr geführt«, antwortete Dr. Kadir.

»Waren Sie in der Lage, eine Diagnose aufzustellen?«

Dr. Kadir nickte knapp. »Ich denke, dass sie an einer posttraumatischen Belastungsstörung leidet, die ihr geistiges Gleichgewicht beeinträchtigt.«

»Dr. Kadir«, sagte Jez und blendete sie mit seinem strahlenden Lächeln, »erzählen Sie mir doch bitte etwas mehr über diese Störung. Wie haben Sie sie genannt … PTS?«

Die Geschworenen kicherten.

Die Psychologin schnalzte tadelnd mit der Zunge, als wäre Jez ein dummer Schuljunge. »PTBS, Mr Stafford, und Sie wissen ganz genau, was das ist. Sicher waren Sie die ganze letzte Nacht damit beschäftigt, das Syndrom im Internet zu recherchieren.«

Jez grinste frech. »Vielleicht war ich die ganze Nacht wach, Dr. Kadir, aber ich habe ganz bestimmt nicht gearbeitet.«

Die Jury lachte über sein unverschämtes Flirten.

»Euer Ehren«, rief Lilly und sprang auf, »müssen wir uns dieses Theater wirklich anhören?«

Der Richter schlug mit dem Hammer auf den Richtertisch, um dem Ausbruch des Frohsinns ein Ende zu bereiten. Jez hob entschuldigend die Hände.

»Dr. Kadir«, fuhr er fort, »können Sie mir bitte sagen, von welchen Symptomen PTBS gekennzeichnet ist?«

»Panik, Schlaflosigkeit, Paranoia …«

»Alles bestimmt sehr unangenehm«, unterbrach Jez. »Aber nichts davon würde dazu führen, dass man mit einer Pistole auf seine Mitmenschen losgeht.«

Die Psychologin musterte ihn kühl. »Wenn Sie mich ausreden lassen hätten, dann hätte ich noch erklärt, dass eins der Hauptsymptome dieser Menschen eine Abspaltung von der Realität ist.«

»Und das führt dazu, dass ein Betroffener eine Pistole lädt?«

»Es kann dazu führen, dass ein Patient so desorientiert ist, dass er oder sie so etwas tut, ohne die Folgen dieser Handlung wirklich zu verstehen.«

»Ist das Ihr Ernst, Dr. Kadir?«

Sie nickte. »Als ich selbst unter dieser Störung litt, habe ich mein Auto gegen eine Betonmauer gefahren. Ich habe eine Stahlstange im Rückgrat, aber ich weiß bis heute nicht, wie es passiert ist.«

Die Geschworenen schnappten hörbar nach Luft.

Auch Jez war sichtlich schockiert, sammelte sich aber rasch wieder.

»Was kann eine PTBS verursachen, Dr. Kadir?«

»Die Erklärung liegt schon im Namen der Krankheit«, antwortete sie. »Ein Trauma.«

»Wie beispielsweise ein Unfall?«

Lilly runzelte die Stirn über Jez' kalkulierte Referenz an die jüngsten Ereignisse.

»Allerdings.«

»Und viele Golfkriegsveteranen leiden an PTBS, richtig?«

Dr. Kadir lächelte. »Anscheinend haben Sie ja doch die ganze Nacht gearbeitet, Mr Stafford.«

Lilly legte sich die Hand auf den Mund. Dr. Kadir war ein echter Profi.

»Und Sie haben die Angeklagte diagnostiziert, während sie uns alle glauben machte, dass sie ihr persönliches Trauma im Kosovo erlitten hat?«

»Ja, in dieser Zeit bin ich zu meiner Diagnose gekommen«, antwortete Dr. Kadir.

»Nun, da das eine Lüge war, Dr. Kadir – denn das Trauma stammt ja nicht aus dem Kosovo –, wie hat die Angeklagte Ihrer Meinung nach dann eine PTSB erlitten?«

Unwillkürlich hielt Lilly die Luft an und kreuzte die Finger. Das war ein ganz wichtiger Punkt. Einer, der Jez jede Menge Aufwind geben konnte.

»Ich habe schon immer darauf hingewiesen, dass der Vorfall, der Catalinas Zustand ausgelöst hat, nicht unbedingt der Kosovokrieg gewesen sein muss«, erwiderte Dr. Kadir ruhig.

Jez erhöhte den Druck. »Sagen Sie uns dann doch bitte, Dr. Kadir, was könnte die kriminelle Tat der Angeklagten denn sonst entschuldigen?«

»Ich nehme mir nicht heraus festzustellen, ob Catalinas PTBS etwas von dem entschuldigt, was geschehen ist.« Dr. Kadir wandte sich zu den Geschworenen um. »Das muss die Jury entscheiden.«

»Ganz richtig«, sagte Jez.

Sie fixierte ihn wieder. »Aber wie gesagt war ich schon immer überzeugt, dass der Faktor, der Catalina in die Abspaltung getrieben hat, nicht der Krieg im Kosovo war, sondern die Vergewaltigung.«

Von der Tribüne ertönte lautes Gemurmel.

Jez reagierte darauf und schaffte es irgendwie, gleichzeitig die Geschworenen, die Tribüne und Dr. Kadir anzusprechen. Lilly wünschte sich, wenigstens die Hälfte seines Talents zu besitzen.

»Ah, die angebliche Vergewaltigung«, sagte er. »Die Vergewaltigung, die nie zur Anzeige gebracht wurde.«

»Pro Jahr gibt es Tausende von Vergewaltigungen, die nicht angezeigt werden, Mr Stafford.«

»Aber uns interessiert nur diese eine«, entgegnete er. »Und wie können wir von intelligenten Männern und Frauen erwarten, dass sie ohne jeden Beweis an diese Vergewaltigung glauben?«

Lilly stand auf. »Euer Ehren, das ist eine alberne Frage. Wie kann Dr. Kadir für die Erwartungen der Jury geradestehen? Sie ist Psychologin, keine Wahrsagerin.«

Der Richter wackelte mit dem Finger. »Es war ungeschickt formuliert, Miss Valentine, aber dennoch berechtigt. Dr. Kadir muss die Grundlage ihrer Diagnose konkretisieren.«

»Ich kann nicht sagen, ob die Vergewaltigung real war oder nicht. Ich war nicht dabei«, sagte Dr. Kadir.

Jez wandte sich zur Jury um, die Handflächen nach oben gedreht. Lilly wartete fast darauf, dass er sagte: »Da sehen Sie's.«

»Aber meine Meinung als Expertin bleibt davon unberührt«, fuhr Dr. Kadir fort.

Sie machte erst eine Handbewegung zu den Geschworenen und dann zu Catalina, womit sie alle Blicke zu der erbärmlichen Kreatur auf der Anklagebank lenkte.

»Dieses Mädchen leidet an einer posttraumatischen Belastungsstörung, und mein Instinkt als erfahrene Psychologin sagt mir, dass es sich dabei um die Folge einer brutalen Vergewaltigung handelt.«

Lumpige sechs Pfund.

Luke tritt angewidert gegen die Schachtel.

Schon seit Stunden sind sie am Betteln und haben kaum genug zusammen für ein Happy Meal, ganz zu schweigen von dem, was sie wirklich brauchen.

Caz hockt neben ihm, fröstelt, und ihre Nase läuft.

»Ich halt das nicht aus«, sagt sie. »Ich geh mal ein bisschen was verdienen.«

Luke wendet sich ab. Er erträgt den Gedanken nicht.

»Komm schon, Kleiner, dauert doch bloß 'ne halbe Stunde.«

»Bitte.«

Sie sieht ihn mit einem Flehen in den Augen an. »Ich muss mir was besorgen, Luke.«

Er fährt sich mit der Hand durch die Haare. Sie sind glitschig, Fett und Regen.

»Lass uns noch mal versuchen, das Geld zu kriegen, das die mir im Black Cat schulden.«

Aber Caz schüttelt den Kopf. »Die Tuss rückt keinen Penny raus.«

»Dann muss ich sie dazu kriegen.«

»Es läuft sehr gut.«

Milo lächelte Lilly zu, als sie zu den Zellen hinunterstiegen.

»So gut, wie man es eben erwarten kann«, antwortete Lilly. »Unter den gegebenen Umständen.«

»Dr. Kadir sagt, dass Catalina ein Problem im Gehirn hat«, sagte Milo. »Das werden die Geschworenen akzeptieren müssen.«

»Die Geschworenen müssen gar nichts akzeptieren, Milo.«

»Aber sie ist Psychologin, sie ist Expertin auf dem Gebiet.«

Lilly wartete, dass die Wache die Tür öffnete. »Die Geschworenen werden sich selbst eine Meinung bilden.«

Catalina stand in der hintersten Ecke der Zelle, der einzige Farbfleck vor den grauen Mauersteinen.

»Du wirst in den Zeugenstand müssen«, sagte Lilly.

Catalina drückte sich an die Wand, als wollte sie darin verschwinden.

»Du musst deine Geschichte erzählen«, fuhr Lilly fort.

»Ich glaube, das kann ich nicht.«

Lilly ging zur Pritsche und setzte sich.

»Wir haben keine andere Wahl«, sagte sie. »Die Jury muss überzeugt werden, dass du vergewaltigt worden bist, und ich habe keinerlei Beweise.«

In jedem Hauseingang gab es Spuren von Obdachlosen. Eine leere Ciderflasche, ein schmutziger Schlafsack. Aber einen Bestimmten zu erwischen war wie die Kaninchenjagd – sobald man näher kam, machten sich die Mistkerle aus dem Staub.

Immerhin schaffte Alexia es, einen Mann anzusprechen, der zu betrunken war, um wegzulaufen, aber er weigerte sich strikt, das Foto anzuschauen und vergrub den Kopf in seinem Pullover.

Alexia brauchte ein bisschen Geld. Mit einem Zehnpfundschein ließ sich jeder überreden, etwas zu erzählen, vor allem, wenn einer kalt, durchnässt und verzweifelt war.

Das Problem war nur, dass sie genau acht Pfund in ihrem Portemonnaie hatte und ihre Kontokarte vom Automaten eingezogen worden war.

Sie dachte darüber nach, was in den letzten Wochen alles passiert war. Die ganzen Lügen. Sie war von zu Hause weggegangen, um etwas aus ihrem Leben zu machen, um zu beweisen, dass sie mehr war als ein faules, verwöhntes reiches Mädchen, das mehr Schuhe als Gehirnzellen besaß. Sie wollte keine Stylistin werden und auch nicht in die PR-Branche. Sie wollte Journalistin sein. Sie wollte ihren Vater stolz machen.

Kurz entschlossen zog sie ihr Handy heraus.

»Daddy, hier ist Lex«, sagte sie. »Ich brauche ein bisschen Bargeld.«

Catalina nahm die Bibel zwischen ihre schmalen Finger.

»Ich schwöre, die Wahrheit zu sagen, und nichts als die Wahrheit, so wahr mir Gott helfe.«

Lilly sah ihre Klientin an, die im Gerichtssaal noch winziger wirkte, fast absurd in ihrem viel zu großen Overall. Aber die Einzige, die Catalinas Geschichte erzählen konnte, war Catalina. Jetzt lag alles in ihrer Hand.

»Erzähl mir von dem Abend, als du die drei Jungs von der Manor Park School getroffen hast.«

Jez sprang auf. »Einspruch. Meine Kollegin führt ihre Zeugin wie ein Zirkuspferd.«

»Er hat recht, Miss Valentine.«

Lilly zuckte die Achseln. »Ich entschuldige mich, aber ich dachte, wir sollten am besten gleich zur Sache kommen.«

Catalina schaute zu den Geschworenen und dann zu Lilly. Ihr Gesicht war rot vor Scham.

»Ich bin ihnen im Dorf begegnet, und wir sind in den Park gegangen«, murmelte sie.

Die Geschworenen reckten die Hälse, um sie besser zu hören. Natürlich hätte Lilly ihre Klientin anweisen können, lauter zu sprechen, aber sie entschied sich dagegen, weil sie fand, dass die

Geschichte besser in Catalinas typisch zurückhaltender, trauriger Art erzählt werden sollte.

»Alles war gut, bis …« Sie stockte.

»Bis was?«, hakte Lilly nach.

»Einer der Jungen hat mich auf den Boden gezerrt und vergewaltigt.«

»Was für ein Gefühl war das?«

Catalina senkte den Kopf. »Als wäre ich ein Tier.«

»Und danach?«

»Da war alles irgendwie unwirklich. Als wäre ich da, aber auch nicht da.« Catalina schüttelte den Kopf, als könnte sie diesen Zustand selbst nicht begreifen. »Ich hab mich gefühlt wie ein Roboter.«

Lilly holte tief Atem. Das war der Kernpunkt. »Am Tag der Schießerei – hast du dich da immer noch so gefühlt?«

»Ja. Es hat sich alles angefühlt wie ein Traum.«

»Miss Petrescu«, begann Jez und stützte sich auf seinen Ellbogen, als lohnte sich die Mühe kaum, »sollen wir ernsthaft glauben, dass Sie nicht wussten, was Sie getan haben, als Sie sich eine Pistole verschafft haben und damit zur Schule gegangen sind?«

»Ich habe nicht darüber nachgedacht.«

Jez lachte. »Aber es kam Ihnen doch bestimmt ein bisschen ungewöhnlich vor, oder nicht?«

»Ich habe nicht darüber nachgedacht«, wiederholte Catalina. »Tut mir leid.«

»Entschuldigen Sie sich nicht bei mir«, entgegnete Jez, mit der klaren Implikation, dass es genug andere Menschen gab, bei denen Catalina sich von Rechts wegen hätte entschuldigen müssen. Er blätterte in seinen Papieren, und Lilly seufzte. Jez kannte jeden Buchstaben in seinen Akten, er wollte nur der Jury Zeit geben, Catalina kritisch zu betrachten.

»Sie sagen also, dass Sie vergewaltigt wurden, Miss Petrescu.«

Catalina nickte.

»Aber Sie sind nicht zur Polizei gegangen?«

»Ich hab gedacht, mir glaubt sowieso keiner.«

»Warum denn nicht?«, fragte Jez. »Dort werden Tests gemacht, man registriert Prellungen und so weiter.«

»Das waren reiche englische Jungs«, sagte sie. »Ich hab angenommen, dass man mich bloß wieder mal als verlogene Asylantin hinstellt.«

»Ich nehme nicht an, dass Sie das erfunden haben, weil ich Rassist bin, Miss Petrescu«, sagte Jez.

»Nein?«

Jez schüttelte den Kopf. »Ganz und gar nicht. Ich halte mich nur an Ihre Vergangenheit.«

»Das verstehe ich nicht.«

Jez riss ein Blatt Papier aus dem Stapel und reichte es Catalina. »Erkennen Sie das hier?«

»Ja.«

»Natürlich erkennen Sie das.« Jez tippte mit dem Finger auf das Papier. »Das ist die Erklärung, die sie bei der Immigrationsbehörde abgegeben haben. Erinnern Sie sich noch, was Sie da gesagt haben?«

»Nicht an jedes Wort.«

»Dann darf ich Ihre Erinnerung auffrischen.« Jez nahm ihr das Papier wieder ab. »Sie haben sich damals Anna Duraku genannt. Sie haben gesagt, Sie kämen aus dem Kosovo und Ihre Familie wäre von den Serben ermordet worden.«

Catalina schlug die Hände vors Gesicht.

»Das ist von vorn bis hinten ein Lügengespinst, richtig?«, donnerte Jez.

»Ja«, flüsterte Catalina in ihre Finger.

»Tut mir leid, das habe ich nicht verstanden«, sagte Jez.

»Ja«, schluchzte Catalina.

»Dann beantworten Sie mir Folgendes«, sagte Jez und senkte die Stimme. »Wenn Sie damals gelogen haben, warum sollten wir dann jetzt glauben, was Sie uns über diese Vergewaltigung erzählen?«

»Nicht schon wieder ihr beiden.«

Die Frau mit den blondierten Haaren lässt gerade die Arbeiter aussteigen.

»Geben Sie mir, was Sie mir schulden, dann sehen Sie mich nie wieder«, sagt Luke.

»Verpiss dich«, antwortet sie.

»Ich habe hart gearbeitet.« Luke entdeckt den Ukrainer. »Er kann Ihnen sagen, dass ich meine Arbeit gut gemacht habe.«

»Du musst gehen«, sagt der Ukrainer. »Du hast schon genug Probleme gemacht.«

Luke schießen Tränen in die Augen. Wenn er das Geld nicht kriegt, lässt Caz sich von irgendeinem ekelhaften alten Mann vögeln, und das erträgt er nicht. Es ist einfach zu viel.

»Wenn Sie mir das Geld nicht geben, geh ich zur Polizei.«

Auf einmal sind alle ganz still.

»Genau das mach ich«, sagt Luke. »Ich sag der Polizei, was hier läuft. Dass alle hier illegal sind.«

Ein Raunen geht durch die Reihen der Männer. Viele von ihnen können kaum Englisch, aber Polizei verstehen sie alle.

»Das reicht jetzt, Luke«, mischt Caz sich warnend ein.

»Ihr denkt, ich mach das nicht, aber da habt ihr euch getäuscht«, sagt Luke, und jetzt laufen ihm die Tränen über die Wangen. »Ich hab nichts zu verlieren.«

Jemand schreit ihn an, in einer fremden Sprache, aber der Ton ist unmissverständlich.

»Dann schickt man euch alle nach Hause!«, schreit Luke.

Der Ukrainer packt Luke am Schlafittchen. »Niemand wird nach Hause geschickt.«

»Er macht nur Witze«, sagt Caz. »Haha, hihi, versteht ihr?«

»Das ist nicht komisch«, sagt der Ukrainer, und seine Augen durchbohren Luke.

»Steckt ihn hinten in den Van«, sagt die Frau. »Erteilt ihm eine Lektion, dem kleinen Junkie.«

Der Ukrainer schleift Luke zum Lieferwagen. Gleich wird er die schlimmste Tracht Prügel seines Lebens über sich ergehen lassen müssen, und er hat höllisch Angst.

Ohne Vorwarnung nimmt Caz Anlauf und tritt dem Ukrainer in die Eier.

»Uuuff.« Er krümmt sich und lässt Luke los.

»Lauf weg!«, ruft Caz, und sie rennen die Straße hinunter.

»Diese kleine Schlampe«, brüllt der Ukrainer und nimmt die Verfolgung auf.

Lukes Atem rasselt laut in seiner Brust. Früher war er fit. Fußball, Hockey, Geländelauf. Aber in letzter Zeit hat er bloß rumgesessen und sich zugedröhnt. Bei Caz ist es noch schlimmer, sie fällt schon deutlich zurück.

Sie laufen zur Hauptstraße, mindestens fünf Männer dicht auf den Fersen.

In seinem ganzen Leben hatte Luke noch nie so viel Angst.

Er schlängelt sich durch den Verkehr, ohne auf das Hupen und das Schimpfen der Fahrradfahrer zu achten.

Caz ist stehengeblieben, um Luft zu schnappen.

Die Männer sind jetzt direkt hinter ihr.

»Caz!«, schreit Luke. »Schnell!« Sie schaut sich um, und ihre Augen werden rund, als sie sieht, wie nah ihre Verfolger sind. Ohne nach rechts und links zu schauen, rennt sie auf die Straße.

Das Auto kommt mit kreischenden Bremsen zum Stillstand, aber der Aufprall ist grausig.

Luke bleibt im Regen stehen, während der Fahrer herausspringt und sich über Caz beugt. Ihr Körper ist verkrümmt und blutig.

Die Ukrainer verziehen sich.

»Kennst du diesen Jungen?«

Alexia hielt das Schulfoto einem Mädchen unter die Nase. Sie hatte Dreadlocks bis zu Taille und spuckte ständig aus dem Mundwinkel.

»Kein Kommentar.«

Alexia schwenkte einen Fünfzigpfundschein vor ihrer Nase herum.

Das Mädchen sah sich um, als würde sie vom Geheimdienst beschattet, und schnappte sich das Geld.

»Er heißt Luke. Er hängt mit Mad Caz rum.«

»Wo finde ich ihn?«

Das Mädchen zuckte die Achseln.

Seufzend zog Alexia noch einen Zehner heraus.

»Meistens gehen sie zum Peckham Project.«

»War ich okay?« Catalina berührte Lillys Hand.

»Du warst großartig«, sagte Milo. »Einfach großartig.«

Lilly lächelte schwach. Die Aussage ihre Klientin war genauso gelaufen, wie sie es erwartet hatte. »Morgen halte ich mein Abschlussplädoyer, und dann muss die Jury zu einer Entscheidung kommen.«

»Du wirst sie überzeugen, Lilly«, sagte Milo.

»Hoffen wir's.«

Alexia nahm den Bus nach Peckham und klingelte an der Tür eines Gebäudes, das aussah wie ein Gemeindezentrum.

Eine Frau mittleren Alters erschien, umgeben von einer Rauchwolke. »Sorry«, sagte sie, »aber das hier ist eine Hilfseinrichtung für Kinder und Jugendliche.«

»Ich weiß.« Alexia wedelte den Qualm weg. »Ich muss mit Ihnen über einen von denen sprechen.«

Die Frau machte Anstalten, die Tür zu schließen. »Unsere Devise ist ›kein Kontakt mit den Behörden‹.«

»Ich bin nicht von der Polizei, nicht vom Sozialamt und auch nicht von der Einwanderungsbehörde«, lachte Alexia. »Um ehrlich zu sein, habe ich im Moment nicht mal einen richtigen Job.«

»Was wollen Sie dann?«

Alexia zeigte der Frau das Foto. »Ich suche diesen Jungen.«

»Hat er Schwierigkeiten?«, fragte die Frau.

»Nicht dass ich wüsste.«

Die Frau zögerte, als müsste sie überlegen.

»Ich bin Jean. Kommen Sie am besten erst mal rein.«

Alexia wärmte sich die Hände an einem angeschlagenen Becher mit Tee. »Was machen Sie hier?«

»Was wir können«, antwortete Jean und zündete sich die nächste Zigarette an. »Vom Formularausfüllen bis zum Sockenwaschen bieten wir alles an.«

»Und was tun Sie für Luke Walker?«

Jean berührte das Foto. »Er ist anders, das habe ich von Anfang an gesehen.«

»Wie denn?«

»Manche von den armen Kerlen, im Grunde die meisten, hatten sowieso nie eine Chance. Sie waren ihren Eltern egal.«

»Aber Luke nicht?«, fragte Alexia.

»Er kommt offensichtlich aus einem netten Zuhause«, meinte Jean. »Damit meine ich nicht unbedingt, dass seine Familie Geld hat. Ich habe gehofft, ich könnte ihn dazu bringen, zu seiner Mum zurückzugehen. Sind Sie deshalb hier?«

»Mehr oder weniger«, antwortete Alexia. »Luke war Zeuge bei einer Vergewaltigung, und ich muss ihn unbedingt dazu bringen, dass er eine Aussage macht über das, was er gesehen hat.«

Jean lachte. »Na dann viel Glück. Die meisten dieser Kids würden sich eher ihren Arm abbeißen als sich in einen Gerichtsprozess verwickeln lassen.«

»Das verstehe ich«, sagte Alexia. »Aber in diesem Fall hängt das Leben eines Mädchens davon ab. Auch eine von denen, die eigentlich nie eine Chance hatten.«

Jean lehnte sich auf ihrem Stuhl zurück und blies Zigarettenrauch an die Decke.

»Heute war er nicht da, aber wenn ich ihn das nächste Mal sehe, sage ich ihm, dass Sie ihn gesucht haben.«

»Das ist möglicherweise zu spät, der Prozess ist morgen zu Ende.«

Es klingelte.

»Mehr kann ich leider nicht für Sie tun.« Jean stand auf, um an die Tür zu gehen.

Ein kleiner Junge, bestimmt nicht älter als zehn Jahre, kam hereingestürmt. Er deutete auf Alexia. »Wer ist die denn?«

»Sie geht gerade«, antwortete Jean.

Alexia bedankte sich lächelnd und machte sich auf den Weg zur Tür.

»Weißt du, was passiert ist, Jean?«, kreischte der Junge. »Mad Caz ist überfahren worden. Sie ist im St. Bart's.«

Alexia schloss leise die Tür hinter sich.

»Wie geht's?«

David gab ihr eine Tüte von Harvey Nichols.

»Nicht so toll.« Aus der Tüte kam ein Hosenanzug von Prada. »Ich kann mir nicht vorstellen, dass die Geschworenen ihr die Vergewaltigung geglaubt haben.«

»Ich meinte eigentlich, wie es dir geht«, sagte David.

Aber Lilly war nicht bereit, an das Feuer zu denken. Noch nicht.

»Gut.«

Sie hielt sich das Jackett an den Oberkörper. Der Schnitt war exquisit.

»Gefällt er dir?«, fragte David.

»Ich kann mir das Designerzeug nicht leisten.«

»Cara sagt, man kriegt, wofür man bezahlt.«

Lilly fuhr mit der Hand über den weichen Stoff. »Nur ist sie nie diejenige, die das Geld hinlegt.«

Ihr Handy klingelte.

»Ich habe den Jungen gefunden«, sagte Alexia.

»Haben Sie mit ihm geredet?«

»Ich dachte, es wäre besser, wenn Sie das machen.«

Lilly stopfte den Neunhundert-Pfund-Anzug in die Tüte zurück. »Lass ihn nicht aus den Augen.«

Lilly schauderte, als sie das Krankenhaus betrat. Bei dem Gedanken, dass Rupinder immer noch an den ganzen Schläuchen hing, wurde ihr ganz anders.

»Er ist da drin«, flüsterte Alexia und deutete auf einen Teenager, der neben einem Bett saß. Er war dreckig und blass, seine Augen lagen tief in den Höhlen, aber es war eindeutig Luke Walker.

»Luke?«, fragte Lilly und ging auf den Jungen zu.

Er antwortete nicht, so versunken war er in den Anblick der Gestalt auf dem Bett – beide Arme in dicken Verbänden, das Gesicht so geschwollen, dass es unmöglich war zu sehen, ob es ein Mädchen oder ein Junge war.

»Luke?«, wiederholte Lilly.

Diesmal blickte er auf, wachsam, auf der Hut.

»Kenne ich Sie?«

Lilly bewegte die Hand hin und her. »Mein Sohn geht auch auf die Manor Park School.«

Sofort sah sie, wie er sich verstohlen nach einem Fluchtweg umsah.

»Von mir kriegst du keinen Ärger, Luke«, fuhr sie fort. »Genaugenommen bin ich hier, weil ich dich um Hilfe bitten wollte.«

»Warum das denn?«

Lilly näherte sich ihm ganz langsam, als wäre er ein wildes Tier, das bei der geringsten Bedrohung Reißaus nehmen würde.

»Ich vertrete Catalina Petrescu vor Gericht.«

Sie sah, dass der Name ihm nichts sagte.

»Anna«, erklärte sie. »Das Mädchen im Park.«

Luke sprang auf, sein Stuhl flog hinter ihm gegen die Wand. »Ich hab nichts gemacht. Wenn sie das behauptet, dann lügt sie.«

Lilly hob die Hände. »Nein, das sagt sie auch gar nicht, Luke. Das hat sie nie gesagt.«

Doch Luke wich zurück. »Was wollen Sie dann von mir?«

»Es ist eine lange Geschichte, Luke, aber du musst bitte mit zum Gericht kommen und aussagen, dass sie vergewaltigt worden ist.«

»Ich gehe zu keinem Gericht.«

Lilly nickte. »Ich weiß, du hast Angst, aber wenn du es nicht tust, dann kommt Anna ins Gefängnis für etwas, was sie nicht getan hat.«

»Lassen Sie mich in Ruhe!«, schrie Luke. »Lassen Sie uns einfach in Ruhe!«

Eine Schwester erschien und legte die Hand auf Lillys Rücken.

»Ich glaube, das reicht jetzt, nicht wahr?«

KAPITEL 26

Jez stieß einen Pfiff aus. »Sexy, Miss Valentine!«

Lilly drehte sich.

Der Prada-Anzug war phantastisch.

»Schade, dass dein Fall nicht ganz demselben Standard entspricht«, spottete er.

Sie wedelte ihm mit der Hand vor der Nase herum, als wollte sie ihn ohrfeigen.

Leider hatte er recht. Der Fall war hoffnungslos. Catalina war verloren.

Ihr Handy klingelte.

»Du siehst toll aus«, sagte Jack.

Lilly lachte. »Spionierst du mir nach?«

»Machst du Witze, Kleine? Ich kleb dir schon den ganzen Morgen an den Fersen.«

»Bist du im Gericht?«

»Ich möchte bei der Urteilsverkündung dabei sein, damit ich weiß, es ist vorbei – so oder so.«

Auch Lilly war froh, dass der Prozess bald zu Ende sein würde, denn dann konnte sie wenigstens wieder mit Jack zusammen sein, Sam würde heimkommen – jedenfalls, sobald die Handwerker ihre Arbeit getan hatten. Aber der Gedanke, dass Catalina jahrelang eingesperrt sein würde, brach ihr fast das Herz.

Luke hat die ganze Nacht neben Caz' Bett gelegen. Ein paar andere Patienten und ihre Besucher haben fiese Bemerkungen über den Geruch gemacht, den er verbreitet, aber das ist ihm egal.

Er legt die Wange an ihre und atmet ihren Duft ein.

»Du musst dir die Zähne putzen«, sagt sie. Ihre Stimme ist kaum hörbar.

Er kann nicht mal lächeln, sieht sie an, von oben bis unten, ihren verletzten Körper, und blinzelt die Tränen weg.

»Warum hast du das gemacht, Caz?«

»Weil eine Bande irrer Russen hinter mir her war«, antwortet sie.

»Ich meine, warum hast du dich für mich eingesetzt?«, fragt er. »Du kennst mich doch kaum.«

Sie hebt den Finger und streicht ihm über die Hand. »Ich weiß alles von dir, was ich wissen muss, Kleiner.«

Eine Erinnerung geht Luke durch den Kopf. Tom, Charlie und Luke wandern die Straße von der Schule ins Dorf entlang. Der Abend ist kalt, Spinnweben hängen an den Hecken. Tom erzählt irgendeine seiner Angebergeschichten, Charlie lacht. Warum ist er an diesem Abend mit ihnen gegangen? Warum hat er ihnen nicht einfach gesagt, sie sollen abhauen? Warum ist er nicht einfach im Internat geblieben und hat seine Aufgaben fertig gemacht?

Er küsst Caz' Kopf. »Du bist meine beste Freundin auf der ganzen Welt.«

»Und du bist mein einziger Freund«, sagt sie.

»Wenn es dir wieder bessergeht, nehme ich dich mit nach Hause«, sagt er.

»Ich denke, da wird deine Ma ein Wörtchen mitzureden haben.«

Luke schüttelt den Kopf. »Ist mir egal. Du kannst mein Bett kriegen, und ich schlafe auf dem Fußboden.«

»Klingt nett.« Ihre Stimme wird noch schwächer.

»Du kannst jeden Tag baden«, sagt er. »Wenn du Lust hast, sogar zweimal.«

Ihre Lider flackern, langsam schließen sich die Augen.

»Caz?«

Er spürt ihren Atem nicht an seiner Wange.

»Caz?«

Er schüttelt sie, erst ganz sanft, dann stärker. »Caz!«

»So eine Schlampe.«

Snow White blickt vom Herd auf, wo sie in einer blubbernden Käsesauce rührt.

Ihr Sohn sieht sich die Nachrichten an.

»Diese Nutte, die Charlie umgebracht hat, behauptet, sie hat es getan, weil sie vergewaltigt worden ist.«

»Sie hat schon eine Menge Lügen in die Welt gesetzt.«

»Damit darf sie aber auf keinen Fall durchkommen.«

Snow White ist stolz auf ihren Sohn. Er hat ein klares Gespür für Recht und Unrecht.

»Sie werden sie schuldig sprechen«, sagt sie.

»Also, das würde ich gerne sehen«, antwortet er.

Snow White gießt die Sauce über den Blumenkohl. Das war immer Grandpas Lieblingsessen. »Na dann los«, sagt sie. »Du kannst mitkommen zum Gericht.«

»Echt?«, lacht er. »Ich krieg dafür einen Tag schulfrei?«

»Ein paar von den anderen Mums nehmen ihre Jungs auch mit«, sagt sie. »Ihr seid jetzt alt genug, um zu verstehen, dass wir alle Verantwortung übernehmen müssen.«

Ruhig, ruhig, ganz ruhig.

Lilly bemühte sich zu verhindern, dass ihre Hände zitterten. Es war so weit. Ihre letzte Chance, der Jury klarzumachen, was ihre Klientin durchgemacht hatte.

Im Gerichtssaal herrschte Hochspannung. Auf der Tribüne drängten sich die Zuschauer, und zwischen den Presseleuten entdeckte sie sogar Manor-Park-Eltern mit ihren Sprösslingen.

Sie sah zu Catalina auf der Anklagebank hinüber. Das Mädchen lächelte schwach.

Ruhig, ruhig, ganz ruhig.

»Meine Damen und Herren Geschworene.« Wie Lilly sich wünschte, sie hätte diesen Leuten etwas Positives zu sagen! »Sie haben nun das gesamte Beweismaterial gehört, das Ihnen an die Hand gegeben werden sollte, und ich möchte noch ein paar Dinge im Namen meiner Klientin sagen.«

Lilly legte eine Pause ein. Was konnte sie vorbringen? *Bitte glaubt meiner Klientin auch ohne Beweise, dass sie die Wahrheit sagt*? Die Sache war hoffnungslos.

In diesem Moment wurde die Tür des Gerichtssaals aufgestoßen, und Alexia stürzte herein.

»Wer hat diese Person hereingelassen?«, röhrte der Richter, und ein pickeliger Gerichtsdiener verdrückte sich nach hinten.

»Entschuldigen Sie, Euer Ehren«, sagte Alexia, »aber ich habe etwas sehr Wichtiges für die Verteidigung.«

»Sie können hier nicht einfach so hereinplatzen«, sagte der Richter. »Hier findet ein Prozess statt.«

Alexia wandte sich zu Lilly. »Er ist hier.«

»Was?«

»Er steht draußen.«

»Kann mir bitte jemand mitteilen, was hier los ist?«, fragte der Richter.

»Euer Ehren, wir haben einen Last-Minute-Zeugen«, sagte Lilly.

Jez sprang auf wie von der Tarantel gestochen. »Dafür ist es zu spät, die Verteidigung hat ihre Argumentation abgeschlossen. Die Kollegin hat schon mit dem Schlussplädoyer begonnen.«

»Ach, komm schon«, sagte Lilly. »Ich hab ja kaum was gesagt.«

»Nichtsdestoweniger«, warf der Richter ein. »Mr Stafford hat recht.«

»Euer Ehren«, sagte Lilly. »Der ganze Fall steht und fällt mit der Frage, ob meine Klientin vergewaltigt worden ist oder nicht, und ich habe jemanden gefunden, der uns sagen kann, was damals passiert ist.«

Schockiertes Geflüster breitete sich im Saal aus.

»Er ist soeben hier eingetroffen«, fuhr Lilly fort. »Können wir wirklich behaupten, dass Catalina Petrescu ohne ihn einen fairen Prozess hatte?«

Der Richter biss sich auf die Unterlippe und wog vermutlich Lillys unorthodoxe Forderung gegen die Tatsache ab, dass die Medien der ganzen Nation ihm im Nacken saßen.

»Ich lasse den Zeugen zu.«

»Ist dein Name Luke Walker?«

Der Junge im Zeugenstand wand sich. Seine Augen waren rot, seine Haare verfilzt. Offensichtlich hatte er nicht geschlafen. Schließlich aber nickte er.

»Kannst du dem Gericht erzählen, was meiner Klientin im Park geschehen ist?«, fragte Lilly.

Luke warf Catalina einen kurzen Blick zu.

»Sie ist mit uns gekommen, um was zu trinken.«

»Mit wem?«

»Mit mir, Charlie Stanton und Tom Everard.«

»Und was ist dann passiert?«

»Wir haben ein bisschen Spaß gemacht, Sie wissen schon, haben sie ein bisschen angelabert und so, und Cider getrunken.«

»Klingt ziemlich harmlos.«

»War es anfangs auch.« Luke kratzte mit dem Daumennagel an seiner Lippe herum. »Aber dann wurde es unangenehm.«

»In welcher Hinsicht?«

»Sie hat angefangen herumzutanzen und hat sich ganz verrückt aufgeführt.« Luke sah wieder zu Catalina hinüber. »Und da hat Tom sie auf den Boden gezerrt.«

»Das ist eine Lüge!«

Lilly sah zur Tribüne hinauf. Tom Everard war aufgesprungen. »Du lügst doch!«, brüllte er, und sein hässliches Zahnfleisch war für jeden zu sehen. Dann zog ihn jemand hastig auf seinen Sitz zurück.

Luke achtete nicht auf den Zwischenruf. »Er hat sie auf den Boden gezerrt und sich über sie hergemacht.«

Der Richter beugte sich zu ihm. »Das ist ein sehr ernster Vorwurf, junger Mann.«

»Er hat sie vergewaltigt«, sagte Luke. »Ich war dabei.«

»Wie ich gehört habe, bist du von zu Hause abgehauen, Luke?«

Jez lächelte den Jungen an. Lilly spürte die Gefahr.

»Wie ich gehört habe, hast du auf der Straße gelebt?«

»Ja«, sagte Luke.

»Und Alkohol getrunken?«

»Ja.«

»Drogen genommen?«

»Manchmal.«

»Hat das die Realität ein bisschen vernebelt? Ein bisschen weniger deutlich gemacht vielleicht?«, fragte Jez.

»Ich weiß, was ich gesehen habe.«

»Vielleicht hat dein Gedächtnis ein wenig nachgelassen«, meinte Jez. »Oder vielleicht hast du was missverstanden?«

»Nein, da ist kein Irrtum möglich. Tom hatte Sex mit dem Mädchen.«

Jez nickte langsam. »Ist es möglich, dass der Sex, den sie hatten, einvernehmlich war?«

Luke stockte.

Lilly schluckte schwer. O nein. Bitte nicht.

»Ist das möglich, Luke?«, hakte der Richter nach.

Luke schaute zu Catalina und dann hinauf zur Tribüne, wo sich Tom Everard über die Brüstung beugte, flankiert von anderen Manor-Park-Schülern. Lilly sah, dass auch Jack dort oben saß.

»Luke?«, drängte Jez.

»Nein«, antwortete Luke. »Es war nicht einvernehmlich.«

»Weißt du denn, was das bedeutet, Luke?«, fragte Jez.

»Natürlich weiß ich das«, schnaubte Luke. »Bloß weil ich so

rumlaufe, bloß weil ich ziemlich runtergekommen bin, heißt das noch lange nicht, dass ich blöd bin.«

»Ich wollte nicht sagen …«

Luke richtete sich auf. »Sie meinen, Sie können mich für dumm verkaufen, weil ich eine Weile auf der Straße gelebt habe?«

Noch nie zuvor hatte Lilly Jez Stafford so perplex gesehen.

»Ich habe nur deine Erinnerung an die Ereignisse befragt«, verteidigte er sich.

»Na, dann unterlassen Sie das in Zukunft bitte«, sagte Luke. »Denn ich weiß genau, was damals passiert ist.«

Auf der Tribüne war Tom wieder aufgestanden. »Halt den Mund, Walker!«

Luke deutete auf den anderen Jungen, ohne die Augen von Jez abzuwenden. »Meinen Sie, weil er reich ist und auf eine gute Schule geht, sollte man ihm glauben?«

Jez war sprachlos.

»Er hat ihr den Mund zugehalten, weil sie geschrien hat«, fuhr Luke fort. »Und Charlie hat ihre Arme festgehalten.«

Eine Schockwelle ging durch den Saal.

»Du verdammter Petzer!«, brüllte Tom.

»Er hat gedacht, sie ist sowieso nichts wert«, sagte Luke, »sie war für ihn kein Mensch.«

»Verräter!«, kreischte Tom von der Tribüne.

Jetzt blickte Luke zu seinem alten Schulfreund hinauf. »Du hast sie wie ein Tier behandelt, aber sie ist ganz genauso wichtig wie du und ich.«

»Ich dachte, wir wären Freunde!«, schrie Tom.

»Meine einzige Freundin ist tot«, sagte Luke. »Du und ich, wir waren nie wirklich Freunde.«

Auf der Tribüne brach das Chaos aus, und Jack schleppte Tom aus dem Gericht.

»Tom Everard, ich verhafte dich wegen Verdachts auf Vergewaltigung. Du hast das Recht zu …«

»Das ist doch absurd!«, unterbrach ihn Mrs Everard.

»Tom kann auf dem Revier eine Aussage machen«, sagte Jack.

»Sie können diesen Jungen da drin doch nicht beim Wort nehmen, er ist eindeutig geistesgestört«, beharrte Mrs Everard. »Seine Familie ist auch nicht ganz hasenrein.«

Eine Frau, die Jack von Lilly unter dem Namen Luella kannte, rümpfte die Nase. »Sie hat recht. Die gehören nicht zu uns.«

Jack stutzte. Die gehören nicht zu uns? In welchem Jahrhundert lebten diese Frauen?

Er nahm Tom am Arm und wollte ihn abführen.

»Wir hetzen Ihnen unsere Anwälte auf den Hals, das geht ganz schnell«, versprach Mrs Everard.

»Und die Presse«, fügte Luella hinzu.

»Ich bin schon da«, rief Alexia.

»Dann sollten Sie sich das sofort notieren«, sagte Luella. »Polizeischikane.«

»Ach bitte«, sagte Jack.

»Warum kümmert ihr euch nicht lieber darum, echte Verbrechen aufzuklären?«, rief Luella.

»Zum Beispiel darum, wer Lillys Haus angezündet hat?«, fragte Alexia.

»Lillys Haus hat gebrannt?«, hakte Jack nach.

»Ja, es ist vorgestern von Rassisten mit einer Brandbombe beworfen worden«, erklärte Alexia.

Jack starrte sie an. »Ist Sam okay?«

Alexia nickte. »Diesen Gaunern wäre es allerdings am Arsch vorbeigegangen, wenn ihm etwas zugestoßen wäre.« Sie wandte sich an Luella und Mrs Everard. »Vermutlich gehört seine Familie nicht zu der Art Menschen, um die Sie sich Sorgen machen.«

»Wissen Sie, wer die Bombe geworfen hat?«, wollte Jack wissen.

»O ja«, antwortete Alexia, »und ich weiß auch genau, wer dabei geholfen hat.«

»Sie wollen damit aber nicht andeuten, dass diese beiden Damen etwas damit zu tun hatten?«, hakte Jack nach.

»Nein«, sagte Alexia und deute auf Luella. »Sie hier ist zwar eine kleinkarierte dumme Kuh, aber sie würde sich nie trauen, etwas anderes zu tun, als das Maul aufzureißen.« Dann zeigte sie auf Mrs Everard. »Aber wenn Sie *ihren* Computer überprüfen, dann werden Sie sehen, dass sie unter dem Namen Snow White ausgesprochen fleißig ist.«

Jack packte Mrs Everards Arm. »Sie sind verhaftet.«

Alexia jauchzte vor Freude und wählte die Nummer von News International. Was für eine Story!

Lilly trat ihrer Klientin in der Zelle gegenüber.

»Jetzt wissen alle, dass ich vergewaltigt worden bin«, sagte Catalina.

»Ja«, bestätigte Lilly.

»Aber wird das reichen?«

Lilly sah sie aufmerksam an. Lukes Zeugenaussage war erschütternd gewesen. Hollywood-Material.

»Ich weiß nicht, ob sie an den Lügen vorbeikommen, die du wegen deiner Herkunft erzählt hast.«

Catalina nickte, als hätte sie genau das vermutet. Sie machte einen seltsam ruhigen Eindruck. Ruhiger als Lilly.

»Ich möchte dir gern etwas geben«, sagte sie.

Dann wühlte sie eine Weile in dem Beutel mit ihren Habseligkeiten und drückte Lilly schließlich ein eselsohrigen Papierstapel in die Hand.

Lilly verriegelte die Toilettentür, klappte den Sitz herunter und nahm Platz. Sie musste allein sein, um das zu lesen, und inmitten der Hysterie im Old Bailey war dies der einzige Ort.

Dann betrachtete sie den zerknitterten Blätterstapel mit der kindlichen Handschrift, jedes Wort mit Bleistift hart aufgedrückt, und begann zu lesen, um endlich zu erfahren, wer ihre Klientin wirklich war.

Lilly ließ kaltes Wasser über ein Knäuel Klopapier laufen und drückte es sich auf die Augen. Milo und Dr. Kadir hatten die ganze Zeit recht gehabt. Es gab mehr als genug Gründe dafür, dass Catalina so gehandelt hatte. Aber konnte eine Jury ihr all die Lügen verzeihen?

Ihr Handy klingelte.

»Lirry?«

»Rupes?«

»Alles okay?«

Lilly hörte, wie die Schwellung ihr das Sprechen schwermachte, und zuckte unwillkürlich zusammen.

»Wie meinst du das, ob ich okay bin? Wie geht es dir?«

»Es tut weh«, antwortete Rupinder. »Aber ich bin auf dem Weg der Besserung.«

Vor Erleichterung bekam Lilly weiche Knie, und sie lehnte sich ans Waschbecken.

»Wie läuft es denn?«, fragte Rupinder.

»Wer weiß, Kumpel«, antwortete Lilly. »Ich werde gleich das Schlussplädoyer halten.«

Rupinder kicherte. »Zeig es ihnen!«

Das Gericht kam wieder zusammen, und Lilly nahm erneut ihren Platz ein.

»Meine Damen und Herren Geschworenen«, sagte Lilly. »Ich weiß, ich habe mein Plädoyer schon einmal begonnen …«

Die Geschworenen lachten höflich.

»… nur wusste ich damals nicht, was in aller Welt ich Ihnen sagen sollte.«

Lilly warf noch einen Blick auf Catalinas Bericht.

»Ehrlich gesagt, weiß ich das immer noch nicht.«

Sie wandte sich an ihre Klientin. »Aber ich weiß, dass Catalina

Petrescu ein ganz erstaunlicher Mensch ist. Sie hat sich aus einer Situation befreit, die sich die meisten von uns nicht einmal in ihren schlimmsten Träumen vorstellen können, und sie ist nach England gekommen in der Hoffnung auf ein besseres Leben.

Ja, sie hat gelogen, was ihre Herkunft angeht, und sie hat eine falsche Identität angenommen, aber ich persönlich werde sie deswegen nicht verurteilen. Denn wer bin ich, um zu sagen, was ich in ihrer Lage getan hätte?«

Lilly ließ den Blick über die Geschworenen schweifen und hoffte, einen Schimmer von Verständnis aufflackern zu sehen.

»Für die meisten von uns erscheint ihr Leben hier – in einem Heim, von der besseren Gesellschaft gemieden – nicht sonderlich erstrebenswert, aber für Catalina Petrescu war es alles, was sie sich wünschte, denn dort war sie in Sicherheit.

Doch dann wurde ihr eines Abends auch das genommen.«

Sie deutete auf den Zeugenstand, als würde Luke dort noch immer stehen.

»Ein mutiger junger Mann hat sich vor uns hingestellt und hat uns erzählt, was geschehen ist. Wie Catalina zu Boden gezerrt und brutal vergewaltigt wurde. Für die meisten von uns wäre das ein Trauma, von dem wir uns vielleicht wieder erholen könnten, aber für meine Klientin war es der Tropfen, der das Fass zum Überlaufen brachte – ein letzter Missbrauch, ein letzter Verrat an ihrer Menschlichkeit, und das hat sie um den Verstand gebracht.«

Lilly trank einen Schluck Wasser. Himmel, wenn es doch Ingwertee wäre.

»Danach hat ihr Kopf einen eigenen Weg eingeschlagen, losgelöst von ihrer Person. Deshalb hatte sie an dem schicksalhaften Tag, als sie zur Manor Park School ging, keinerlei Vorstellung von den folgenden Ereignissen. Nach allem, was Sie in diesem Gerichtssaal gesehen und gehört haben – ist das wirklich so schwer zu verstehen?«

KAPITEL 27

»Meine Damen und Herren Geschworene, sind Sie zu einem einstimmigen Urteil gekommen?«

»Ja, das sind wir«, antwortete der Sprecher.

Der Richter nickte. »Und haben Sie die Angeklagte, Catalina Petrescu, für schuldig oder nicht schuldig befunden?«

Lilly kniff die Augen fest zusammen.

»Nicht schuldig.«

»Ja!« Lilly warf die Arme in die Luft.

»Und was passiert jetzt?«, fragte Catalina.

Jack fuhr sie und Lilly zum Polizeirevier.

Behutsam strich Lilly ihrer Klientin die Haare aus der Stirn. Sie hatten graue Strähnen.

»Du wirst von der Einwanderungsbehörde vernommen«, antwortete er. »Vielleicht kannst du einen Asylantrag einreichen.«

Catalina schüttelte den Kopf. »Ich komme aus Rumänien.«

»Sie ist von ihrer Mutter an eine Taschendieb-Bande verkauft worden«, sagte Lilly. »Und die haben sie nach England geschleust.«

»Himmel«, murmelte Jack.

»Sie konnte mit Artan fliehen, und sie haben sich neue Identitäten besorgt«, fuhr Lilly fort.

Catalina nickte. »Wir haben fünfzig Pfund für neue Papiere bezahlt. Niemand hat sich um ein paar tote Flüchtlinge geschert, und so konnten wir hier bleiben und uns ein Leben aufbauen.«

Lilly stellte sich die beiden in Hounds Place vor, ohne Geld, ohne Zukunft. War das ein Leben? Vielleicht war es für sie genug gewesen.

»Was passiert jetzt?«, fragte Catalina noch einmal.

Lillys Herz setzte einen Schlag aus. »Ich vermute, dass du ausgewiesen wirst.«

Eine Weile fuhren sie schweigend weiter. Lilly wusste genau, dass Catalina sehr wahrscheinlich wieder von den Schleusern aufgegriffen werden würde, sobald sie rumänischen Boden betrat. Und Catalina wusste das auch.

Jack fuhr an eine Tankstelle. »Holen wir uns ein bisschen Schokolade.«

»Ich hätte gern ein Twix und ein Bounty«, rief Lilly.

»Warum kommst du nicht mit und suchst dir selbst was aus?«, schlug er vor und öffnete die Tür.

Lilly sah ihm nach, wie er zum Laden schlenderte. Er war der beste Mann der Welt. Der allerbeste.

Langsam zog Lilly ihr Portemonnaie heraus und drückte es Catalina in die Hand.

»Das brauchst du doch nicht«, wehrte Catalina ab.

Aber Lilly nickte nachdrücklich. »Da sind ungefähr hundert Pfund in bar drin, und ich lasse die Karten morgen sperren.«

Ein Moment der Stille dehnte sich wie ein Gummiband zwischen ihnen, bis Lilly endlich begriff, dass sie loslassen musste.

»Es war mir eine Freude, dich kennenzulernen«, sagte sie.

»Bitte sag Sam ganz liebe Grüße«, erwiderte Catalina.

Lilly dachte an ihren Sohn – an sein sonniges Leben mit zwei Elternteilen, die ihn abgöttisch liebten – und nicht zum ersten Mal erschien es ihr absurd, dass die Lotterie des Lebens manchen Kindern einfach alles Glück bescherte.

»Er wird einen tollen großen Bruder abgeben, glaube ich«, sagte Catalina.

Lilly machte den Mund auf, aber es kam nichts heraus.

Catalina lächelte, tätschelte Lillys Bäuchlein und bezeichnete damit eine Wahrheit, die Lilly selbst bislang sorgfältig verdrängt hatte.

Prompt brach Lilly in Tränen aus. »Viel Glück«, stieß sie hervor und rannte zum Vater ihres ungeborenen Kindes.

Helen Black
Schweigepflicht
Krimi
Aus dem Englischen von Christine Strüh
Band 17780

Lilly Valentine ist eigenwillig, aufmüpfig und keine typische Londoner Anwältin. Sie verabscheut korrekte Kleidung und hat eine fatale Neigung zum Naschen und zum Widerspruch. Ihr neuer Fall scheint der Polizei ganz eindeutig zu sein. Die Mutter der vierzehnjährigen Kelsey ist brutal ermordet worden, und Kelsey ist die Hauptverdächtige. Lilly tritt für das verzweifelte Mädchen ein und ermittelt auf eigene Faust. Dabei stößt sie auf ein Netz von Drogendealern, Kinderpornos und Erpressung …

»Mitreißend und spannend.«
Daily Mail

Fischer Taschenbuch Verlag

fi 17780 / 1

Tana French
Grabesgrün
Kriminalroman
Band 17542

Wer bringt ein kleines Mädchen um und bahrt es auf dem Opferaltar einer Ausgrabungsstätte auf? Jede Spur, die die beiden jungen Dubliner Ermittler Rob und Cassie verfolgen, führt sie nur tiefer in ein Dickicht, in dem sich alle Gewissheiten in ihr Gegenteil verkehren. Und keiner darf erfahren, dass Rob vor vielen Jahren selbst etwas Furchtbares erlebt hat – im Wald bei ebenjener Ausgrabungsstätte …

»In diesem Fall kann man wirklich einmal wieder von Kriminal-Literatur sprechen. Tana Frenchs beinahe ausufernde sprachliche Fähigkeiten beschwören ganze Welten herauf.«
Antje Deistler, WDR2

»Sprachlich sensationell, ein großartiges Debüt.«
Kathrin Fischer, hr2

»Das Beste, was in diesem Jahr auf den Krimi-Markt gekommen ist.«
Michael Ostafel, SWR2

Fischer Taschenbuch Verlag

fi 17542 / 1

Peter James

Nicht tot genug

Thriller

Aus dem Englischen von Susanne Goga-Klinkenberg

Band 17564

»Ein gruseliges Spiel mit Identitäten, so rasant, dass einem beim Lesen manchmal schwindelig wird.«

Für Sie

Drei ermordete Frauen innerhalb von nur einer Woche. Die Jagd nach dem Mörder gestaltet sich gefährlicher, als Detective Superintendent Roy Grace das vermutet hätte. Der neue Peter James – noch spannender, noch gefährlicher.